Tes bras comme refuge

Rencontre sous tension

JENNA RYAN

Tes bras comme refuge

Traduction française de
CHRISTINE MAZAUD

BLACK ROSE

HARLEQUIN

Collection : BLACK ROSE

Titre original :
DAKOTA MARSHAL

Ce roman a déjà été publié en 2016

HARPERCOLLINS FRANCE
83-85, boulevard Vincent-Auriol, 75646 PARIS CEDEX 13
Service Lectrices — Tél. : 01 45 82 47 47 - www.harlequin.fr
ISBN 978-2-2804-8799-3 — ISSN 1950-2753

Composé et édité par HarperCollins France.
Imprimé en février 2023 par CPI Black Print (Barcelone)
en utilisant 100% d'électricité renouvelable.
Dépôt légal : mars 2023.

FSC
www.fsc.org
MIXTE
Papier issu de sources responsables
FSC® C159065

Pour limiter l'empreinte environnementale de ses livres, HarperCollins France s'engage à n'utiliser que du papier fabriqué à partir de bois provenant de forêts gérées durablement et de manière responsable.

1

La balle toucha l'US marshal Gabriel McBride juste sous l'omoplate gauche et le projeta contre un très gros rocher. A quelques millimètres près, elle lui perforait le cœur — si tant est qu'il en eût un !

Sentant le sang couler, il jura.

— Bon Dieu, c'est vraiment pas le moment !

Pas question qu'il crève à cause d'un salaud qui avait juste eu de la veine.

Du rocher à la route il devait y avoir… Difficile à évaluer. Il attendit que les éclairs qui rayaient le ciel s'espacent pour courir, sans se faire voir, jusqu'à son pick-up.

Une fois à l'abri dans l'habitacle, il prit le temps d'examiner sa blessure. Sa veste et sa chemise étaient trempées. Autant de pluie que de sang, constata-t-il. Il réfléchit un instant à la marge de manœuvre dont il disposait. Il se trouvait à une quinzaine de kilomètres de Rapid City, dans le Dakota du Sud, blessé mais pas très chaud pour appeler au secours ceux qui, normalement, auraient dû l'aider. Il ne lui restait donc qu'un recours : Alessandra.

Essayant de passer outre les élancements qui lui vrillaient le bras et tout le buste, il mit le contact et démarra. Malgré les circonstances, il ne put s'empêcher de sourire. Alessandra… Allait-elle accepter d'extraire la balle qu'il avait dans le corps ou l'étriper ?

Dieu seul savait ce qu'il allait advenir de lui !

En temps normal, il l'aurait su, mais son esprit commençait à s'embrumer. Dans le flou qui brouillait sa pensée, il réussit à imaginer son ex, sa somptueuse vétérinaire, un scalpel brandi au bout du bras…

Tenant son volant d'une main, il quitta le bord de la route et, se fiant plus à sa mémoire qu'à ses phares, roula dans le brouillard. Un éclair l'aveugla, il jura à nouveau. Violent coup de volant à gauche pour éviter un des rochers qui bordaient la route de montagne, et il redressa.

Encore cinq kilomètres jusqu'à l'autoroute et une dizaine ensuite jusqu'à chez Alessandra. Avec un peu de chance, il croiserait sa proie, mais lui resterait-il assez de force pour l'arrêter ? Dans le cas contraire, l'homme de main de la grande sœur aurait vite fait de prendre le dessus et d'achever le boulot commencé.

D'un revers de son bon bras, il s'essuya le visage, et s'obligea à ne plus penser au tueur ni à sa proie. Il y avait plus urgent ; lutter contre la faiblesse qui l'engourdissait sournoisement et concentrer son attention sur Alessandra.

Si cette nuit devait être sa dernière sur terre, il voulait mourir en ayant Alessandra comme unique sujet de pensée, ce qu'elle était depuis le jour où, écartant les morceaux de ferraille enchevêtrés d'un autocar accidenté, il avait aperçu ses superbes yeux dorés.

— Il y a pire, bien pire que sortir avec mon neveu.

L'assistante d'Alessandra Norris recommença à taper sur le clavier d'ordinateur de la clinique vétérinaire.

— Tu peux m'épeler le nom de famille du chien ?

A genoux par terre, Alessandra sourit.

— Tu plaisantes, Joan ?

Petite tape sur le dos du berger allemand, gratouillis derrière l'oreille, et elle lui palpa le ventre.

— Tu sais écrire Phoenix, mais pas Smith ?

— La journée a été longue.

Joan jeta un coup d'œil à la lampe qui se trouvait au-dessus de sa tête. La lumière venait de vaciller.

— L'orage est de plus en plus violent, et ce jeune toutou est en aussi bonne santé que Rintintin au même âge. Je me demande pourquoi son propriétaire a tellement insisté pour que nous l'examinions à tout prix, ce soir.

— Parce qu'il vient de l'acheter et qu'ils descendent tous les deux dans le sud, demain.

— Quand même pas dans la vieille guimbarde dans laquelle ils sont venus ?

— Non, en car, m'a-t-il dit.

L'assistante haussa les sourcils.

— Il voyage en car… avec un chien ?

— Il fait bien ce qu'il veut, même si tu connais mon opinion à ce sujet.

— Oui, oui, tu ne prends plus jamais le car, je sais.

Joan lui jeta un regard en coin.

— A ce propos… Ma sœur et moi, comme tous les ans, nous allons à Las Vegas cet automne. C'est hyper sympa. On rencontre plein de gens intéressants. Des gens, Alessandra. Pas des chiens. Chaque fois que je t'ai proposé de venir, tu as dit non.

Elle pointa un doigt accusateur sur sa patronne.

— Quand on a une phobie, il faut foncer dedans et lui tordre le cou.

Penchée sur le chien, Alessandra écoutait son cœur.

— Battements réguliers. C'est bon.

Elle se débarrassa de son stéthoscope et caressa le cou de l'animal.

— J'ai failli être tuée dans un accident de car, Joan, je te le rappelle.

— Oui mais tu n'es pas morte et, au bout du compte, tu as même trouvé ton mari.

— Qui sera bientôt mon ex.

— A voir…

Alessandra se releva et s'étira.

— Tu peux me dire pourquoi nous parlons de ça, ce soir, à 22 heures, alors que l'orage gronde et va faire sauter le courant et que la moitié des rendez-vous de demain va être annulée ?

— Demain, c'est samedi, tu ne travailles pas. Le Dr Lang sera — évidemment — bloqué à cause des dégâts qu'aura faits l'orage. Maintenant, de deux choses l'une : ou bien tu me promets de venir avec Lottie et moi à Las Vegas ou bien, en septembre, tu acceptes de sortir avec mon neveu. McBride aura signé les papiers du divorce, et tu seras libre comme l'air. Libre !

Son assistante, la soixantaine, lui lança un coup d'œil insistant.

— C'est ce que tu veux, non ? Classer ton histoire avec ton ex et commencer autre chose.

Alessandra accrocha la laisse au collier du chien. Phoenix avait une marque blanche sur le dos, une sorte de flèche. Enfant, elle avait un labrador couleur chocolat, avec une tache en forme de champignon qui courait des oreilles jusque… Bizarre, pourquoi ce souvenir remontait-il subitement à la surface ? Il devait faire partie d'un ensemble, au même titre que ce fameux voyage en car qui s'était terminé en catastrophe, de la maison d'enfance qu'il lui avait fallu abandonner, de…

Préférant penser à autre chose, elle tapota l'arrière-train de l'animal.

— Tu es sévère avec le Dr Lang, dis donc.

— Je le serai doublement s'il quitte sa femme après cinquante ans de mariage.

— McBride et moi sommes restés mariés moins d'un dixième de ce temps.

— Les maths et toi, ça fait deux, Alessandra ! McBride et toi, vous vous êtes connus il y a sept ans.

— Ça fait beaucoup de souvenirs…

Alessandra ouvrit la porte de la salle d'attente.

— Monsieur Smith, appela-t-elle.

Un violent coup de tonnerre l'obligea à élever la voix.

— Phoenix est en pleine forme, monsieur Smith.

Le propriétaire du chien, une grande asperge aux joues creuses et aux mains tordues, se leva.

— Merci encore de nous avoir reçus, docteur. J'espère qu'avec cet orage vous n'aurez pas trop de problèmes pour rentrer chez vous.

— Je suis originaire de l'Indiana, vous savez. Là-bas, un orage comme celui-ci, ce n'est qu'un petit grain. Bon voyage dans le sud.

Le laissant avec Joan pour régler la consultation, Alessandra retourna dans la salle d'examen.

Des rafales de vent d'une violence inouïe projetaient la pluie en rideau contre les fenêtres et les murs. Ce n'était pas le moment de mettre un pied — ni une patte — dehors.

Afin d'éviter de repenser aux sept années qui venaient de s'écouler, elle commença à rassembler ses instruments. Faire quelque chose, n'importe quoi, s'étourdir pour ne plus penser à ce gâchis. Hélas, quoi qu'elle fasse et, de préférence, quand elle en avait le moins envie, McBride faisait irruption dans ses pensées. Pour une fois, ce soir, c'était Joan, avec ses gros sabots, qui avait mis McBride sur le tapis. Ou, plutôt, mis les pieds dans le plat…

Smith et son chien traversaient le parking en courant quand Alessandra revint à la réception.

— Tu peux t'en aller, Joan.

Elle lui montra la disquette d'ordinateur qu'elle tenait à la main.

— Je reste un peu, j'ai des dossiers à voir avant de partir.

Joan enleva sa blouse rose bonbon.

— S'abrutir au travail fait partie des premiers signes, tu le sais.

— Des premiers signes de quoi ?

— Du fait qu'on s'ennuie, qu'on déprime, qu'on se coupe du monde. Le signe d'un repli sur soi. Réconciliez-vous, ton homme et toi, ou casse une fois pour toutes, mais décide-toi.

Son assistante ébouriffa son indéfrisable blond platine.

— Personnellement, si j'avais dégoté un beau gosse comme lui, je te prie de croire que je l'aurais gardé.

— Ton ex-mari était chauffeur de poids lourd. Le mien était flic avant de devenir US marshal. Tu sais ce que font les marshals ?

— Ce sont des super-flics qui dépendent de la police spéciale de la justice fédérale. Juste ?

— C'est ça. Ils sont chargés de protéger les témoins menacés et de rechercher et arrêter les fugitifs fédéraux. Bref, quand je te dis qu'un chauffeur de poids lourd et un marshal, ça fait deux, tu peux me croire.

— D'accord. On en reste là pour ce soir si tu veux bien.

Tout en passant son imper, Joan regarda le plafond.

— Je crois que l'électricité ne va pas tarder à sauter, tu aurais intérêt à te dépêcher de travailler.

C'est bien mon intention, pensa Alessandra.

En sortant, Joan fit entrer une bouffée d'air froid et de la pluie dans le hall d'accueil.

— Ferme vite, dit Alessandra. Le vent me glace !

Heureusement, à moins de deux kilomètres, dans le ranch qu'elle s'était saignée aux quatre veines pour acquérir, il y avait une baignoire ancienne sur griffes de lion, une bouteille de bon vin et un vieux film sympa qui l'attendaient.

Elle retourna dans son bureau et, tout en insérant la disquette dans l'ordinateur, se demanda si ce n'était pas pathétique qu'un vendredi soir, en plein mois d'août, elle ait comme seules réjouissances en vue un bain de bulles, une bouteille de pinot noir et un film avec Cary Grant. Joan dirait que oui, mais son assistante ignorait le cauchemar que lui avait fait vivre McBride en l'immergeant dans un monde de folie uniquement peuplé d'histoires de flics et de voyous. Et cela pendant quatre ans, les quatre années les plus difficiles de toute son existence.

Un roulement de tonnerre fit vibrer le plancher et les murs. Les lumières et l'écran d'ordinateur vacillèrent. Elle se versa une tasse de café, puis concentra son attention sur le sujet qui l'intéressait, l'anatomie bovine.

Elle avait fait tout ce qu'il fallait, elle en était sûre. Le veau devait déjà être mort dans le ventre de sa mère. L'éleveur aurait dû l'appeler plus tôt, et surtout doter son ranch de meilleures conditions sanitaires.

Furieux, cet homme mal embouché l'avait traitée d'incapable et l'avait menacée de la poursuivre devant les tribunaux. Qu'est-ce que une étrangère pouvait, de toute façon, connaître à des taureaux de concours ? lui avait-il assené ensuite.

Par étrangère, il fallait comprendre femme. Mais qu'importe… Le Dr Stuart Lang, qui exerçait dans le

Dakota du Sud depuis plus de quarante ans, avait lui aussi une piètre opinion de cet éleveur.

Alessandra soupira. Si les mots pouvaient tuer, elle serait morte plusieurs fois ces derniers temps. Elle ne comptait plus les menaces qu'elle avait reçues par écrit et par téléphone. Et que dire de l'espèce de harcèlement que Joan exerçait sur elle…

Une demi-heure plus tard, alors que la pluie tombait toujours à seaux contre les vitres, elle ferma le dossier et fit des ronds avec la tête pour détendre sa nuque ankylosée.

Tout compte fait, son programme de la soirée n'était pas si nul que ça, se dit-elle.

Elle avait toujours eu besoin de temps à elle, de moments de solitude. Elle aurait même payé cher, parfois, pour s'isoler. Son père, mennonite à tous crins, était fermier. Il n'avait jamais pu comprendre son besoin d'être si souvent seule. Il n'avait pas non plus compris ni approuvé son souhait de quitter le confort d'une communauté très soudée pour monter dans un car, direction Chicago. Qu'allait bien pouvoir lui apporter la fac, sinon des maux de tête et des soucis ? Mieux valait, selon lui, rester à Holcombe, dans l'Indiana, épouser un gentil garçon du voisinage et faire de leurs deux fermes un seul et unique ranch.

Elle avait considéré Toby, le garçon d'à côté, puis le dossier d'inscription qu'elle tenait à la main. Toby était gentil, ce n'était pas la question mais, elle, elle rêvait de soigner les bêtes, pas d'en élever. Et elle n'était pas sûre non plus que la vie dans l'Indiana lui suffise.

Elle avait aussi envie d'aventure et, dans ce domaine, elle avait été gâtée.

Un voyage dramatique en car qui s'était soldé par son sauvetage par un héros, un mariage, une séparation, un nouveau départ professionnel et, pour finir, un contentieux en cours. Peut-être aurait-elle dû écouter son père, finalement…

Une dernière gorgée de café, et elle se demanda ce qu'aurait été sa vie avec Toby dans une ferme. Elle aurait probablement dû cacher les poulets pour ne pas que son gentil petit mari ne leur tranche le cou d'un coup de hache. Et tant pis pour le contentieux, c'était quand même mieux que l'ennui avec Toby.

Les détecteurs de fumée se mirent à hurler et, une seconde plus tard, les lumières s'éteignaient.

La clinique était équipée d'un groupe électrogène mais, puisqu'il n'y avait pas d'animaux hospitalisés en ce moment et qu'elle connaissait suffisamment bien les lieux pour retrouver son sac et son imper dans le noir, elle s'épargna la peine de le mettre en marche. Elle prit donc ses affaires et sortit par la porte de derrière.

Le vent soufflait. Glacial. Il soulevait ses cheveux et ouvrait son imper. Sa voiture allait démarrer, il fallait qu'elle démarre. Elle avait peut-être eu tort de laisser un livreur de dix-sept ans à peine en faire la révision en échange d'analyses de laboratoire pour son vieux retriever.

Le Dr Lang disait d'elle qu'elle était trop gentille. Joan, nettement moins flatteuse, disait qu'elle était poire. Peut-être mais, à la seule vue du regard mélancolique du chien, elle avait fondu.

Sans parapluie — il n'aurait servi à rien compte tenu de la force du vent —, elle traversa en courant le parking quelque peu défoncé. Elle arrivait à sa voiture quand une main ferme lui empoigna le bras, la faisant pivoter sur elle-même. Au même moment, dans l'éclat fulgurant d'un éclair, elle vit le visage haineux de l'éleveur. Il était imposant, chauve et bâti comme un taureau, avec des yeux cruels. Elle agita le bras pour qu'il la lâche, mais il serra deux fois plus fort.

— Tu m'as dénoncé à la police, fulmina-t-il.

— J'ai parlé au shérif, nuance.

Nouvel éclair, plus violent encore.

— Tu lui as dit que je t'avais menacée, vociféra-t-il.

— C'est la vérité.

— Je t'avais prévenue, je t'ai dit que tu paierais pour ce que tu as fait. Et ça, tu peux en être sûre, tu paieras.

Il s'approcha plus près encore, lui soufflant son haleine fétide au visage.

— Qu'est-ce que tu connais aux animaux de la ferme ? Hein ? Qu'est-ce que tu en sais ? Tu n'as même pas été fichue de sortir un veau du ventre de sa mère. Même si ta vie en dépendait, tu ne serais pas fichue de le faire.

Elle n'allait pas battre en retraite, ni lui faire le plaisir de lui montrer qu'elle avait peur.

— Tu trompes ton monde, docteur Norris, mais moi on ne me la fait pas. T'es qu'une fille de la ville et, je te le dis, t'aurais mieux fait de rester chez toi, à Chicago.

De nouveau, elle essaya de se dégager. Sans succès. Dans la figure de l'éleveur déformée par la rage elle ne vit que des dents. On aurait dit une mâchoire de hyène.

— Mais j'ai trouvé comment te faire payer, reprit-il.

A cet instant, alors qu'elle s'apprêtait à lui administrer un gauche dans la pomme d'Adam, elle crut voir quelque chose bouger sur le côté. Et, aussitôt, une voix s'éleva, près d'elle, dans le noir :

— Ça va peut-être comme ça pour ce soir, espèce de brute.

Le poing toujours serré, Alessandra tourna la tête pour découvrir un profil qui n'était autre que celui de Gabriel McBride.

Le visage était aimable, mais son geste pour faire lâcher prise à l'éleveur le fut nettement moins. Fou de colère, Frank Hawley jura à l'adresse de son agresseur.

— T'es qui, toi d'abord ?

— On s'en fiche de qui je suis. Qu'est-ce que…

McBride fit un mouvement qui découvrit son Glock et son badge.

— Tu es flic ? gronda Hawley.

— Si on veut. Assez en tout cas pour te mettre en cabane pour voie de fait sur cette femme.

— C'est une tueuse, vociféra Hawley.

— Je te donne cinq secondes pour disparaître. A six, je te descends.

Hawley découvrit une nouvelle fois ses dents de hyène grimaçante. Il commença un bras d'honneur mais, à mi-course, se ravisa et déguerpit.

Alessandra poussa un long soupir de soulagement. McBride attendit que le grondement de tonnerre cesse pour lui demander ce qu'elle avait pu faire qui justifie une telle haine de la part de ce type.

— Rien. Et toi, lâche-moi, répondit-elle, repoussant son bras.

— Comme tu voudras.

— Merci. Et maintenant, fit-elle en soupirant, pourrais-tu être assez aimable pour me dire ce que tu fabriques dans le Dakota du Sud ?

Un mince sourire étira ses lèvres.

— Un petit problème, ma belle.

McBride se mit alors à vaciller et, avant qu'elle ait pu le retenir, il tomba comme une pierre sur le sol détrempé.

2

— Non, Alessandra. Pas d'hôpital, pas de flic. Tu m'entends ?

McBride était encore conscient et, par expérience, Alessandra savait qu'il ne lâcherait pas prise tant qu'elle n'aurait pas obtempéré.

Il lui prit le poignet et lui secoua la main.

— Dis-le. Pas d'hôpital, pas de flic.

Elle n'avait pas le choix. Si elle n'allait pas dans son sens, il ne la laisserait pas le soigner. Et si elle ne le soignait pas, il mourrait.

— Oui, d'accord, pas de flic.

— Ni d'hôpital.

— OK, McBride, j'ai entendu.

Elle essaya de le relever.

— Je ne peux pas te porter. Il va falloir que tu m'aides.

Usant de toutes ses forces, elle réussit à le mettre debout et à le faire entrer dans la clinique. Comme elle lui avait donné sa parole, elle n'appela pas la police. Ce n'était pourtant pas l'envie…

Il y a quelque temps, il était policier. Aujourd'hui, il fuyait la police… N'y comprenant rien, elle se dit qu'elle allait faire ce qu'il fallait et ensuite *qu'il aille au diable !*

Mais elle se connaissait. Elle savait qu'elle n'en ferait rien. Comme d'habitude.

Et que le cauchemar allait recommencer.

Il ne savait pas où il était car tout était devenu noir et bizarre. Il avait l'impression d'être traîné sur des rochers mouillés, quelque part en montagne. De l'eau lui éclaboussait le visage, et tout son côté gauche était engourdi. Puis il avait tourné là où il ne fallait pas et s'était retrouvé nez à nez avec une lame de couteau chauffée au rouge.

Il entendit la voix d'Alessandra, lointaine, si lointaine... Elle lui demandait de l'aider.

De l'aider à faire quoi ?

Deux phares parallèles trouèrent soudain la route crépusculaire.

La chaussée était vieille, défoncée. La glissière de protection, là où elle existait encore, était tordue vers le bas, vers le fond du canyon.

Il lui semblait qu'il roulait vers le sud mais qu'importe... Une mer de lumières apparut soudain, des lumières rouges et clignotantes. Il freina derrière une des nombreuses ambulances.

Un motard était arrêté sur le bas-côté.

— Un car a défoncé la glissière, dit-il en la montrant du doigt. Il a pris le virage trop vite.

McBride entendait maintenant les cris et il voyait des gens, épouvantés et en sang, que les secours aidaient à remonter du canyon, certains sur des brancards.

Après avoir décliné son identité aux policiers présents sur les lieux, il dévala la pente sans attendre.

Les secours craignaient que le car ne reste pas longtemps sur la corniche où il avait, pour l'instant, terminé sa course. La carcasse tanguait en effet comme un ivrogne prêt à tomber.

Il repéra un pompier en train d'asperger le dessous du car de mousse carbonique pour éviter que des étincelles n'enflamment les réservoirs d'essence.

— Il faudrait vérifier qu'il ne reste pas des voyageurs à l'intérieur, cria l'homme. Je ne peux pas être partout, les sortir de là et empêcher ce foutu car d'exploser.

McBride opina et changea de direction. Un homme gisait, face contre terre, dans de la broussaille. Il avait du sang partout autour de la tête. Il ne respirait plus.

Mais quelqu'un d'autre respirait. Quelqu'un qui donnait des coups de poing contre la carrosserie, tout au fond du car.

La seule façon d'y accéder était d'entrer par l'avant. En rampant, McBride passa par-dessus une femme empalée sur un morceau de verre. Près d'elle gisait une femme plus âgée écrasée sous une rangée de sièges.

Les coups contre la carrosserie cessèrent. Se démenant, McBride écarta des morceaux de tôle tordus, enchevêtrés les uns dans les autres et, n'entendant plus rien, allait abandonner quand le visage maculé de sang d'une jeune femme apparut — elle semblait n'avoir guère plus de dix-huit ans.

Elle eut l'air à la fois soulagée et inquiète à sa vue.

— Inspecteur McBride, police de Chicago, dit-il pour la rassurer car il savait qu'il n'avait rien du flic classique.

Les quelques lumières qui fonctionnaient encore éclairèrent alors les yeux les plus beaux qu'il ait jamais vus. Des yeux noisette, mouchetés de paillettes dorées. Des merveilles.

Il lui fit signe de lui tendre les mains.

— Il faut sortir d'ici avant que l'essence prenne feu ou que le car s'écrase en bas.

Une fois sortis de l'épave, ils commencèrent à remonter. Elle devant, lui derrière qui la poussait. Ce n'était pas le moment de fantasmer, mais bon Dieu, quelles fesses et quelles jambes ! Elles n'en finissaient pas. Elle était brune, avec des traits fins. Elle partait pour Chicago pour devenir vétérinaire.

Mais… comment le savait-il ?

Des secouristes et un policier qui s'apprêtaient à descendre les accueillirent en haut.

— Je me doutais que c'était toi, dit le policier. Encore quelqu'un en bas ?

— Personne de vivant.

— Quel massacre ! commenta-t-il. C'est comme toi ! Qu'est-ce que tu fous avec cette barbe et ces cheveux longs ?

— Ce que fait un agent secret quand il est découvert ! Fallait que je quitte Chicago sans qu'on me reconnaisse.

La jeune rescapée grimaça comme les secouristes nettoyaient ses plaies.

— Si je comprends bien, j'ai eu de la chance que votre affaire tourne mal, murmura-t-elle.

Malgré le brouillard qui envahissait son esprit, McBride se pencha pour l'embrasser.

— C'est peut-être notre chance à tous les deux, Alessandra.

Il crut la voir sourire — sans le jurer car ses traits devenaient de plus en plus flous.

— Vous déraillez, McBride. Je ne vous ai pas dit mon nom…

Plus rien. Sa mémoire se tut. Voyons voir ! Elle n'avait

pas dit ça. Il ne l'avait pas embrassée. Ni maintenant. Ni à l'époque.

Mais si, il l'avait embrassée. Et plus encore. Beaucoup plus. Mais beaucoup plus tard, quand il ne parvenait pas à se la sortir de la tête — et qu'il avait découvert qu'elle n'avait pas dix-huit mais vingt ans.

Ensuite, les années avaient filé, et leur vie était devenue un enfer.

Une douleur insoutenable qui le fit presque hurler balaya toutes les images qui se télescopaient dans sa tête : le car, les sanglots, les cris, les sirènes. Tout. Sauf les yeux magnifiques d'Alessandra.

De tous les hommes qu'elle connaissait et avait connus, McBride était, sans l'ombre d'une hésitation, le plus têtu. Heureusement, c'était aussi le plus solide. Dès qu'elle avait extrait la balle qui avait bien failli sectionner une artère, il avait sombré dans un sommeil profond. Et réparateur. Alessandra voyait presque les globules rouges se multiplier.

Dehors, le groupe électrogène fit un couac inquiétant qu'elle entendit tout juste tant la pluie battait toujours avec force contre les vitres.

— Depuis quand écoutes-tu Keith Urban ?

La question la surprit à peine — McBride avait une capacité de récupération incroyable —, c'est la clarté de sa voix qui l'étonna. Elle s'apprêtait à sortir de la salle d'examen, ses deux scalpels à la main.

— Joan a laissé son iPod. J'avais envie de musique. Comment te sens-tu ?

— Comme un homme qui a reçu une balle et que l'on vient de triturer avec des instruments pointus afin d'extraire le projectile.

— Rassure-moi, tu ne vois pas double ?

— Je ne vois surtout pas grand-chose.

Les yeux plissés, il regarda le plafonnier.

— L'électricité a sauté ?

— Oui, juste avant que tu arrives.

Il esquissa un sourire.

— En fait, je vois deux scalpels. J'ai aussi entendu ta voix quand je flottais dans le brouillard épais de notre lointain passé.

Alessandra fronça les sourcils.

— Ça ne me regarde pas, parce que ce qui t'arrive maintenant ne me concerne plus, mais réponds-moi quand même : qu'est-ce que tu fiches ici ? Et dans cet état, en plus.

— Mon boulot, ma chère. Ni plus ni moins que d'habitude.

Il se tourna en grimaçant de douleur.

— Tu sais que tu ferais mieux de faire autre chose, dit-elle.

— Je sais beaucoup de choses, Alessandra. Dont certaines que je trouve particulièrement déplaisantes.

— Comme le nom de celui qui t'a tiré dessus ? Tu ne veux pas d'hôpital, McBride, pas de policier. Pourquoi ? C'est un flic qui voulait ta peau ?

— Le tueur, je sais qui c'est, il s'appelle Eddie. Il n'est pas flic, mais c'est un pro : un chien avec un os à ronger, si j'ose dire. Et l'os, c'est moi.

— Rien de nouveau sous le soleil, donc, conclut Alexandra. Si ce n'est que, cette fois, le voyou a fait plus de dégâts que d'habitude et qu'il a, d'une façon ou d'une autre, un lien avec la police.

Il se releva sur un coude.

— Arrête avec ton cynisme.

— Extraire des balles de corps humains a tendance

à me rendre cynique. Maintenant, dis-moi, pourquoi cet Eddie est-il après toi ? A moins que ce ne soit le contraire...

— Ne cherche pas à comprendre. Pour ce qui est de mon histoire avec la police, je t'expliquerai plus tard. Je faisais mon boulot, Alessandra, c'est tout. Mais toi, que faisais-tu avec ce triple imbécile sur le parking ?

Elle aurait pu lui dire que ce n'était pas grave, juste une petite altercation, et le laisser dormir encore quelques heures avant de lui prescrire des antibiotiques et de lui suggérer de retourner à Chicago tirer au clair son pataquès avec la police. Elle aurait la conscience tranquille et le statu quo serait maintenu.

Mais McBride l'avait soustraite à la fureur de ce sale type — Hawley en serait-il resté là ? s'interrogea-t-elle en revivant la scène —, cela valait bien une explication.

Elle posa les deux scalpels, lâcha ses cheveux et s'assit au bord de la table d'examen.

— Frank Hawley veut faire fortune en élevant des taureaux. Le problème, c'est qu'il ne veut pas dépenser un centime en soins. Une de ses vaches gestantes était malade. Hawley a trop attendu avant de m'appeler pour la mise bas. Le veau est mort dans le ventre de sa mère, mais cette brute estime que c'est moi qui l'ai tué.

Voyant que McBride tentait de s'asseoir, elle sauta à terre.

— Arrête de bouger, dit-elle en pointant un doigt sur sa poitrine. Plus tu remues, moins ça cicatrisera.

Indifférent à sa mise en garde — de toute façon, elle ne lui apprenait rien —, il balança les jambes sur le côté et se leva en se tenant à la table.

— Quelle heure est-il ?

— 4 heures.

— Et l'électricité n'est toujours pas revenue ?

— On est un peu loin de tout, ici. D'où le groupe électrogène qui fait le vacarme que tu entends.

Il haussa les épaules en soupirant.

— Il faut que je parte.

— C'est suicidaire, tu le sais ?

— Donne-moi de quoi me faire des pansements et tout ce qu'il faut pour que je tienne le coup. Ensuite, rentre chez toi et oublie. Fais comme si rien ne s'était passé.

Elle se rembrunit aussitôt.

— Tu ne changeras donc jamais, McBride ? Tu déboules chez moi en me faisant une peur pas possible, et puis tu me dis de ne pas m'en faire avant de disparaître ?

Il ne put retenir un sourire narquois.

— C'est pour ça que tu m'as quitté, non ? Ce qui montre combien tu es intelligente. Ou combien je suis bête. Bref, l'un ou l'autre, mais tu n'as pas à être mêlée à tout ça.

Préférant ne pas répondre, elle lui tourna le dos.

— Bon, je vais te préparer une petite trousse à pharmacie, dit-elle avant de quitter la pièce.

Il lui avait déjà brisé le cœur. Ça n'allait pas recommencer. Il avait beau être le flic le plus séduisant et le plus charmeur de la création, elle laissait la place à une autre.

La prochaine fois, elle choisirait quelqu'un de plus classique, pas un rebelle aux yeux gris et à la moue boudeuse, pas un mannequin à la barbe de trois jours qui la mettait immanquablement dans tous ses états. Ça faisait tellement viril, cette barbe si savamment entretenue ! Viril, lui, que la simple vue de ciseaux approchant de ses cheveux faisait bondir… *Tu parles !*

C'était aussi un anticonformiste patenté, qui détestait tout ce qui se réclamait d'un règlement. Le comble, pour un marshal ! Mais avec les inconséquents qui l'avaient mis au monde, on pouvait dire à sa décharge que…

Punaise ! se dit-elle exaspérée. Voilà qu'elle éprouvait de la compassion envers quelqu'un qui ne méritait que son indignation. Il fallait vraiment qu'elle le renvoie au plus vite !

Elle mit dans une sacoche des bandes, du sparadrap et des antibiotiques valables aussi bien pour les humains que pour les animaux, ajouta un petit flacon d'alcool, de l'eau oxygénée et de la teinture d'iode pour faire bonne mesure.

Par la fenêtre, elle vit une ombre passer. Chic, McBride était pressé de s'en aller. Elle n'allait pas le décourager. Elle ouvrait la porte pour lui lancer un commentaire aussi aimable que son humeur quand un rai de lumière venant de la terrasse balaya le visage de cette ombre. Ce n'était pas McBride.

Vite, elle referma sans faire de bruit.

— McBride ! appela-t-elle tout bas.

Il ne pouvait pas l'entendre, elle parlait trop doucement. La sacoche accrochée à l'épaule, elle courut dans son labo et, bang, le heurta.

McBride la retint de son bras valide.

— Qu'y a-t-il ?

— Un type dehors, avec un fusil. Un gros.

— Il t'a vue ?

— Je ne sais pas. Peut-être.

— Tu peux me le décrire ?

— Heu… cheveux longs, une barbe, un anneau dans le nez.

Il la poussa vers un coin moins exposé.

— Eddie ? hasarda-t-elle.

— Ouais.

Il regardait de droite à gauche sans s'arrêter.

— Le salaud ! Je n'ai pas cessé de changer de route pour venir jusqu'ici. Je croyais l'avoir semé.

Après un nouveau coup d'œil par la fenêtre, puis derrière eux, il la plaqua contre le mur près de la porte.

— Reste là, Alessandra. Ne bouge pas.

Il dégaina et, le canon de son revolver pointé en l'air, sortit. Une fois seule, Alessandra ouvrit le placard aux médicaments et prit le 45 que le Dr Lang entreposait là. Il fallait maintenant qu'elle aille chercher les balles dans son bureau. Elle prit son sac à main, éteignit le peu de lumière qu'il y avait dans la pièce, mit ses affaires dans un sac à dos et… se pétrifia. Des gonds grinçaient dans son dos.

Ce n'est pas McBride, se dit-elle instinctivement.

Sans faire de bruit elle retourna à la porte, jeta un coup d'œil dehors — il pleuvait toujours — et sortit sur la terrasse qui ceinturait le bâtiment.

McBride avait garé son pick-up noir tout au fond du parking, dans un angle. Dans une des salles d'examen, une lumière s'alluma pour s'éteindre aussi vite. Le tueur à gages devait chercher son chemin dans le local. Un œil sur la fenêtre, Alessandra longea le mur.

— Si Eddie ne le fait pas, c'est moi qui vais te tuer, McBride, dit-elle tout bas.

A cet instant, un bras s'enroula autour de son cou et une main se plaqua sur sa bouche.

— Pas un cri, ma belle, lui chuchota à l'oreille une voix d'homme à l'accent du sud très prononcé. Tu vas me dire où il s'est planqué, le salaud qui a reçu une prune dans le coffre et que tu as sûrement soigné.

A cet instant, un seul regret lui traversa la tête : elle aurait dû armer le revolver du Dr Lang.

L'individu qui maintenait planté dans son cou le canon d'un revolver ajouta :

— Désolé, ma belle, va falloir que je m'occupe de toi, mais pas avant que ce salopard soit mort.

Il inclina la tête et ricana.

— J'ai monté le tarif quand j'ai su que la cible, c'était McBride. Avance et réponds au vieux Eddie : il est blessé comment ? De un à dix, montre-moi avec tes doigts.

Elle leva deux doigts tout en s'efforçant d'avancer, de respirer le plus calmement possible, de réfléchir.

— Deux, c'est tout ?

Il parut déçu, mais un sourire mauvais remplaça vite son air dépité.

— Tu serais pas en train d'essayer de gagner du temps, des fois ?

Il avait beau sentir la bière, il ne donnait pas l'impression d'être ivre et, impuissante, Alessandra fut traînée tout autour de la terrasse.

— Allez, McBride, j'ai la fille. Viens jouer les héros et...

Le reste de sa menace se perdit dans une bordée de jurons. Il n'avait pas vu l'escalier sur sa droite. Déséquilibré, il lâcha sa proie avant de rouler jusqu'au soubassement en planches de la maison.

Aussitôt, Alessandra dégringola les marches et courut jusqu'à l'angle du bâtiment.

— Garce ! hurla le tueur à gages.

Un bruit sourd lui parvint, puis deux balles la frôlèrent.

— Monte dans mon pick-up, entendit-elle McBride lui crier.

Elle se retourna mais ne vit que le rideau de pluie. Une troisième balle passa à quelques millimètres d'elle.

Alessandra sentit alors une main lui empoigner le bras.

— Vite, ordonna McBride en la poussant à l'intérieur de son pick-up. Et baisse-toi.

Elle s'accroupit devant le siège du passager, tremblant de tout son corps. Il grimpa à son tour à bord.

Une main sur le volant et l'œil dans le rétroviseur, McBride quitta le parking.

— Il est drôlement armé, le bougre ! Quatre semi-automatiques !

Agacée par l'admiration qu'elle décelait dans sa voix, elle monta sur ses grands chevaux.

— Arrête ! Comment peux-tu…

Voyant alors son épaule, elle s'exclama :

— Mon Dieu, tu saignes !

— Je sais. Ma blessure s'est rouverte, se borna-t-il à dire.

Il s'engagea sur une route étroite qu'elle trouva peu hospitalière. Toujours accroupie devant le siège du passager, elle sautait à chaque nid-de-poule, c'était vraiment inconfortable. Fatiguée des chocs à répétition, elle jeta un coup d'œil dans le rétroviseur et décida de se relever.

— Il faudrait que tu t'arrêtes pour que je te recouse.

— Tout à l'heure. Pour l'instant je préfère mettre de la distance entre lui et nous.

— Ecoute, McBride, ne fais pas comme si tu n'avais aucune notion de médecine. Tu sais très bien qu'on peut mourir d'hémorragie. Et que ça va vite.

Il avait les yeux dans le rétroviseur plus que sur la route devant lui et il fonçait.

— Ça ira encore plus vite si je n'arrive pas à le semer !

Elle regarda par la vitre arrière et, ne voyant rien, se tourna vers McBride.

— C'est qui, ce type ? Et pourquoi cherche-t-il à te descendre ?

— A nous descendre, rectifia-t-il. Et c'est bien ce qui m'ennuie.

— Et moi donc ! Mais…

Elle se tut deux secondes et reprit ;

— Explique-moi, McBride. Dis-moi qui a payé un tueur pour t'éliminer et pourquoi ?

— Je vais te la faire courte, répondit-il. Je suis missionné pour arrêter un fugitif, un certain Rory Simms. Sa sœur est une des reines de la pègre, et le FBI aimerait la mettre une bonne fois pour toutes sous les verrous. Mais Casey, c'est la sœur en question, est bien plus maligne que Rory et elle s'arrangera pour ne pas se faire prendre devant un cadavre, un fusil encore fumant à la main. Ça, c'est une première chose. Rory en a pris pour vingt-cinq ans. Mais la grande sœur a eu peur qu'il ne devienne fou, enfermé en taule, et qu'il ne se mette à table. Elle ne tient pas à ce qu'il ébruite le petit business de la famille, tu t'en doutes. Alors, elle a organisé son évasion. On a donc Rory en fuite, que je poursuis, et un homme de main engagé par sa grande sœur pour me descendre.

— Mais pourquoi as-tu dit tout à l'heure « ni flic ni hôpital » ? Tu as peur qu'on te dessaisisse de l'affaire ?

Il lui lança un regard en coin.

— Ça te suffira si je te dis oui ?

— Je n'en croirais pas un mot, même si j'avais douze ans et que tu ressemblais à Captain Jack dans *Pirates des Caraïbes*.

Ce qui était presque le cas, mais ce n'était pas le moment de fantasmer.

Elle risqua de nouveau un œil par la vitre arrière. Etait-ce des phares qu'elle voyait au loin ? Elle se retourna alors qu'un pneu tapait dans une série de nids-de-poule.

— Tu sais où tu vas ?

McBride donna un coup de volant à gauche pour éviter une branche basse.

— Pour l'instant, non. Globalement, oui. Rory file vers le sud. Nous aussi, donc. Je suis désolé de t'embarquer dans cette aventure, Alessandra, mais tu peux identifier Eddie, c'est pour ça que je t'emmène. J'aimerais obtenir des infos, demander du renfort, mais je ne peux pas. La dernière fois que je l'ai fait — juste avant de me faire tirer dessus —, j'ai dit à mon boss, et rien qu'à lui, où j'allais et je me suis subitement retrouvé nez à nez avec Eddie. Magique, non ?

— Tu veux dire que quelqu'un de ton bureau l'a informé ?

— Oui, je pense qu'il y a eu une fuite et que quelqu'un a informé Eddie, ou Casey.

— A moins que Rory n'ait lui-même appelé Casey ou Eddie et ne leur ait dit où il se trouvait, fit-elle valoir.

Comme il se frottait l'épaule, elle nota que la tache de sang s'était élargie.

— Mouais, possible aussi. Le problème, c'est que j'ai l'impression que Rory ne suit pas les ordres de Casey. Ce qui explique peut-être qu'on ait chargé Eddie de ramener le petit frère à un endroit où Casey et lui pourront avoir une gentille petite conversation.

— Comment sais-tu tout cela ?

Il lui fit un sourire en coin.

— Secret défense.

— Ce qui veut dire que tu as un informateur au sein même de l'organisation de Casey.

— Toi qui pensais qu'être la femme d'un flic ne présentait aucun avantage.

Son sourire s'épanouit.

— Ma source est un type que j'ai connu quand j'étais

un bleu et lui un petit dealer au coin de la rue. Casey l'a roulé dans la farine à plusieurs reprises, alors il est venu me proposer un deal. J'ai déjà rempli ma part du contrat, c'est à lui maintenant. Il a surpris un bout de la conversation de Casey avec Eddie. Il savait que j'étais chargé d'arrêter Rory. Il m'a appelé pour m'informer.

— Ma parole, McBride, ça me fait bizarre d'être impliquée dans cette aventure. D'accord, tu es convaincu qu'il y a eu une fuite dans ton bureau, mais les services de police des cinquante Etats de l'Union ne rendent pas tous des comptes à la division des US marshals de Chicago, non ?

Elle lui jeta un regard en douce.

— Si ?

— Ils le font si un des adjoints du marshal est abattu. Les hôpitaux et la police sont tenus de déclarer toute blessure par balles. Comme ces informations passent par Internet, quiconque s'en donne la peine peut y avoir accès.

— En particulier, un marshal corrompu.

— Oui. Quelque chose me dit qu'il y a aussi quelqu'un dans la police de Chicago qui palpe. Sans doute à la Crim.

Elle ne quittait pas des yeux la tache de sang qui se répandait sur sa manche de chemise.

— Tu penses à certaines personnes, on dirait ?

— Oui, mais pour l'instant ça ne me sert à rien. En revanche, quand Rory aura retrouvé la prison et que je serai de retour à Chicago, je saurai faire bon usage des infos que je détiens sur ces personnes !

— Je suis heureuse de constater que, pour une fois, tu es positif, McBride. Si je n'avais pas failli me faire tuer, j'applaudirais.

Elle crut voir une lumière dans son rétroviseur et se retourna.

— Il y a des phares derrière nous.

A son tour, McBride jeta un nouveau coup d'œil dans le sien.

— Tu as raison.

Il resserra sa ceinture de sécurité, lui dit d'en faire autant et, les yeux brillants d'excitation à la pensée de ce qui allait suivre, il rétrograda.

— Accroche-toi, ma chérie, ça va chauffer !

3

Surréaliste, se dit Alessandra en pensant aux soixante minutes qui venaient de s'écouler. La pluie qui tombait toujours quand la course-poursuite avait commencé avait cessé, les nuages s'étaient éloignés et des rayons de lumière filtraient à travers le feuillage des arbres. Ils se trouvaient maintenant dans la montagne près de ce qui avait dû être un campement de bûcherons.

Dès que McBride arrêta la voiture, Alessandra mit pied à terre.

— Je commençais à avoir le dos en compote, s'exclama-t-elle.

Les lieux étaient inhospitaliers. Des troncs brisés de pins et d'épicéas se dressaient, menaçants. Les arbres tombés à terre, la plupart couverts de mousse et en décomposition, semblaient davantage l'œuvre d'une violente tempête que celle des haches des bûcherons.

La tête basculée en arrière, elle essaya de se détendre.

— S'il te plaît, rassure-moi, dis-moi qu'on l'a semé.

Pas de réponse. Se frottant le dos, Alessandra se retourna. McBride était toujours assis dans la voiture, la tête calée contre le dossier. Il avait les yeux fermés.

Elle le rejoignit en hâte et le secoua pour le réveiller.

— Oh ! McBride, tu es conscient ?

— Assez pour te dire qu'il n'y a que cinquante pour

cent de chances qu'on l'ait semé, répondit-il sans rouvrir les yeux.

— C'est plus que tes chances de survie si tu ne me laisses pas te recoudre.

— Taratata, marmonna-t-il.

Inquiète de le voir si pâle mais s'interdisant de le montrer, elle se pencha sur lui et empoigna sa chemise.

— Allez, dehors, McBride !

Il esquissa un semblant de sourire.

— Ça te plaît, hein, les aiguilles de pin comme tapis de sol.

Elle eut envie de rire. Il n'y avait que McBride pour avoir des pensées lubriques en pareilles circonstances.

— Je ne comprends pas qu'on fasse l'imbécile quand on saigne comme un bœuf, maugréa-t-elle toutefois.

Il avait refermé les yeux mais souriait toujours.

— Je suis comme ça, c'est tout.

— Génial ! Je suis avec un fou, et on fuit un autre fou qui nous poursuit.

Il allait perdre connaissance, elle le voyait.

— Faut faire vite, dit-elle. Descends.

Elle attrapa un plaid sur le siège arrière, l'étala par terre et aida McBride à descendre et à s'allonger. Elle remonta alors ses manches et prit la trousse d'urgence.

— Pas d'Eddie à l'horizon ? souffla-t-il.

— Non, je n'entends rien et je ne vois personne.

En partie parce qu'il ne l'avait pas volé mais surtout pour le maintenir éveillé, elle fit claquer l'élastique qu'elle tenait à la main, sourit et, penchée sur lui, effleura son oreille de ses lèvres.

— Et que le bain de sang commence !

Quand McBride revint à lui, un épais brouillard flottait autour de lui, et une nouvelle tempête de pluie menaçait. Ses membres pesaient des tonnes, et il aurait juré qu'un rouleau compresseur était passé sur son corps. Mais bon… Il finit par ouvrir les yeux et, étonné, demanda où il se trouvait.

La question ne surprit pas Alessandra, qui répondit qu'il était adossé à un arbre dans les Black Hills du Dakota du Sud.

— Et c'est un miracle que tu sois toujours en vie, ajouta-t-elle.

Assise en tailleur en face de lui, elle assemblait des feuilles aux formes étranges pour en faire une sorte de linge autour duquel elle noua un lien.

— Je ne sais pas pourquoi, la sérénité que tu affiches me fait peur…

— Détends-toi. Si je voulais ta mort, ce serait fait depuis longtemps !

Elle serra le lien très fort.

— Qu'est-ce que tu fais ? demanda-t-il, subitement inquiet.

— Un remède de bonne femme. On s'en sert pour les chevaux qu'on a hongrés.

Elle se tut une seconde.

— Je dis on mais en fait c'est moi qui m'en sers. Le Dr Lang, lui, fait confiance aux bonnes vieilles méthodes pour soulager la douleur. Sa préférée, c'est le suppositoire.

— Ça ne te plaît pas ?

— Tu as de la chance, je n'ai pas assez de noms d'oiseaux à ma disposition pour…

D'un geste de la main, il l'interrompit.

— Toi, dire des grossièretés ? Ton père ne serait pas content de toi ! railla-t-il.

— Non, il se dresserait sur ses ergots, regarderait en l'air et reprocherait à ma mère de m'avoir influencée. Puis il s'écroulerait et se reprocherait d'avoir succombé à la tentation et de l'avoir épousée. Je suis une sorte de sous-produit de sa lubricité. Je crois qu'il n'a jamais très bien su où je me situais dans son monde rigide et très organisé.

C'était une tragédie, se dit une fois encore McBride, que la mère d'Alessandra soit morte d'une rupture d'anévrisme quelques jours seulement après le onzième anniversaire de sa fille unique. Il regretta de ne pas l'avoir connue. Elle devait avoir été une femme exceptionnelle pour avoir enduré douze années de mariage avec un homme qui vivait, travaillait et finirait par décéder en ayant suivi un certain nombre de règles archaïques propres à la religion dont il se réclamait.

La grand-mère d'Alessandra, du côté paternel, disait de lui que c'était un « cul-bénit ». Elle avait aimé l'épouse de son fils, une femme superbe originaire des Bahamas, et s'était, McBride le savait, insinuée dans la vie d'Alessandra, y compris dans son mariage avec lui... Mais cela, c'était encore une autre histoire.

Comme si elle lisait dans ses pensées, Alessandra le regarda en souriant.

— Tu peux tourner cela dans tous les sens autant que tu voudras, tu ne comprendras jamais mon père.

Elle lui donna le cataplasme. *Elle est toujours aussi gracieuse*, se dit-il en la voyant se relever.

— Le soleil est couché, tu as besoin de te reposer et, moi, je veux prendre une douche. J'ai faim, aussi. Je n'ai trouvé que des tacos et des chips dans ton pick-up. Ah si, du chocolat et des boissons énergisantes.

— On ne sait jamais, ça peut servir.

— J'oubliais, il y a aussi une bouteille de whisky.

— Ça peut servir aussi et quand on s'y attend le moins, Alessandra. Bref, pour l'instant, tu as raison, il faut partir d'ici.

Sa blessure étant un peu moins douloureuse maintenant qu'il s'était reposé, il mit le cataplasme dans sa poche de poitrine et demanda à Alessandra si elle se sentait capable de conduire un gros 4x4.

A la façon dont elle le regarda, il comprit qu'elle le surveillait. Que guettait-elle ? Quel signe ? Un début de désorientation ?

Quand elle se pencha pour ramasser le plaid et commença à le plier, il se dit qu'il avait passé le test avec succès !

— Pas de problème si la route est bonne mais, sur des routes mal carrossées, je ne garantis rien. J'imagine qu'il est hors de question de retourner à Rapid City ?

Sa non-réponse la renseigna. Elle lui prit le bras pour l'aider à se relever et le vit grimacer.

— Tu as mal, dit-elle.

— Un peu. C'est comme si j'avais reçu un coup de poignard.

— C'est ce que tu appelles « un peu » ? Je vois…

Il lui lança un regard noir qui ne l'impressionna pas.

— Peux-tu au moins marcher ?

Comme un homme qui avait avalé plusieurs rasades de whisky. Et que la main de cette femme sur son bras achevait de déstabiliser. Comparés à ce qui lui traversait actuellement l'esprit, les fantasmes qui avaient détourné le père d'Alessandra du droit chemin s'apparentaient au puritanisme.

Il se rappelait, connaissait par cœur chaque centimètre des fesses d'Alessandra, de ses jambes, de ses seins et, plus encore, de ses mains. Ses mains curieuses, agiles, impatientes. Elles avaient vite appris à le rendre fou de désir, de plaisir. Elle avait compris ce qu'il fallait lui faire pour l'envoyer au septième ciel.

Quand un nouveau coup de poignard lui vrilla le buste, il le bénit. Mieux valait arrêter de délirer.

— Les clés sont sur le contact, Alessandra. Si tu es sûre de toi, c'est bon, on y va, cap au sud-ouest.

— C'est par là que Rory est parti ?

La pluie recommençait à tomber, de grosses gouttes bien grasses qui auraient vite fait de les tremper.

— Rory cherche à passer une frontière.

Bien que grimper dans sa voiture lui soit à peu près aussi pénible, vu son état, qu'escalader le mont Rushmore un jour de verglas, McBride monta à bord.

— Il zigzague, en fait. Il veut me faire croire qu'il va au Canada, mais je parie qu'il part plutôt au Mexique.

— Tu plaisantes ! Ne me dis pas que tu veux que je te conduise au Mexique !

Son air offusqué le fit rire.

— Indique-moi une destination plus proche, alors, dit-il.

Elle lui lança un regard exaspéré et se détourna.

— Bodene est à quatre-vingts kilomètres environ, au sud-ouest. Spruce Creek à cinquante, mais pas exactement dans la même direction. Il reste le chalet de Joan, à Dead Lake ; c'est ce qu'il y aurait de mieux, même si le confort est un peu sommaire, disons rustique. C'est à trente-cinq kilomètres d'ici.

— Ça me paraît bien, dit McBride. Surtout si c'est loin de tout.

C'était vraiment loin de tout, donc inquiétant, mais mieux valait ne pas y penser.

La pluie redoubla. Elle tambourinait sur le toit et le pare-brise avec une puissance impressionnante. Assise à la place du conducteur, Alessandra se fit une queue-de-cheval pour se dégager le visage. Comment un geste aussi simple pouvait-il le toucher à ce point ? Comment pouvait-il lui trouver tellement de sensualité ?

Comme si elle lisait dans ses pensées, Alessandra mit le contact et démarra.

— On est en route pour Dead Lake, McBride. Alors, c'est devant qu'il faut regarder !

Elle avait raison. C'était effectivement, se dit-il tout en scrutant les bas-côtés, la seule chose importante pour l'instant.

Le chalet de Joan se composait d'une salle de bains et d'une pièce avec cuisine, avec une très grande cheminée et un canapé convertible juste devant.

— *Home sweet home*, déclara Alessandra en entrant.

Après avoir posé ses affaires sur une petite table sous la fenêtre, elle déclara :

— C'est petit, et ça ressemble beaucoup à chez mon père. Il y a même un grenier.

Elle éclata de rire.

— Mais pas d'échelle pour y accéder !

Une fois toutes les lampes allumées, ils branchèrent la chaudière pour avoir de l'eau chaude.

— On va aller acheter ce qu'il nous faut pour nous restaurer et, ensuite, j'aurai enfin droit à ma douche ! dit-elle.

McBride, qui se remettait beaucoup plus vite qu'elle ne l'aurait cru, commença son tour de la pièce.

— Il y a beaucoup de fenêtres, dit-il. Heureusement, on est cachés par les arbres.

— Avec un peu de chance, on aura semé Eddie dans un des nids-de-poule. Ils étaient tellement profonds.

Comme il passait devant elle, elle l'arrêta d'un geste de la main.

— La pluie a cessé, il y a une alimentation à deux kilomètres environ et, très franchement, je préfère mourir d'une balle en plein cœur que de faim.

— Tu ferais un piètre marshal, Alessandra.

— Tant mieux, je le prends comme un compliment.

Elle attendit qu'il ait fini d'inspecter la terrasse et le petit jardin pour aller s'installer dans le pick-up.

— Je conduis, dit McBride. Mets ma veste en cuir et mon chapeau et arrange-toi pour que personne en ville ne te reconnaisse. On entre, on achète juste ce dont on a besoin et on ressort. On ne traîne pas.

Alessandra abaissa le rebord du chapeau qu'il venait de lui enfoncer sur la tête et lui indiqua un chemin plein de boue et de cailloux.

— Tu es bien sûre que c'est par là ? dit-il, perplexe.

— Oui. Je suis venue ici en juin avec Joan.

— Vous êtes entrées dans la boutique où tu nous emmènes ?

— Oui, plusieurs fois. Mais ne t'inquiète pas, le marchand n'y voit rien au-delà d'un mètre.

Voyant que sa réponse le préoccupait, elle changea de sujet.

— Au fait, comment va ton père en ce moment ?

McBride haussa les épaules.

— Toujours pareil. Un jour en prison, un jour dehors. Aux dernières nouvelles, il était coincé au Panama. Il aurait fait passer de la came avec du café de Colombie. Il s'est fait prendre à la frontière, évidemment.

Alessandra repensa à son mariage — celui de McBride aussi, en l'occurrence... Le père de ce dernier y avait emmené sa quatrième femme. Après la cérémonie, il avait fait du gringue à sa tante des Bahamas. Evidemment, cela s'était mal passé pour lui. Angelica l'avait giflé tandis que sa quatrième femme lui lançait un verre de vin à la tête. Le tout avant même que le photographe ne soit passé.

— Peut-être que quelque temps dans une prison du Panama lui mettra les idées en place, dit-elle.

— Si c'est ce que tu penses, il est urgent que tu laisses tomber le monde animal pour fréquenter les humains.

McBride aperçut une boutique que les années et le climat avaient fait souffrir.

— C'est ça ?

— Oui. Dead Lake, son épicerie générale, graines, droguerie.

— Je ne vois qu'une voiture devant.

— Tu sais il y a une quinzaine d'habitants à tout casser, ici, pendant l'année. Tant mieux, ça va aller vite.

Quand ils entrèrent, annoncés par le tintement d'une cloche à vache, il n'y avait personne derrière le comptoir. Des mouches volaient dans tous les sens et se cognaient aux moustiquaires déchirées des fenêtres. Les réfrigérateurs, vestiges des années 1960, fonctionnaient en faisant un bruit de vieux moteurs essoufflés.

Après avoir rabattu le rebord de son chapeau, Alessandra prit deux paniers et se dirigea vers le rayon épicerie.

Elle était déjà bien chargée quand elle aperçut le rayon *vêtements, lingerie*. Le choix était limité mais il y avait un peu de tout. Elle trouva même des chaussures de marche en daim et un sac de couchage. En l'attendant, McBride s'était perché sur un rebord de fenêtre, non loin de la caisse, d'où il surveillait la route, déserte au demeurant.

Quand il la vit approcher avec ses paniers débordant de produits de toute sorte, il s'exclama :

— C'est ça, ta conception des courses rapides ?

— Pourquoi ? Oui. Mais si tu pouvais m'aider…

Elle lui tendit le panier le plus lourd et agita son bras pour faire circuler le sang.

— Où est l'épicier ?

— Je n'ai vu personne. J'aurais bien pu voler tout ce que je voulais.

— Monsieur Singer ?

Elle actionna la sonnette.

— Monsieur Singer, vous avez des clients.

Comme personne ne venait, elle se pencha par-dessus le comptoir et aperçut… deux pieds.

— McBride !

Sans attendre, Alessandra passa derrière la caisse.

L'épicier, un vieil homme, gisait face contre terre. Elle cherchait son pouls quand la porte de la réserve s'ouvrit brutalement, lui laissant juste le temps d'apercevoir le bas d'un jean déchiré. Elle entendit jurer et, levant alors les yeux, vit l'arme.

C'était un fusil que le voleur lâcha presque dans sa précipitation.

Alessandra vit des paquets de cigarettes s'échapper de son blouson au moment où il les bouscula, elle et le malheureux épicier, pour s'enfuir.

— Le gosse a consommé des champignons hallucinogènes, dit le vieil homme d'une voix hachée en lui enserrant le poignet de ses mains noueuses. Sa maman m'a téléphoné juste quand il arrivait. Elle dit qu'il voit des éléphants roses.

Entendant un clac sourd, Alessandra leva les yeux. Le voleur n'était pas allé bien loin. McBride l'avait harponné au passage. Le contraire l'aurait étonnée.

— Je ne pense pas. Des étoiles peut-être.

Alessandra porta de nouveau son regard sur le vieil homme.

— Il vous a blessé ?

— Non, mais m'a fait tomber. Suis sonné.

Avec son aide, il se releva, péniblement.

— Me suis dit qu'il valait mieux faire le mort quand le gosse a déboulé et m'a à moitié assommé… Ah, tiens donc ! ajouta-t-il en voyant qu'Alessandra était accompagnée.

Il sourit à McBride, qui était accroupi à côté du jeune complètement hébété.

— Allez, mon garçon, remets ces cigarettes où tu les as trouvées. Et je prends le fusil, ajouta-t-il à l'adresse de McBride qui le tenait à la main. C'est rien qu'un fusil à air comprimé mais avec des os fragiles comme les miens ça peut faire des dégâts.

Il rajusta ses lunettes sur son nez et avança en boitillant vers son comptoir.

— C'est à vous, les paniers ?

Les voyant pleins à ras bord, le vieil homme ne chercha pas à cacher sa satisfaction.

— C'est mon jour de chance, finalement, dit-il continuant à sourire.

Il fit un clin d'œil à Alessandra.

— Avec ton homme, vous allez rester camper un bout de temps ?

— Oui… heu… enfin, non.

Elle lança un coup d'œil à McBride, mais il faisait trop sombre pour voir son expression.

— Enfin si, on va camper, mais pas ici.

Une idée germant alors dans son esprit, elle précisa :

— On est en route pour le Canada.

L'air déçu, l'épicier soupira. Au vu de l'addition, Alessandra comprit vite pourquoi.

— Pas de promotions cette semaine ? demanda-t-elle.

— Si, sur les cuissardes de pêcheur.

— Non, je crois que ça ira comme ça, dit McBride en tendant un billet.

— Dorénavant, cantonne-toi aux champignons en boîte ! conseilla Alessandra au garçon avachi près de la porte en attendant l'arrivée de sa mère.

L'empoignant par le bras, McBride quitta l'épicerie comme une fusée et la poussa dans son pick-up.

— Qu'est-ce qu'il y a ? On dirait que tu n'es pas content.

— Ces deux personnes pourront nous identifier, Alessandra. Ce n'est pas le scénario que j'avais imaginé.

Il démarra sur les chapeaux de roues, fonça dans un nid-de-poule, dérapa tout près du fossé et se rétablit de justesse.

— On se calme, McBride. Le pauvre homme sera bien incapable de nous décrire, je te l'ai dit, il n'y voit rien ou presque. Quant au gosse, il a vu deux… Mince ! qu'est-ce que c'est que ça ? s'exclama-t-elle, la main plaquée sur la bouche.

Un 4x4 avait débouché subitement d'un chemin de terre, juste devant eux. Le conducteur roulait bord sur bord, d'un côté de la route à l'autre. Au bout d'un bon kilomètre, il finit par s'engager dans le parking d'un restaurant-grill misérable.

— On tente le coup ? fit McBride. C'est un endroit que pourrait bien fréquenter Eddie.

Alessandra frissonna. Hormis les vieilles guimbardes et une moto tout aussi vétuste et délabrée, il n'y avait personne dans ce parking. Pourquoi avait-elle alors l'impression qu'un esprit malin les épiait ?

4

Une bonne douche bien chaude, un repas certes un peu bâclé et une curieuse impression plus tard, Alessandra se retrouva en train d'arpenter l'intérieur du chalet comme un animal en cage. Pendant que McBride se douchait à son tour, elle avait eu le temps de ressasser des souvenirs, et la conclusion n'était pas positive.

Quand il réapparut, elle nota qu'il ne s'était pas rasé. Il avait passé un jean qu'il n'avait pas boutonné jusqu'en haut et était torse nu.

— Qu'y a-t-il ? demanda-t-il, voyant son regard bizarrement posé sur lui. J'ai oublié quelque chose ?

Non, il n'avait rien oublié. C'est elle qui avait oublié qu'un homme pouvait être aussi séduisant.

Préférant penser à autre chose, elle pointa le doigt vers son bras.

— Tu saignes toujours.

— Tu me dis cela comme si j'avais commis un crime, se moqua-t-il.

— Tu aurais intérêt à me laisser refaire ton pansement.

Sans attendre un mot de plus, il tendit son bras.

— Il suffisait de le dire, Alessandra. Je vais même te laisser utiliser ton remède de bonne femme. Tu vois, à quel point j'ai confiance en toi !

Elle chercha son regard et sourit.

— Je te trouve vraiment très courageux, compte tenu des circonstances.

— Et de ton humeur détestable, ajouta-t-il.

— Je suis fatiguée, c'est tout. Cela ne fait qu'un jour que nous sommes ensemble, et nos retrouvailles se passent plutôt bien, je trouve.

Il s'approcha d'elle en la fixant d'un air qui ne laissait planer aucun doute sur ce qu'il avait en tête… Ce qui l'aurait l'agacée si elle ne s'y était pas attendue.

— Inutile de me dévisager avec ces yeux-là, McBride. Après quatre ans de mariage et dix-huit mois de séparation, je suis immunisée.

— A t'entendre, j'ai l'impression d'être la rougeole.

— Peut-être pas la rougeole, mais il existe d'autres dangers, McBride, et je n'ai pas besoin de ça dans ma vie en ce moment.

Il continua d'avancer dans sa direction.

— Dis-moi ce que tu veux, Alessandra.

Elle décida de jouer franc jeu.

— Rentrer chez moi.

— Pas possible. Autre chose.

— La stabilité.

— Je ne te crois pas. Si c'était ce que tu voulais vraiment, tu n'avais qu'à rester dans l'Indiana et épouser ton voisin.

Il était vraiment trop près d'elle, maintenant. La sagesse lui dictait de s'éloigner, mais impossible dans ce petit chalet.

— Inutile d'essayer de fouiller dans mes pensées, McBride, ça ne marchera pas.

Sa remarque le fit sourire.

— Ce ne sont pas tes pensées que j'ai envie de fouiller.

Oh là, ça devenait scabreux !

Elle avait toutes les raisons de lui en vouloir. Il lui avait imposé sa vie de fou, un tourbillon qu'elle avait détesté. Ses amis, les siens aussi d'ailleurs, pensaient qu'il était suicidaire. Sans pouvoir affirmer le contraire, Alessandra voyait plutôt chez lui une volonté farouche de prouver qu'il était l'antithèse de son père. Bref, peu importait la vérité, elle n'avait pas très envie de creuser le sujet.

— Je ne t'ai jamais demandé de changer de mode de vie ni d'objectifs de carrière pour moi, dit-elle.

Elle se mordilla la lèvre inférieure.

— Je me suis trompée de mot quand je t'ai dit stabilité, je voulais dire équilibre, reprit-elle. Tu sais ce que je veux dire, McBride. Mon rêve, c'était une vie plus ou moins normale avec un chien qui m'attende sur le pas de la porte, le soir, à mon retour de ma clinique vétérinaire, et non un camé doublé d'un assassin ayant passé la journée caché derrière nos poubelles à attendre le moment de se venger du salaud — toi en l'occurrence — qui a conclu un deal avec sa petite amie en échange d'informations.

— C'est arrivé une fois.

— Peut-être mais… Et le type qui s'est jeté sur nous dans le parking du restaurant ? Ou le malade qui m'a téléphoné chez moi pour me dire de ne pas essayer de faire démarrer ma voiture ? Et ces bonbons qu'on a reçus pour te remercier d'avoir aidé un baron de la drogue à refaire surface ?

— Il n'y avait que des bonbons dans la boîte.

— Ce ne sont pas les bonbons qui m'ont gênée, mais l'expéditeur. Pendant les trois premières années de notre mariage, tu as passé le plus clair de ton temps sous couverture. Et ça ne s'est pas amélioré par la suite, quand tu as quitté la police pour les US marshals.

— Tu savais à quoi t'attendre.

— Je savais ce que je quittais, nuance.

Il détacha les yeux de son visage pour regarder par la fenêtre. Il faisait noir dehors.

— Si tu veux.

De nouveau, il posa son regard sur elle. Un regard triste, comme plein de regret.

— Je n'avais pas l'intention de t'impliquer dans cette nouvelle affaire, dit-il. Le hasard a fait que je me trouvais à Rapid City quand j'ai reçu une balle dans le bras et que tu étais la seule personne que je connaissais dans le coin à qui je pouvais faire confiance.

C'est vraiment pas de chance ! pensa-t-elle.

La colère qu'elle sentait monter en elle, avec son inévitable cortège de sentiments négatifs, retomba, laissant la place à l'ironie.

— Tu as toujours été très bon pour…

Voyant son visage se transformer alors que, de nouveau, il regardait dehors, elle s'interrompit.

— Qu'y a-t-il ? Tu as vu quelque chose ? Quelqu'un ?

— Je ne sais pas, mais éteins la lumière au cas où…

Elle obtempéra.

— Et maintenant ? murmura-t-elle. On fait quoi ?

— Chuuut…

La prenant par la main, il s'éloigna avec elle de la fenêtre. A part les bruits nocturnes de la forêt, on n'entendait rien. Tout était calme et immobile…

Jusqu'à ce que, voyant une petite branche bouger, dans un arbre, tout près, Alessandra ne sursaute.

— Bon Dieu, jura McBride en dégainant aussitôt.

Une planche de la terrasse craqua. Il y eut de l'agitation puis des bruits de pas et… craaak… une pierre fracassa la fenêtre. Une demi-seconde plus tard, la porte s'ouvrait comme sous l'effet d'une bourrasque. Poussant un cri de guerre, un homme surgit, bras en l'air et une hache à la main.

Eddie remarqua d'abord la vitre cassée puis les traces de pneus dans la boue. Marche avant, marche arrière et re-marche avant. Il n'y avait pas de pick-up en vue et aucun signe de présence dans le chalet.

Il ne faisait plus tout à fait nuit. Le soleil allait bientôt se lever, il lui restait encore vingt minutes pour profiter de l'ombre. Bien assez de temps pour faire ce qu'il avait en tête.

Il savourait d'avance son plaisir quand il vit la lumière s'allumer dans le chalet. Un homme, cheveux noirs, grand, sortit en titubant. Un loubard, trop voyou pour être McBride, se dit Eddie.

Une femme à moitié nue surgit à son tour, elle partit dans la direction inverse en titubant elle aussi, puis dut changer d'avis car elle revint sur ses pas et, finalement, se cogna dans l'homme. Ils pouffèrent de rire et rentrèrent dans le chalet en gloussant.

Eddie sentit la rage le prendre.

Allait-il s'occuper de ces deux-là, se demanda-t-il, pour leur apprendre à être dans ses pattes, ici, dans cet endroit coupé du monde, alors qu'il cherchait McBride et la jolie vétérinaire ?

Il fit une méchante grimace. Non. Laisser des cadavres derrière soi n'était pas une bonne chose. Mais il avait plusieurs armes et, comme ces énergumènes étaient ivres et incapables de marcher droit, pourquoi ne pas s'amuser un peu ? Avec un bandana sur la figure et un chapeau sur la tête, on ne le reconnaîtrait pas et, de toute manière, il n'avait qu'à leur crier « Haut les mains » en restant derrière eux. S'ils savaient des choses, ils parleraient.

Ensuite, selon son humeur, la position de ses doigts sur la gâchette ou leur attitude, il les descendrait ou les laisserait vivre.

Quant à McBride et la jolie vétérinaire… *Pense à la récompense, Eddie-boy*, se dit-il. *Bang, bang, cha-ching.*

Plus rien ne la surprendrait, se dit Alessandra. Pourtant, se trouver nez à nez pour la seconde fois au cours de la même soirée avec un jeune armé et effrayé, c'était beaucoup, même pour quelqu'un comme elle, habituée au monde de McBride.

Le garçon, suivi de près par une fille en minishort et en tongs, avait fait irruption dans la maison en hurlant comme Tarzan, sans doute plus par peur que par agressivité. McBride l'avait désarmé sans mal. Il lui avait arraché sa hache des mains et l'avait plaqué contre le mur. Alessandra, quant à elle, avait arrêté la fille qui se préparait à sauter sur le dos de McBride.

Il avait fallu un quart d'heure d'explications tapageuses pour finalement comprendre que le jeune était le neveu de Joan, laquelle l'avait autorisé à occuper le chalet pendant ses vacances à la fac. C'était vraiment pas de chance qu'il soit arrivé justement ce soir-là à Dead Lake avec sa petite amie…

Alessandra savait que McBride et elle auraient pu rester dans le chalet jusqu'au lendemain matin. Mais elle savait aussi qu'en restant ils mettaient des innocents en danger. Alors ils avaient décidé de partir et avaient roulé pendant plus de trois heures avant que McBride ne donne enfin son accord pour qu'ils s'arrêtent.

Elevée dans un ranch, Alessandra ne se considérait pas comme une fermière d'opérette. Malgré tout, dormir dans le pick-up de McBride puis essayer de petit déjeuner au milieu d'une armée de moustiques, mouches et taons qui en faisaient autant relevaient de l'exploit.

L'insecticide étant la seule réponse possible, Alessandra s'en était bombardée et voulait maintenant se débarrasser au plus vite de cet enduit poisseux. Cela voulait dire nouvelle douche mais, cette fois, ce fut dans des bains-douches publics où le carrelage était douteux et le jet d'eau à peine tiède.

Sur le coup de midi, ils reprirent la voiture… et la route.

Plus exactement, des voies que seul le bétail devait emprunter.

— Tu sais, dit-elle en se massant le dos malmené par les cahots du chemin, à moins qu'il n'ait pris la même route que nous, ce qui m'étonnerait de la part d'un criminel en fuite, Rory Simms sera au Mexique avant même que nous ayons quitté les Black Hills.

McBride donna un violent coup de volant pour éviter un énorme nid-de-poule.

— C'est un lent, Alessandra. Lent physiquement, lent intellectuellement. Seul, il n'est bon à rien, c'est pourquoi je pense qu'il vient par ici.

— Suis-je censée gober cette explication ?

— Il va là où il a des contacts. Des gens dont sa sœur ignore peut-être l'existence.

— Alors si elle ignore leur existence, comment toi, les connais-tu ? Aïe ! cria-t-elle en se cognant dans le toit de la voiture comme McBride avait vu trop tard un énième trou dans le chemin.

— Tu devrais resserrer ta ceinture, dit-il.

Elle soupira.

— Tu veux bien me répondre, McBride ?

— Rory aime les prostituées. Certaines acceptent de l'argent pour autre chose que le sexe. J'ai un informateur dans l'organisation de Casey Simms. Il a eu un tuyau sur la fille que Rory préfère. Il a payé, elle a parlé, un point pour nous.

— Si tout va bien.

— Oui, bien sûr. Dans le texto que X m'a adressé hier soir, j'ai compris qu'il ne faut pas tenir compte de la direction que prend Rory. En fait, il prend des voies détournées pour se rendre chez un de ses contacts. En ce qui nous concerne, plus il fera de tours et de détours, mieux ce sera.

Trop fatiguée pour discutailler, Alessandra laissa tomber la conversation. Si elle continuait, elle risquait d'être désagréable et de le regretter.

Bien qu'elle soit trop orgueilleuse pour se plaindre, ce voyage commençait à lui peser. S'ils continuaient à ce rythme, ce soir ils n'auraient pas fait trente kilomètres.

Tout en s'éventant avec une carte routière, elle finit par demander à McBride où ils se trouvaient.

— A une trentaine de kilomètres de Ben's Creek.

Elle lui jeta un regard surpris.

— Ben's Creek, ce n'est pas au nord de Rapid City ?

— Pourquoi me demandes-tu ça ?

— Tu n'avais pas dit qu'on allait vers le sud-ouest ?

Elle fit un petit geste de la main.

— Pas grave. C'est sans doute ton indic qui t'a suggéré de prendre une route indirecte. Tu sais, moi aussi, j'ai le cerveau lent en ce moment. Mais… es-tu sûr de ta source ?

— Absolument. J'ai reçu un e-mail pendant que tu adressais un message à ton assistante pour lui expliquer ce qui s'est passé dans son chalet hier soir et pourquoi tu n'iras pas travailler demain.

Elle se força à sourire.

— Si je te dis que je te déteste, auras-tu la bonté de me laisser à Ben's Creek ?

— Je peux même te laisser dans le prochain village, si tu préfères.

Dix minutes plus tard, la prenant au mot, il quittait l'horrible chemin pour s'engager sur une ancienne route à deux voies, qui n'était sans doute empruntée que par des semi-remorques de transport de bois, et s'arrêta peu après sur un terre-plein faisant office de parking, au bord de la route, où une masure en planches disloquées, deux pompes à essence et, entassé sur les côtés et sans doute derrière, ce qu'il restait de vieux pick-up accidentés et rongés par la rouille semblaient attendre un monde meilleur.

Alessandra regarda l'ensemble sans broncher, enfonça son chapeau sur sa tête et ouvrit sa portière.

— Je te hais, McBride. Il y a intérêt à ce qu'il y ait des toilettes dans ton taudis !

Le taudis en comptait même deux. L'homme qui s'acharnait sur les sièges d'une vieille Oldsmobile la regarda fixement puis pointa un doigt vers la masure en planches.

— Ellie, c'est ma femme. Prenez-lui une tarte aux myrtilles et elle vous laissera utiliser ses W-C.

Alessandra le remercia, acheta deux tartes aux myrtilles à Ellie qui la dirigea aussitôt vers les toilettes privées.

Il y régnait une odeur de propre, la chasse d'eau fonctionnait à condition de tirer fort sur la chaîne. Il y avait de l'eau au robinet d'eau froide. Le miroir était piqué, et l'image qu'il lui renvoyait de son visage était mouchetée, ce qui l'aurait fait rire si, à cet instant, elle n'avait aperçu par la fenêtre derrière elle, les restes d'un vieux car. Il était couché sur le côté comme un éléphant ivre, et tout le dessous était carbonisé.

Paralysée par cette vision, elle se glaça. Sa gorge se serra si fort qu'elle resta quelques secondes sans pouvoir respirer. Le souvenir de voix, de mots, de cris qu'elle avait entendus un jour de sinistre mémoire, afflua aussitôt.

Un homme âgé : « Je vais à Chicago rendre visite à mon frère… »

Un geek : « J'aurai fini de lire ce manuel quand on arrivera… »

Une femme toute menue en provenance de l'Arizona : « Excusez-moi, vous avez mal au cœur en car… ? »

Un jeune marine : « Je me marie dans trois mois… »

Des bouts de phrases et des visages qui se superposaient. Le plancher avait bougé, le car avait glissé, roulé. Elle avait entendu les vitres exploser, le métal grincer. Les murmures étaient devenus des hurlements.

Alessandra hocha la tête et se détournait du miroir pour ne plus rien voir quand un autre visage se profila. McBride.

Des yeux gris, troublants, la dévisageaient.

— Ne vous inquiétez pas. Je suis policier. Donnez-moi la main, je vais vous aider à sortir d'ici…

— Ça va, là-dedans ?

La voix, celle d'une femme, la tira de son cauchemar. Alessandra sursauta et reprit pied dans le présent. Elle se sécha les mains et se regarda une dernière fois dans la glace.

— Oui, oui, ça va, merci.

Quand elle sortit, Ellie l'accueillit avec un grand sourire qui découvrait ses dents jaunes.

— J'ai cru que vous vous étiez évanouie à cause de la chaleur. On n'a pas tellement de clients ici, on est tellement loin de tout. Quand il y en a, j'aime bien leur faire un cadeau quand ils partent.

Plongeant alors la main dans la poche de son tablier à carreaux, elle sourit de plus belle et brandit un couteau.

5

Le couteau. Ce fut la deuxième chose que McBride vit en tournant à l'angle du taudis. La première, l'expression ahurie d'Alessandra. Il aurait bien frappé la dénommée Ellie — avec tellement de force qu'elle en aurait traversé le mur pas plus épais que du papier à cigarettes — si Alessandra ne lui avait fait un signe de tête pour l'en empêcher.

— C'est pour couper les tartes, expliqua-t-elle.

Elle se tourna alors vers Ellie pour la saluer.

— Merci pour les gâteaux et le cadeau, lui dit-elle en souriant.

Un quart d'heure plus tard, ils étaient de nouveau sur la route.

— Tu as dû te demander pourquoi elle levait ce couteau sur toi, non ? dit McBride.

Elle passa le doigt sur le tranchant de la lame.

— Ça oui, ça m'a inquiétée, je l'avoue. Je m'en veux de voir le mal partout maintenant. Avant, je faisais confiance à tout le monde. Maintenant, je vois des tueurs potentiels à tous les coins de rue. C'est ta faute, McBride. Tu es mon mauvais génie.

— A propos de mauvais génie, que t'a dit Eddie pendant qu'il te retenait ?

— Je t'ai déjà rapporté le peu que nous avons échangé.

Il est vrai que c'était pendant que tu perdais ton sang dans la forêt. Au fait, comment va ton épaule ?

— Ton remède de bonne femme me fait du bien, semble-t-il.

Elle rangea le couteau et se tourna vers lui.

— Ça ne va pas comme tu voudrais, n'est-ce pas ?

Bon sang ! Elle le connaissait trop bien. Mais que faire ? Sauter du pick-up en marche pour échapper à son interrogatoire ? ou faire semblant de ne pas comprendre ce qu'elle voulait dire, ce qui la mettrait sûrement en rage ? Il n'hésita pas longtemps.

— Les affaires dangereuses viennent à moi, Alessandra, ce n'est pas moi qui les recherche.

— Mais si ! Plus c'est dangereux, plus ça te plaît. Et, même si tu pestes parce que tu dois faire les choses dans les règles et que cela t'ennuie, tu le fais quand même et tu le fais bien. Sauf en ce qui nous concerne !… Tu n'étais pas fait pour te marier. Limite-toi donc à des aventures, à des amourettes de passage. On s'est trompés en se mariant, toi et moi, même si, au début, notre relation a été très intense. La mort te suit comme ton ombre, McBride. Hélas, je crains qu'un jour les rôles ne s'inversent. C'est pourquoi je te demande de signer les papiers du divorce.

Bien que le coup fût rude à encaisser, il resta stoïque. Il refusait de voir Alessandra comme une tranche de sa vie passée. D'un autre côté, c'était injuste pour elle. Elle avait droit à une nouvelle vie. Sans lui. Pourquoi ne voulait-il pas tourner la page ? Il était incapable de l'expliquer, même à lui-même mais, une chose était certaine, il rejetait l'idée même de divorce.

— Attention, McBride ! cria-t-elle en empoignant le volant, ce qui le fit jurer.

Devant eux, en plein milieu de la route, se trouvaient

un daim avec ses deux petits. Il fit une embardée, freina à mort et sentit le pick-up déraper.

Après avoir heurté quelque chose à l'arrière — *pas un animal*, j'espère, pria McBride —, le véhicule fit un tête-à-queue et finit sa course contre un tronc d'épicéa, ce qui l'empêcha de dévaler quelque dix mètres en contrebas.

Quelques secondes passèrent avant qu'Alessandra ne reprenne ses esprits.

— Si cela peut te consoler, les daims sont indemnes, fit-elle.

— C'est mon orgueil qui en a pris un coup.

— Rien de grave, donc.

— C'est vite dit. Et il reste à vérifier l'état de la voiture, maugréa-t-il avant de mettre pied à terre.

En fait, l'essieu arrière s'était tordu sous le choc. Le véhicule allait devoir subir des réparations, réparations qui allaient coûter bien plus que de l'argent.

Aidé par Alessandra, McBride changea le pneu arrière gauche qui était à plat et, cahin-caha, ils roulèrent jusqu'à Ben's Creek.

A l'approche de la vallée au fond de laquelle Ben's Creek était tapi, la mauvaise route s'élargit, la forêt s'éclaircit. Le paysage était comme mité par des maisonnettes. Des rails bordés d'herbes folles aussi hautes que leur pick-up longeaient une petite rivière. Un enfant jouait avec son téléphone portable. Trois hommes assis sous un auvent dans une station-service semblaient attendre le client.

Alessandra regarda le trio immobile.

— Pas très engageant, dit-elle.

Elle détacha sa ceinture de sécurité et s'étira.

— Je suppose qu'il va falloir au moins une journée pour réparer cet essieu, non ? reprit-elle. Comme il est 20 heures passées et qu'il va bientôt faire nuit, je préfère te le dire tout de suite, je ne dormirai pas une fois de plus dans ton pick-up. Et tant pis si on nous voit !

Sur ces mots, elle ouvrit sa portière sans attendre. *Punaise !* Elle s'était endurcie depuis leur séparation. Lui au contraire… Comment allait-il réussir à surmonter le désir qui le tenaillait depuis qu'il l'avait revue ?

Après avoir rangé son revolver sous sa ceinture, McBride prit sa veste et, mettant momentanément son désir dans sa poche, la suivit dehors où l'air frais le surprit agréablement.

Les entendant approcher, les trois hommes finirent par lever la tête.

— Bonsoir, dit Alessandra tout en souriant.

Le plus jeune du trio, dans les soixante-dix, soixante-quinze ans, se leva.

— Bonsoir à vous aussi. Je suis Larry Dent. Là, c'est mes frères. Dans le pays, on les appelle Curly et Moe.

— Mais vos parents les ont appelés comment ?

— Curly et Moe, entre autres. Notre mère est morte en regardant *Les Trois Stooges* à la télé.

Il leur lança un regard entendu.

— Vous êtes ensemble ?

Pour bien leur faire comprendre qu'ils ne faisaient pas que voyager ensemble mais qu'ils formaient un couple, McBride passa le bras sur les épaules d'Alessandra.

— Six ans de mariage. Il y a un mécanicien dans le pays ?

— Oui, c'est moi, dit le dénommé Moe, mais c'est fermé jusqu'à demain matin.

— C'est le moteur ? demanda Larry, tourné vers Alessandra.

Compte tenu de la situation, elle n'hésita pas et joua le jeu.

— Si c'était le moteur, mon mari pourrait réparer. Ce n'est pas ça. En voulant éviter un animal, on a endommagé l'arrière du pick-up.

Le propriétaire du garage, Moe, partit en boitant vers les marches.

— Voyons voir, monsieur… ?

— Abbott, compléta Alessandra.

Le nom de famille de sa mère.

— Joseph Abbott, renchérit McBride. Et ma femme, c'est Chastity. Sa sœur va avoir un gosse ces jours-ci, alors on va en Pennsylvanie.

Et Alessandra d'ajouter :

— On a su qu'il y avait un accident sur l'autoroute alors on a pris cette petite route et on ne l'a plus quittée.

— Vu la route il a pas trop souffert, votre pick-up, dit le vieux Moe qui descendait la dernière marche. Ça, c'est du bon matériel. Y en a pas beaucoup de comme ça dans le pays.

Ça, c'était plus ennuyeux.

Larry ne quittait pas Alessandra des yeux.

— Vous cherchez peut-être un motel ?

— Il y en a un pas loin ? demanda Alessandra pleine d'espoir.

— Il y a celui de Norm et sa mère sur la R17, à deux kilomètres et demi d'ici. C'est pas le luxe, mais c'est propre. Prenez vos affaires, je vais vous emmener et voir s'il y a quelqu'un pour vous enregistrer. Moe va appeler un de ses ouvriers. Demain midi on pourra vous dire ce qu'il en est et quand vous pourrez repartir.

Ils chargèrent leurs bagages dans une Oldsmobile vieille d'au moins trente ans et s'installèrent à bord.

— Ruthie n'aime pas trop les jolies femmes, prévint

Larry à l'adresse de McBride. Vaudra mieux lui faire la conversation.

— C'est ce qu'il fait toujours, intervint Alessandra qui avait pris place entre eux deux.

McBride ne cilla pas. Il ne pensait qu'à la nuit qui l'attendait. La cohabitation allait être compliquée, pénible même. La nuit passée, les choses avaient été simples puisqu'ils avaient dormi dans le pick-up, Alessandra sur la banquette arrière, lui sur les sièges à l'avant. Et comme sa blessure lui faisait mal — sa position était inconfortable —, il n'avait pensé qu'à son bras et c'était mieux ainsi. Mais ce soir…

Ruthie était juchée sur un tabouret de bar, au comptoir, l'air aussi revêche que la mère de Norman Bates dans *Psycho*. Comme prévu, elle ignora Alessandra pour ne s'intéresser qu'à McBride.

— Les téléphones ne marchent pas mais la lumière et l'eau, ça va. La télé, ça dépend du sens du vent. On n'a qu'un client pour l'heure, chambre 12, et un autre gars qui dort dans sa roulotte, sur le parking, sous prétexte qu'il aime l'odeur de l'encens et pas moi. Ils ne sont pas là pour le moment, mais c'est pas une raison pour en profiter pour vous envoyer en l'air.

Un énorme chat gris sortit d'une pièce du fond et alla droit vers Alessandra. Ruthie, lèvres pincées, détourna le regard. Visiblement agacée, elle frappa le comptoir du bout de ses doigts tordus.

— Si vous voulez dîner, il y a un café en ville. C'est l'aîné de Moe qui fait la cuisine quand il a fini à la pompe.

— Très bien, dit McBride en regardant Alessandra qui semblait préoccupée par le chat.

— Il a la teigne, dit-elle se penchant pour mieux

voir. Je peux vous indiquer un médicament pour régler le problème.

McBride, qui s'attendait à un ricanement de la part de la mégère, fut surpris de sa réponse.

— Je sais pas ce que c'est, la teigne. Vous savez, vous ?

— C'est un parasite.

Surprenant le regard de McBride, Alessandra ajouta innocemment :

— Mon mari et moi, nous avons une ferme dans l'Iowa. Notre chat a été infesté par la teigne, mais il va beaucoup mieux maintenant qu'il a pris ce médicament.

Ruthie haussa les épaules en ricanant.

— J'avais bien dit à ce docteur qu'il se trompait avec Puddles. Vous croyez qu'il m'a écoutée ? Eh ben, non. Il s'occupe que des gens, pas des bêtes. C'est un mauvais.

Elle claqua le tiroir de sa caisse, tendit une clé à McBride.

— Vous êtes dans la 7.

Puis, se tournant vers Alessandra :

— Dites-moi ce qu'il faut faire.

— Il existe un shampoing spécial, c'est un produit concentré. Vous n'aurez qu'à suivre les instructions et vous verrez, Puddles guérira. Vous pouvez le commander en ligne.

La vieille femme la détailla des pieds à la tête.

— Vous êtes sûrs que vous êtes mariés vous deux ? Parce que mon Norm, il aime bien les filles brunes.

« Les filles brunes. » Ruthie l'avait dit sur un ton qui ne laissait guère planer de doute sur le métier qu'elle prêtait à Alessandra. McBride regarda son ex du coin de l'œil. Elle souriait, elle aussi. L'insinuation, peu flatteuse, ne lui avait pas échappé.

— Tenez, regardez, dit-elle en sortant sa chaîne de sous son T-shirt, c'est mon alliance.

Elle se mit à jouer avec.

— J'ai maigri, alors elle ne me tient plus au doigt.

Interdit, McBride, les yeux plissés, écoutait ces mensonges éhontés. Le visage de la vieille femme se détendit.

— Bon, ben, c'est bon, alors. Tenez, écrivez-moi le nom du médicament pour Puddles et donnez-le à Larry. Il a Internet, lui. Il pourra le commander. Norm et moi, on n'a pas ce truc.

Quand ils arrivèrent auprès de Larry, celui-ci démontait le pare-buffle de son pick-up.

— Je me fais des idées ou Ruthie s'est fendue d'un sourire ?

— Parce que c'était un sourire ? ironisa McBride.

Comme il sortait les bagages du coffre, il ressentit soudain une impression de catastrophe imminente.

Des yeux, il balaya le parking. Les seuls véhicules présents étaient un mini-autocar scolaire, très vieux, aménagé maintenant en camping-car, et une Ford Escort des années 1980. Des insectes bourdonnaient dans les arbres dont les feuilles frissonnaient dans le vent. A part l'enseigne du motel qui clignotait, rien ne bougeait.

— Qu'y a-t-il ? demanda Alessandra.

De nouveau, il balaya le parking des yeux et posa leurs bagages à terre.

— Je ne sais pas.

Larry lui donna une tape sur son épaule blessée.

— Tu te fais du souci pour ta sœur qu'est enceinte, Joseph.

— Ma sœur ? dit McBride, interdit.

Alessandra nota le nom du médicament sur un bout de papier qu'elle tendit à Larry.

— C'est pour Puddles. Dites à Ruthie qu'elle suive bien les instructions, et il sera comme neuf d'ici peu de temps.

Larry parut surpris aussi mais ne fit pas de commentaires.

— Je vais aller vous chercher des burgers, leur dit-il, ça vous évitera de bouger. Morley, le fils de mon frère Moe, est pas si bon que ça comme mécano mais, pour ce qui est de la sauce barbecue, il a pas son pareil. Elle vous arrache divinement la gueule. Donnez-moi une demi-heure, et je suis de retour.

Et de préciser, en riant à gorge déployée :

— C'est un peu lent le service, des fois, vu que Morley, il a plus que trois doigts à la main droite.

C'était ça les petites villes, se dit McBride. Mieux valait les aimer pour y vivre.

La chambre du motel était petite, avec une lumière chiche et un grand lit tellement défoncé au milieu qu'on aurait dit un canoë. Alessandra, l'air perplexe, prit son sac à dos et se dirigea vers la salle de bains.

McBride aurait pu la presser de questions à propos de l'alliance qu'elle portait autour du cou mais, puisque lui-même portait toujours la sienne ou l'attachait, à l'occasion, sur sa chaîne, il laissa tomber le sujet. Pour l'instant.

Son esprit vagabondait du présent au passé, puis revenait dans le présent.

Pauvre Alessandra. Il lui avait rendu la vie difficile, au début, avec ses absences prolongées et ses secrets — métier oblige, disait-il — qu'il ne pouvait ou ne voulait pas partager. C'était son repli sur lui-même qui l'avait le plus blessée. La troisième année de leur mariage, presque à la fin de son service comme policier à Chicago, il était devenu sombre, il était souvent de mauvaise humeur et de moins en moins bavard. Il en voulait à la terre entière.

Elle n'avait pas tout envoyé promener parce qu'elle l'aimait, supposait-il. Il n'avait pas cherché à s'expliquer.

Au contraire. Alors elle s'était lassée et avait cessé de poser des questions.

En intégrant le corps des US marshals, il avait révisé sa vision pessimiste de la justice qui, selon lui, était en faillite, et il s'était encore éloigné d'elle. Les absences auxquelles elle avait commencé à s'habituer s'étaient multipliées et étaient devenues plus longues.

Il en était là de ses souvenirs quand le faisceau d'un phare éclaira la fenêtre.

Une moto pilotée par un sac à bière passa devant le motel en pétaradant et, moteur ronflant, s'éloigna à petite vitesse.

McBride sentit les picotements et les frissons qu'il avait ressentis un peu plus tôt le reprendre et, cette fois, courir tout le long de son dos.

Il entendait l'eau de la douche. De la musique sortait d'un haut-parleur qui grésillait. Carrie Underwood crevait les pneus de son ex… Et Alessandra était mouillée, nue et à moins de six mètres de lui.

Jurant tout bas, il regarda la porte en haussant les épaules. Pour un peu, il se serait tapé l'épaule blessée contre l'huisserie, histoire de se faire mal et que la douleur lui remette les idées en place.

L'eau finit par cesser de couler. En soupirant, il passa la main derrière son dos pour prendre le revolver qu'il avait coincé dans sa ceinture.

Il posait son arme et son badge sur la table de nuit quand Alessandra poussa un cri.

6

Une paire d'yeux marron brillait dans la maigre lumière que dispensait l'ampoule qui dansait au bout d'un fil dans la salle de bains. Alessandra l'avait touchée de la main quand elle avait reculé en panique. Son cœur battait encore à cent à l'heure, les muscles de ses jambes étaient tétanisés, et ces yeux de malheur continuaient de la fixer.

Elle ne réalisa qu'elle avait crié que lorsque la porte s'ouvrit et que McBride surgit, son revolver à la main.

— Qu'est-ce qui se passe, Alessandra ? demanda-t-il en regardant partout.

Elle avait recouvré ses esprits et son équilibre.

— Rien. J'ai eu peur mais c'est rien. Elle m'a fait peur, précisa-t-elle en désignant le placard.

McBride l'ouvrit aussitôt, et Ruthie apparut. Une Ruthie grandeur nature, certes, mais une Ruthie sur papier glacé contrecollé sur un carton épais. Elle tenait une clé du motel dans sa main levée et avait des yeux brillants, inquiétants, qui semblaient dire « Entrez, sinon… ».

— C'est ça qui t'a fait peur ? dit-il en riant.

Vexée, Alessandra lui donna une tape dans le dos.

— Tu cherches des serviettes de toilette et tu tombes nez à nez avec cette tête. Il fait sombre dans ce placard, je n'ai pas tout de suite réalisé ce que c'était. Je comprends pourquoi ils l'ont caché. Un panneau pareil au bord de la route, et tu fais fuir tout le monde, animaux compris !

Son indignation le fit rire.

— C'est ça, fiche-toi de moi, dit-elle. J'aurais voulu t'y voir.

Encore sous le choc, elle avait oublié qu'elle ne portait qu'un drap de bain noué autour de la poitrine. C'est le regard émoustillé de McBride qui lui fit prendre conscience de sa petite tenue.

— Je sais à quoi tu penses, mais n'y compte pas, dit-elle. Ça ne ferait que tout compliquer.

— Ma chérie ! Les choses ne peuvent pas être plus compliquées qu'elles ne le sont déjà.

Il n'avait pas tort mais ce n'était pas une raison pour en rajouter.

— Je préfère que notre relation reste ce qu'elle est. Simple.

— Impossible, Alessandra. Rien n'a jamais été simple entre nous. C'est d'ailleurs pour ça que tout a foiré.

Il eut un drôle de sourire. Un peu triste.

— Que j'ai tout foiré.

Il ne la lâchait pas du regard, c'était très perturbant. Elle était tiraillée entre deux désirs contraires : capituler ou résister. Il s'approcha, la plaqua contre le mur et posa une main à droite de son visage.

— McBride, non…, murmura-t-elle.

A cette seconde, le temps cessa d'exister. Le temps et ce qu'il lui restait de raison aussi. Le souffle haletant, elle empoigna les pans de sa chemise et attira sa bouche vers la sienne.

Il faisait chaud dans la pièce, elle était très excitée, et leur baiser… de la magie pure. Elle n'avait jamais rien partagé d'aussi fort avec lui. C'était comme si leur séparation avait décuplé le désir qu'ils avaient l'un de l'autre. Un désir qu'elle avait éprouvé mais qu'il avait éteint par une froideur qu'elle avait interprétée comme de l'indifférence.

— McBride…, murmura-t-elle.

Il avait empoigné ses cheveux, et elle le caressait. Sa peau, très douce, était brûlante, ses muscles lisses, son corps ferme.

Elle se noyait, elle le sentait. Elle était en train de se perdre. De se perdre dans sa chaleur, dans le goût de sa bouche, dans le poids de son corps qui l'écrasait contre le mur.

Elle ne respirait plus, elle haletait, et il continuait de la couvrir de baisers, sur son visage, ses joues, ses paupières. Ses lèvres couraient partout, sur son cou, sa gorge, plus bas encore.

Mais, brusquement, elle eut un sursaut. Il fallait lui dire non, que c'était fini entre eux, le repousser, retenir les cris de plaisir bloqués dans sa gorge qui ne demandaient qu'à s'échapper.

Tout, autour d'eux, était électrique. Une étincelle, et ce serait l'incendie. Mortel. D'ailleurs, elle l'entendait déjà crépiter.

Toute à son excitation, elle rejeta la tête en arrière et se cambra pour lui offrir ses seins.

— Le feu, murmura-t-elle.

Elle sentit ses lèvres bouger sur sa peau.

— Non, ce n'est pas le feu, chérie. Il y a quelqu'un qui tambourine à la porte.

Quelqu'un ? Comment ça, quelqu'un ? Frustrée, déçue, elle rouvrit les yeux et marmonna le premier nom qui lui venait à l'esprit.

— Larry ?

— J'imagine.

McBride l'embrassa une nouvelle fois et recula.

— Tout compte fait, Morley n'est pas aussi lent que je croyais.

Il lui prit le menton et la força à le regarder.

— Ne bouge pas.

Elle ne bougea pas, non qu'elle veuille lui obéir mais parce qu'elle tenait à peine sur ses jambes, réaction qui l'agaça au plus haut point. McBride et elle, c'était terminé, ce n'était pas un baiser et quelques caresses qui devaient la mettre dans cet état.

Ses esprits retrouvés trop lentement à son goût, elle referma la porte du placard sur Ruthie et laissa le drap de bain noué autour de ses seins tomber à terre.

Il ne lui fallut pas longtemps pour s'habiller et se coiffer. McBride parlait toujours avec Larry. Dehors. Elle ne les entendait pas, mais se doutait bien qu'ils ne discutaient pas des burgers qu'elle découvrit sur la table basse.

Sans attendre McBride, elle s'assit et en déballa un. Elle dut l'admettre, Morley-trois-doigts savait y faire.

Les hommes bavardèrent encore pendant quelques minutes puis, après un salut de la main, se séparèrent.

— Tu as bougé, dit McBride en revenant.

A son air, elle comprit qu'il était repassé en mode marshal.

— Cheech est mort.

Cheech ? Elle faillit ne même pas relever, mais se rappela où ils se trouvaient et pourquoi.

— Tu veux dire le contact de Rory ?

Il opina.

— Aïe, c'est pas bon, ça.

Au lieu d'ouvrir son burger, McBride mordit dans le sien.

— Ce n'est pas totalement mauvais non plus. Larry a reconnu Rory sur une photo.

— Quand l'a-t-il vu ?

— Hier soir. Rory a acheté un pack de bières, en plus de faire le plein. Et il a demandé à Moe la route pour Creek Road.

— Et j'imagine que c'est là où habite Cheech… enfin, là où il habitait.

— Il est mort en avril dernier. Il était devenu fou. Hydrophobie.

Autrement dit, la rage. Alessandra grimaça.

— Ils ont capturé l'animal qui l'a mordu ?

Il prit une deuxième bouchée de son burger.

— Je n'ai pas demandé… Sûrement pas…

— Heu… McBride…, s'écria-t-elle soudain.

Elle l'attrapa par la manche et l'entraîna à la fenêtre.

— Je crois qu'il y a quelqu'un dans le buisson, là.

Il suivit son regard et l'écarta de la vitre.

— Rassemble nos affaires.

— Tu crois que c'est Eddie ? demanda-t-elle en remplissant leurs deux sacs à dos.

Sans quitter le buisson des yeux, il apostropha l'individu qui s'y tenait caché.

— Allez, montre-moi un peu qui tu es.

Comme en réponse, une balle de fusil traversa le parking pour finir sa course dans la fenêtre de leur chambre.

Prenant appui sur un genou, McBride tira deux coups de feu à la suite. Il y eut du remue-ménage dans le buisson qui s'ouvrit en deux. Un homme lourdement armé en sortit et détala vers un endroit sombre.

— C'est bien Eddie, s'exclama Alessandra.

— Je l'ai peut-être touché, dit McBride.

Tenant Alessandra par le bras, il se dirigea vers la porte.

— Il n'y a pas d'autre sortie. Quand je te dirai « vas-y », tu cours. Je vais te couvrir.

Il dégaina une deuxième arme.

— Tu es prête ?

— Oui.

Le canon de son revolver pointé vers l'est, il poursuivit :

— File vers le vieux car scolaire. Cache-toi du côté qui n'est pas éclairé par le motel.

Pourvu qu'il n'ait pas l'idée d'emprunter ce vieux car, se dit-elle.

Le problème, c'est qu'ils avaient absolument besoin d'un véhicule et qu'il n'y avait guère le choix.

Il ouvrit la porte.

— Vas-y.

Elle partit en courant vers le car sur lequel quelqu'un avait peint en rouge « Californie ou rien ». Les mots étaient étranges, aussi étranges que l'autocar garé là, autocar d'autant moins engageant qu'il était vieux et qu'Eddie, qui rôdait dans le coin avec un fusil et probablement peu de patience, s'y cachait peut-être.

Heureusement, le calme était revenu. Pour l'instant. Car à l'instant où elle atteignait le côté droit du car, Eddie recommença à tirer. Aussitôt McBride riposta. Une pluie de balles s'abattit sur le parking. C'était l'enfer. Le bruit était assourdissant, surtout quand McBride tirait.

Soudain, alors qu'elle penchait la tête pour mieux appréhender la scène, elle vit la porte de l'accueil s'ouvrir et Ruthie, terrorisée, sortir. McBride lui cria aussitôt de rentrer. Il y eut un nouvel échange, très fourni. Ruthie se réfugia à l'intérieur et éteignit.

Alessandra posa son sac à terre et le fouilla à la recherche du 45 du Dr Lang. Au moment de le charger, elle s'aperçut que le gentil docteur avait acheté des balles incompatibles avec l'arme.

— Trop bête, gronda-t-elle.

Entre deux coups de feu, elle héla McBride.

— Donne-moi ton deuxième revolver.

— Tu sauras tirer ?

— Je suis la fille d'un fermier, McBride.

— Oui, mais d'un mennonite.

De nouveaux coups de feu claquèrent. Instinctivement, Alessandra se baissa, mais une main qu'on posait sur son épaule la fit sursauter. Elle se retourna d'un bond.

— Larry ? s'écria-t-elle, incrédule.

Il passa alors devant elle et tapa sur le dos de McBride qui venait de les rejoindre.

— J'ai entendu les premiers coups de feu et j'ai vu quelqu'un courir se mettre à l'abri, expliqua Larry.

— Oui, nous aussi. As-tu vu combien d'armes il avait ?

— J'en ai vu trois et je ne crois pas me tromper. Il avait du sang sur sa chemise. A mon avis, il est caché derrière les pins, là-bas au fond.

— Ça m'étonnerait, répondit McBride en hochant la tête. Les coups venaient des arbres qui sont là-bas, près de la réception.

— C'est important ? s'enquit Alessandra. De toute manière, maintenant, nous sommes coincés derrière ce car.

— Mais non, rétorqua Larry en montrant le motel. Je suis garé au bout, là-bas. Je me suis arrêté pour bavarder avec Ruthie et je repartais quand j'ai entendu le vacarme. J'ai pensé que vous aviez un problème et je suis revenu.

McBride regarda le motel.

— Bien, à trois on y va. Reste derrière moi et baisse-toi, dit-il à Alessandra.

C'est surréaliste, se dit-elle.

Dans quelle galère McBride l'avait-il embarquée ? Son monde était sens dessus dessous et elle ne savait plus où elle en était. Il lui ordonnait de courir, mais elle avait des semelles de plomb et l'impression de vivre des événements au ralenti.

Des balles fusaient de partout. On tirait de tous les côtés. Une telle fusillade était-elle normale ? se demanda-t-elle. Mais l'heure n'était pas aux questions. Il fallait courir. Essoufflée, elle arriva jusqu'au pick-up de Larry.

— Voilà, on y est, dit-il. Montez. On va essayer de filer sans se faire voir.

— OK, répondit McBride, mais c'est dangereux pour toi de rester avec nous.

— Vous avez un autre plan ? demanda le vieil homme en tournant son volant comme un pro.

— Dans l'immédiat, il faut semer Eddie. Tiens, dit-il en tendant un revolver à Alessandra. Prends mais n'enlève pas la sécurité et tire seulement si tu es sûre de toi.

Elle rangea le Sig Sauer dans le sac à dos qu'elle avait pris machinalement et lança un regard à McBride.

— Je détesterai toujours ton métier, McBride.

Rien n'avait changé, se dit-elle. Dès le début de leur vie commune, elle l'avait détesté.

— Quand je t'ai vu à la pompe à essence de Moe, j'ai tout de suite su que tu m'avais raconté des craques, dit Larry.

Il zigzaguait dans de petites allées quasiment invisibles.

— Et ensuite, quand tu as parlé de Cheech… Tu es flic, c'est ça ?

— Il était, rectifia Alessandra. Quand il tenait encore à la vie.

— Elle est hargneuse quand elle ne dort pas assez, expliqua McBride en regardant derrière eux. Tu peux nous emmener chez Cheech ?

— On y est presque. Mais qu'est-ce que tu vas faire avec le type qui vous poursuit ? Tu n'as pas peur qu'il vienne vous chercher ici ?

— Je doute qu'il ait entendu parler de cet endroit.

— Et que vous êtes mariés tous les deux, c'est aussi des salades ?

Larry donna un coup de volant si violent que son pick-up tangua dangereusement, puis il amorça la descente.

Terrorisée par la conduite de Larry, Alessandra freinait virtuellement en appuyant de toutes ses forces sur le plancher.

— C'est une longue histoire, commença-t-elle.

— Ça veut dire non, c'est vrai, intervint McBride.

Une nouvelle fois il se retourna pour voir s'ils étaient suivis puis il déclina leurs identités.

— Vous prenez beaucoup de risques pour nous, Larry, dit Alessandra.

— Ouais, ben, j'ai soixante-dix-huit ans et, ce que j'ai connu de plus marrant dans ma vie, c'est une partie d'échecs avec mes frères.

Il s'arrêta pour les laisser descendre.

— Voyez le dos-d'âne, là ? Vous passez dessus et cinq cents mètres plus loin vous verrez sa roulotte. Une vieille Airstream de 1947.

Ce ne fut que vingt minutes plus tard qu'ils aperçurent le cigare en aluminium. A cran, Alessandra s'arrêta. La conduite de Larry l'avait épuisée. La marche interminable le long de la rivière qui, d'ailleurs, était complètement à sec l'avait achevée. Larry avait oublié de préciser qu'il fallait la longer pour arriver de l'autre côté.

Avant de repartir elle époussetait les toiles d'araignée qu'elle avait accrochées au passage quand elle remarqua, dans le faisceau de sa lampe, qu'ils s'étaient assis sur une fourmilière.

— Zut, des fourmis, s'exclama-t-elle.

— Ça vaut mieux que des guépards !

— Tu ne crois pas si bien dire. Il y en a justement dans ces collines, tu le savais ?

— N'y pense pas. Dis-toi que tu t'éloignes d'Eddie, et c'est tout.

— A propos d'Eddie, il y a quelque chose de pas clair dans ce — appelle ça comme tu voudras — qui s'est passé là-bas.

— Ça s'appelle une fusillade, Alessandra, et je suis d'accord avec toi.

— Explique-moi alors, parce que ce que j'ai ressenti n'est qu'une impression, rien qui me permette d'affirmer quoi que ce soit.

— Je te le dirai quand j'aurai le déclic.

Après avoir repoussé une toile d'araignée énorme, il montra la roulotte, toute proche maintenant. Elle avait tout d'une vieille boîte de conserve géante et rouillée. Apparemment, Eddie n'était pas là, et c'était tant mieux.

Comme McBride n'avançait plus, elle le regarda.

— Alors quoi, on n'entre pas ?

— Eteins ta lumière.

— Qu'y a-t-il ? demanda-t-elle en s'exécutant.

— Tu n'entends pas ?

— Si, j'entends des insectes, les crapauds… Ah oui, et une voiture, on dirait.

— Oui, un ronflement de moteur.

McBride regarda l'arrière enfoncé de l'Airstream.

— … qui vient de la roulotte d'un homme qui est mort il y a quatre mois.

Eddie s'effondra dans son pick-up, essoufflé et suant comme un porc.

Comment cette connerie avait-elle pu devenir cet échange de pruneaux à trois ? Etait-ce le vioc avec le pick-up qui avait prêté main-forte à McBride ? ou était-ce Rory qui, shooté à mort avec sa came, avait perdu toute notion du danger ? Parce que, c'était sûr et certain, avant il n'avait jamais été un mec courageux. Jamais il n'allait au front.

Avec moult précautions, il retira sa chemise pour voir le trou qu'avait fait la balle dans son côté. Apparemment, elle n'était pas ressortie car il n'y avait pas d'autre trou ; c'était donc que le pruneau était encore dedans. Ils étaient à égalité, lui et McBride, maintenant, supposa-t-il. Ils avaient tous les deux tiré dans les arbres sur le fantôme. Une bonne giclée. McBride, plus que lui, mais peut-être qu'un des deux avait eu de la chance et que le type au fusil avait été touché lui aussi.

Bref. Se rétablir, c'était la priorité maintenant. Pour le fantôme, il verrait plus tard, à moins que ce ne soit Rory, auquel cas, il allait lui en coller une bonne dans la gueule et veillerait ensuite à ce que le reste des ordres de la grande sœur soit honoré comme demandé.

Une pyramide de blé, pensa Eddie en se pourléchant les babines, quinze jours dans une république bananière, et sa blessure au côté ne serait plus qu'un sale souvenir. Quoi qu'il fasse, il avait des munitions à ne savoir qu'en faire, et ça le démangeait d'appuyer sur la gâchette.

Mais son bon Dieu de sang coulait toujours, remarqua-t-il en se regardant le côté. Il attrapa la bouteille de gnole qu'il cachait sous son siège. La première gorgée l'aida à se détendre. A la moitié de la bouteille, qui lui glissa de la main, il lui sembla que les ombres qui planaient au-dessus de lui étaient devenues subitement très noires…

7

— Il n'y a personne, Alessandra.

Bien qu'elle le croie, elle resta plantée à l'entrée de la vieille roulotte. Méfiante.

— Non, mais il y a eu quelqu'un encore récemment. Regarde, le réfrigérateur marche, et le réservoir à huile du groupe électrogène est à moitié plein. C'est ça, le ronflement qu'on entendait.

— Peut-être un clochard.

A la façon dont il regardait partout, elle comprit qu'il ne croyait pas un mot de ce qu'il racontait.

— Une chose est sûre, Eddie se trouvait au motel ce soir et Rory s'est arrêté, hier, à la pompe de Moe. Et le contact de Rory est décédé. Que fait-on de tout cela, maintenant, McBride ?

Un mégot de cigarette était planté au milieu d'autres dans un cendrier.

— Ça, c'est la marque de Rory, dit-il.

Il prit une barquette qui avait contenu de la nourriture et la sentit.

— On s'enferme à clé et on s'installe jusqu'à demain.

— Et si Rory refait surface ?

— Je l'attrape et on retourne à Chicago via Rapid City.

— Tu oublies Eddie.

— T'inquiète, je l'ai bien en tête.

Il sourit.

— Beaucoup plus que tu ne crois.

Elle ne put s'empêcher de rire.

— T'arrives à penser à tout ça en même temps, McBride ?

— Ma tête est comme un mille-feuille. Toi, tu te trouves presque en haut de mes pensées.

Adossée au chambranle, elle le regarda avec un soupçon de curiosité amusée.

— Sérieusement ?

Il lui sourit.

— J'ai faim.

Elle écarquilla les yeux.

— De choses qui se mangent, précisa-t-il. Alors regarde ce que tu as de comestible dans ton sac à dos.

— Ne rêve pas, le prévint-elle en allant vers la table. Je n'ai pas grand-chose à te proposer. Tu n'avais qu'à pas oublier le tien sur le parking du motel.

Elle fouilla dans son sac et en sortit une boîte carrée.

— Une quiche, des barres de granola et une demi-bouteille de jus d'orange.

— Tu es belle, tu sais, dit-il soudain en s'avançant vers elle.

Elle brandit un couteau à la lame en dents de scie.

— Arrête de me regarder comme ça et coupe donc la quiche. Tu me diras ensuite ce qu'on fait si Rory ne se montre pas et qu'Eddie ne sait pas où nous sommes.

Il était tout près d'elle maintenant, et cette proximité la troublait. Il ne la touchait pas pourtant, se contentant de la couver des yeux.

Brusquement, il tendit la main.

— Donne-moi ton téléphone.

Elle farfouilla dans son sac.

— Tu as de la chance, je…

Elle fronça les sourcils.

— Les coups de feu…

Il composa un numéro sur le clavier du mobile qu'elle lui avait passé.

— Je ne te suis pas, là.

— Je sais maintenant pourquoi les coups de feu au motel m'ont paru bizarres.

Revoyant en détail ce qui s'était passé, elle enchaîna :

— La fenêtre de notre chambre a été soufflée par une arme lourde, un fusil à pompe, je pense. Quand j'ai vu Eddie sortir des buissons en courant, il n'avait que deux armes de poing. On peut imaginer qu'il a abandonné le fusil à pompe, si ce n'est qu'on a entendu des tirs provenant sûrement d'une arme lourde quelques instants plus tard.

McBride hocha la tête.

— Les coups de feu que Larry a entendus venaient du petit canyon qui se trouve de l'autre côté du motel. Ceux que j'ai entendus provenaient des arbres juste à côté.

— On ne peut pas être à deux endroits à la fois, dit Alessandra. A supposer que vous ayez tous les deux raison, il y avait deux tireurs. Qui ? Eddie et Rory ?

— On voit que tu ne connais pas Rory. Plutôt deux tueurs à gage.

Pour Alessandra, cette hypothèse n'était pas crédible.

— J'ai une autre approche. Et si l'un des types était là pour te descendre, et l'autre pour ramener Rory ? Les deux ont pu se rencontrer, décider de travailler ensemble et de se partager le magot.

L'idée sembla plaire à McBride.

— Voyons un peu ce que, moi, je vais pouvoir trouver, dit-il tout en jouant avec le mobile.

Alessandra frissonna des pieds à la tête. L'ambiance

dans la roulotte avait changé, lui sembla-t-il. Elle était électrique maintenant, électrique et irréelle. Une petite horloge accrochée à la cloison indiquait 3 h 10. Les aiguilles, immobiles, continuaient d'égrener un inutile et inquiétant tic-tac, on aurait dit une bombe à retardement sur le point d'exploser.

Elle était dans un autocar qui roulait sur une route droite bordée d'arbres. Des balles pointues comme des aiguilles de verre frappèrent soudain les flancs du véhicule. Encore une ou deux secondes, et les éclats de verre transperceraient la carrosserie rouillée.

Elle sentit son cœur s'affoler, son pouls battre plus vite et voulut crier, mais le cri s'étrangla dans sa gorge. Une des balles déchira alors le métal de la carrosserie et vint se ficher dans sa poitrine.

Réveillée en sursaut, elle battit des paupières et roula sur le côté pour échapper aux balles… et à son cauchemar, et se retrouva par terre ou plus exactement sur quelque chose de souple et qui bougeait.

Complètement réveillée cette fois, elle poussa un cri et se releva sur les genoux.

— McBride !

— Oui, je suis là.

Il la prit par la taille et tenta de la calmer.

— Tu es à genoux sur mon estomac, Alessandra. Un peu plus bas, et tu m'émasculais.

— Quoi ? Oh !

C'était sur McBride qu'elle avait roulé alors qu'elle rêvait. Ils se trouvaient dans une caravane, et les balles qu'elle avait cru entendre n'étaient autres que la pluie sur le toit de l'Airstream.

— Ton genou, dit McBride.

Elle se releva, avec difficulté, car elle était engoncée dans son sac de couchage et regarda encore l'horloge dont les aiguilles immuables — tic-tac tic-tac — indiquaient toujours 3 h 10.

D'un geste de la main, elle retira les cheveux de ses yeux, et essaya de reprendre pied dans la réalité. Elle vit alors McBride et son pansement, et le souvenir de sa blessure effaça complètement la peur qui l'avait réveillée en sursaut.

— Comment va ton épaule ? Ouille, ouille, ouille.

— Qu'y a-t-il ? demanda-t-il, se relevant aussitôt.

— Rien, c'est mon pied qui est mort.

— Mort ou endormi ? Parce que si c'est endormi, il a de la chance, lui.

— Garde tes sarcasmes pour toi, tu veux bien ? Le lit du copain de Rory est pire qu'une paillasse de prison. Je pense que j'aurais mieux dormi par terre.

Comme elle remuait le pied en grimaçant, il lui prit la jambe et la massa. Très vite, les picotements cessèrent.

— Tu ferais un bon kiné, lui dit-elle pour ne pas penser à ce qu'elle ressentait.

— S'ils ne veulent plus de moi comme marshal, je m'en souviendrai, plaisanta-t-il.

Elle le regarda en douce. Il était incroyablement beau. Un homme solide et sexy, comme elle n'en avait plus jamais croisé depuis leur séparation. Seule ombre au tableau, le penchant suicidaire que certains avaient décelé chez lui. Elle s'était souvent demandé si, en son for intérieur, il ne se reprochait pas les fautes de son père et ne se sentait pas le devoir de réparer à sa place.

C'était absurde évidemment, mais c'était comme ça. Les enfants observent, ils sont témoins et enregistrent et, peu à peu, deviennent ce qu'ils ont vu et vécu. Dans le cas de

McBride, ce qu'il avait vu et absorbé avait forgé sa vie, fait de lui ce qu'il était devenu. Plus son père sombrait, plus sa volonté de s'élever s'était renforcée. Malheureusement, il l'avait fait avec la même inconséquence que l'homme qu'il avait décidé de ne jamais imiter.

Elle vit qu'il souriait.

— On joue les psys ? se moqua-t-il.

— Non. Enfin… si… peut-être.

Elle hésita.

— Oui. J'espérais que ton goût pour la mort finirait par disparaître mais je vois qu'en fait ça continue.

— Ce n'est pas exact. Si c'était vrai, la fusillade d'hier soir ne se serait pas passée comme ça.

— Tu veux dire que tu serais allé jusqu'au bout, quoi qu'il advienne ?

Il caressait toujours son mollet, et elle le laissait faire car elle aimait ça.

— Je serais resté au motel plus longtemps, oui. Je ne tiens pas à mourir, tu sais. Mais je veux arriver à mes fins. Hier soir, te sortir de cet enfer était beaucoup plus important que continuer à vider mon chargeur sur Eddie.

— Et sur le deuxième tueur.

— Oui.

A son regard, elle vit qu'il ne pensait plus à la fusillade. Pour éviter que la situation ne dégénère, elle agita la jambe pour qu'il la lâche et s'assit en tailleur sur son sac de couchage.

— Tu sais que tu me plais habillée comme ça, dit-il un sourire canaille sur les lèvres. Petite culotte, petit haut, ça te va très bien mais, à moins que tu ne souhaites qu'on reprenne là où on en est restés hier soir dans la salle de bains du motel, je te suggère de passer à la douche. Eh oui, elle fonctionne.

Malgré l'intonation sensuelle et sa façon traînante de parler, elle sourit.

— Alors, que choisis-tu, Alessandra ? reprit-il en haussant les sourcils comme elle ne bougeait pas.

Elle rétorqua qu'elle n'aurait jamais dû lui dire qu'elle déménageait pour aller vivre à Rapid City, et commença à préparer ses affaires de toilette.

— Au fait, tu ne m'as jamais dit pourquoi tu t'étais installée là-bas. Tu avais un bon job dans une des cliniques vétérinaires les plus réputées de Chicago, et je t'avais promis de ne pas t'enquiquiner.

Elle haussa les épaules et déplia la serviette qu'elle avait achetée à Dead Lake.

— La sœur de Joan, Lottie, travaillait dans cette clinique. C'est par elle que j'ai connu Joan et par Joan que j'ai connu le Dr Lang. J'avais envie de changement, il cherchait un associé. Chacun y a trouvé son compte.

La main sur la poignée de la porte de la salle de bains, elle s'arrêta.

— Je change de sujet : quel est le programme pour aujourd'hui ? Parce que j'imagine que l'on ne va pas rester traîner ici ?

McBride tendit la main pour lui emprunter une nouvelle fois son mobile.

— Tu en sais autant que moi pour l'instant, Alessandra.

Elle crut l'entendre rire.

— Pour ce qui est de l'eau chaude, tu peux tout utiliser, je me doucherai à l'eau froide, ça ne me fera pas de mal.

Elle préféra interpréter sa remarque comme une annonce de départ.

Elle avait sa vie, son métier, des amis et un chez-elle. D'accord, elle avait aussi un éleveur de taureaux qu'elle avait tellement mécontenté qu'il l'avait menacée. Mais lui, au moins, ne l'avait pas visée avec un fusil, hier soir, devant le motel de Ruthie.

Il y avait toujours de l'eau chaude quand elle finit de prendre sa douche, son rituel du matin. Elle sortit de la salle de bains habillée, jean, T-shirt blanc impeccable et nouvelles chaussures de marche. Fin prête. Sachant que le pick-up de McBride ne serait pas réparé et que, avec Eddie qui rôdait en ville, s'attarder à Ben's Creek n'était pas recommandé.

— Joan dit que son neveu et sa petite amie se sont disputés dans son chalet de Dead Lake, il y a deux nuits, annonça McBride.

Il échangea le téléphone contre la serviette humide.

— Elle pense que je me suis aventuré dans une histoire très risquée et compte sur toi pour me dire qu'elle m'arrachera les — tu vois quoi — s'il t'arrive quelque chose. Et elle ne plaisante pas.

Il prit un air malicieux.

— Je parie que Joan ignore de quoi tu es capable quand tu as une arme dans les mains, ajouta-t-il avant de passer à son tour à la salle de bains.

Cinq minutes plus tard, McBride revenait, jean propre et chemise écossaise pas boutonnée. Il avait tout du bûcheron canadien. Il prit la bouteille de jus d'orange, en but une gorgée puis, se tournant brusquement vers Alessandra, lui barra la bouche d'un doigt.

— Chut. Il y a quelqu'un qui vient.

Plaqués contre le mur, ils tendirent le cou pour essayer de voir dehors.

— Le pas est lourd, ce n'est pas Eddie.

Il s'approcha de la fenêtre et se mit en position. Si quelqu'un entrait, il était prêt à lui sauter dessus.

— Bon Dieu ! jura-t-il soudain.

La saisissant par le cou, il déposa un baiser sur ses lèvres et sortit sans un bruit. Et sans explication.

Elle aurait bien frappé quelqu'un, surtout McBride, pour la frayeur qu'il lui avait faite. Quant à son baiser, qui l'avait autant surprise que tétanisée, elle s'en serait passée.

En revanche, elle n'en voulait pas à Larry Dent. C'était lui, l'homme à la démarche lourde, et il se trouvait maintenant avec eux devant la roulotte. Comment reprocher quelque chose à quelqu'un qui ne savait que faire — au risque de se mettre en danger — pour les aider ?

— Je t'ai rapporté ton sac, dit-il à McBride. Et je vous ai acheté des provisions. Tout ce qu'il vous faut, selon moi.

Ses yeux pétillaient, il était content de lui.

— On réglera ça plus tard. Ensuite, je suis allé chez Moe et j'ai fait tourner le gros monstre noir qu'il est trop vieux pour conduire maintenant. Le monstre de Moe est nerveux et sûrement plus puissant que le pick-up qui vous a montés ici, faut pas se fier aux bosses et aux éraflures. Des questions ?

— Oui, répondit McBride en rangeant son arme. Tu ne veux pas signer avec les US marshals ?

— Tu n'as qu'à m'enlever trente ans, et je suis ton homme.

Larry regarda les nuages noirs qui s'amoncelaient au-dessus de leurs têtes.

— Qu'est-ce qu'il y a eu comme flotte, cette nuit ! Ça nous a pas empêchés, Morley et moi, de faire le tour du motel au petit matin. On a vu des traces de sang. C'était surtout dans le fossé d'où les coups de feu partaient, comme je vous ai dit.

— Eddie ? suggéra Alessandra.

McBride opina du chef.

— Autre chose ?

— On a trouvé des bastos, on les a mis dans des sacs pour toi. Ruthie a reçu des pruneaux dans trois de ses fenêtres, je te prie de croire qu'elle est fumasse.

— McBride lui enverra un chèque, promit Alessandra sans consulter McBride qui la regarda, un peu étonné.

Mettant son audace sur le compte de ses nerfs mis à mal depuis quelques jours, elle sortit de la caravane pour aller éteindre le groupe électrogène.

— J'ai déjà entendu ce drôle d'engin faire du potin, commenta Larry lorsqu'elle revint. Ça vient avec le reste. Les coups de feu, les traces de sang, les fenêtres qu'ont été cassées, on a un hippy qu'a décampé de sa roulotte au milieu de la nuit et, pour couronner le tout, on a une effraction chez le Dr Dyer.

Comme ils refaisaient en sens inverse le chemin pour rejoindre la route, McBride reprit :

— Chez lui ou à son cabinet ?

— C'est le même endroit. A Ben's Creek.

— Qu'est-ce qui a été volé ?

— Des pansements, des instruments coupants, deux bouteilles de Black Jack.

— Drôle de voleur ! Ça ressemble un peu à quelqu'un comme… Eddie.

Alessandra fit un écart pour ne pas marcher dans une flaque.

— Des témoins ?

Larry éclata de rire.

— J'aime pas trop le dire mais, en général, à 9 heures du soir, on a plié bagage. Une chose quand même.

Comme il riait, Alessandra s'arrêta pour le regarder.

— Ruthie veut savoir, quand tout ce cirque sera fini et que tout le monde sera en prison, si l'histoire va sortir dans *People Magazine*. Parce que, si c'est oui, faut la prévenir, qu'elle ait le temps d'aller chez le coiffeur.

L'idée de Ruthie sur son trente et un et les cheveux frisottés fit rire Alessandra. Même Larry et McBride s'esclaffèrent.

— Le monstre est garé de l'autre côté de la colline, dit le vieil homme. Morley m'attend avec mon pick-up au carrefour.

Il prit les mains que McBride et Alessandra lui tendaient pour l'aider à grimper la côte.

— Sais pas s'il y aura quelque chose dans *People* mais, vous deux, faites attention à vous. Votre pick-up sera prêt dans quelques jours, au milieu de la semaine. Je veux tout savoir quand vous viendrez le récupérer.

Quand Alessandra s'arrêta en haut de la côte pour reprendre sa respiration, elle crut voir quelque chose bouger derrière un gros rocher à environ vingt mètres.

8

— Arrête de me regarder comme ça, McBride, dit Alessandra qui sentait les yeux de son ex-mari fixés sur elle. Il ne s'est rien passé, on est tous sains et saufs. Ce puma ne nous a pas attaqués, il voulait marquer son territoire, c'est tout.

Il lui lança un regard noir.

— Je me doute bien que tu ne l'aurais pas laissé nous dévorer tous les trois, ajouta-t-elle. Il a dû estimer qu'on ne valait pas le coup ou que trois c'était trop. Bref… Attention, nids-de-poule devant !

— Je les ai vus.

Ils roulaient sur des routes peu fréquentées et mal entretenues. McBride n'avait guère parlé depuis qu'ils avaient quitté Larry et repris la route. Trois heures de silence presque total. Il était agacé qu'elle l'ait empêché de viser le puma, mais elle savait que ce n'était pas la vraie cause de son mutisme.

Elle regarda l'heure à l'horloge du tableau de bord. 13 heures. Estimant qu'il faisait grise mine depuis trop longtemps, elle décida de le forcer à parler.

— Tu essaies de te mettre à la place de Rory, c'est ça ?

Il posa le bras sur le rebord de sa vitre.

— Si on veut. Je pense aussi à l'e-mail que j'ai reçu avant l'arrivée de Larry. Il disait : « Essaie Loden. »

— C'est une personne ou un lieu-dit ?

— Il y a des Loden dans dix-sept Etats, dont le Wyoming. C'est un nom de ville, bien sûr.

Elle regarda les montagnes au loin. Ce n'était pas les Black Hills, mais les Laramie Mountains.

— Je me demande si je reviendrai un jour chez moi, soupira-t-elle.

— Tout arrive à qui sait attendre, Alessandra. Tu seras à Rapid City pour Noël, promis.

— Est-ce que tu te rends compte que, à moins que toute la population de Loden n'ait moins de vingt ans, trouver Rory grâce à un vague contact équivaut à chercher une aiguille dans une botte de foin ?

— C'est le cousin de Cheech, ce contact.

— Ah. Il n'a pas de nom ?

— Billy.

Elle attendit la suite mais ne la voyant pas venir, insista :

— Billy. Billy quoi ?

Il ajusta le chapeau de cow-boy que Larry lui avait fourni en plus des provisions de bouche — des sandwichs, des biscuits et de l'eau.

— Billy. C'est mieux que rien, non ? Maintenant, pour être positif, je pense qu'on arrivera à Loden juste après Rory. Nous ne l'aurons jamais approché d'aussi près.

— Qu'est-ce qui te fait penser ça ?

Sourire énigmatique sur les lèvres, il répondit qu'il le sentait.

— Il doit être paniqué actuellement, ajouta-t-il. A moins qu'il ne soit notre deuxième homme de la fusillade d'hier, ce dont je doute, il doit savoir qu'il a deux, peut-être trois personnes à ses trousses. Je ne serais pas étonné non plus qu'il soit à court d'argent. Les plans à long terme ne doivent pas être son truc.

— J'imagine qu'il ne compte pas tirer de l'argent au distributeur.

— Absolument.

— Que peut-il faire d'autre, alors ?

— Il lui reste le vol ou un autre moyen, plus correct. Ma source dit qu'il a un faible pour le jeu, les dés ou les cartes.

Pour la troisième fois en l'espace d'une minute, McBride jeta un coup d'œil dans le rétroviseur. Le voyant faire, Alessandra se retourna.

— On est suivis ?

— Il y a deux semi-remorques derrière nous et un petit camion. Mais ils gardent leur distance.

Rassurée, elle laissa libre cours à ses souvenirs. Il y en avait des bons, des moins bons aussi, qui passaient en flashs devant ses yeux. Autres temps. Autres lieux. Des randonnées à ski dans le Colorado, Etat dont McBride était originaire. Leur lune de miel mémorable en Afrique. Des vacances paradisiaques aux Bahamas, palmiers, mer et bains de soleil.

Le dernier souvenir l'assombrit. Sa mère aurait adoré McBride.

Elle le vit une nouvelle fois regarder dans le rétroviseur.

— McBride, que se passe-t-il ? Moi, je ne vois rien de spécial.

— C'est très dégagé autour de nous. Je pense qu'Eddie a une voiture plus rapide que la nôtre et, si c'est son sang que Larry et Morley ont vu ce matin, il doit être pressé.

— Bien, je surveille, dit-elle, pas rassurée du tout. Toi, conduis.

Le soleil les aveuglait. Un monomoteur qui volait en rase-mottes au-dessus d'un champ de blé brillait dans le lointain. Le spectacle lui rappela une scène de *La Mort aux trousses* d'Hitchcock, avec Cary Grant et Eva Marie Saint, qu'elle avait adorée. Mais, cela, c'était autrefois, dans une vie antérieure…

Le gros pick-up noir de Moe avait une radio. Elle l'alluma — elle fonctionnait, hourra — et chercha une station qui diffusait de la musique country.

Tout en roulant, ils mangèrent et burent. Alessandra alternait les coups d'œil, tantôt dans le rétroviseur, tantôt vers McBride, que, décidément, elle trouvait très beau.

Elle se cala contre le dossier de son fauteuil en soupirant.

— Sois sage, s'enjoignit-elle.

— Tu parles toute seule, maintenant ? lui dit McBride en riant. Tu dois avoir besoin de te dégourdir les jambes et d'air frais. Je vais m'arrêter à Rosewater pour faire le plein, tu en profiteras pour t'aérer.

Mais Rosewater était encore loin. Une demi-heure d'autoroute suivie d'une grande courbe dans la forêt et de sept kilomètres à travers collines et vallées.

Bientôt, les champs de céréales cédèrent la place à des bosquets, puis à une succession de petites maisons assez pauvres. Aux abords de la ville, Alessandra repéra un supermarché, modeste, et l'inévitable station-service avec une aire de repos et un café.

— Rosewater, dit-elle ironiquement. Je ne vois pas beaucoup de roses à l'horizon !

Sur cette remarque, elle descendit de voiture et s'étira.

— Ça fait du bien de marcher un peu, dit-elle.

Ils s'approchèrent du café.

— Que dirais-tu d'un burger frites ? fit McBride.

— Je viens d'avaler un sandwich au jambon.

— Je vois qu'ils font des plats maison.

— Bien sûr ! Bien gras ! Tes artères doivent te maudire, McBride. Mange si tu veux, moi, c'est non. Pendant que tu te gaves de graisse, je consulterai mes messages, j'ai vu que Larry m'en avait envoyé un.

Il passa devant elle et poussa la porte.

— Ne bouge pas de là que je te voie, dit-il.

— J'ai quand même le droit d'aller aux toilettes, non ?

Elle le suivit à l'intérieur du café. Il faisait sombre. Les murs en lambris devaient dater de la construction de l'établissement, c'est-à-dire pas d'hier. Ils étaient tapissés d'affiches et de photos jaunies de chercheurs d'or dépenaillés et hirsutes, de cow-boys gris de poussière et de trappeurs fiers d'exhiber des peaux de bêtes.

Pas très appétissant, pensa-t-elle. Mais il n'était pas possible de récrire l'histoire, si ? Et, à ses yeux, le spectacle de la femme qui tournait et retournait les burgers sur le gril, un mégot au coin des lèvres, était bien pire que la crasse sur les murs.

Dégoûtée, Alessandra détourna les yeux et lut le message de Larry.

Morley et lui avaient, semble-t-il, fouillé les alentours du motel, sous les buissons, tous les coins et recoins offrant des cachettes possibles. Pendant leur battue, ils avaient découvert des traces de pneus et d'autres taches de sang, mais rien qui ressemble à ce qu'ils espéraient trouver.

Relevant les yeux de son écran, elle remarqua un homme qui la zieutait en se curant les dents. Elle reflua vers un endroit encore plus sombre.

Du côté du gril, la graisse giclait joyeusement. La guitare country emplissait la pièce des accords grinçants de ses cordes pincées. Les mouches et les moustiques s'en donnaient à cœur joie. Trois filles flanquées d'un garçon entrèrent, tenant un basset en laisse. Deux des filles allèrent droit au bar où McBride bavardait avec un homme en chemise blanche couverte de taches. Elles gloussèrent. McBride leva les yeux pour les regarder, sourit et reprit sa conversation.

Les pauvres filles, elles doivent être déçues, pensa Alessandra. Elle embrassa d'un coup d'œil le reste de la salle. L'homme au cure-dent claqua sa chope de bière sur la table en rotant bruyamment.

— Tu m'emmènes dans de drôles d'endroits, McBride ! ronchonna-t-elle tout bas en rangeant son mobile dans son sac.

Elle ne vit rien venir. Elle entendit seulement un pas pressé et, brusquement, sentit une main sur sa bouche. Une autre main lui tordit le bras derrière le dos.

— Viens, ma jolie, dit une voix d'homme derrière elle.

L'individu la fit pivoter et la poussa devant lui. Elle n'avait pas fait attention au couloir au fond du café. Il était étroit et tournait tout de suite à angle droit. Au bout, il y avait une porte — que l'homme ouvrit d'un coup de pied — qui donnait dehors, sur un cimetière de machines cassées, de poubelles éventrées au milieu desquelles gisait une carcasse de pick-up sans roue.

— Allez, grimpe ! ordonna-t-il.

Elle avait beau se débattre et se démener pour résister, il réussit à la pousser à l'intérieur du véhicule.

Ce n'était pas Eddie, se dit-elle, terrorisée. Elle connaissait sa voix, elle l'aurait reconnue. Le deuxième homme de la fusillade, alors ?

Le type lui donna un méchant coup dans le dos pour la pousser au fond. Il lâcha son bras mais lui empoigna les cheveux et lui cogna la tête contre la carrosserie.

— Maintenant, tu m'oublies, compris ? hurla-t-il en la faisant se retourner. Et ton McBride, fais comme tu veux, mais faut qu'il dégage de mes pattes. Tu piges ? Sinon…

A moitié assommée, Alessandra sentit quelque chose sur son cou. Du métal. Froid. Une lame. Un couteau ?

Elle ne voyait pas grand-chose, juste un rai de jour qui barrait la figure lunaire de son agresseur.

Choquée et paniquée elle demanda :

— Vous êtes Rory, c'est ça ?

Il hocha la tête en signe d'acquiescement.

— Dis à ton McBride de déguerpir. Qu'il descende Eddie d'abord, celui-là, je m'en fous. Faut juste que je disparaisse. Pour de bon. Comme ça, la famille n'est pas ennuyée. Les secrets restent secrets. Tout le monde est content. Alors file et vis, bon Dieu ! Mais si vous continuez à me coller au train, alors cette fois, McBride et toi, couic. Tu as vu ? Simple, simple. Pas de quartier !

Elle reprenait peu à peu ses esprits, juste assez pour rétorquer :

— Si vous voulez que McBride rentre chez lui, pourquoi lui avoir tiré dessus hier soir avec votre fusil d'assaut ?

— Un quoi ? T'es dingue !

Il pouffa de rire.

— J'suis nul avec les armes. C'est que du baratin de ma sœur. Elle a sorti ça, et tout le monde croit maintenant que je suis une brute. Un sauvage, le grand méchant Rory Simms.

Il reprit en soupirant :

— Moi, ce que je voulais, c'était écrire des poèmes.

Des poèmes ? Alessandra essaya de réfléchir.

— Vous êtes sûr que vous ne vous trompez pas au sujet de votre sœur ?

Il hésita, comme si la question qu'elle venait de lui poser éveillait un doute chez lui, mais il se ravisa aussitôt.

— Peut-être que je me trompe mais je m'en fous. La seule chose qui m'intéresse, c'est qu'on me laisse tranquille.

— Ça veut dire qu'Eddie s'en ira si McBride abandonne la partie ?

— Oui. Enfin, peut-être. Non, sûr, il sera pas jouasse mais, quand un autre boulot se présentera, il oubliera McBride et pensera plus qu'au fric. Et voilà, ça sera nickel pour tout le monde.

La porte du café s'ouvrit. Rory se retourna pour voir qui sortait dans la cour et en jurant poussa Alessandra contre la carrosserie. Elle entendit un « Bon Dieu ! Mais qu'est-ce qu'il fout… » et aperçut le jeune de tout à l'heure qui tripotait sa braguette en se penchant contre la porte.

Voilà, se dit-elle dans le brouillard de son esprit, voilà la raison pour laquelle McBride et elle s'étaient séparés. Le monde de hors-la-loi dans lequel il évoluait n'était peuplé que d'épaves comme Rory Simms, un pauvre type potentiellement aussi dangereux que l'autocar dans lequel elle avait failli perdre la vie.

Pour la deuxième fois en deux jours, McBride dut partir à la recherche d'Alessandra dans les toilettes d'une station-service. Cela faisait huit minutes déjà qu'elle avait quitté la salle. Trois minutes de trop. Mais un type avec un cure-dent avait harcelé une des jeunes filles, et il avait dû s'en mêler.

Sur les portes des toilettes étaient écrits « homme » et « femme ». Et, dessous, « en panne ». Connaissant Alessandra il allait tout de même ouvrir la porte « femme » quand le garçon qu'il avait vu entrer un peu plus tôt surgit, tout rouge, se tenant le bras.

— C'est un fada, ce gus ! Il a fait monter une gonzesse dans la vieille caisse qui servait avant à transporter les poulets. Y a de la fiente de poules partout par terre et…

McBride n'attendit pas la fin du discours, il partit en trombe, laissant le garçon parler tout seul.

Et heurta Alessandra qui accourait en sens inverse. Il étouffa un cri comme elle entrait tête la première dans son épaule douloureuse. Il lui releva la tête et lui prit le bras.

— Tu n'es pas blessée ? Que s'est-il passé ?

Elle empoigna sa chemise et le secoua.

— Je ne suis pas blessée. C'était Rory. Il s'est enfui quand le garçon est arrivé. Je ne pense pas qu'il soit armé. Il m'a mis un couteau sur le cou, un petit couteau qui est tombé quand il s'est sauvé. Par là.

McBride suivit son regard.

— Rentre, dit-il en la poussant à l'intérieur. Et reste là. Si tu pouvais jeter un coup d'œil au bras de ce garçon, il saigne. Tu as mon deuxième revolver, si tu vois Rory avant moi, sers-t'en.

Refermant la porte du café derrière elle, il commença à faire le tour du bâtiment, son arme à la main.

Plus il y pensait, plus l'idée que Rory, l'ignoble Rory avec sa face lunaire et ses pattes sales, avait touché Alessandra le mettait en rage. Ah, il paierait, le salaud. Pour ça et pour tout le reste. A sa connaissance, ce n'était pas un violeur, mais cela ne voulait pas dire qu'un jour, dans des circonstances données, il n'ajouterait pas ce crime à la liste de ses autres délits.

Cent mètres après le café, McBride s'arrêta. L'endroit, une clairière, était bordé d'arbres et de buissons épais. Plus loin, à perte de vue, s'étendait un champ de blé.

Il inspira à fond, scruta les lieux, écouta.

Les oiseaux piaillaient, les insectes bourdonnaient. Le soleil, haut dans le ciel, chauffait. Dans les champs, le blé ondulait. Il y avait dans l'air des odeurs de poussière et de fuel mêlés.

Mais aucune trace d'être humain.

McBride regarda vers la route. La seule visible d'où il se trouvait. Il allait partir dans cette direction quand un cri s'éleva dans le café.

9

— C'est juste une égratignure, dit Alessandra d'un ton très professionnel pour calmer la fille qui pleurait. Rien de grave.

Le jeune garçon blessé, encore pâle et tremblant, opina. La fille continuait d'alterner sanglots et reniflements.

— Mais il y a beaucoup de sang, gémit-elle. Et je vois l'os…

Les yeux révulsés, elle s'effondra sous le regard affolé de ses amis. La cuisinière accourut d'un pas quasi militaire.

— Bonnie Lynn, debout et arrête ton cirque. Ton père est boucher, bon sang. Quant à toi, mon garçon, tu laisses faire le docteur qu'on puisse tous continuer à manger.

Une porte qui claquait l'interrompit.

Alessandra leva les yeux. Debout dans l'encadrement de la porte, McBride les regardait. Il était seul — il n'avait donc pas attrapé Rory. Il avait l'air en colère.

— Volatilisé ? dit-elle en s'affairant de nouveau sur le bras du garçon.

Après un regard appuyé à l'homme au cure-dent, McBride s'approcha.

— Je pense que son véhicule était garé derrière les buissons près de la station-service.

Du menton, il montra le bras du blessé.

— Il y en a pour longtemps ?

— Dix minutes. Il y a un médecin en ville, je ne vais pas faire de suture, juste un pansement. Il s'est coupé sur un morceau de fer quand Ro… quand le type qui m'a agressée l'a assommé.

Elle entendit un bip dans son sac.

— Un texto, lui signala-t-elle.

McBride récupéra le portable dans son sac pour lire le message. C'était Larry.

Morley et moi venons de trouver le corps d'Edward Louis Rickars à huit kilomètres de la ville. Vidé de son sang dans son pick-up. Blessé à mort par un fusil d'assaut…

— Ainsi donc, Eddie, alias Edward Louis Rickars est mort, dit Alessandra. J'ignore ce qu'il avait en tête. Te tuer pour pouvoir ramener Rory à sa sœur, ou te tuer pour permettre à Rory de disparaître. Quoi qu'il en soit, pour nous, c'est un énorme problème en moins. Rory, c'est une autre histoire. On ignore ce qui lui revient aux oreilles, ce qu'il sait ou ne sait pas… Ne penses-tu pas alors que c'est complètement fou de croire qu'il va aller à Loden ?

En accélérant pour doubler un trente-cinq tonnes, McBride la projeta en avant, les deux mains sur le tableau de bord.

— Pitié, McBride, moins vite ! Tu vas nous tuer.

Ce n'était plus les nids-de-poule qui lui faisaient peur maintenant, mais la vitesse. Agrippé au volant du pick-up de Moe, McBride fonçait sur l'autoroute, et le paysage défilait, gris et flou.

— Il essaie de la jouer plus malin que nous, Alessandra.

— Tu veux dire qu'il va aller là où l'on s'attend à ce qu'il aille ?

— Oui. Parce que, dans son esprit, c'est le dernier endroit où, croit-il, on ira le chercher.

Alessandra fronça les sourcils.

— Logiquement, n'aurait-il pas intérêt à rayer purement et simplement Billy de la liste de ses contacts, pour se rendre directement chez le suivant sur sa liste ?

— Logiquement, oui. Mais s'il s'est montré à toi, c'est qu'il l'a bien voulu, car il pouvait faire autrement. C'est le signe de son désarroi. Qu'il apprenne ou pas ce qui est arrivé à Eddie, moi, je parie sur Loden et sur son manque de logique.

Comme elle n'en savait pas assez sur l'homme pour argumenter, elle s'occupa de ses messages, qu'elle avait négligé de lire pendant le week-end, et laissa McBride se concentrer sur la route.

Elle avait déjà lu ceux de Joan et de Larry. Les publicités de laboratoires pharmaceutiques pouvaient attendre. Deux amies de Rapid City lui proposaient une soirée entre filles avant Labor Day. Des clients lui envoyaient des photos de leurs animaux domestiques guéris ou en convalescence. Il y avait aussi des cartes de remerciements, des visages animés qui souriaient à belles dents et celle d'un cœur explosé d'où tombaient en pluie des messages d'amour accompagnés de *meuh-meuh* de vaches.

Suivaient deux invitations à dîner d'hommes dont les noms ne lui rappelaient rien. Ce qui n'était pas étonnant, car la présence de celui qui était assis à côté d'elle occupait tout son esprit.

— T'es ridicule, murmura-t-elle.

McBride dut l'entendre car il lui lança un drôle de regard.

— C'est de moi que tu parles ?

— J'aimerais bien, mais non. Tu sais, reprit-elle un instant plus tard, je me demande souvent ce qu'aurait été ma vie si j'avais épousé Toby, mon voisin, et que j'étais devenue fermière.

— Tu plaisantes ?

— Non.

Elle se tut puis, imaginant sa vie avec Toby au milieu des veaux, des vaches et des poules, se ravisa.

— Enfin, oui.

De nouveaux messages étaient arrivés sur son écran. Elle les ouvrit et les effaça.

— En fait, je ne sais pas. Peut-être. Quelquefois. Quand tu me trottes dans la tête et que ça me rend folle.

Sa remarque le fit rire.

— Parce que… je te rends encore folle ?

— Ça arrive. Même si je fais abstraction de ce qui se passe en ce moment.

— Je vois. Tu penses toujours que je suis suicidaire, c'est ça ?

— En un certain sens, oui. Et je ne le pense pas, je le sais. Je ne compte plus le nombre de fois où tu es rentré à la maison en te traînant, le visage tuméfié, le dos cassé, sans vouloir me dire ce qu'il t'était arrivé.

— Je préférais laisser dehors le côté sordide de mon métier. C'était pour t'épargner, tu sais.

— Comment voulais-tu que je me sente épargnée quand je te voyais rentrer meurtri, comme si tu avais été battu à mort ? Il fallait que je fasse comme si je ne voyais rien ? Que j'ignore ton état physique et psychologique et que je te dise « Allez viens, on va au restaurant » ? Parce que le bruit de fond des restaurants, qui empêche toute conversation sérieuse, est la réponse facile aux problèmes de communication des couples. De cette façon, la vie continue. Superficielle, car on veut surtout se garder d'aller au fond des choses. Jusqu'au jour où tu ne reviens pas blessé, cabossé de partout et sombre, parce que, en fait, tu ne reviens pas du tout. Et ce jour-là, lorsque je te revois, c'est sur un brancard, à la morgue. Et je ne sais pas pourquoi.

Assoiffée par sa longue diatribe, elle prit une grande gorgée d'eau, avant de conclure :

— Je trouve ça insupportable.

— Quoi donc ? Quand on ne rentre pas chez soi et qu'on se retrouve à la morgue ?

Elle trouva sa réponse tellement nulle qu'elle eut envie de le gifler, mais elle n'avait jamais giflé personne et n'allait pas commencer. Elle se contenta de hausser les épaules en soufflant et replongea dans ses e-mails.

— Tiens, dit-elle, calmée, quelques instants plus tard, un certain Tuman me demande d'être amie avec lui sur Facebook.

— C'est un nom jamaïcain, non ? Il y a un message ?

— Il dit que nous avons beaucoup en commun. Si je veux en savoir plus, etc., etc.

— Et alors ? Ça t'intéresse ?

— Pas maintenant… Oh… Tiens… un autre message de sa part.

Sans trop savoir pourquoi, elle frissonna.

— Cette insistance… Ça me déplaît, je ne sais pas pourquoi.

— Parce que ça sent son obsédé.

— C'est peut-être une femme, riposta-t-elle. Dans ce cas… Oh ! j'aime pas ça.

Il lui lança un regard en coin.

— J'espère que c'est une mauvaise plaisanterie, ajouta-t-elle. Ecoute ça :

Vous m'ignorez, docteur Norris. Mais c'est mal joué. A cause de vous j'ai perdu ce que j'avais de plus cher, vous allez payer. Dent pour dent. Mort pour mort. Vous êtes prévenue. TUMAN.

Entre effroi et stupéfaction, elle relut.

— Ce second message date d'hier après-midi. Avant la fusillade au motel. J'ai peur, McBride.

McBride avait du mal à imaginer que quelqu'un puisse en vouloir à ce point à Alessandra. « Mort pour mort » ? Il y avait effectivement eu une fusillade impliquant deux tireurs devant le motel. Casey Simms, pour doubler ses chances, avait-elle envoyé son tireur d'élite à sa poursuite ? se demanda McBride. La tête pensante du cartel de la drogue n'était pas quelqu'un à perdre son temps, encore moins à perdre un homme capable. Il était donc peu probable que l'homme au fusil ait un lien avec elle.

D'un autre côté, contrairement à ce qui se dit souvent, les coïncidences existent, pensa-t-il. Un éleveur à la tête près du bonnet ayant perdu un futur taureau primé pouvait avoir piqué un coup de sang et être assez stupide pour faire un coup pareil, surtout après l'échec du piège tendu à la personne qu'il tenait pour responsable de son malheur. Ajouté à cela l'abus d'alcool — Alessandra avait dit que cet homme avait une solide réputation de buveur —, et c'était une bombe en marche. De là à poursuivre Alessandra avec un fusil d'assaut… ?

De quelque manière qu'il se rejoue le scénario, McBride ne comprenait pas. Rien ne collait. La menace, d'accord. Mais l'attaque au fusil d'assaut, non.

Alessandra, qui semblait elle aussi se perdre en conjectures de son côté, soupira.

— Bien, dit-elle en croisant les bras. Pour l'instant, si l'on s'en tient aux faits, quel que soit l'angle sous lequel on considère l'affaire, la dimension temps est curieuse. Le second message de Tuman a été écrit tôt dans l'après-midi. Les coups de feu ont été tirés le soir. Et ces coups de feu ont été tirés alors qu'Eddie était là et qu'il tirait lui-même.

Comme ils approchaient de Loden, McBride ralentit. La ville du Wyoming comptait six cent quatre-vingt-huit habitants, annonçait le panneau à l'entrée de la ville qui indiquait aussi qu'elle célébrait son cent soixante-quinzième anniversaire. La semaine allait connaître une succession de parades, de feux d'artifice, avec baraques de barbecues et de barbes à papa. Main Street serait fermée à la circulation le temps des réjouissances, et un syndicat d'initiative destiné aux visiteurs était installé dans les bureaux du shérif.

McBride suivit la déviation. Des panneaux de fortune avaient été peints à la main.

— Je ne suis pas un geek, dit McBride, mais je pense être capable de savoir d'où viennent ces messages.

Elle lui lança un coup d'œil à la dérobée.

— Je ne voudrais pas être négative mais il me semblait que tu te méfiais des gens de ton service.

— Tu ne penses pas que j'ai pu apprendre des choses au fil des ans ? Tu me vexes.

— Des choses, si. Mais l'informatique, je ne l'aurais pas parié.

Dans son rétroviseur, elle vit qu'un camion transportant des palettes les suivait.

— Larry dit qu'Eddie a été tué par une balle de fusil d'assaut.

— Oui. Et alors ?

— Rien. C'était juste une remarque, comme ça. Enfin… je fais peut-être une fixette mais je n'arrive pas à me sortir de la tête que Tuman, c'est Frank Hawley. Je suis peut-être obsédée par cette idée, mais lui est obsédé par ses taureaux. Il est caractériel. Il est aussi flanqué d'un gendre, un certain Ryder, qui n'est pas un enfant de chœur.

Elle remonta ses lunettes de soleil sur ses cheveux et regarda si son mobile, qu'elle avait mis en charge dans l'allume-cigare, était rechargé.

— Ryder est un ancien militaire. C'est un éleveur maintenant.

— Il élève aussi des taureaux ?

— Non, des chevaux. Dans son propre ranch qui jouxte celui de son beau-père. Ryder boit beaucoup et il aime se bagarrer.

Elle laissa passer quelques secondes et ajouta :

— Il est souvent venu m'entreprendre à la clinique.

— Ah ? Que te voulait-il exactement ?

— Ce que tu peux imaginer… dîner au restaurant, soirée en boîte, drinks et plus si affinités !

Incapable de contenir la vague de jalousie qui le submergeait, jalousie mêlée de colère maintenant, McBride éleva la voix.

— Quoi ? Tu as couché avec un homme marié ?

Elle prit son ton le plus ingénu.

— Tu peux me dire qui parle, là ? L'US marshal McBride ou l'homme dont je suis séparée légalement depuis je ne sais combien de temps ?

— Un peu des deux, rétorqua-t-il. Si tu me reparlais de cet ivrogne qui aime tellement se bagarrer. Qui sait, c'est peut-être intéressant, ajouta-t-il sarcastique.

— Je te répète que nous sommes séparés, McBride, et que ce que je fais ne regarde que moi. Mais si ça peut permettre de passer à autre chose, sache qu'il ne s'est rien passé avec ce Ryder.

Et d'ajouter, moqueuse :

— Maintenant, rappelle-toi : toi aussi, tu m'as fait des avances deux ou trois fois. D'accord, tu n'étais pas marié, mais…

Il lui lança un regard mauvais.

— Pendant que j'y pense, le chauffeur de car aussi, ajouta-t-elle.

— Tu veux parler du car qui a eu l'accident ? Tu ne me l'avais jamais dit.

Amusée par sa colère, elle éclata de rire.

— C'était un coureur. Dès qu'il voyait une femme, il ne se sentait plus. Le jour de l'accident, dès le premier arrêt il a tenté sa chance avec moi. Ensuite, ça a été au tour de la fille assise en face de moi, celle qui a fini avec une jambe cassée et une commotion cérébrale. En numéro trois, il y a eu une blonde de l'Arizona et, juste avant l'accident, je l'ai vu bavarder avec une certaine Georgia.

Un faucon qui planait au loin attira son regard.

— J'ai appris que Georgia était morte un mois après l'accident. La blonde est restée piégée dans le car.

— Je sais, je l'ai vue empalée sur un morceau de verre, mais Georgia, comment est-elle morte ?

— Je ne sais pas trop. Je crois que son décès n'est pas lié à l'accident. En fait, je n'ai pas trop cherché à savoir. Je n'avais qu'une envie à ce moment-là : oublier et essayer de vivre normalement. Mais c'est difficile. Encore maintenant, je me souviens de tout comme si c'était hier. Pas une seconde de ce voyage ne s'est effacée de ma mémoire. Parfois, j'ai l'impression d'être dans le car quand il dérape et qu'il dégringole, et j'entends les cris et je sens le fuel, je vois les étincelles des fils qui se touchent. Et il y a tout ce sang, mon Dieu, tout ce sang. C'est horrible ce que j'ai pu avoir peur.

Elle avait surmonté l'épreuve courageusement, se rappela McBride. Elle n'avait pas sombré comme cela arrive souvent après un drame.

— Le garçon à côté de moi était coincé sous un compartiment à bagages qui s'était détaché du plafond, poursuivit-elle, et j'ai tout de suite compris qu'il ne survivrait pas, même si les secours arrivaient très vite. Que peut-être personne ne survivrait, d'ailleurs. C'était…

Elle marqua un temps d'arrêt, fronça les sourcils et souffla très fort.

— Excuse-moi, j'ai fait une digression. C'est cette histoire de chauffeur du car qui faisait des avances à toutes les filles qui m'a égarée. Pardon.

Elle reposa la tête sur l'appuie-tête.

— Et puis il y a eu toi. Toi que j'ai vu pour la première fois à cette occasion horrible… Ma mère aurait dit que c'était une rencontre prédestinée. Mon père, une punition. Une punition pas si sévère que cela, en fait, puisque ça m'a permis de faire ta connaissance. Mais on s'éloigne de notre sujet.

Oui, de quoi parlaient-ils, au fait ?

Il dut réfléchir un moment car le rappel de l'accident l'avait absorbé.

— On parlait d'un certain Ryder, je crois.

Ryder. Le gendre qu'Hawley avait peut-être soudoyé, manipulé et poussé à agresser la vétérinaire coupable de tous ses maux.

— Je ne le pense pas capable d'une chose pareille, dit Alessandra. Je ne sais même pas si Hawley le ferait. Même pas pour se venger.

Elle se pencha pour regarder à travers le pare-brise.

— C'est un policier que je vois ?

— Oui, il vient de sortir de la voiture de patrouille.

— Tu es eu, McBride. Bien fait !

— Pour quoi ? Parce que je conduis un pick-up emprunté ?

— Pour rouler à cinquante à l'heure dans une zone à trente.

— Dans une petite ville comme celle-ci, c'est vexant.

— On voit que tu n'as pas connu le shérif qui sévissait chez nous quand j'étais jeune. On le surnommait « A-la-lettre ». Il fallait filer doux.

Ce n'est pas le shérif mais un jeune adjudant, un grand échalas sans charme, qui leur demanda de se ranger sur le bas-côté. Barney Pepper, c'était écrit sur le badge épinglé à sa poche de poitrine, leur remit une enveloppe et un pot de miel par la vitre.

— Bienvenue à Loden et à la célébration de son cent soixante-quinzième anniversaire. Ce miel est une production locale. L'hôtel est complet mais les chalets de Lakeside, là-haut dans la montagne, sont à moitié vides, la faute à Hank Tupper, ce vieux grincheux qui déteste le monde entier, surtout les étrangers. Alors, pour être sûr qu'on lui fiche la paix, il affiche des prix astronomiques. Si ça ne vous fait pas peur, allez-y, il aura sûrement une chambre à vous louer. Je vous souhaite un bon séjour.

Un vague sourire sur les lèvres, l'adjudant salua de la tranche de la main sur sa casquette et recula.

Amusée, Alessandra regarda McBride qui manœuvrait, puis le pot de miel.

— Tu te rends compte de tout ce que j'aurais raté si je ne t'avais jamais rencontré, tous ces gens, tous ces endroits, tous ces événements ! Sans compter les tueurs, les fuyards, Larry, Curly, Moe, Morley-trois-doigts, une cuisinière qui fait valser sa spatule et, maintenant, l'adjudant Barney grand distributeur de pots de miel devant l'Eternel.

Elle se souleva pour l'embrasser sur la joue.

— Ce n'est pas Loden ici, c'est l'Eden.

Les sentiments qu'il essayait d'étouffer depuis qu'elle avait réapparu dans sa vie le submergèrent brusquement. Elle avait eu tort de l'embrasser. Son baiser, ses lèvres, leur tendresse quand elles avaient effleuré sa joue… il était bouleversé, maintenant. Il voulait plus.

Une fois l'adjudant hors de vue, il gara le pick-up sur le bas-côté et actionna le frein.

— Pas si vite, ma chérie, dit-il en lui saisissant le poignet. Pour commencer, ce n'est pas l'Eden ici. Deuxièmement, mis à part les gens, les lieux et les événements, je n'ai jamais cherché à te faire courir un danger. Et troisièmement, j'attends de pouvoir faire ça depuis que notre petite séance dans la salle de bains du motel a été interrompue.

— Non, McBride, non.

D'un geste de la main sur sa poitrine, elle le repoussa mais il n'en tint pas compte.

— Reprends ta place dans ma vie, Alessandra. Ta place et tout ce qui va avec.

Au lieu de la lâcher, il l'attira à lui et happa sa bouche.

Emportée par un désir tellement violent qu'elle ne pouvait plus dire non, elle se serra contre lui en gémissant. Elle ne connaissait aucun homme qui embrasse comme lui, qui passe de la tendresse à la passion avec autant d'enthousiasme et d'appétit. D'anciennes images d'eux, peau contre peau, se cherchant, se découvrant, s'explorant, passèrent devant ses yeux.

Mais, pour l'heure, ils se trouvaient dans un véhicule garé au bord de la route avec un policier posté à moins de cinq cents mètres... Elle avait beau le savoir, elle n'avait qu'une envie : déshabiller McBride, lui enlever sa chemise, son jean. Pire encore, elle voulait qu'il lui arrache ses vêtements et le chevaucher.

Stupéfiée par la violence de son désir, elle tenta de réfléchir. Mais comment réfléchir quand elle ne se reconnaissait pas dans la femme survoltée qui l'habitait ? Comment réfléchir quand il l'embrassait avec fougue et qu'elle adorait son ardeur ?

— McBride, gémit-elle de nouveau en empoignant ses cheveux.

Mais il ne l'écoutait pas. Il avait repris ses lèvres et les goûtait, les mordillait, les dévorait.

Dans un éclair de raison, elle crut entendre ce que son père lui avait dit, un jour. « Méfie-toi, ma fille, de ce qui est excessif. » Il avait ajouté que certaines choses étaient dangereuses et qu'elle ne devait ni les accepter ni les désirer.

Le souvenir de cette mise en garde commença à la faire sourire, mais les caresses fébriles que McBride lui prodiguait la transportèrent dans un autre monde.

Ouvrant soudain les yeux, elle constata qu'elle s'était soulevée de son siège sans même s'en rendre compte et qu'elle le chevauchait. Mais...

— Il y a quelqu'un, murmura-t-elle. Il faut partir.

— Plus tard, marmonna-t-il en la caressant de plus belle.

Elle ne le repoussa pas, au contraire. Son ardeur lui rappelait tant de choses... C'était comme s'ils avaient fait l'amour la veille. Son odeur, son goût, ses gestes, ses mains et ses caresses, sa bouche, sa langue sur son cou, sur ses seins, sur ses hanches, ses cuisses, son...

— Oh !

Comme si elle avait reçu un coup de fouet, elle recula et lui prit les poignets.

— Tu n'es pas fou ? Tu as vu où nous sommes ?

Il releva la tête, la fixa d'un regard voilé.

— Je me moque de savoir où nous sommes, Alessandra.

Dans le rétroviseur, elle vit un 4x4 approcher.

— Pas moi. On ne va pas faire l'amour dans ce pick-up, McBride.

— Qu'est-ce que tu paries ?

— Rien. Je ne parie rien.

— Ce que j'essaie de te dire, c'est qu'on peut tout faire n'importe où. Peu importe le lieu, l'heure et le fait que nous soyons séparés.

— J'avais une bonne raison de te quitter. Une raison qui n'avait rien à voir avec notre entente au lit.

— C'est exact.

Il posa les yeux sur ses hanches et sur son jean qu'il avait commencé à déboutonner.

— Nous n'avons jamais eu de problème de sexe, reprit-il, rêveur.

— Non, jamais.

Elle remontait sa fermeture Eclair et se reboutonnait quand un bruit sec claqua, puis un autre, échos de deux coups de feu tirés juste en face d'eux.

10

McBride l'avait emmenée parce qu'il savait que la laisser seule dans le pick-up était encore plus risqué. C'était des tirs de revolver qu'ils venaient d'entendre, pas des coups de fusil. Malgré tout, l'arme était puissante. Le troisième coup de feu fit voler des morceaux d'écorce dans tous les sens.

Alessandra, tapie derrière lui, lui montra un bosquet dont les branches bougeaient.

— J'ai l'impression qu'il y a quelqu'un là-dedans.

Il pointa son arme en l'air.

— Essaie d'attirer son attention pendant que j'en fais le tour.

— Je vais faire ce que je peux.

Ce n'était pas rassurant. Malgré les battements affolés de son cœur et ses mains moites, des signes qui ne trompaient pas, elle tira quelques balles en direction du bosquet, le temps, espérait-elle, que McBride surprenne leur agresseur par-derrière. Elle s'inquiétait de se retrouver bientôt à court de munitions quand elle entendit des branches craquer. Une bordée de jurons suivit.

Elle relâcha la gâchette et appela doucement :

— McBride ?

— Je suis là. Je le tiens.

Elle se précipita et le trouva accroupi, tenant en

joue un escogriffe barbu, assis et grognant, son torse maigrichon nu dans une salopette déchirée. Il avait tout de Ribouldingue, l'un des trois Pieds Nickelés. Buste, bras, il n'avait pas un centimètre de peau qui ne soit pas tatoué. Ses pieds étaient nus aussi, sales, avec des ongles qui n'avaient pas vu de ciseaux depuis des lustres.

— Z'avez pas le droit, gronda-t-il à l'adresse de McBride avant de regarder Alessandra. Pouvez pas… Eh ben, dis donc…

Les yeux clignant d'admiration, il continua :

— Ah, c'est toi, la môme canon.

— Intéressant, fit remarquer McBride. Il n'y aurait pas quelqu'un qui t'aurait parlé d'elle ?

L'homme détourna les yeux et regarda par terre, mâchoires serrées.

— Je dis plus rien.

— Pas grave. Je vais tout raconter au shérif, et il verra ce qu'il fait de toi.

— Je chassais des écureuils, expliqua alors l'homme. Personne peut dire que c'est pas ça que je faisais.

— T'as raison, Billy. Personne. C'est ta parole contre la nôtre.

— C'est vrai.

Il cracha dans l'herbe.

— Même un crapaud avec un badge peut pas dire le contraire sauf si y'a un tém…

Il s'arrêta à mi-mot avant de reprendre en roulant des yeux :

— Comment… comment que tu m'appelles, déjà ?

McBride mit une balle dans son chargeur et sourit.

— On raconte que Rory et toi ça remonte à loin, quand il cherchait à couper avec sa famille pour monter sa propre affaire loin d'ici. Ça s'est pas fait, et Rory est revenu chez lui, la queue entre les jambes, sans le sou, encore plus pauvre après les pots-de-vin qu'il a fallu qu'il débourse. Le truc, c'est que sa famille n'a jamais su ce qu'il avait fricoté pendant ces quatorze mois d'absence, ni avec qui.

Billy se passa la langue sur les lèvres. Il plissa les yeux.

— J'sais pas de quoi tu parles.

— Je crois bien que si, répondit McBride. Mais je m'en fiche. Le shérif, lui, pensera bien ce qu'il veut.

Leur prisonnier se cabra.

— Tout ça, c'est que du boniment de policier. Et me demande pas comment je sais qui t'es, j'ai vu ton badge sur ton ceinturon. Le shérif a aucune raison de m'interroger. Je fous pas le souk, et il me laisse tranquille vu que je fais mon affaire de la racaille locale. Et vu aussi que je peux descendre un moucheron en vol à cinquante mètres.

— Ça fait beaucoup d'infos, tout ça. Maintenant dis-moi où se trouve Rory. Sinon, je tire et je te prie de croire que moi aussi je sais viser.

— Avance, grommela Billy. Si t'es un mec.

Alessandra soupira, avant de reculer.

Soutenant le regard de son adversaire, McBride appuya sur la gâchette. Une pierre sauta dans l'entrejambe de Billy, ricocha sur sa joue et le fit bondir, complètement affolé, sur le côté.

— T'es fou ou quoi ! gronda-t-il. T'as failli me tuer… Pas étonnant que Ror…

Il alla s'adosser à un tronc d'arbre.

— Cinglé, va !

La peur avait maintenant cédé la place à la colère et aux reproches.

— Je ne t'ai jamais frisé la moustache comme ça, moi.

Il se toucha la joue.

— Je saigne ?

— Un peu, répondit Alessandra. Ecoute, Billy, McBride, il n'en a rien à faire de toi.

— C'est ce que je vois.

— Si tu nous dis où est Rory, on te laissera tranquille.

— C'est toi qui dis ça ou c'est lui ?

— Elle, intervint McBride en riant. Maintenant, ce que tu as de mieux à espérer c'est que le cinglé, comme tu dis, s'en aille avec madame avant de faire de toi un eunuque. Bon, assez plaisanté, où est Rory ?

Le bonhomme haussa les épaules.

— Pendant que t'y es, tire-moi dans le pied et arrache-moi un orteil, ça prouvera bien que t'es qu'un cinglé.

— Si c'est ce que tu veux, rétorqua McBride en le visant.

Paniqué, Billy leva les deux mains en l'air.

— OK, c'est bon, j'ai compris. Il est ici, mais je sais pas où exactement. Il est resté chez moi cinq minutes, et puis un pick-up est arrivé et a tiré, et il a eu peur. Il m'a dit dans quelle bagnole vous étiez et il m'a demandé si je pouvais vous semer si vous débouliez. Vous semer, répéta-t-il. Pas vous descendre, il voulait pas de sang. J'ai dit d'accord, et j'ai foncé vers la déviation. Je vous ai vus garés sur le bord de la route et je me suis dit que j'avais qu'à y aller.

Alessandra poussa vers McBride le revolver que Billy avait laissé tomber.

— Tu sais qu'il y a un adjudant au bout de la route ?

Il ricana encore.

— Ben oui, ce pauvre Barn. Mais il est nul, il sert à rien. Un soir, il a aidé un voleur à s'enfuir de la boutique de Ike. Il y a eu aussi cette autre fois où…

— Rory ! l'interrompit McBride. Je te vois faire, tu sais. N'essaie pas de gagner du temps.

— Je sais pas où il est, répéta Billy.

— C'est bon, on a compris. Alors dis-nous où il peut être.

Billy haussa les épaules.

— Peut-être bien dans un bar. Il commence à se faire tard, et il croit sans doute que je vous ai fait peur et que vous avez décampé comme il voulait, si bien que... Quoi ?

McBride lui ayant donné un coup pour qu'il se lève, il ronchonna.

— Vous vous imaginez pas que je vais perdre mon temps à vous traîner partout jusqu'à ce que vous l'alpaguiez !

— Pourquoi pas ? risposta McBride. Et si ça ne marche pas, on passera au plan B.

La menace l'inquiéta car il fit la grimace.

— Votre plan B, là, ça serait pas de me livrer au shérif ?

— Non, ça, c'est le plan C !

Sans quitter une seconde Billy des yeux, McBride pointa son arme sur sa poitrine.

— Le plan B, vieux, c'est quand je commencerai à te faire sauter les orteils.

C'était du bluff, évidemment, mais il dut impressionner Billy car, Alessandra en fut la première surprise, il se décida à bouger. Ils seraient peut-être même allés plus loin si Billy, toujours pieds nus, n'avait eu la fâcheuse idée, en traversant le parking d'un pub — le plus minable qu'elle ait jamais vu —, de marcher sur un clou.

Billy hurla quand Alessandra s'employa à extraire le clou de son pied — il faisait au moins cinq centimètres de long, et son composant principal, à en juger par sa tête, était la rouille — et verdit quand il vit le sang couler. Pour se donner du courage, il avala la moitié de la bouteille de bourbon qu'un client du bar lui tendait.

— T'avais qu'à avoir des godillots de chantier tatoués sur les pieds, dit une blonde décolorée qui sortait elle aussi du bar, moulée dans un jean rouge.

Comme il se tordait de douleur, elle lui donna un coup dans les côtes.

— Hé, Billy, montre un peu si t'es un homme ! Ma gamine n'a pas fait autant de bruit que toi quand on lui a arraché trois molaires le mois dernier et que l'anesthésie n'a pas pris.

Billy la fusilla du regard et recommença à gémir. Alors que les badauds rentraient dans le bar chichement éclairé, la femme posa son impressionnant fessier sur un tronc d'arbre tombé à terre et alluma une cigarette qui sentait fort le tabac brun.

— Ad dit qu'ils peuvent m'aider à arrêter de fumer. Pour l'heure ça m'a juste rendue malade. Mon nom, c'est Barb Winchell, j'suis la patronne du bar. Toi, t'es…

Elle regarda Alessandra.

— … t'es une espèce de docteur, c'est ça.

Elle recracha une bouffée de fumée vers McBride.

— … et toi, t'es mon rêve de bonhomme ou t'es un flic, mais pas un flic qu'arrive de n'importe où et sûrement pas d'un bled comme ici. Vous avez eu votre miel, au fait ?

— Le fameux miel, oui, bien sûr, répondit Alessandra en souriant. Ça va piquer, ajouta-t-elle à l'attention de Billy qui poussa un cri avant même qu'elle ait sorti le flacon d'antiseptique de sa trousse.

— Tu fais pas les dents par hasard, s'enquit Barb.

— Si, mais seulement chez les animaux.

McBride s'accroupit pour la regarder travailler et prendre part à la conversation qui semblait bon enfant.

Mais il ne fallait peut-être pas s'y fier, pensa Alessandra en regardant le visage de roublarde de la femme.

— Il y a des tables de jeu là-dedans ? demanda-t-il en désignant d'un geste l'entrée du bar.

Barb souffla un nuage de fumée.

— Ça dépend qui demande et pourquoi ?

— Je cherche un certain Rory Simms. Un grand moche avec des mains comme des battoirs et une balafre à l'épaule.

— Des cheveux marronnasses, ajouta Alessandra, et les joues vérolées.

— Comme tout le monde ici, quoi ! Mais puisque celui que vous cherchez n'est pas d'ici, ma réponse est la même : ça dépend qui demande et pourquoi.

Billy semblant ne rien comprendre, McBride lui mit les points sur les *i* en même pas cinquante mots, soit quarante-cinq de plus environ que ce qu'Alessandra réussissait à lui extorquer en pareilles circonstances, du temps de leur mariage.

— US marshal, hein ? reprit Barb. C'est nouveau, ça, chez nous. Ça m'étonne pas que Billy soit copain avec un fuyard. J'peux pas dire que j'aie vu quelqu'un ici avec une balafre à l'épaule, mais allez voir chez Luke. C'est mon cousin. Il a un bar en ville. Au sud, sur Hooper Street, à deux rues de Main Street. Je vais vous dire, moi, le bar de Luke, c'est encore mieux qu'un casino de Las Vegas. Rien d'illégal, mais c'est bourré de joueurs toute la nuit.

— Ordure, grinça Billy tout bas.

Sa tête dodelina et, les yeux révulsés, il roula du tronc d'arbre qui lui servait de banc.

— Si celui que vous cherchez est aussi bête que ce sac à puces, vous n'aurez pas de mal à lui mettre la main dessus chez Luke, conclut Barb.

— Il n'est pas si bête que ça, dit McBride. Mais il est prévisible.

— Et à court d'argent, ajouta Alessandra en rangeant ses pansements.

Elle ferma sa trousse et donna une tape sur la jambe de Billy.

Une remarque en amenant une autre, elle reprit ;

— D'ailleurs, je me demande si…

Elle se tut, pensive.

Rory lui avait dit que sa réputation de fine gâchette était totalement usurpée, qu'en fait il était un piètre tireur. Si c'était vrai, alors qui s'était servi d'un fusil d'assaut pour tuer Eddie Rickars ?

Laissant l'animation de la rue derrière eux, Alessandra et McBride entrèrent dans une salle mal éclairée et qui sentait l'alcool, la sueur et la cigarette. En plein milieu, il y avait un ring au sol concave, recouvert d'un tapis plein de traînées sombres et de taches douteuses.

Charmant, se dit-elle. Le bar de Luke était encore plus louche et minable que celui de sa cousine Barb.

Plus loin, elle repéra trois tables. Le son de boules de billard qui s'entrechoquaient couvrait les trémolos d'Amy Whinehouse, qui sortaient du jukebox. Quelqu'un arrêta l'appareil et la voix se tut.

Du calme. Personne ne te regarde.

Elle avait pourtant l'impression que tous les yeux étaient braqués sur eux et les suivaient.

Ils traversèrent la salle. La sensation de fourmis courant sur sa peau grandissait à chaque pas.

— Si seulement j'avais fermé avant que Smith et son chien ne viennent à la clinique vendredi soir, murmura-t-elle en regardant discrètement autour d'elle. Rien de tout cela ne serait arrivé. Et toi, je ne t'aurais pas revu !

— Ça t'apprendra, ma belle.

Le ton se voulait badin, mais McBride n'était pas détendu. Elle le sentait à la fermeté avec laquelle il lui tenait la main, elle l'entendait à sa voix, le devinait à son regard. Que cherchait-il à voir dans la cuisine pour regarder de ce côté avec une telle insistance ?

— Tu peux me redire pourquoi tu n'as pas fait appel au shérif, lui demanda-t-elle en lui donnant un coup dans l'épaule.

— Trop de monde, Alessandra.

— Je sais, tu me l'as déjà dit, mais ce n'est pas une réponse.

— J'ai appelé son bureau pendant que tu enlevais le clou du pied de Billy. Il est à Cheyenne pour quelques jours. Raison familiale. Tu as rencontré Pepper, l'adjudant. Personnellement, il ne m'inspire pas confiance, et je ne suis pas chaud pour mêler les autorités officielles à notre affaire.

Elle s'apprêtait à lui demander ce qu'il espérait trouver du côté de la cuisine quand une voix d'homme les apostropha :

— Vous me cherchez ?

Ils se retournèrent. L'homme qui avait surgi était deux fois moins épais que Rory et, visiblement, méfiant. Luke, conclut Alessandra. Elle lui trouva la mine patibulaire, mais il en faudrait plus pour intimider McBride.

— T'es déjà montée sur un ring ? lança quelqu'un derrière elle.

Une femme, cheveux noirs coupés ras et short noir, avançait vers elle en exhibant des biceps avantageux.

— Ce n'est pas vraiment mon truc, répondit Alessandra.

Regardant les traînées sombres sur le tapis, elle ajouta que c'était un sport qui devait être brutal.

— Possible si t'es lente et idiote. Mais… ton parfum, là, et ton blouson Ralph Lauren, ça sent le fric, ça. Je sais pas ce que tu fais ici. Tu cherches quoi ?

— Moi… rien, bafouilla Alessandra, mal à l'aise. C'est mon mari. Il cherche quelqu'un. Un homme.

— On en a plein ici.

— Quelqu'un de grand et fort. Avec une balafre à l'épaule.

— C'est quoi son péché ?

— C'est un détenu qui s'est fait la malle.

— Ses vices ?

— Le jeu et les femmes.

— Et pas la gnole ? s'étonna la femme. Clover !

Sa voix était tellement forte qu'elle couvrait tout, les boules qui s'entrechoquaient, les cris, les sifflements, et même la chanson des Rascal Flatts pourtant mise à plein volume.

La femme qui se présenta avait des yeux bleu glacier dans un visage hâlé par la vie au grand air.

— Un grand moche avec une balafre à l'épaule ? répéta-t-elle.

Un sourire pas vraiment franc éclaira son visage.

— Ça pourrait bien être le type qu'a gagné au craps, y'a pas longtemps. Il a donné cinquante billets à Sue pour qu'elle envoie ceux qu'auraient la mauvaise idée de poser des questions sur lui à quatre-vingts kilomètres d'ici, à Elbow, quelque part au nord.

Ses yeux bleus pétillèrent.

— Manque de veine pour lui, Sue a fini sa journée cinq minutes plus tard. Manque de veine pour moi, il m'a rien donné.

Voyant où elle voulait en venir, Alessandra pencha la tête de côté.

— Moi, je vous en donne cent — deux fois cinquante — si vous me dites où il se trouve en ce moment.

— Elle est avec un flic, lança la première femme à la dénommée Clover. Fais gaffe. Beau mec mais quand même flic. Il parle à Luke qu'a pas l'air heureux.

— Luke n'a jamais l'air heureux.

Clover avança en se déhanchant.

— Cinquante de mieux, ma mignonne, et on harponne le boss pendant que tu vas avec ton flic à la dernière porte au fond du couloir. Si votre gars est toujours là et que tu vois Margo, fais-lui un coucou de ma part.

Alessandra plongea la main dans la poche de McBride et prit son portefeuille en espérant y trouver assez de cash. Il avait la somme. Cinq secondes après la disparition des billets dans leur soutien-gorge, les deux femmes commencèrent à s'exciter au-dessus de la table jusqu'à en venir aux mains.

Un type bedonnant se fraya un chemin à coups de coude.

— Je mise vingt sur Clover.

— Cinquante sur Raven, cria un autre.

La ruée commença. Des hommes qui, jusque-là, ne faisaient que reluquer, se bousculèrent pour être aux premières loges. Luke entra dans la bagarre. Jusqu'aux cuisiniers qui quittèrent leurs fourneaux.

Eberluée, Alessandra regardait l'argent changer de main à une vitesse supersonique quand McBride la prit par le bras.

— Tu n'aimes pas mon monde de brigands, Alessandra, mais tu n'es pas mal non plus dans ton genre ! Je ne t'ai même pas sentie fouiller dans ma poche !

Il s'était penché à son oreille, si près qu'elle frissonna.

Agacée par sa réaction, elle détourna la tête puis, brusquement, l'embrassa. Un baiser long et fougueux qui la surprit elle-même. Quand elle s'écarta de lui, hors d'haleine, elle avait les lèvres en feu.

— Je deviens folle, dit-elle. Je ne sais pas pourquoi, je ne pense qu'à faire l'amour. S'il n'y a que cela dans une relation, ce n'est pas sain et, en plus, j'y pense toujours aux mauvais moments.

— C'est parce que le sexe et le danger marchent de pair, Alessandra. Or, depuis vendredi, nous nageons en plein danger. CQFD.

Elle essaya de sourire.

— Ah, tu me rassures ! dit-elle, sarcastique. Maintenant, avant de perdre la raison et de faire l'amour sur le plancher, il faut que tu saches que Rory est peut-être en train d'en faire autant, caché dans une chambre, au fond du couloir, près de la cuisine. L'info qu'on m'a donnée t'a coûté cent cinquante dollars, mais je parie qu'elle est exacte. A toi de décider ce que tu en fais, McBride. Juste une chose, si on entre dans la pièce où il se trouve, je reste derrière toi. Je n'ai pas vraiment envie de me trouver nez à nez avec un Rory nu. Pas en ce moment.

— Je te comprends.

Après un petit baiser — pour se donner du courage, prétendit-il —, il lui prit la main et se fraya un chemin au milieu des clients excités, jusqu'au fond de la salle.

Une boule qui avait sauté d'un des billards roula dans leurs pieds. Comme Alessandra la ramassait, McBride dégaina son Glock.

Du sexe, du danger et une arme puissante dans de bonnes mains, il y avait de quoi avoir le frisson. Ajouté à cela McBride lui-même, et la tension était à son comble.

Le jukebox diffusait de nouveau les trémolos d'un

crooner. Les catcheuses se battaient toujours. Tenant Alessandra par la main, McBride longea un couloir étroit. Arrivé au bout, il s'arrêta pour écouter, essaya d'ouvrir la porte, sans succès, et donna un bon coup de pied pour faire sauter la serrure, qui céda. Manque de chance, Rory se tenait dos à la porte. La fille qui était avec lui empoigna vite un drap mais resta plantée devant lui, empêchant McBride de tirer. Stupéfait, Rory remonta son pantalon, en corolle autour de ses souliers, et sauta par la fenêtre. Lâchant le drap, la prostituée fonça à sa suite. Ecarlate et déterminée, elle entreprit d'escalader la fenêtre à son tour, tout en bombardant McBride d'insultes et de coups de pied. En vain.

Ne voyant rien de mieux à faire, Alessandra se rua sur elle et lui empoigna les cheveux. Ses yeux ripolinés exorbités de rage, la fille poussait des cris stridents.

— Vas-y, cria Alessandra à McBride en le poussant. J'en fais mon affaire.

Du moins, l'espérait-elle.

Soufflant comme un bœuf, la fille la bouscula en tentant de reprendre ses vêtements.

— Vous n'aviez pas le droit de débarquer comme ça, hurla-t-elle, accompagnant son cri d'un coup de poing contre le mur. C'est la moitié de mon loyer qui vient de sauter par la fenêtre. Il est le premier qui s'intéresse à moi en dix jours et à cause de vous il se sauve sans payer. J'en ai marre du ring. Raven est plus rapide que moi et plus jeune.

Elle fit soudain une moue méprisante.

— Et puis t'es qui, toi d'abord ?

Ayant soin de rester à distance, Alessandra lui lança un top vert qui traînait sur le lit.

— Oh ! c'est un peu long et un peu compliqué comme

histoire. Mais, croyez-moi, il vaut mieux vous battre contre Raven que contre Rory.

— Ça se voit que tu t'es jamais battue avec Raven, poursuivit la prostituée en la tutoyant toujours.

— C'est vrai. Mais vous, vous vous êtes déjà battue avec un repris de justice ?

— Oui.

Un sourire carnassier déforma le visage de la lutteuse. Tordant le vêtement jusqu'à en faire une corde, elle en donna un coup sur le mur.

— Et tu sais quoi, ma jolie ?

Elle se pencha et, comme si elle proférait une menace, lança, triomphante,

— J'ai gagné.

11

Rory se retrouva au cœur de la fête qui se déroulait dans la rue et, fine mouche, marcha tête baissée pour que McBride ne le repère pas. Dans son empressement à disparaître, il bouscula quelques badauds qui ne se privèrent pas de lui rendre des coups.

— Par là, dit un grand-père à McBride. Il va sans doute vers les anciennes écuries. Si c'est ça, vous aurez du mal à le retrouver. Autant chercher une aiguille dans une botte de foin !

McBride fronça les sourcils. Il avait du mal à avancer tant la foule était dense. Et, à chaque pas, la petite voix insistante qui trottait dans sa tête devenait plus forte.

Ce n'est pas aussi simple qu'il y paraît… Il y a quelque chose de singulier dans l'affaire, quelque chose de caché derrière ce qui semble l'évidence…

Brusquement, il repéra sa proie à quelque cinquante mètres devant lui. Rory se dirigeait vers la grande écurie. Logique. Des déchets, papiers gras, cannettes jonchaient l'entrée de la bâtisse… A l'intérieur il y avait des charrettes, des tracteurs, des camionnettes, des fourgons, des semi-remorques à plateau et des remorques. Des chars destinés à la parade étaient prêts, d'autres étaient encore en construction. Des dais et des arceaux, des rampes d'accès et des machineries étaient entreposés là, un peu partout, n'importe comment, dans tous les mètres carrés disponibles.

McBride se cacha derrière le véhicule le plus gros au cas où Rory aurait la mauvaise idée de tirer.

A la faveur d'un répit dans les flonflons de la fête, McBride crut distinguer, tout près, des bruits de pas précipités, comme si quelqu'un s'enfuyait, puis quelque chose de lourd qui tombait, un corps peut-être. Après quelques secondes, le temps que ses yeux se fassent à l'obscurité, il passa le seuil.

Restait à savoir où, dans ce capharnaüm de décors de fête, un fuyard paniqué se considérerait le plus en sécurité.

Arme brandie, McBride fit le tour des piles de caisses qu'il considérait, lui, comme les meilleures cachettes possibles. Il regarda sous les chars à bancs puis dans un vieux Pullman posé sur ses jantes. Ses sièges en velours cramoisi, râpé, de vrais nids à poussière, étaient vides.

Il se trouvait à environ trois mètres d'un chariot quand il entendit gratter.

— Je te tiens, Rory, fit-il doucement.

Il abaissa son arme et tira en direction du bruit.

Comme il l'espérait, Rory surgit de derrière une voiture ancienne à capote en toile et sans porte, comme il en existait à la fin du XIXe siècle, et, la tête dressée comme un furet, se figea avant de se sauver vers l'arrière du bâtiment.

Puisqu'il ne voyait pas de porte au fond de l'écurie, McBride se dit que Rory aller changer de direction et essayer de sortir par la porte latérale. Pour y arriver, il allait devoir avancer de cachette en cachette.

Coinçant son revolver dans sa ceinture, McBride sauta par-dessus un X servant à maintenir les bûches qu'on sciait et, sans se faire voir, suivit la silhouette filiforme et la rattrapa juste avant la porte.

Se voyant découvert, Rory hurla :

— Je lui avais dit de te dire de ficher le camp !

Et de lancer une boîte pleine de clous et autres objets métalliques à la tête de son poursuivant avant de finalement sortir une arme. Il tira deux coups par-dessus son épaule en s'enfuyant.

McBride n'hésita pas longtemps. Au lieu de riposter par un coup de feu, il estima qu'il était assez près du fugitif pour lui sauter dessus.

L'angle était bon. Quelques pas pour prendre son élan, et il s'abattit sur Rory.

A moitié assommé, mais encore capable de quelques coups de coude et de pied, Rory finit par s'immobiliser, le nez dans la poussière.

Le choc, la lutte… McBride sentit une douleur violente lui vriller le bras, de l'épaule jusqu'au poignet.

Cela aurait pu être pire, se dit-il.

— Tu te figures que c'est fini, McBride ? Eh ben, non ! Eddie va s'occuper de toi, et tu vas voir… Laisse-le t'attraper et te…

— Eddie est mort, Rory.

— Quoi ?

Le criminel releva légèrement la tête.

— Tu l'as descendu ?

— Non, pas moi mais quelqu'un s'en est chargé. Une balle entre les côtes. Saigné à blanc dans son pick-up, hier soir.

— Mais…

Rory semblait avoir oublié toute envie de se battre.

— Eddie est mort ? Mince alors !

McBride se passa le bras sur le visage et l'inspecta. Il portait une traînée de sang.

— Je croyais que tu avais dit à Alessandra qu'il pouvait mourir, que tu t'en fichais.

— C'est vrai… Enfin, c'était vrai. Mais c'est pas comme ça que ça devait se terminer. Lui mort et moi coffré. Casey va te faire la peau maintenant, ça, c'est sûr.

Il souffla.

— Et à moi aussi peut-être. Nom de…

Pris de panique, il en oubliait ses jurons.

Profitant de sa terreur, McBride le prit par le cou et le releva.

— Je parie que c'est le fusil qui nous a tiré dessus, Alessandra et moi, qui a aussi servi à descendre Eddie. Je ne pense pas que ta sœur ait fait appel à un autre homme de main, en conséquence, ça nous laisse un seul suspect. Tu étais dans les parages, Rory…

Rory se mit à trembler de tous ses membres. Il lança à McBride un regard indéchiffrable. Peur ? Mépris ? Sarcasme ?

— La seule fois où j'ai eu un fusil dans les mains, j'avais quinze ans, c'est le copain de mon grand-père qu'avait laissé son vieux Varminter, comme ça, dans la cave. J'ai appuyé sur la gâchette, et le coup est parti dans le bras de mon pote, je lui ai explosé le coude. J'ai pas retouché un fusil depuis.

Il lança à McBride un regard désabusé.

— T'as intérêt à trouver celui qu'a fait ça, dit-il sans la moindre émotion dans la voix. Et t'as intérêt à te grouiller parce que ce que Casey a en vue pour moi, elle l'a en vue, en deux fois pire, pour toi. Tu peux me faire confiance, je mens pas.

A Loden, présenter des criminels à la police n'était pas une mince affaire. Il y avait une procédure à respecter, comme partout, mais ici elle prenait deux fois plus de temps qu'ailleurs, et McBride ne brillait pas par sa patience.

Vers minuit, le shérif, toujours absent de la ville, lui conseilla par téléphone d'ignorer les chamailleries de ses adjoints et de s'arranger avec le *dispatcher* pour le transfert du détenu vers la prison de Cheyenne.

Les choses n'avançant pas, McBride, que cette lenteur commençait à exaspérer, décida d'assurer lui-même le transfert du prisonnier, dès le lendemain matin. Un fermier local proposa de se mettre à la place du mort dans la voiture. Le sort de Rory allait ainsi être réglé.

Alessandra, qu'il refusait d'emmener à Cheyenne — pas question avec une bombe vivante à bord, lui avait-il opposé — passerait la journée à Loden. A son retour du bureau du shérif, McBride remercia le directeur de l'hôtel de leur avoir trouvé un endroit où s'installer.

— Vous êtes dans la suite nuptiale, lui dit son épouse à la réception. Au troisième étage.

Elle lui fit un clin d'œil complice.

— Votre femme est montée il y a une heure. Marvin a apporté vos affaires dès qu'il en a eu fini avec le feu d'artifice.

— Il y a une heure ?

McBride jeta un coup d'œil au registre qu'Alessandra avait signé.

— Mais ça fait un moment qu'elle est arrivée.

— Je sais. Mais on a beaucoup parlé, elle et moi. De fil en aiguille, on a évoqué le cas de mon chat. Il ne va pas bien depuis quelque temps ; alors, elle m'a proposé de l'examiner. Il a dix-huit ans et un problème à la thyroïde. Comme sa mère.

Nouveau clin d'œil, et elle reprit :

— Le Dr Norris dit que ça se soigne ; alors, pour la remercier, j'ai fait porter une bouteille de vin rouge dans votre chambre. Rouge parce que c'est la couleur de la passion, et comme on voit que vous êtes tellement amoureux tous les deux… je n'ai pas pu résister.

Invoquant sa fatigue, qui était réelle, McBride réussit enfin à se soustraire aux bavardages de l'hôtelière.

Il s'attendait à trouver Alessandra soit endormie sur le lit, soit plongée dans un bain bien chaud — à condition que la salle de bains soit équipée d'une baignoire, ce qui n'était pas certain. Ce sont ses longues jambes qu'il vit en premier. Alessandra était assise, jambes en l'air, les pieds posés sur le rebord de la fenêtre. Elle portait des boots en daim, une vieille veste et un chapeau en cuir, une miniculotte en dentelle et, sauf hallucination de sa part, rien d'autre.

— Ce n'est pas trop tôt, marshal, lui lança-t-elle.

Son ton enjoué le surprit. Elle tenait un verre et le faisait tourner dans sa main.

— Tu veux que je te dise, ce vin rouge est extra. La femme de l'accueil connaît les bons vignobles californiens.

Elle tourna la tête et le regarda, l'air coquin.

— Tu veux goûter, Coco d'amour ? Alors, faut que tu approches.

S'approcher ? C'était facile. Il en brûlait même d'envie. Mais profiter de ce qu'elle était un peu pompette n'aurait pas été élégant.

D'un coup de pied brutal, il ferma la porte derrière lui et il avança vers elle.

— Tu es ivre ?

— Peut-être un peu. Pourquoi, ça te gêne ?

— Non, ça ne me gêne pas mais, ça m'inquiète.

— En ce cas, je te pose la question autrement. Qu'est-ce que ça peut te faire ?

— Même réponse que précédemment, ma chérie.

Malgré lui, il posa le regard sur sa poitrine et s'y attarda. Puis il releva la tête et trouva ses yeux, ses yeux superbes qui l'avaient toujours fasciné, avec leurs paillettes dorées qui brillaient d'autant plus qu'elle avait allumé une lampe tout près de son visage.

— Pourquoi cette scène de charme, Alessandra ?

Elle rit d'un rire de gorge qui décupla son désir.

— Parce que c'est fini entre nous, tu le sais, Gabriel McBride. Mais avant que ce soit fini pour de bon, il m'est venu à l'idée que, décidément, la vie est très courte.

Elle reposa les pieds par terre.

— Et toi, marshal McBride, tu es beau gosse et très séduisant.

Elle se leva en ondulant et avança vers lui.

— Tu es aussi l'homme avec qui je me suis engagée, un jour, pour le meilleur et pour le pire. Je dois dire qu'il y a eu plus de pire que de meilleur dans notre vie à deux mais, comme tu me l'as souvent fait remarquer, je savais où je mettais les pieds en disant oui à un flic. Finalement, notre séparation n'est la faute de personne.

Il était si près d'elle maintenant qu'elle le prit par le cou. Elle avait les bras chauds, et sa peau était douce. Il ferma à demi les yeux pour savourer l'instant.

— Je ne peux m'empêcher de te le redire, McBride, tu es un super beau gosse. Je sais, le sexe n'est pas tout dans un couple, n'empêche, entre nous ça a toujours merveilleusement fonctionné. Tu vois, là, en ce moment, j'ai très envie de m'amuser. J'ai envie de plaisir et d'excitation.

Lui résister allait être problématique, pensa McBride qui entrevoyait déjà les délices de leur étreinte.

Comme elle le serrait un peu trop, il inspira profondément en quête d'air.

— Arrête, Alessandra. Je pense qu'on ne devrait pas...

A quoi jouait-il ? se demanda-t-il.

Il avait dans les bras une femme belle, bouillante, la sienne, et qu'il aimait. Cette femme lui faisait part de son désir de faire l'amour, et il faisait tout pour la repousser ? Il était vraiment cinglé alors, Billy avait raison...

Il la plaqua contre lui.

— C'est ça que tu veux ? Vraiment ? Tu en es sûre ?

Ses yeux pétillaient.

— Tu es toujours aussi compliqué, mon McBride !

— J'en conclus que c'est oui, alors, dit-il.

Baissant la tête, il prit sa bouche.

Alessandra se dit que, depuis qu'il avait refait surface dans sa vie, elle savait que ce moment arriverait.

Ce soir, après tout ce qui s'était passé dans le bar de Luke puis, quand elle l'avait vu se démener dans le bureau du shérif à la suite de l'arrestation de Rory Simms, elle avait été submergée par toutes sortes d'émotions. C'était sans doute ce qui avait déclenché son regain de sentiments pour lui. Comment pouvait-elle ne pas aimer un homme comme lui, beau, modeste et toujours prêt à s'impliquer pour aider ?

Plus elle l'avait vu agir, plus elle l'avait désiré et, finalement, plus elle rêvait d'être dans ses bras.

Faire l'amour ne changerait rien entre eux, cela n'éliminerait pas les problèmes qui les avaient conduits à se séparer. Mais ses étreintes et ses caresses lui feraient faire un bond dans le passé. Elle retrouverait ainsi, l'espace de quelques instants, les émotions fabuleuses qu'elle avait connues, à l'époque, dans les bras de son mari.

Elle ne voulait pas qu'il soit doux, gentil ou hésitant. Aucun de ces adjectifs ne s'appliquait à lui, de toute façon. Comme elle, il préférait l'amour torride, violent.

Des taches de léopard dansant dans sa tête, elle le regarda. Il était beau et souple comme un fauve.

— Dis-moi, McBride…

Il ne la laissa pas finir sa phrase et l'embrassa.

Les taches de léopard disparurent aussitôt.

Il empoigna ses hanches et lâcha ses lèvres le temps de lui sourire.

— Oh oui, McBride…

Plaquée contre lui, elle entoura ses jambes avec les siennes. A travers sa petite culotte de dentelle, elle sentait qu'il la désirait. C'était troublant.

Un bras après l'autre il lui ôta sa veste en cuir et il reprit sa bouche. Puis il mordilla ses mamelons.

Elle sentit ses muscles se détendre, ses forces l'abandonner. Sa tête bascula en arrière. Vaincue par le plaisir indicible qu'il lui offrait, elle soupira.

— McBride…

Tendue comme un arc, les nerfs en feu, elle se balança d'avant en arrière. Puis un cri lui échappa.

Mais elle voulait plus, elle voulait tout de lui.

Quand il reprit sa bouche, elle lui enleva à la hâte chemise, jean et tout ce qui l'empêchait de le caresser, de l'empoigner.

N'arrête pas. Laisse-toi aller. Ne pense pas aux difficultés d'avant. Au flou d'après. Jouis de l'instant présent, se dit-elle dans le brouillard de son esprit.

Elle était en feu, il était prêt, ils se désiraient l'un et l'autre. Tout de suite.

La nature résonnait des cris stridents des criquets et des cigales. Une chouette hulula. La musique de la nuit, pensa-t-elle. Une nuit emplie d'odeurs suaves, celle de McBride et celles d'une parfaite nuit d'été quelque part dans les montagnes.

McBride releva la tête et, entre deux petits baisers, lui demanda combien de vin elle avait bu.

— Pas beaucoup, répondit-elle.

Elle leva la main et, du pouce et de l'index, lui montra une hauteur d'environ cinq centimètres.

Elle lui empoigna alors les cheveux et tira.

— Je ne suis pas ivre. Je te le jure. Pas de vin, en tout cas ; et ce n'est pas non plus le danger qui m'excite.

Elle lâcha ses cheveux et posa la main sur sa poitrine et la laissa se promener partout, plus bas, encore plus bas. Elle le prit alors dans sa main et le serra.

— Avec toi, c'est vraiment cool. Ça a toujours été cool, dit-elle.

Incrédule, il la fixa, cherchant à comprendre ce qui se passait.

— Tu es bien sûre que tu n'as pas bu plus que ce que tu dis ?

Ondulant contre lui, elle se hissa sur la pointe des pieds pour l'embrasser.

— Miam, tu es encore meilleur que le vin.

Il était au supplice, elle le savait, mais lui imposer cette torture lui plaisait. Elle crut l'entendre grincer des dents. Il était temps qu'elle fasse cesser l'attente, songea-t-elle en s'agenouillant pour le prendre dans sa bouche. Elle vit bientôt ses yeux se fermer, entendit un son qui ressemblait à un râle de bête fauve et le regarda perdre tout contrôle.

Soudain, leurs quatre mains caracolèrent partout. Elles

touchaient leurs peaux chaudes, palpaient, empoignaient. Elles tiraient sur les cheveux, caressaient bras et jambes.

A reculons il la poussa vers le lit. Les ressorts grincèrent sous leur poids. La lampe qui diffusait une lumière douce dans la chambre, faisait contrepoint avec le feu qui les consumait intérieurement.

Alessandra embrassa et mordilla le visage de McBride — ses mâchoires, ses paupières, ses joues.

Un rire grave, rauque s'échappa de sa gorge, il avait passé la main entre ses jambes.

Quand il glissa les doigts en elle, le monde autour d'elle cessa d'exister.

La tête arc-boutée sur l'oreiller, des milliers de petits marteaux frénétiques battant sous sa peau, elle n'était plus que pulsations, sifflements, soupirs. Il savait, il avait toujours su comment la faire jouir, comment faire déborder la passion emprisonnée en elle.

Elle empoigna les draps, se cambra et, son désir, son appétit vorace d'amour atteignirent leur paroxysme.

Elle n'avait pas réalisé combien il comptait encore pour elle. Brusquement, il roula sur elle et, sans un mot, la pénétra.

Il prit ses poignets et les posa de chaque côté de sa tête. Elle vit ses yeux, sombres et fiévreux, dans la semi-obscurité de la chambre.

Il donna un coup de reins. Un deuxième. Au comble de l'excitation, elle s'accorda à son rythme pour accéder avec lui au monde magique du plaisir.

Il retomba alors sur elle qui, satisfaite et comblée, lui sourit.

Elle aimait quand elle perdait son self-control. Plus de mur, plus d'obstacle, plus de distance, plus de parole ou de non-dit, pas de mot cruel ou regrettable. Juste un instant de pur bonheur, béni, déconnecté d'une vie de couple autrement orageuse.

Combien de temps restèrent-ils ainsi allongés l'un contre l'autre ? Elle n'aurait su le dire. Peu à peu la chambre et sa peau retrouvèrent fraîcheur et calme. Elle se sentait… heureuse, décida-t-elle, avant de se laisser emporter par une merveilleuse rêverie.

Elle glissa un pied le long de sa jambe et rit.

— Je crois que je commence à voir le tunnel, McBride. Avec des anges dorés tout au bout.

En grognant, il se releva sur un coude.

— Tu as de la chance, murmura-t-il.

Il retomba à côté d'elle.

— J'ai cru mourir de bonheur.

A plat ventre maintenant, le nez dans le matelas, il ne bougeait pas. Elle plaqua l'oreille sur son dos.

— J'entends ton cœur battre. Tu es en bonne forme, McBride.

Elle passa la main sous lui. Il roula sur le dos et la prit par la taille pour la maintenir sur lui.

— En grande forme, insista-t-elle, en le regardant fixement.

Elle prit son sexe dans sa main.

— En très grande forme.

Elle sourit, serra les doigts autour de lui. Il était doux et soyeux. Alors, soutenant son regard, elle le guida en elle.

12

Alessandra se réveilla, le cœur au bord des lèvres, persuadée qu'elle venait de passer par-dessus un parapet.

Totalement désorientée, elle se croyait sur une autoroute au sud de Chicago. Quarante-six passagers essayaient désespérément de rester sur leur siège tandis que les tonnes de métal d'un car dévalaient dans un ravin. A son grand soulagement, quand un éclair zébra la pièce et qu'un grondement éclata, elle comprit que le tumulte provenait de dehors, du ciel.

— Pas de grabuge, murmura-t-elle en soupirant.

A plat ventre sur le lit, enroulée entre les draps, elle marmonna :

— McBride ?

Comme il ne répondait pas, elle s'assit.

La place qu'il avait occupée dans le lit était vide. Ecartant les draps, Alessandra se mit à genoux. Comme le sac à dos de McBride n'était pas loin, elle le prit et fouilla dedans. Une chemise en jean propre. Parfait, se dit-elle. Elle aperçut alors une tasse — du café ? espéra-t-elle — sur la table et, lâchant le drap, avança, toujours à genoux, jusque-là.

Il y avait un mot près de la tasse.

« J'emmène Rory à Cheyenne. Tu dors comme un sonneur et tu es belle comme un cœur. Hier soir… incroyable. Impossible de rêver mieux. Je t'aime, McBride. »

Les souvenirs revenant à la pelle, elle sourit, mais c'est le café qui l'attendait qui la ravit le plus. Cet homme était plein d'attentions, finalement.

Un nouveau roulement de tonnerre fit vibrer le parquet. Elle regarda l'heure. 9 h 22. Par la fenêtre elle vit de gros nuages noirs et, soudain, entendit la pluie contre les vitres.

Sans trop se presser — pour une fois, quel bonheur ! — elle partit avec sa tasse dans la salle de bains. Elle prit sa douche, remit la chemise de McBride en guise de déshabillé et vint s'asseoir en tailleur sur le lit pour lire ses e-mails.

Pour commencer, elle allait adresser un texto à Joan et à Larry, puis prendre un petit déjeuner consistant et, puisque la fête au pays s'annonçait comme un fiasco, elle allait voir quels achats elle pourrait faire à Loden.

Voilà, son programme était au point.

Un coup frappé à la porte ne lui laissa pas le temps d'écrire son premier message.

— N'entrez pas, cria-t-elle sans même lever la tête de son mobile. Je m'habille.

— J'apporte le déjeuner, lui répondit une voix féminine.

Alessandra regarda ses jambes nues. Pas un problème entre femmes. Elle alla ouvrir.

Elle se trouva nez à nez avec la catcheuse — Raven ? —, rencontrée la veille dans le bar de Luke, brandissant devant elle une assiette où des choses noires empilées côtoyaient trois tranches de quelque chose d'encore plus noir.

— Qu'est-ce que c'est ? demanda Alessandra, interdite.

— Je me suis lancée ! Gaufres et bacon, répondit Raven. Je ne suis pas douée en cuisine mais, comme Raph — c'est notre cuisinier — s'est coupé un bout de l'index hier après-midi, il a fallu qu'il aille à Cheyenne.

— Pourquoi ? Vous n'avez pas de médecin à Loden ?

— Hé, on est déjà bien contents d'avoir récupéré un médecin militaire à la retraite. Dommage qu'il ait au moins quatre-vingts et quelques années… Maintenant j'espère bien que tu vas me faire le plaisir de manger le fruit de mes efforts, sinon je monte avec toi sur le ring. Pas mal pour s'échauffer dès le matin, non ?

Alessandra souleva la première gaufre pour voir si c'était mieux dessous. Non. Elle agita les doigts pour faire tomber les miettes brûlées et sourit.

— Vous avez un chien ?

— Oui, un pit-bull. Rip. Pourquoi ?

— Si Rip avale ça, je le mange moi aussi. Sinon, je suis quitte. D'accord ?

Raven acquiesça d'un clin d'œil, puis :

— Dommage. Il fait moche aujourd'hui. Je m'amuserais bien un peu avec une débutante.

— C'est tentant, dit Alessandra, mais…

Elle ne vit pas le coup venir. Raven déplia brusquement son gros bras tatoué et le lui passa autour de la gorge. Et elle serra.

Alessandra n'aurait su dire laquelle était la plus secouée : elle quand Raven lui serra le cou, ou Raven quand elle lui assena un coup de tête si brutal qu'elle lui fendit la lèvre. Un coup de coude bas, puis un autre haut, et elle se dégagea. Plongeant vers son sac, elle fit volte-face, le Sig Sauer de McBride pointé sur la lutteuse.

— Oh, là, là !

Les paumes en l'air en signe de reddition, Raven léchait sa lèvre qui saignait.

— T'arrêtes, j'arrête. Tu réagis vite, dis donc. Je

m'attendais à une mollasse, et tu as bougé avant que j'aie fini de te… couic !

— C'était quoi, ça ? s'exclama Alessandra qui parvenait à tenir le revolver d'une main ferme bien que son cœur battît comme un fou. Qu'est-ce que ça veut dire ?

— Une prise. Je fais ça sur le ring quand la lutte s'éternise.

Elle gloussa.

— J'aurais pas cru que t'étais une fille à riposter, sinon j'aurais cogné plus fort. C'était qu'une démonstration.

Elle se gratta la tête.

— Je voulais savoir ce que t'avais dans le ventre. Maintenant, je sais.

Alessandra sentit soudain une forme d'irritation la gagner.

— Ce ne serait pas McBride qui vous aurait demandé de me surveiller, par hasard ?

Raven n'eut pas besoin de répondre, son sourire en disait plus long que des mots. Agacée, Alessandra abaissa le bras en soupirant.

— C'est pour cela que je l'ai quitté, maugréa-t-elle.

Son arme toujours à la main, elle chercha son sac à dos. L'ayant repéré au pied d'une chaise, elle en sortit les vêtements qu'elle voulait mettre.

— Il est vraiment zéro côté communication, précisa-t-elle. Il me flanque un garde du corps, mais vous croyez qu'il me l'aurait dit ?

— Vous êtes vraiment mariés ? Depuis longtemps ?

— Quatre ans de frustration. Cinq et demi si je compte le temps où on a été séparés.

Nouveau coup de tonnerre. Alessandra sursauta.

— En fait de tonnerre, on dirait de la dynamite ! s'écria-t-elle.

— Oui, ça ne s'arrange pas. Dis-moi un peu, tu sais faire la cuisine ?

— Oui. Pourquoi ?

— Parce que moi je suis nulle. Alors je te propose un marché. Je t'apprends des prises, et tu me montres comment faire un gâteau au chocolat. C'est ce que je dois apporter demain au dîner où on vient tous avec un plat. T'as vu mes gaufres, je ne sais pas faire mieux. De toute manière, autant s'occuper car le temps va pas s'arranger. T'entends l'orage ?

Son jean sur le bras, Alessandra partit vers la salle de bains.

— Vos prises, là, elles marchent sur tout le monde ? Homme ou femme ?

— Ça a marché sur Clover, hier soir. Ça marchera sur un certain marshal, ce soir.

Ravin eut un sourire malicieux.

— C'est ça que tu veux savoir ?

— Absolument.

— Dans ce cas, vaut mieux qu'il aime le risque.

Alessandra s'arrêta dans l'embrasure de la porte.

— Ça tombe bien. C'est tout ce qu'il aime !

Tôt dans l'après-midi, Alessandra donna à Raven le cours de cuisine promis. Avec plus ou moins de succès. Une heure plus tard, tout le sud de Loden était plongé dans le noir. Y compris l'hôtel et le bar de Luke. L'orage avait fait sauter le courant.

Ecœurée de tout ce qui se rapportait à la nourriture, Raven se prépara pour le ring. Il se trouvait dans un entrepôt désaffecté à deux kilomètres du centre-ville.

Une fois sur place, Alessandra vit la lutteuse brancher son iPod, allumer le groupe électrogène et ordonner à son pit-bull, Rip, qui avait refusé de manger les gaufres et le bacon, d'aller chercher des sconses dans le bois. Raven lui donna des gants de boxe et, après avoir farfouillé dans un carton, claqua le couvercle en pestant.

— Punaise ! Quelqu'un a piqué le casque. Faut que je retourne au pick-up. Echauffe-toi pendant ce temps-là.

Convaincue de l'absurdité de tout cela, Alessandra monta sur le ring. Comme son mobile sonnait, elle appuya sur la touche haut-parleur et commença les étirements.

— Je ne te parle pas, McBride, dit-elle durement. Un gentleman aurait prévenu la femme qu'il veut reconquérir qu'il avait demandé à une personne aux biceps d'acier de la baby-sitter. Et il y aurait aussi pas mal à redire sur cette charmante ville qui n'est qu'à moitié éclairée en ce moment, ce qui n'a rien à voir avec la fête qui se déroule dans les rues.

Il grommela.

— Tu as gagné le concours de la meilleure journée, chérie. Un semi-remorque s'est renversé sur l'autoroute et tout le purin qu'il transportait s'est déversé sur la chaussée. Rory jure que la saucisse qu'on lui a donnée à manger au petit déjeuner l'a empoisonné, et je viens juste de finir de changer la roue de mon pick-up avec un vent qui souffle à soixante kilomètres à l'heure et qui me projette de la pluie, de la boue et du gravier dans la figure.

Alessandra se prépara à faire un swing.

— Tu dis ça pour que je me sente mieux.

Dehors, Rip se mit à aboyer. *Pourvu qu'il ne ramène pas un sconse*, se dit-elle. *Ça sent trop mauvais.*

— Tu es encore à Cheyenne ?

— Oui, je vais repartir d'ici peu. Mais le vent forcit… le trajet de retour va peut-être me prendre plus de temps… J'ai parlé avec le shérif…

Le reste se fondit dans un grésillement sur la ligne.

— McBride ?

Elle empoigna son mobile et le changea de place plusieurs fois.

— Oh ! McBride ? Tu es là ?

Pas de réponse. Elle grimaça.

— Tu trouves toujours un prétexte pour raccrocher, je te connais !

Agacée, elle écouta le vent qui soufflait par-dessus le refrain de Willie Nelson.

La lumière qui n'était déjà pas vaillante vacilla. Rip aboya encore. Il lui sembla entendre Raven lui crier dessus.

La porte qui se trouvait sur sa gauche grinça puis claqua. Son cœur, l'imbécile, redoubla la cadence.

Avec l'orage qui grondait dehors, une porte qui claquait, du vent dans les combles et McBride sans couverture de réseau, ça devenait inquiétant. Et pourquoi Raven mettait-elle autant de temps à revenir ?

La musique était beaucoup plus forte maintenant. Willie Nelson le crooner avait laissé la place à Lo Data, le chanteur d'un groupe de Stoner Rock.

De nouveau, son mobile sonna. Alessandra s'empressa de décrocher.

— McBride ?

Rien. Même pas un peu de friture.

Subitement inquiète, elle regarda l'écran et se figea.

Tuman.

Se retournant brusquement, elle embrassa la salle d'un rapide coup d'œil. Rien ne bougeait. Elle devenait complètement parano, il fallait qu'elle se calme.

Elle descendit du ring et tendit l'oreille. Le vent soufflait très fort, cela ne voulait pas dire qu'il couvrait un autre bruit plus inquiétant. Mais il y avait aussi ce Tuman…

Qui était-ce ? Pas Rory. Pas Eddie.

Frank Hawley ? Son gendre, Ryder ?

— Je n'ai pas tué leur veau, dit-elle tout haut.

Prenant sa veste, elle se dirigea vers la porte.

— Il fait encore plus sombre, ici, marmonna-t-elle.

Avec le pouce, elle composa le numéro de McBride. Pas de réponse.

Dehors, le vent soufflait en rafales en hululant. La pluie tombait en rideau. Dans ce tumulte, elle crut entendre un ricanement.

Entre elle et la porte, la lumière vacillante allongeait des ombres inquiétantes. Le groupe électrogène toussa. Elle vit une forme qui se déplaçait. Une seconde avant que le groupe ne s'éteigne, elle aperçut une main sur l'interrupteur. Et tout devint noir.

Paniquée, elle se mit à courir. Mais une main l'agrippa à l'épaule et l'arrêta.

— Pas cette fois, docteur, gronda une voix masculine.

Alessandra sentit qu'on lui jetait une couverture sur la tête et qu'on la poussait contre le mur.

— Œil pour œil, dent pour dent, ricana son agresseur. Une mort contre une mort. Et une autre et une autre et une autre. La tienne et celle de ton flic de mari, ce salaud… et…

Un coup de tonnerre ébranla le bâtiment. L'individu ajouta quelque chose qui ressemblait à « léopard » en la cognant de nouveau contre le mur. Elle vit alors trente-six chandelles.

Par miracle, il n'avait coincé qu'un seul de ses bras sous la couverture. Et tandis qu'il marmonnait :

— Il n'y aura personne pour interférer cette fois. Rien que toi et moi.

Elle réussit à récupérer dans la poche de sa veste la boule de billard qu'elle y avait déposée, la veille.

Le coup dut toucher son agresseur à la tempe, car elle sentit qu'il la lâchait et vacillait. Malheureusement, empêtrée dans la couverture, elle mit trop de temps pour se dégager. Cela laissa à l'individu quelques secondes pour récupérer et la pousser de nouveau violemment.

Elle heurta le groupe électrogène et tomba si brutalement sur la machine que ce ne furent plus trente-six chandelles mais un feu d'artifice qui éclata dans sa tête. Puis ce furent les ténèbres.

Elle tomba au fond d'un puits noir plein de boue et ressortit dans un monde rouge étincelant. Il y avait du sang partout, et elle était debout au milieu de la flaque. Elle tenait un scalpel à la main et avait des égratignures sur le corps. Le taureau était mort. Elle le savait mais ne voyait pas la bête.

Hawley entra, couvert de sang et hurlant. Il écarta le métal déchiqueté pour arriver jusqu'à elle. Il voulait la tuer, elle et tous ceux qui l'empêcheraient d'avancer. Si ce n'est que ceux qui pouvaient l'en empêcher étaient déjà morts.

— Tu vas payer. Je vais te faire la peau.

Elle entendit un souffle puis une bordée de jurons. Le métal lâcha et des mains se tendirent vers elle, celles de McBride.

Il l'aida à enjamber les corps et les débris. Une femme était empalée, une autre écrasée. Une troisième victime, un homme, était morte sous ses yeux. Un autre avait réussi à s'extraire des tôles en rampant mais, en arrivant sur la pente rocheuse, il était mort, vidé de son sang.

Les ombres s'épaississaient. McBride la poussait devant

lui. Elle voulait s'arrêter pour se reposer, mais il lui avait empoigné le bras et l'obligeait à avancer.

Une espèce de bruine qui accentuait encore l'obscurité créait une atmosphère irréelle.

— Alessandra, réveille-toi ! Allez, réveille-toi !

Ce n'était pas McBride qui la secouait comme un prunier.

— Debout ! ordonna la voix.

Lentement, elle sortit de son sommeil, sa tête lui faisait horriblement mal.

— Il faut sortir d'ici. Le type est parti, mais il peut revenir à tout moment, et je ne pense pas être assez costaude pour lui résister.

La voix éraillée de Raven finit par la sortir définitivement de sa torpeur. Elle ouvrit les yeux.

— Qu'est-ce qui se passe ?

Raven l'aida à se relever.

— Le type qui t'a agressée, il m'a d'abord flanqué une dérouillée au moment où je sortais de mon pick-up. Il a aussi battu Rip qui était accouru à mon secours. Je crois qu'il a fait tomber son fusil dans le puits quand il l'a bastonné. Il s'est sauvé quand il m'a vue revenir avec un bout de tuyau de plomb. Je n'ai pas vu sa figure mais, pour faire ça, faut qu'il soit cinglé. Et nous, faut qu'on se sauve. Il est peut-être parti chercher un autre fusil.

Alessandra n'avait enregistré que la moitié de ce qu'avait dit la lutteuse. En revanche, l'urgence ne lui avait pas échappé.

Elle n'avait pourtant qu'une envie : s'allonger par terre, face contre terre, et dormir… dormir… une année entière. Mais Raven l'asticota jusqu'à ce qu'elle se lève. Alessandra réussit à faire quelques pas, titubante.

— Je lui ai crié dessus, je lui ai dit que j'allais appeler l'adjudant, dit Raven. Il m'a peut-être crue.

Elles arrivèrent jusqu'à la porte. Dehors, il tombait toujours des cordes.

— Rip !

Raven lâcha le bras d'Alessandra pour courir vers le chien qui gisait à terre, immobile. A son tour, Alessandra se précipita et souleva la paupière de l'animal. Puis elle écouta son cœur.

— Il respire.

L'eau froide qui lui coulait dans le cou l'avait complètement réveillée maintenant.

— Il faut le mettre dans ton pick-up.

Raven emporta le chien dans ses bras tandis qu'Alessandra surveillait les alentours.

Elle inspira à fond et ferma les yeux avant de les rouvrir très grand pour regarder le petit groupe de pins qui lui semblait bien agité.

— Qu'est-ce qu'il y a ? demanda Raven en voyant Alessandra se baisser pour regarder entre les arbres.

— Il y a une route en bas ?

— Oui. Peu de monde l'emprunte.

— Je vois un car, jaune et noir comme tous les cars scolaires, avec quelque chose de rouge d'écrit sur le flanc.

— Et alors ?

— McBride et moi, on en a vu un comme celui-là sur le parking d'un motel, il y a quelques jours.

Raven se pencha vers Alessandra.

— Oui et alors ? Tu penses que celui qui nous a attaquées est chauffeur de car scolaire ?

— Non, je ne dis pas ça. Je n'en sais rien. Peut-être pas.

Une nouvelle fois, Alessandra sentit les mains de l'homme sur elle, entendit sa voix tout près de son oreille. Il était furieux.

Mais qui ? Qui était furieux ? Ce mystérieux Tuman ? Et pourquoi en avait-il après elle ?

Rory était hors jeu. Il affirmait qu'il n'avait pas d'arme. Et, de toute façon, il était en lieu sûr à Cheyenne au moment de l'agression. Mais quelqu'un qui n'était pas Eddie leur avait tiré dessus devant le motel de Ruth. Et maintenant, il y avait un car semblable à celui derrière lequel McBride et elle s'étaient abrités du tireur dans le Wyoming.

Une chose était certaine, se dit-elle en frissonnant. Elle s'était trompée. Le cauchemar était loin d'être terminé.

13

McBride était en colère. Pas contre Alessandra, ni contre Raven, ni même contre Rory Simms. Il s'en voulait à lui-même de ne pas s'être écouté quand il avait soupçonné qu'il se passait quelque chose de plus que ce qu'il s'était imaginé. Même s'il avait essayé de s'en convaincre, il n'avait jamais vraiment cru que le deuxième tireur était aux ordres de Casey Simms. C'était impossible, puisque le deuxième homme avait tué le premier.

Quoique… La reine de la pègre avait déjà démontré qu'elle n'était pas à un coup tordu près… Et fallait-il prendre au sérieux les menaces qu'avait reçues Alessandra de la part d'un certain Tuman ?

La porte de la chambre s'ouvrit, et Alessandra entra, mettant fin momentanément à ses suites de questions sans réponse.

— Rip et Raven vont bien, la tempête ne s'arrange pas, et le shérif revient dans quelques jours. Apparemment, l'état de sa mère s'améliore, annonça-t-elle dans un même souffle.

— Je le sais, je lui ai parlé ce matin.

Il lui empoigna le bras et pencha la tête pour mieux l'observer, ce qui n'était pas évident à la lumière pâlotte de la lampe alimentée par le groupe électrogène.

— Je vais bien, dit-elle sans attendre qu'il le lui

demande. Je ne vois pas double, ni flou, je n'ai pas de trous de mémoire. Raven a vu, comme moi, l'arrière du car scolaire à travers les arbres, donc je n'ai pas non plus d'hallucinations. Hélas.

Le voyant jeter un coup d'œil par la fenêtre, elle soupira.

— On ne reste pas ici, j'imagine ?

— Pourquoi, tu penses qu'on devrait ?

— Je n'en sais rien. Je dirais oui, parce que plus on est nombreux, moins on court de risques. D'un autre côté, on ne sait rien de cet homme, sauf qu'il aurait aussi bien pu tuer Raven et Rip que les assommer.

— Plus facilement, même.

McBride caressa la joue d'Alessandra et s'arrêta.

— Ce qui veut dire, si on regarde les choses en face, que c'est nous deux qu'il vise et nous seuls, pas les autres qu'il croise sur son chemin.

— Il a quand même tué Eddie, McBride.

— C'est peut-être un accident. Il s'est passé beaucoup de choses, cette nuit-là. Ça a commencé par un coup de fusil dans la fenêtre du motel. Ce type ne savait peut-être même pas qu'Eddie était là. Quand ce dernier a tiré, il a riposté et aura touché une personne qu'il ne visait pas.

Il partit vers la salle de bains.

— Tes bagages sont prêts ?

— Je ne les ai pas vraiment défaits. Pourquoi ? On part tout de suite ? Dis-moi… on ne va pas encore passer la nuit dans le pick-up ?

— Tu préfères dormir à la belle étoile ?

Elle leva les mains en l'air.

— D'accord mais sache que, mis à part la nuit dernière, je recommence à te détester. Puis-je au moins savoir où nous allons ?

— A Rapid City, aussi vite que la guimbarde de Moe voudra bien nous emmener.

Un sourire naquit aussitôt sur les lèvres d'Alessandra.

— Ce qui veut dire que je vais pouvoir rentrer chez moi ?

— Non. Et pour t'éviter la peine de me le demander, je te le dis tout de suite, on ne prendra pas l'autoroute.

Elle le fusilla du regard.

— Il n'y a pas à dire, je te déteste, McBride. Pourquoi ne pas prendre l'autoroute ? Si celui qui en a après nous n'arrive pas à nous rattraper, au moins il ne nous fera pas de mal.

— Tu sais, même les autocars peuvent emprunter les grands axes.

— Je reviens à ce que tu disais tout à l'heure. Si c'est si dangereux, pourquoi ne pas rester à Loden sans se montrer ? Et ne me dis pas que ce n'est pas possible.

— Tu sais, quand un tueur décide de tuer quelqu'un, il fait ce qu'il faut pour arriver à ses fins.

A sa mine, il vit qu'elle avait très envie d'argumenter. Comme il savait qui aurait le dernier mot, il prit son sac à dos et le balança sur son épaule puis il attrapa celui d'Alessandra par les bretelles.

— Il se fait tard, l'orage ne s'éloigne pas, toute la ville est dans le noir. Profitons-en pour partir sans nous faire voir.

— Mais enfin, McBride…

— Réfléchis, voyons.

Il jeta un dernier coup d'œil dans la rue, mais la pluie tombait tellement dru qu'elle formait un rideau qui occultait complètement la vue.

— On ignore qui est ce type et ce qu'il cherche mais peu importe, ce qu'il faut c'est le faire quitter Loden avant qu'il ne s'en prenne à quiconque se trouve sur son chemin. Je me suis renseigné pendant que tu soignais le chien de Raven et que j'avais encore du réseau. Selon ma source, depuis plusieurs jours, ton éleveur de taureaux noie sa rage dans l'alcool, dans son ranch de Rapid City. Il ne dessoûle pas. Quant à son gendre, Ryder, personne ne l'a vu depuis vendredi midi.

— Ta source a interrogé Hawley ?

— Oui. Il dit que Ryder est parti à la pêche.

— Où donc ?

— Hawley jure ses grands dieux qu'il n'en sait rien. Le flic, ma source, qui l'a interrogé pense qu'il sait mais ne veut rien dire. Cela peut signifier plein de choses, entre autres que le gendre en question est parti en guerre, je ne sais où, pour les venger, son beau-père et lui.

Alessandra, qui le précédait dans le couloir mal éclairé de l'hôtel, soupira.

— Le type qui m'a agressée était grand, c'est l'impression que j'ai eue. J'ai été obligée de frapper haut pour le toucher.

— Raven aussi. Elle pense qu'il ne faisait pas loin de quinze centimètres de plus qu'elle. Tu fais environ un mètre soixante-dix, elle doit mesurer un bon mètre soixante-douze. Autrement dit, il mesure bien plus d'un mètre quatre-vingts.

— A mon avis, Ryder est plus grand que ça.

Arrivée en haut de l'escalier, elle se retourna.

— Au fait, tu ne m'as toujours pas dit où nous allons.

— Le shérif a une petite maison de campagne dans les Black Hills. La *dispatcher*, en l'occurrence sa belle-mère, se fait du souci pour nous. Alors elle m'a donné les clés.

— Ce sera un avant-goût de mon retour dans mon cocon. Je t'adore finalement, McBride.

Elle tira sur sa chemise et lui claqua un baiser sur la bouche, ce qui lui donna aussitôt envie de remonter dans leur chambre…

Mais cela ne leur disait toujours pas qui était Tuman, ni pourquoi il voulait la mort d'Alessandra, la sienne et, apparemment, d'après ce qu'Alessandra avait compris, celle d'une ou deux autres personnes encore. Tout ce qu'ils savaient, c'est que l'individu conduisait sans doute un car scolaire jaune, qu'il maniait bien le fusil et n'avait très probablement rien à voir avec Casey et Rory Simms.

Mais peut-être avait-il un lien avec Frank Hawley ? Pour McBride, c'était peu probable, même si la subite disparition du gendre de ce dernier lui semblait étrange.

De quelque façon qu'il tourne le problème, il revenait toujours à ce car jaune… Et à un autre car… Mais celui-là, c'était une histoire close depuis longtemps.

Il avait garé le pick-up de Moe dans une venelle derrière l'hôtel. Dehors, le vent qui soufflait en rafales poussait les feuilles tombées à terre. Quand il ouvrit sa portière, la pluie entra dans l'habitacle et mouilla le siège. Il n'y avait pas d'autres voitures stationnées dans le coin. En revanche, des tonneaux de bière et des poubelles renversées étaient abandonnés là.

— Quand je dirai « go », dit-il à Alessandra, cours. Reste entre moi et le pick-up et passe par la portière du conducteur. Prête ?

— J'aurais apprécié que tu me demandes mon avis avant !

— Go !

En quelques secondes, elle se retrouva les pieds dans l'eau jusqu'aux chevilles. McBride la suivit en courant.

Une fois à l'abri dans le pick-up, ils reprirent leur souffle. Mais le répit ne dura pas. A quelque six mètres devant eux, les phares d'un véhicule s'allumèrent, les aveuglants. En jurant, McBride démarra. La main sur la tête d'Alessandra, pour la maintenir baissée, il passa la marche arrière et, à toute allure, recula dans la venelle.

La rafale de balles tirée depuis le véhicule qui fonçait sur eux ne le surprit pas. La riposte, en revanche…

— Bon Dieu, mais qu'est-ce que tu fais ? hurla McBride à Alessandra qui avait abaissé sa vitre et tirait.

— Sors-nous d'ici, McBride, c'est tout ce que je te demande, répondit-elle en tirant de plus belle.

La situation était compliquée car la venelle était longue et débouchait sur la rue principale. Ils risquaient de blesser des passants.

Une deuxième rafale atteignit la voiture, la troisième, la vitrine de la banque locale. McBride hésita. Que faire ? S'arrêter et tirer sur les pneus du véhicule qui les avait pris en chasse ? ou laisser ce salaud les entraîner hors de la ville ?

La survenue de fêtards qui déambulaient dans la rue régla la question. La première solution était trop dangereuse pour la population de Loden.

Il allait faire en sorte que Tuman quitte la ville et, ensuite, il aviserait. Quant à Alessandra…

Il coula un regard dans sa direction alors qu'elle remontait sa vitre.

— Tu te rends compte que ce que tu as fait était particulièrement dangereux ?

— Je t'ai vu faire. J'ai appris.

Elle ôta les cheveux de ses yeux et les noua derrière la tête en queue-de-cheval avant de jeter un œil par la vitre arrière.

— Où est-il passé ?

— Je serais heureux d'apprendre que tu l'as touché mais j'ai des doutes.

— Je lui ai peut-être crevé un pneu ou deux.

— Ou alors il a éteint ses phares.

Il lui montra son sac à dos.

— Essaie de joindre Larry. J'ai voulu le faire après avoir appelé mon contact à Rapid City, mais impossible d'avoir une ligne, que ce soit sur le fixe ou le mobile.

— La borne a peut-être subi des dégâts. Mais pourquoi appeler Larry plutôt que les adjudants de police du coin… ?

Elle haussa les épaules comme il ne s'expliquait pas.

— Bref, peu importe. Appelons Larry.

— Il faut que je parle à Ruthie, dit-il enfin.

— La Ruthie du motel ? Pourquoi ? Ah oui, j'y suis. Le car scolaire jaune. Le chauffeur qui a demandé à stationner dans son parking pour la nuit… Je doute qu'elle se souvienne de son visage. Mais pourquoi ne pas l'appeler directement, elle ?

Il la regarda en souriant.

— Ça ira plus vite si on passe par Larry. Il a dit que le type était parti sans payer.

Elle regarda l'écran de son portable.

— Toujours pas de couverture de réseau.

— Attends un peu et recommence.

— Je pense qu'il faut qu'on demande de l'aide à la police qui patrouille sur l'autoroute ou aux gendarmes.

McBride fit la moue.

— Après tout ce qui nous est arrivé, tu ne me fais toujours pas confiance ?

— Mais si. C'est seulement que j'estime qu'il nous faudrait du renfort, de bons tireurs. Etant donné qu'on ne sait rien de ce type et qu'on ignore ses intentions, je dis méfiance. Ah, si seulement je pouvais…

— Si tu pouvais quoi ? reprit-il comme Alessandra avait laissé sa réponse en suspens.

— Je ne sais pas… J'ai eu l'impression que ce type ne m'était pas totalement inconnu. C'est bizarre. Je n'arrive pas à savoir exactement ce qui me…

— C'est sa voix ? Ou quelque chose que tu as vu ?

Elle réfléchit, hocha la tête.

— C'est trop flou. Je n'ai pas vu grand-chose en fait, donc ce n'est pas un détail visuel. Ça doit être sa voix. Tout ce que je sais, c'est qu'il veut notre mort, à toi, à moi et à au moins une autre personne. « Mort pour mort, et une autre et une autre… », c'est ce qu'il a dit, ou en tout cas quelque chose comme cela.

— Nous, c'est clair. Mais qui sont le ou les autres ?

McBride jeta un coup d'œil dans le rétroviseur. Ils n'étaient pas suivis et ils se trouvaient maintenant tout près de l'embranchement qu'il fallait prendre pour aller vers l'est.

— « Léopard », dit Alessandra d'une drôle de voix. Je sais que ce n'est pas exactement ce mot-là qu'il a prononcé, mais ça y ressemblait. Avec le tonnerre, j'entendais mal. Il est au volant d'un car scolaire, McBride. Pourquoi ?

— Laissons le léopard de côté, pour l'instant, si tu veux bien et intéressons-nous à nous. Qu'avons-nous en commun, toi et moi, qui évoque la mort ?

— L'accident de car, mais je ne vois pas le lien. Ni toi ni moi n'avons tué personne ce soir-là, ni provoqué la mort de qui que ce soit.

— Pas que nous le sachions.

Elle scruta la nuit, revivant apparemment le drame.

— Quand le car a dérapé et qu'il a dévalé la pente, le

passager assis à côté de moi a glissé dans un sens, moi dans l'autre. Le compartiment à bagages qui se trouvait au-dessus de nous s'est détaché, et il est resté coincé dessous. Je suis sûre qu'il avait les jambes brisées, mais je n'ai pas bien vu à cause des débris. Je ne pouvais rien faire. Il n'a pas survécu longtemps, je m'en souviens bien.

— Tu sais qui c'était ?

— Oui. Un certain Igor Gregov mais il se faisait appeler John Gregory. Il était né à Saint Petersbourg en Russie, Leningrad à l'époque. Il avait trente-huit ans, et son film préféré, c'était *Rocky*. Il était gay. Il avait un ami qui travaillait à Chicago depuis peu. J'ai fait sa connaissance après l'accident. Il est américain, participe aux marathons et est agent d'assurances. Son nom est…

McBride la regarda.

— Tu te rappelles tous ces détails et tu oublies le nom de son compagnon ?

— Je sais son nom, McBride.

Elle plissa les yeux.

— C'est seulement que… Je n'y avais pas prêté attention, mais aujourd'hui ça me frappe. Le type qui m'a agressée a dit quelque chose comme « léopard ». L'ami de l'homme qui était à côté de moi dans le car s'appelle Leonard. Allan Leonard.

Cela ne prouvait rien, se répéta Alessandra. Elle n'était même pas sûre de ce qu'elle avait entendu. Léopard ? Leonard ? Le tonnerre grondait juste au-dessus de sa tête et elle pensait plus au moyen de s'échapper qu'à ce que disait son agresseur.

Evidemment, McBride continua de l'interroger comme l'aurait fait un procureur. Elle avait beau tourner l'affaire dans tous les sens, elle ne comprenait pas qui pouvait lui en vouloir à ce point et pourquoi. Et il n'y avait pas qu'elle qui était menacée. McBride aussi, et peut-être le compagnon d'un homme décédé plus ou moins russe.

— John Gregory, de son vrai nom Ivan Gregov, était peut-être un espion, murmura-t-elle.

Elle reprit son téléphone portable et faillit le lâcher quand la voiture passa sur un nid-de-poule.

— Il faudra que tu m'expliques un jour ce que tu as contre les routes bien entretenues !

— Tu me croiras ou pas, le chemin que nous prenons est plus direct que l'autoroute.

Il donna un violent coup de volant pour éviter un nouveau nid-de-poule.

— En plus, il y a de l'orage. Si quelqu'un veut nous suivre, c'est moins facile.

— Une guerre d'usure, en somme, plaisanta-t-elle en s'adossant à son fauteuil.

Pour éviter de passer à travers le pare-brise du pick-up de Moe, elle posa les pieds sur le tableau de bord.

— J'ai pensé à une chose, McBride. Tu ne m'as jamais reparlé de la nuit de l'accident. Pour commencer, que faisais-tu là, parce que…

— J'enquêtais sur un meurtre, sous couverture.

— Tu ne peux rien me dire de plus ?

Elle vit sa joue se creuser. Un tic qui survenait quand il était tendu.

— Je ne souhaite pas parler de mon père.

— Et moi, je ne souhaitais pas faire cette route avec toi. Et pourtant, je suis là. Il était à Chicago, c'est ça ? Avec… sa femme numéro… trois ?

— Je n'ai jamais pris la peine de compter.

— Ton père s'est pointé, tu es parti. Une affaire qui se passait mal, la police et tout le tintouin, ça t'a énervé, ce que je comprends. Mais tu n'es pas parti à cause de ça, je ne te crois pas.

Comme il ne répondait pas, elle reprit, un ton en dessous :

— Je suis assez grande pour savoir la vérité, McBride. Ton équipier et sa femme m'aimaient bien. Ton équipier ne m'aurait peut-être rien dit, mais sa femme aurait parlé si j'avais un peu insisté. Je ne l'ai pas fait parce que je voulais que ce soit toi qui te confies à moi. Mais tu ne l'as jamais fait. J'aurais peut-être dû revenir à la charge, mais je n'ai pas voulu te harceler.

— Jusqu'à aujourd'hui. Au milieu de nulle part, en pleine tempête et avec un assassin à nos trousses.

— Ce qui veut dire « fiche-moi la paix, ce n'est pas ton problème, ma chérie ».

Elle détourna les yeux et tripota son portable.

La route était moins défoncée maintenant. Un coude sur le rebord de la vitre, McBride se caressait la lèvre.

— Ça me fait mal de parler de lui, dit-il lui lançant un regard en coin.

— Comment le sais-tu puisque tu ne le fais jamais ?

— Je préfère ne même pas y penser. Il est ce qu'il est, je suis ce que je suis. C'est bon comme ça.

— Parler de lui ne veut pas dire te rabibocher avec lui.

— J'ai dit que je veux couper complètement les ponts, c'est clair, non ? Pour moi, c'est comme si je n'avais plus de père.

— En tant que vétérinaire qui sait que c'est du sang qui coule dans nos veines et pas de l'eau glacée, je suis en désaccord avec toi sur ce point et j'aimerais qu'on en discute…

La sonnerie du téléphone l'empêcha de finir sa phrase. Elle mit le haut-parleur.

— Salut, Alessandra. Je t'ai enfin.

Larry semblait soulagé.

— J'ai cru qu'il était arrivé une catastrophe là-haut dans le Wyoming. Vous allez bien, tous les deux ?

— Ça va.

Elle regarda par la vitre arrière.

— Pour le moment... Heu, j'aurais besoin d'un service.

Il écouta ce qu'elle lui disait à propos de l'autocar.

— J'entends mal. Il y a de la friture sur la ligne.

A sa voix, elle comprit qu'il était tendu.

— Je m'en doutais, s'exclama-t-il. Quand on l'a trouvé, j'ai tout de suite dit à Morley qu'il y avait un lien.

— Sois bref, dit McBride. Vous avez trouvé quoi ?

Alessandra éleva la voix.

— Nous sommes sous l'orage, Larry. J'ai mis le haut-parleur pour que McBride entende. Donne-nous vite les infos avant qu'on soit coupés.

— On a trouvé le corps d'un homme, répondit Larry. En fait, c'est Ruthie qui l'a découvert. Elle a senti une mauvaise odeur qui venait du bois. Elle s'est approchée de l'appentis d'où venait l'odeur, il était là.

— Elle sait qui c'est ? demanda Alessandra.

— Oui, et elle s'en veut d'avoir eu de vilaines pensées à son égard. C'est le chauffeur du vieux car scolaire. Dans les cinquante ans, cheveux gris, queue-de-cheval.

— De quoi est-il mort ?

— Vous vous en doutez. Un coup de douze dans la poitrine.

Bouleversée, Alessandra se tourna vers McBride.

— A toi de continuer, McBride.

— Tu sais quelles questions poser, non ? se contenta-t-il de dire.

— Quelqu'un a vu ou entendu quelque chose ? demanda-t-elle alors à Larry.

— Non, personne n'a rien vu ni entendu. Norman, le fils de Ruthie, a repéré un 4x4 dans le fossé près du motel. Déglingué mais un bon moteur. Incroyable que quelqu'un l'ait abandonné.

— Envoie des photos, Larry, intervint McBride. Le 4x4, le corps, l'appentis.

— Des objets dans le véhicule qui permettraient d'identifier son propriétaire ? ajouta Alessandra.

— De l'herbe et de la terre. Des feuilles aussi. Des insectes morts et des petits restes de nourriture. Pas de papiers et rien dans la boîte à gants. Le shérif examine les plaques d'immatriculation. Il dit que ce sont peut-être des plaques volées et… Oh ! Alessandra. Tu es encore là ?

— Oui. Envoyez les photos, d'accord ? Larry ?

N'ayant plus de couverture de réseau, elle orienta différemment son téléphone. Sans succès.

— Je pense toujours qu'on aurait dû demander du renfort, conclut-elle sans regarder McBride.

Un bruit sourd lui fit relever la tête.

— Dis-moi, c'est le tonnerre que je viens d'entendre ?

— Si ce n'est pas le tonnerre, c'est qu'il a un canon sur son car.

Un frisson la secoua des pieds à la tête.

— Tu avais raison, il fallait quitter Loden. Raven et Rip ont vraiment eu de la chance. Il ne cessera que lorsqu'on sera morts.

— Oui.

McBride dit ce « oui » avec une telle violence qu'elle le reçut comme un coup de poing en pleine poitrine. Etait-ce à cause du danger, de la mort qui rôdait toujours qu'il refusait généralement de parler de ses affaires en cours ? Etait-ce si insupportable ?

Respirant à fond, elle le regarda intensément.

— Tu sais, McBride, ton métier, comparé à celui de la plupart d'entre nous, il est moche.

C'est l'occasion qui fait le larron. C'était ainsi qu'il voyait les choses quand il les imaginait morts tous les deux.

Il attendait ce moment depuis si longtemps. Bon Dieu, oui, si longtemps. Il avait souffert et agi, et encore souffert. Il avait concocté un projet, l'avait planifié, y avait pensé, repensé. Il y avait réfléchi encore et encore, dans le moindre détail. Et puis, le soir où il était parti pour le mettre en œuvre, un joker avait surgi.

Et avec ce joker était venu un bonus, alors il avait décidé d'attendre avant d'abattre sa carte. D'attendre le bon moment et de se faire ombre parmi les ombres.

Il avait suivi le tueur qui les avait suivis… il ignorait pourquoi et s'en fichait. Il avait volé un autocar. Ce n'était pas parfait, ça ? L'occasion qui fait le larron.

Depuis, il les suivait lui-même. Il avait failli la tuer. Il l'avait agressée. Il recommencerait. Et ensuite, il passerait au flic. Et après…

Non, suffit, ralentis. Un seul à la fois. La vétérinaire d'abord, parce que le cauchemar avait commencé par elle. Si ce n'était pas pour son…

Sa pensée s'éparpilla. Une lumière rouge cotonneuse lui emplit la tête, brouilla sa vision. La seule chose qui n'était pas floue, c'était le motif qui le guidait.

Lui, TUMAN.

14

— Je ne peux pas comprendre que l'on fasse ça à un animal.

Installée dans ce qui aurait pu être un charmant chalet de montagne, Alessandra caressait la tête empaillée d'un élan posée sur le manteau de la cheminée.

— C'est barbare, dit-elle.

— C'est pour cela que c'est légal, ma chérie.

— Epargne-moi tes sarcasmes.

McBride déposa leurs sacs dans un coin de la pièce qu'une lampe à pétrole éclairait chichement puis, tâtant son Glock, s'approcha de la fenêtre pour scruter la nuit.

— Tu pleureras les morts plus tard. Il y a des chances pour que nous ayons de la visite d'ici peu.

Après une nouvelle tape sur le museau de l'élan, Alessandra se mit en quête d'une autre source de lumière.

— Comment aurait-il pu nous suivre sous cette pluie ? On voyait à peine la route… si tant est qu'on puisse parler de route, ajouta-t-elle. En plus, nous sommes en 4x4. Il est au volant d'un car.

— Je ne sais pas s'il est près ou pas mais, au cas où il serait sur nos talons, je préfère l'éloigner le plus vite possible. On aura un léger avantage si je peux l'attirer vers le pick-up que je vais aller planquer un peu plus loin.

— Tu ne veux pas que je vienne avec toi ? S'il est juste derrière nous, je ne tiens pas à ce qu'il te tire dessus.

— Tu as raison, c'est mieux qu'il tire sur toi parce qu'il y a peu de chances pour qu'il te touche deux fois de suite, c'est ça ?

— Quelque chose comme ça, dit-elle en riant.

L'envie de lui lancer quelque chose au visage la démangea. Hélas, elle n'avait rien sous la main, excepté des coussins couverts de peau de poulain. Alors, elle évita.

Avant de ressortir, McBride lui tendit des munitions.

— Laisse les volets et les rideaux fermés. Garde ton arme à portée de main et n'allume pas de feu dans la cheminée avant mon retour.

Elle eut envie d'argumenter mais comprit qu'en le suivant elle le gênerait plus qu'autre chose. Il n'empêche…

— Tu te rends compte que nous sommes finalement prisonniers dans ce petit chalet ?

— C'est ponctuel.

— Et s'il sabote le pick-up ?

— Il faudra d'abord qu'il nous trouve.

Il haussa les épaules.

— Je ne pense pas qu'il vienne assez près pour pouvoir bidouiller notre pick-up mais, si jamais… Et, surtout, pendant que je serai absent…

— Bravo ! Tu as le chic pour rassurer les gens, McBride !

Il avança vers elle en la regardant droit dans les yeux.

— Rien de tout cela n'était censé arriver, Alessandra. Rien. Mais on ne décide pas toujours du cours des événements, et ce que l'on vit aurait pu être pire. Bien pire. Pour chacun de nous.

— Toi, il ne t'aurait pas attrapé, McBride, fit-elle, amère.

Il lui enleva les cheveux des yeux et lui caressa la joue

d'un revers de main puis, la prenant par le cou, il l'attira à lui pour l'embrasser.

Le baiser fut bref mais intense et la transporta quelques instants dans une autre dimension. Le temps qu'elle reprenne ses esprits, il était déjà sur le pas de la porte.

— Je serai de retour dès que possible, dans vingt minutes maxi.

Machinalement, elle jeta un coup d'œil sur son portable. Il était 4 h 43. Les vingt minutes à venir allaient être longues. Elle allait mettre à profit ce temps pour sonder sa mémoire. Pour revisionner en pensées le voyage qui l'avait conduite de l'Indiana jusqu'en Illinois, où il avait brutalement pris fin dans un ravin près de Chicago.

Après avoir fouillé dans leurs sacs, elle arpenta la pièce, assaillie par des souvenirs angoissants. Le chauffeur du car l'avait agacée dès le départ. Elle se rappelait qu'il lui avait dit que ce n'était pas sa ligne habituelle mais que le chauffeur qui assurait normalement cette liaison était souffrant ou en tout cas indisponible. Il était donc le remplaçant. A l'époque, ce détail ne l'avait pas intéressée.

Le car avait fait le plein de voyageurs. Toutes sortes d'individus. Des jeunes, des plus âgés. Une femme mal élevée avait exigé d'être assise au premier rang, et d'avoir sa fille à son côté. Pour avoir la paix pendant le trajet, les voyageurs s'étaient arrangés pour leur laisser les places. A dire vrai, se souvint Alessandra, cela ne l'avait pas gênée, bien au contraire. Elle avait ainsi avantageusement troqué les avances du chauffeur contre la conversation intéressante d'un jeune homme qui, hélas, avait été tué dans l'accident.

Le compagnon de ce dernier, Allan Leonard, avait été traumatisé, mais elle ne pensait pas qu'il ait intenté un procès à la société des autocars, ni cherché des ennuis à qui que ce soit.

Le chauffeur s'était comporté de manière inconvenante au premier arrêt du car. A tel point qu'elle s'était demandé s'il n'avait pas une bouteille d'alcool cachée sous son siège. Mais, non, le test éthylique réalisé après l'accident s'était révélé négatif.

Il lui avait fait des avances mais elle les avait repoussées, alors il s'était attaqué à deux autres passagères puis à une troisième, une femme d'Arizona d'aspect fragile. Elle était pâle, blonde, tout en douceur. Sauf quand elle l'avait prié de ne pas insister.

Curieusement, songea Alessandra en continuant à faire les cent pas dans la pièce, tout la ramenait toujours à la même personne : au chauffeur remplaçant qui avait subi refus sur refus de la part des femmes présentes dans son autocar jusqu'à ce qu'une soudeuse, une certaine Georgia, ne monte à bord et commence à flirter avec lui alors même qu'il conduisait. Cette dernière était morte elle aussi, mais environ un mois après l'accident.

Alessandra regarda son mobile et soupira. Le temps lui semblait long. Cela ne faisait que dix minutes que McBride était parti.

Elle s'arrêta de marcher pour écouter. On n'entendait que la pluie sur le toit.

Rassurée, elle laissa de nouveau son esprit vagabonder. Sans qu'elle le veuille, ses pensées revinrent sur Georgia. Que savait-elle de cette femme ? Elle avait lu pas mal de choses sur elle dans les articles qui étaient sortis dans la presse à l'occasion de l'accident mais, bizarrement, ne se souvenait pas de grand-chose.

Evidemment, pensa-t-elle en haussant les épaules. *C'est à cause de McBride. Il m'a trop bousculée.*

Dès l'instant où elle l'avait connu, elle avait eu l'impression de vivre sur un grand huit. Ce flic décontracté au look de mauvais garçon l'avait surprise quand il avait repris contact avec elle pour lui demander si elle serait d'accord pour sortir avec lui. Il représentait tout ce qu'elle avait toujours espéré trouver chez un homme : la classe, l'expérience, l'humour. Sans compter qu'il était beau et sexy en diable. Dans de telles circonstances, comment pouvait-elle s'intéresser à ce qui se passait en dehors de sa propre vie ? Peu lui importaient les événements qui avaient lieu dans sa ville, son Etat. Dans le monde. Elle en était à des années-lumière.

En attendant, dans l'autocar…

La femme mal élevée qui avait ennuyé tout le monde dès le départ avait été écrasée dans son siège. Sa fille avait survécu mais était morte de sa fracture du crâne le lendemain.

Comme John Gregory, la femme douce d'Arizona — Anna ou Abby ? — figurait au nombre des victimes. En rampant pour s'extraire du car, Alessandra avait remarqué une expression d'horreur sur son visage. Cela voulait-il dire qu'elle avait eu le temps de se rendre compte qu'elle était empalée sur un morceau de verre et ne s'en sortirait pas ?

Alessandra s'empressa de refouler cette image qui n'avait cessé de la hanter depuis l'accident. Mais la vision cauchemardesque s'imposa de nouveau. Un homme âgé avait réussi à s'extirper du car par une vitre mais, à peine hors de l'habitacle, il avait succombé : trop de blessures et d'hémorragies internes.

Un homme plus jeune, originaire du Tennessee, avait eu la jambe sectionnée au niveau du genou. Quant au chauffeur, il s'en était sorti sans une égratignure.

L'enquête ouverte après l'accident avait traîné en longueur. Oui, le chauffeur n'avait pas montré toute la vigilance requise mais, du point de vue mécanique, l'examen des longerons avait révélé une fissure grave. Quand l'autocar avait amorcé le virage, la fissure n'avait pas résisté. Privé de suspension, le véhicule était dans l'impossibilité de tenir correctement la route. Il avait donc glissé sur le côté, heurté la glissière de sécurité, basculé et dévalé en contrebas de la route.

Alessandra soupira. Elle avait beau revivre les circonstances de l'accident, rien de nouveau n'apparaissait. Et pourtant… Il devait y avoir quelque chose de plus, quelque chose dans lequel McBride et elle-même étaient impliqués.

S'asseyant sur le bras du canapé, elle prit son téléphone. Cela faisait maintenant vingt-trois minutes que McBride était parti… Elle vit alors qu'elle avait reçu un nouveau message.

C'était Larry. Il s'excusait de ne pas pouvoir joindre de photos. Morley avait des ennuis avec son appareil photo et son portable. Charger les clichés allait prendre plus de temps que prévu, prévenait-il.

Selon lui, le véhicule abandonné dans le fossé ressemblait à un seau rouillé sur quatre roues bancales et sentait la fosse à purin. Larry confirmait par ailleurs que les plaques d'immatriculation avaient été volées, elles provenaient d'un pick-up stationné devant un bar à l'extérieur de Rapid City.

— Bizarre, murmura Alessandra.

Ce bar se trouvait à cinq cents mètres tout au plus de la clinique vétérinaire.

Le menton dans la main, elle réfléchit. Voyons, à cinq cents mètres ? Son cœur se mit à battre comme un fou. Ce Tuman se serait aventuré si près, et elle n'en aurait rien su, rien vu, rien soupçonné ? Dans le fond, McBride pouvait se tromper. L'affaire du car accidenté n'avait rien à voir là-dedans. Hawley était sûrement derrière tout ça. Ne l'avait-il pas menacée verbalement ?

Bon, ça suffit, pensa-t-elle en balayant l'air devant elle. *Toutes ces supputations ne mènent à rien.*

Puis d'ajouter à voix haute :

— Alors McBride, tu arrives ?

Hélas, seul le bruit de la pluie sur le toit lui répondit en redoublant de force. Refusant de se laisser envahir par la peur qui commençait à pointer son nez, elle relut l'e-mail que Joan lui avait envoyé un peu plus tôt dans la journée.

Son assistante lui disait que le Dr Lang souhaitait son retour le plus vite possible. Qu'un de ses patients, un labrador qu'elle aimait beaucoup avait mis bas quatre petits. Qu'un chèque avait été refusé par la banque, car sans provision. Qu'il faudrait appeler un plombier pour des travaux dans les toilettes et que son cor au pied lui faisait un mal de chien. En somme, une journée type à la clinique, une de ces journées qui l'occupait tellement, songea Alessandra, qu'elle n'avait généralement pas le temps de penser à quoi que ce soit.

A cet instant précis, la serrure de la porte grinça. Et le petit moment de bonheur que lui avait procuré la lecture du message de Joan céda sur-le-champ la place à la panique.

Elle se laissa glisser du canapé, se cacha derrière un fauteuil et empoigna son arme à deux mains en se forçant à rester calme.

Si c'était McBride, il se serait fait connaître. Mais l'aurait-elle entendu avec cette pluie battante, le vent, et le sang qui tapait dans ses oreilles ?

Ils auraient dû convenir d'un signal, comme trois coups sur la porte ou quelque chose d'aussi simple.

Le grincement se produisit de nouveau, et sa panique redoubla. Son cœur allait lâcher, ce n'était pas possible qu'il tienne, à battre à ce rythme. Et son esprit fonctionnait à cent à l'heure. McBride avait une clé. Si c'était lui, il s'en servirait.

Elle jura tout bas, essayant de maîtriser le tremblement de ses poignets. Ce n'était pas le moment de perdre le contrôle si elle devait viser une cible. Quelque chose atterrit sur le toit, juste au-dessus de sa tête. Elle leva les yeux. Etranglée par la peur, elle sentait sa gorge la brûler. Brusquement, à trois mètres devant elle, comme poussée par une rafale, la porte s'ouvrit.

— Ne tire pas !

C'était McBride, trempé comme une soupe, sale, sa manche de veste déchirée du coude au poignet.

Pas de sang, nota Alessandra, un peu soulagée.

Il referma la porte, s'y adossa et se laissa glisser jusqu'à se retrouver accroupi. Il haletait.

— Excuse-moi, ma chérie. J'ai été pris dans du fil de fer barbelé et j'ai perdu ma clé. J'ai failli taper à la fenêtre mais j'ai pensé que tu ne m'entendrais pas à cause du vent. Comme je ne voulais pas alerter tout le voisinage, j'ai fracturé la serrure.

Elle releva la tête.

— Si je comprends bien, on n'a plus de serrure, plus de voiture, et il va bientôt faire jour. On fait quoi, alors ? reprit-elle. On attend ici avec les amis empaillés du shérif ?

Sa réponse le fit vaguement sourire.

— C'est une possibilité. Pas celle à laquelle je pensais, néanmoins.

Etouffant un bâillement, il ajouta :

— Cet endroit est truffé de grottes, pour la plupart sans issue. Donc, quand tu te trouves à l'intérieur de l'une d'elles, on ne peut pas te surprendre par-derrière.

— Ça fait envie.

Il coinça son arme dans sa ceinture et se releva.

— Il faut que tu me fasses confiance ou, au moins, que tu fasses confiance à mon plan. La *dispatcher* m'a remis une carte détaillée de la région.

— De plus en plus alléchant.

De nouveau, il sourit.

— Arrête avec tes sarcasmes, ma chérie.

Il écarta le rideau et inspecta dehors.

— Tu n'es pas contente parce que je ne t'ai pas fait part de mon projet plus tôt.

Elle éclata de rire. Un rire faux qui ne le trompa pas.

— Tu as raison, je serais en colère si j'avais pu imaginer une seconde que tu ferais un projet pareil. Mais après ces quelques jours avec toi je devrais savoir que tu fais toujours tout en douce.

— Le gendarme à qui je viens de parler a la description de l'endroit où j'ai laissé le pick-up.

McBride n'était peut-être pas un grand communicant mais il pensait à tout, se dit-elle. Mieux, il anticipait.

Comme il souhaitait profiter de l'obscurité pour leur déplacement, ils se dépêchèrent de rassembler leurs affaires.

— La belle-mère du shérif m'a dit qu'il y a des sources d'eau chaude dans la région, annonça McBride une fois dehors.

Il aida Alessandra à enjamber un tronc d'arbre tombé à terre.

— Elle y vient avec son mari en automne, et ils se baignent tout nus. Ensuite, ils s'allongent sur un rocher et méditent.

— Quel tableau !

— J'essaie de te vider la tête en te racontant n'importe quoi. Comment veux-tu avoir les idées claires si tu as la tête pleine de nœuds ?

— Qu'est-ce que tu veux ? Que je te raconte encore l'accident du car, c'est ça ?

— Tu as peut-être négligé certains détails. Tout a son importance.

La pluie battante avait cessé. C'était une bruine légère qui tombait maintenant, elle s'infiltrait partout et mouillait tout autant mais plus insidieusement. Le chemin imbibé d'eau et de boue était glissant. Alessandra marchait sur le bord en faisant attention à ne pas déraper dans la pente.

— Tu m'as dit que le chauffeur te faisait du gringue.

— Pas seulement à moi. A la femme d'Arizona et à deux ou trois autres filles. Sans succès. Seule une certaine Georgia est entrée dans son jeu. Quand l'accident s'est produit, ils flirtaient, tous les deux.

— Elle est morte un mois après, c'est bien ça ? Tu te souviens de quoi ?

— D'une rupture d'anévrisme, je crois. Ou de quelque chose comme ça. Je ne me rappelle pas bien. Rien en tout cas qui ait pu être… prémédité.

— Je te demande ça pour rayer Georgia de mes listes. Et le chauffeur ?

— Lui, il a eu de la chance… en ce qui concerne l'accident du moins, parce que je me rappelle avoir entendu dire qu'il a été victime d'une effraction, chez lui, quelques mois plus tard.

— Ah ? Et alors ?

— Rien.

Elle leva les yeux. Devant elle se dressait un mur de rochers, à pic.

— Il faut grimper là ? Dans le noir. C'est glissant. Et on n'a pas de matériel pour s'assurer.

— Je serai derrière toi.

Il portait le sac ; elle avait donc les mains libres. N'empêche, escalader une paroi rocheuse quasiment verticale avec des surplombs, des saillies… Elle n'avait jamais fait cela. Aussi, lorsqu'elle posa le pied en haut, sur la terre ferme, poussa-t-elle un énorme soupir pour évacuer la peur qu'elle avait emmagasinée en montant.

— Ton père serait fier de toi, la félicita McBride qui venait de la rejoindre.

Elle essuya ses mains sales et éraflées sur les jambes de son pantalon.

— Mon père ? Il serait horrifié. J'ai tiré sur quelqu'un hier soir. Ça ne se fait pas dans son monde.

— C'est pour cela qu'il déteste tellement le mien.

Il lui fit signe d'avancer et la suivit.

— Sais-tu ce qui est arrivé au chauffeur du car, Alessandra ?

— Je crois qu'il a été remercié pour comportement inconvenant, ou quelque chose comme ça.

Elle jeta un coup d'œil derrière elle.

— Je te l'ai dit, c'était un obsédé.

Elle s'arrêta si brusquement que McBride faillit la renverser en la heurtant.

— « Obsédé. » Voilà, ça me revient maintenant, c'est ça qu'il a dit, « obsédé ». « Dent pour dent, œil pour œil, mort pour mort. Une mort, une autre, et encore une autre… » Et de préciser : « Toi, ton flic de mari, ce salaud d'obsédé et… »

— Dis donc, présenté comme ça, ça pourrait être moi, le salaud d'obsédé !

Alessandra lui lança un regard surpris. McBride, haussant les épaules, reprit :

— Ainsi donc, le chauffeur du car, l'obsédé présumé, a été visité chez lui…

— Oui, mais ça a eu lieu il y a longtemps, McBride. Après l'accident, mais avant son limogeage. Un fait trop ancien pour que ce soit lié aux événements actuels.

— Ne t'y fie pas.

— Cinq ans, McBride. Peut-être même six !

— Une effraction est une chose. Une effraction à main armée, en est une autre. Passible de prison.

Elle fronça les sourcils.

— Es-tu en train de me dire que le type qui nous poursuit pourrait être celui qui s'est introduit chez le chauffeur du car, et qu'il a peut-être fait de la prison ensuite pour attaque à main armée ?

— Cela expliquerait le temps qui s'est écoulé entre les événements. Quelqu'un pénètre avec une arme chez le chauffeur de l'autocar, il se fait prendre et est incarcéré. Une fois remis de sa frayeur, le chauffeur reprend le cours de sa vie. Mais, dans la tête de notre agresseur, rien n'a changé. A sa libération, il poursuit toujours le même but.

— But que nous ignorons pour l'instant.

— Très juste. Nous sommes complètement dans le brouillard.

McBride scruta le ciel.

— A propos de brouillard, le jour se lève. Pour l'instant, il y a un peu de brume mais ça ne va pas durer. Il faudrait qu'on s'active.

Sans se soucier vraiment de savoir si elle pouvait suivre, il accéléra le pas. La marche était difficile, le terrain cabossé, humide, glissant. Si elle avait du mal à mettre un pied devant l'autre, en revanche elle avait les idées très claires, et les souvenirs se télescopaient dans sa tête.

Une image de la femme mal élevée n'arrêtait pas de passer devant ses yeux. Cette dernière ne pouvait pas être impliquée dans ce qui se passait actuellement puisqu'elle était morte, et sa fille aussi. Pourtant, son souvenir était obnubilant.

Après quelques minutes de marche chaotique, ils arrivèrent à proximité de la grotte où McBride désirait qu'ils se réfugient. A bonne distance du pick-up de Moe, assez près pour pouvoir le voir, assez loin pour ne pas être vus.

Comprenant soudain que, tranquillisé au sujet de sa sécurité, McBride ne la suivrait pas dans la grotte afin de pouvoir continuer à faire le guet dehors, Alessandra se rebella.

— Et si je…

McBride la fit taire d'un geste autoritaire de la main.

— Ma réponse est non.

— Mais deux armes valent mieux qu'une.

— Je suis sûr qu'Eddie ne serait pas d'accord avec toi.

— Tu t'imagines que je vais rester mariner dans une grotte pendant que tu attends l'arrivée d'un homme équipé d'un fusil d'assaut ? Tu rêves, McBride. Ou, décidément, tu ne me connais pas.

— C'est peut-être ça. Pour l'heure, fais-moi plaisir, ne discute pas.

Exaspérée, dépitée et pas du tout rassurée, elle haussa les épaules. Elle n'aimait pas les grottes. Elles lui rappelaient la cave où sa grand-mère entreposait les plantes pour l'hiver et où elle s'était laissée enfermer par mégarde étant enfant. Six heures plus tard, ses parents l'avaient retrouvée recroquevillée dans un coin. Pétrifiée par la peur, elle s'était entourée des pots de confiture, bocaux de fruits au sirop et conserves maison qu'elle avait pu attraper et superposer pour dresser une muraille contre les monstres, leur avait-elle expliqué.

— Tu es ennuyé, dit-elle. Je le vois bien. Que crains-tu ?

— Notre homme est fou, assurément ; or la folie suit rarement un schéma logique. Il est donc imprévisible, ce qui le rend encore plus dangereux.

Il lui montra la paroi rocheuse sur sa gauche.

— La grotte est par là.

Alessandra repassa devant lui et marcha dans les herbes folles. Le chemin était envahi par les mauvaises herbes, les ronces et les buissons. Le crachin était redevenu de la pluie et, comme la veille, le vent qui avait forci soufflait maintenant en rafales. Un rameau la gifla. Elle le retint en regardant la pente sur le côté. Des bouquets d'arbres descendaient vers la route qui serpentait en contrebas. Pour mieux voir, elle se pencha.

— Arrête-toi, McBride.

Elle lui prit le bras.

— Tu vois, là, en bas, juste en dessous des épicéas. Regarde bien, on voit du jaune. C'est l'arrière du car, le car scolaire.

15

— Ne bouge pas, dit McBride. Pas un cil.

Par chance ils ne portaient pas de couleurs voyantes et pouvaient se fondre dans la nature et… Quoi ? Attendre que le tueur les repère ? Il allait bientôt faire jour, Tuman avait un fusil à lunette, et il n'y avait pas l'ombre d'un gendarme.

Paniquée, Alessandra suivit le regard de McBride. Les arbres devant eux pliaient sous les rafales de vent. Pendant un instant, ils virent tout l'arrière du car.

Soudain, trois balles tirées de près touchèrent le pin derrière elle, lui arrachant des morceaux d'écorce.

— La grotte ! ordonna tout bas McBride en courant avec elle vers la paroi rocheuse tout en chargeant son flingue. Vite, vite !

— Attends, je veux ma lampe de poche.

Pendant qu'elle la cherchait dans son sac, il la protégea de son mieux.

— Vite, Alessandra. Vite !

La lampe trouvée, elle l'alluma et braqua le faisceau devant eux.

— Je ne vois pas de grotte, dit-elle.

— Mais si. Regarde plus bas.

Elle dirigea le faisceau quelques mètres plus bas et ne vit rien, jusqu'à ce que, dix mètres plus loin, elle aperçoive un gros rocher. Derrière le rocher, à peine visible, on distinguait une sorte de trou noir. Une vidange d'évier, pensa-t-elle. Bien que l'idée de se réfugier là la rebute, elle n'hésita pas. C'était leur seule chance.

Une fois à l'abri dans la grotte, ils retinrent leur souffle et écoutèrent. Rien. McBride éteignit la torche. Alessandra poussait un soupir de soulagement quand elle entendit quelque chose qui glissait — du rocher ? — puis le bruit sourd de quelqu'un sautant à terre.

— Je sais que vous êtes là.

Tuman ! Sa voix résonna contre les parois humides.

— Ce n'est pas mon premier choix, poursuivit-il. Je veux que vous le sachiez. Mais ça fera l'affaire. Ce qui m'importe c'est qu'au bout du compte vous mouriez tous les deux. Mort pour mort, jusqu'à ce que je dise : c'est bon.

La prenant par le bras, McBride la fit reculer plus avant dans les profondeurs de la caverne. Moins d'une seconde plus tard, une détonation retentit.

Soufflée par l'explosion, l'entrée de la grotte trembla avant de s'effondrer, en partie, dans un fracas assourdissant. Une pluie de pierres se fit entendre. Des volutes de poussière s'engouffrèrent dans la cavité. Et tout s'assombrit.

Tête baissée, toussant et crachant, ils refluèrent vers le centre de la grotte, McBride devant, sa lampe-torche à la main.

Le sol descendait en pente, doucement par endroits, à pic à d'autres. Ils glissaient, dérapaient dans la boue et l'obscurité. A un certain moment elle se dit que l'enfer ne devait pas être pire. Ou qu'ils l'avaient traversé et allaient se retrouver de l'autre côté, en Chine.

Par moments, ils devaient se faire très minces car certains passages étaient comme des boyaux. Une fois,

Alessandra resta même coincée. Elle ne paniqua pas, car elle savait qu'elle pouvait reculer.

Après s'être dégagée, elle avança, se trouva devant un autre trou et, là, écouta. De l'eau qui clapotait. Elle s'agenouilla et dirigea sa lampe-torche vers ce qui semblait être une rivière souterraine.

— Mince ! s'exclama-t-elle. Ça a l'air profond.

Les yeux fermés, elle s'assit sur ses talons. McBride se pencha à son tour pour regarder.

— Il va me falloir un moment avant que j'accepte de plonger là-dedans, dit-elle.

— Il va surtout te falloir un masque et un tuba, plaisanta McBride.

Mais elle n'était pas d'humeur à plaisanter. Elle leva les yeux au ciel.

— Tu penses qu'il a fait sauter l'entrée de la grotte avec de la dynamite ?

— A mon avis, oui. Il avait préparé son coup.

Changeant brusquement d'humeur, elle éclata de rire. Pourquoi ? Ça devait être nerveux.

Assise en tailleur maintenant, le front contre le bras de McBride, elle réfléchit tout haut.

— Je ne sais pas si c'est freudien ou jungien, mais je suis convaincue que rien de tout cela n'est réel. Et tout ce qui n'est pas réel est cauchemar — une projection de mes peurs les plus sombres, les plus profondes. En conséquence, j'en suis à un point où je me dis que je vais me réveiller dans mon lit à Rapid City et je jure de ne plus jamais boire de vin un vendredi soir. Terminé. Maintenant, pince-moi.

McBride lui caressa la nuque.

— Hélas, ceci n'est pas un cauchemar, il faut qu'on

trouve une solution pour sortir d'ici. A mon avis, le niveau de cette nappe d'eau baissera dès que la pluie aura cessé.

— Je sais, j'avais juste besoin de dire des bêtises pour évacuer mon trop-plein de tension.

Elle se tut un instant et le regarda, pensive.

— Je connais cette voix, McBride. Je suis incapable de mettre un visage dessus mais je la connais. D'où ? Mystère.

— Ce ne serait pas Hawley ou son beau-fils ?

— Je ne pense pas.

— Quelqu'un qui se trouvait dans le car, alors ? Le compagnon de ton voisin de voyage qui est décédé dans l'accident ?

— Ou le mari de la femme mal élevée. Parce qu'elle avait un mari, ce qui m'a surprise. Imagine Walter Mitty, et tu le vois.

— Tu ne m'as jamais parlé de cette femme mal élevée.

Entendant comme un reproche dans sa voix, elle releva la tête.

— Ah bon ? Mais tu sais, il y a tellement de choses dont tu ne m'as jamais parlé non plus… On est quittes alors !

Puis, fronçant les sourcils, elle poursuivit :

— Bref… J'ai beaucoup repensé à ce voyage pendant que tu t'occupais d'aller déplacer le pick-up de Moe. La femme et sa fille sont mortes. J'ai vu le mari, une fois, à l'occasion de l'enquête. Il ne semblait pas très touché.

— Tu lui as parlé ?

— Je lui ai adressé mes condoléances. Il était dévasté par la mort de sa fille, ça oui. Celle de sa femme, en revanche, ça n'avait pas l'air de l'avoir affecté outre mesure…

Comme ils ne pouvaient rien faire d'autre qu'attendre,

McBride alla s'adosser à la paroi de la grotte. Alessandra se serra contre lui, la tête nichée au creux de son épaule.

— Un peu de confort ne nuit pas.

Elle sourit.

— Et tu es nettement mieux que des bocaux de confiture.

— Originale comme comparaison ! Pourquoi dis-tu que la femme était mal élevée ?

— Elle nous a fait jouer aux chaises musicales pendant un certain temps. Sa fille et elle n'avaient pas acheté leurs billets en même temps, du coup elles étaient séparées. Cette femme voulait absolument être devant et exigeait d'avoir sa fille à son côté. C'est comme ça que je me suis retrouvée au fond du car et que j'ai fait la connaissance de John Gregory.

Elle leva les yeux sur la voûte luisante.

— Tu crois que Tuman pense que nous sommes morts à présent, et qu'il va s'en aller ?

— Il risque de rester une heure ou deux encore, mais je crois effectivement qu'il pense que, morts ou encore vivants, nous ne sortirons pas de ce tombeau.

Alessandra se tordit les mains de désespoir.

— De tous les événements qui se sont enchaînés depuis vendredi dernier, celui-ci est le pire. Je ne suis pas dans mon élément ici. J'ai peur. Et j'ai faim.

Elle tapa sur son estomac qui gargouillait.

— C'est ta faute, tu as refusé de t'arrêter dans le petit boui-boui devant lequel nous sommes passés à minuit.

— Au Cherry Bomb ? Remercie-moi, ça nous a évité d'être malades.

— Je ne sais pas ce que tu as contre ce Cherry Bomb. Même mon père m'y emmenait. Oh ! pas souvent, une ou deux fois par an.

Il redressa la tête.

— La deuxième femme de mon père travaillait dans un Cherry Bomb, près de Tulsa, avant d'être mariée. En fait, il avait fait irruption avec l'intention de faucher la caisse. Il est entré, un pistolet caché sous sa veste. Mary Ellen, sa future deuxième femme, arrivait avec un plateau dans les mains. Il l'a bousculée. Le type qui était à la caisse a engueulé Mary Ellen et dit à mon père de dégager. Le patron a entendu des cris et a déboulé de la cuisine.

McBride prit l'air navré.

— Et alors ça a mal tourné.

Alessandra ne dit rien, se contentant d'écouter. Pendant les deux heures qui suivirent, elle en apprit plus sur le père de McBride que pendant toutes leurs années de vie commune. La vérité n'était pas jolie jolie, ce qui expliquait que McBride n'aime pas en parler. Ce qui expliquait aussi les relations qu'il avait avec son père. Autant dire, inexistantes.

— De quelque façon que tu le considères, mon vieux fait apparaître le tien comme le gentil grand-père Walton.

En dépit de la situation, elle faillit rire.

McBride dirigea le faisceau de sa lampe vers le sol.

— Le niveau de l'eau a baissé. La pluie a dû cesser. Encore une heure, et ça ira.

Elle changea de position, se caressa l'estomac qui gargouillait de plus belle.

— Si seulement je pouvais avoir une pizza poivrons fromage. De chez Toscana à Wriggleyville. Avec des oignons, plein de mozzarella, des champignons. Sur un fond de pâte épais. Surtout pas de pâte fine.

— Avec une bouteille de chianti, ajouta-t-il.

— Et un cheese-cake à la cerise en dessert.

— J'ai une meilleure idée…

Intriguée, Alessandra lui coula un regard en biais.

— On a une heure devant nous, reprit-il. Pizza et vin, tu oublies. En revanche faire l'amour, pourquoi pas ? C'est possible.

— Tu es un malade, McBride.

— Tu trouves ? Regarde dans mon sac.

— Tu plaisantes. Si tu as pris des préservatifs, je te…

Elle se tut et fouilla dans le sac à dos.

— Ah non ! C'est du chocolat que tu as apporté. Deux grosses tablettes. Chouette !

Elle prit son visage dans ses mains et l'embrassa, ce qui lui donna presque envie de plus… Mais le sol était mouillé et dur, et puis… Le chocolat serait déjà un bon réconfort.

— Tu n'es pas difficile, dit-il en la regardant ouvrir la première tablette.

— Je sais. Ça me vient du côté maternel.

Elle glissa un carré entre ses dents et s'approcha de la bouche de McBride pour qu'il en croque un bout. Le voyant mordre dedans, elle sourit et posa les mains sur ses hanches.

— Bien, dit-elle. A mon tour, maintenant. Tu l'as rencontrée à notre mariage, mais je ne t'ai jamais trop parlé de ma tante Angelica. Elle était danseuse dans un club aux Bahamas. Le club s'appelait le Doré, et je te prie de croire qu'il portait bien son nom.

Elle approcha son visage du sien et lui tendit ses lèvres.

Après plus de trois heures dans la grotte avec McBride, Alessandra se dit qu'elle aurait tout fait ! Ou, en tout cas, plus qu'elle n'en ferait jamais.

Ils avaient fait l'amour. La grotte était pourtant froide et humide. Comme la dernière cigarette que fume le condamné avant d'être exécuté, ils avaient joui de leurs corps réunis. La fusion avait été totale et d'autant plus intense qu'Alessandra commençait à craindre vraiment de finir ses jours ici.

— Si on vérifiait le niveau de l'eau, suggéra McBride en se levant.

Effectivement, comme il l'avait prédit, le niveau avait encore baissé. Aussitôt, McBride s'aventura dans l'eau. Elle lui arrivait aux genoux.

— Puisqu'elle sort obligatoirement quelque part, on devrait pouvoir sortir nous aussi. A moins que cette nappe ne se déverse dans un lac souterrain.

Alessandra ne répondit pas, se contentant de scruter son regard. Il en disait long…

Alors, à sa suite, elle s'avança dans l'eau. Elle n'était pas trop froide, c'était déjà ça… Par endroits, le flot se rétrécissait, plus loin, il s'élargissait ; heureusement, rien ne les bloquait. Le cours d'eau tourna soudain à angle droit. Entendant un bouillonnement, ils s'arrêtèrent. La masse liquide tombait en cascade dans une espèce de gouffre.

— Oh non ! Une chute d'eau !

Elle dirigea sa lampe vers le fond.

— C'est profond, McBride.

Il dirigea la sienne dans une autre direction.

— Regarde, je vois de la lumière entre les rochers là-bas.

Alessandra se retourna. McBride avait raison. Par chance, ces rochers ne semblaient pas énormes, ils pourraient peut-être les faire pivoter.

Après des efforts insensés et un temps fou, ils réussirent à pousser les rochers suffisamment pour pouvoir passer.

— Tu ne vivras pas souvent une aventure pareille, plaisanta McBride.

Alessandra haussa les épaules et s'épousseta.

— Au lieu de faire de l'esprit, tu ferais mieux de me dire où nous sommes.

— Je n'en ai pas la moindre idée. Tout ce que je sais, c'est qu'il faut partir vers l'est, ce qui veut dire qu'on va encore devoir grimper.

— J'aurai la ligne après ça ! Je pourrai me gaver de chocolat sans avoir mauvaise conscience.

Surpris par sa repartie, il la regarda.

— Eh bien quoi ? Je suis une femme. J'ai le droit de me soucier de ma ligne.

Il avança la main vers elle et tapa sur la poche de sa veste.

— Tu ferais mieux de t'occuper de ça, dit-il. Tu n'entends pas ton téléphone ?

— Ah ?

Elle sortit son mobile de sa poche et lut tout bas, avant d'énoncer à voix haute :

— C'est Larry. Un texto. Le shérif a relevé trois empreintes dans le pick-up abandonné dans le fossé. Ils sont en train de voir si elles correspondent avec celles déjà dans leur fichier. Quant au véhicule lui-même, il a été volé dans une fourrière à Rapid City.

Et, tout en remettant son portable dans sa poche, elle ajouta :

— Pour les photos, faudra encore attendre. Apparemment, c'est compliqué pour Morley…

Comme elle parlait tête baissée, elle se retrouva brutalement devant un mur.

— Oh, là, là ! mais c'est l'Everest ! s'exclama-t-elle, surprise. Ne compte pas sur moi pour escalader ce truc.

McBride la prit par la taille pour l'encourager.

— Vas-y, grimpe et répète-toi qu'on va attraper ce salopard. Je vais te suivre de près.

Elle ferma les yeux pour se préparer mentalement, inspira à fond et, rouvrant les yeux, attaqua la paroi.

— Quand tu seras sur le surplomb, attends-moi, lui cria-t-il d'en bas. Je veux voir ce qui se passe en haut avant que tu ne continues.

On l'aura, se murmura-t-elle pour se donner du courage. *On l'aura…*

Les rochers n'avaient pas tous d'aspérités, et ceux qui étaient lisses glissaient sous les doigts. A un moment, elle commit l'erreur de regarder en bas et dut s'arrêter pour laisser passer le vertige qui venait de la saisir.

Monte jusqu'au surplomb, s'exhorta-t-elle. *Plus que trois mètres et tu y es. Trois, deux, encore un, allez…*

Alors qu'elle prenait appui sur le dernier becquet, la roche commença à s'effriter sous son poids. Elle n'avait pas d'appui pour son autre pied et, à la seule force des bras, elle ne parviendrait pas à se hisser sur le surplomb…

Que lui restait-il comme option ?

Tomber.

— Ne gesticule pas, lui lança McBride.

Littéralement tétanisée, Alessandra était collée à la paroi. McBride qui l'avait rejointe était maintenant plaqué contre elle. Ils n'étaient pas tombés, mais ils n'allaient pas pouvoir rester ainsi éternellement.

— Essaie de trouver une autre prise pour tes mains, dit-il.

En tâtonnant, elle réussit à trouver une fissure dans la roche. Et une deuxième. Puis un becquet pour son pied. Alors, pour la première fois depuis ce qui lui avait semblé des heures, elle soupira.

— Quelle horreur ! dit-elle.

Ses genoux, qui s'entrechoquaient quelques instants plus tôt, tremblaient déjà moins.

Il lui embrassa la nuque.

— Allez, on continue. Tu es prête ?

Courage ! Respire un bon coup !

En cinq minutes, elle avait franchi le dernier mètre et se retrouvait sur le surplomb. Elle s'écroula au sol. Agile comme un chamois, McBride escalada le dernier mètre à sa suite et s'allongea à plat ventre à côté d'elle.

— Le pick-up de Moe devrait se trouver sur l'autre versant de la montagne que tu vois là.

Elle prit les mains de McBride.

— Je n'aime pas ce que tu viens de dire, McBride.

— Quoi ? Pick-up ?

— Non, sur l'autre versant.

Sa remarque le fit rire.

— Il suffira de marcher maintenant, ce ne sera pas difficile.

Elle examina ses mains et ses genoux tout éraflés.

— Pas difficile ? Je n'y crois pas Et qui nous dit que Tuman n'aura pas piégé ou fait exploser le pick-up ?

— Courage, Alessandra, encore un effort, et nous serons à Ben's Creek pour le dîner.

Elle se leva sans rien dire et se mit à marcher. La pluie avait cessé. Il y aurait de quoi se restaurer à Ben's Creek et un lit pour dormir, se répéta-t-elle comme un mantra. Et s'ils avaient beaucoup, beaucoup de chance, ils auraient peut-être les réponses aux questions qu'ils…

— A ton avis, qu'avons-nous en commun, toi, moi et le chauffeur dragueur ? demanda-t-elle tout haut. En dehors de l'accident du car.

— Selon moi, pas grand-chose. Mais tout le monde

ne doit pas être de cet avis. Es-tu bien sûre qu'il n'y avait pas d'autres dragueurs dans ton autocar ?

Elle se tourna sans cesser de marcher.

— Comment veux-tu que je le sache ?

— Quand on discute avec les gens, on apprend des choses, ma chérie. Maintenant, attends-moi ici.

Il dégaina le revolver qu'il avait coincé sous sa ceinture.

— Nous approchons de l'endroit où le car de Tuman était garé, expliqua-t-il.

Le soleil était revenu et avec lui la chaleur et le bourdonnement des insectes. Alessandra ôta sa veste, la noua autour de sa taille et se prit à rêver de choses douces. Un bain de bulles parfumé, un ballon de pinot noir et… Et quoi d'autre ? Sûrement pas de Cary Grant et encore moins de McBride. Si elle était un tant soit peu sensée, après ce qu'elle venait de voir du métier de son ex, mieux valait qu'elle ait un simple flic comme mari plutôt qu'un US marshal. Et encore… Pas un enquêteur de la brigade anticriminalité, ce qu'il était quand ils s'étaient connus, mais un policier lambda.

Stop, ça suffit comme ça, se dit-elle. A quoi bon repenser à ce genre de choses ? Simple flic ou marshal, elle l'aimait, elle l'aimerait toujours. Ce qui ne voulait pas dire qu'elle puisse revivre avec lui…

Et même si elle en avait envie, pour l'heure elle avait un autre sujet de préoccupation. Autrement plus grave. Qui pouvait bien leur en vouloir au point de souhaiter leur mort ? Et pourquoi ?

Quand McBride revint, il la trouva adossée à un pin, en train de s'éventer avec une grande feuille.

— Le car est parti. Le pick-up a l'air en bon état. De loin, en tout cas. Pas de pneus crevés, pas de vitres cassées.

— Des gendarmes en vue ?

— Non, personne.

Elle arrêta de s'éventer, découragée.

— On ne peut pas rester là, Alessandra. Tôt ou tard, il va comprendre que nous sommes toujours en vie.

Puis, pour l'encourager à se lever :

— Il y a une petite épicerie à quelques kilomètres d'ici, plus au sud, c'est ce que la carte de la *dispatcher* indique.

— Tu voudras bien t'arrêter ?

— Dix minutes, pas plus. Le temps que tu achètes de quoi manger. Pendant ce temps, j'appellerai les gendarmes.

Voilà qui semblait raisonnable. Mais son soulagement fut de courte durée.

— Tuman peut avoir caché un mouchard dans le pick-up de Moe, reprit aussitôt McBride. Ce qu'il ne sait sans doute pas, en revanche, c'est qu'avec un peu de technique et beaucoup de chance nous sommes capables de le géolocaliser lui aussi.

Ses yeux brillaient d'un éclat tellement féroce qu'Alessandra prit peur.

— D'une façon ou d'une autre, je l'aurai, ce salaud. Et quand je l'aurai, je te prie de croire qu'il regrettera de ne pas avoir gardé le bâton de dynamite dont il s'est servi pour faire sauter l'entrée de la grotte pour se faire exploser lui-même.

16

— Vous revoilà !

Les bras grands ouverts, Larry les accueillit devant l'atelier de Moe.

— Je commençais à me demander si je vous reverrais un jour.

— Tu ne crois pas si bien dire ! s'écria Alessandra. Pour un peu c'était le cas.

Elle fit bonjour de la main à Moe et à Curly qui lui répondirent d'un geste, puis à Morley qui la salua en agitant ses trois doigts.

— Où est le pick-up ? demanda McBride une fois les effusions terminées.

— Le tien est comme neuf, il roule comme une bille. Celui qui était dans le fossé a été remorqué jusqu'à la fourrière du comté. Une idée du maire. Pas du shérif, ni de moi. Ce n'est pas loin. On peut y aller dès demain matin si on veut. Ce soir c'est l'anniversaire de Moe. Quatre-vingt-dix ans, ça se fête. On fait ça dans ma grange. Vous venez, bien sûr, tous les deux.

Larry pointa un doigt vers McBride.

— Pas de manière, pas de « Non, c'est trop dangereux ». Je vais dire à tout le monde de s'armer jusqu'aux dents et de faire attention s'il y a des inconnus. Maintenant, vous vous installez où ? Chez moi ou dans le motel de Ruthie ?

Bien que les deux propositions lui plaisent, Alessandra se retrouva une demi-heure plus tard dans la caravane de Cheech. Elle attendait que le groupe électrogène, qui ronflait très fort, veuille bien chauffer l'eau.

— Ne me regarde pas comme ça, lança-t-elle à McBride. Je sais pourquoi tu as préféré venir ici plutôt que chez Ruthie. Je me suis plainte ? Non ! Quant à ton transmetteur, ce n'est pas ma faute s'il ne fait pas correctement son boulot. Et d'abord, où est-il, ce Tuman de malheur ?

Assis sur une marche de la caravane, McBride bougonnait.

— Au dernier bip il se trouvait à mi-chemin entre ici et le chalet du shérif.

— Il est donc en route.

— A moins qu'il ne retourne à Rapid City.

— Tu ne le penses pas, quand même ?

Il la dévisagea avec des yeux dont elle n'aurait su dire ce qu'ils exprimaient.

— Non, pas vraiment.

Elle vint s'asseoir à côté de lui sur la marche en fer et regarda son portable qu'il avait posé à côté de lui.

— Qu'est-ce que c'est que cette image sur l'écran ?

— Le pick-up que le fils de Ruth a trouvé dans le fossé. Morley n'est pas doué pour la photo.

— A sa décharge, faut dire que ce tas de rouille n'est pas le sujet le plus photogénique de la terre.

Elle fronça les sourcils.

— Il me rappelle vraiment quelque chose.

— Ah bon ? Ne me dis pas encore qu'il te fait penser à ton éleveur de taureaux et à son gendre !

— Mon Dieu, non ! Hawley ne se ferait pas piquer dans une poubelle pareille. Ryder peut-être, en revanche. Il répare les vieilles voitures à ses moments perdus, les vend et donne l'argent à sa femme. Pendant qu'elle le dépense en faisant du shopping à Minneapolis, il en profite pour fricoter avec les filles du coin.

— Voilà un couple comme je les aime, se moqua McBride. Qu'en pense le beau-père ?

— Il s'en balance. Joan dit qu'il en faisait autant avec sa femme. Elle est morte maintenant. D'un AVC, ajouta-t-elle avant qu'il ne lui pose la question.

Elle lui donna une tape sur le bras.

— Non, non, martela-t-elle. Hawley et Ryder n'ont rien à voir avec l'accident.

— Jusqu'à plus ample information.

— Arrête. Tu cherches toujours à tout compliquer.

— Déformation professionnelle, marmonna McBride.

— Je change de sujet : on y va ou non à l'anniversaire de Moe, ce soir ?

— Je crois qu'on ne peut pas faire autrement. Moe nous a prêté son pick-up toute la semaine pour échapper au tueur. Ce serait mal élevé de lui faire faux bond.

— Mal élevé. Encore ces mots. Bien qu'elle soit morte je pense que la femme du car, la mal élevée, a quelque chose à voir dans tout cela. Dis-moi si tu me trouves bizarre à toujours tout ramener à cet accident.

— Non.

Elle lui tapa une nouvelle fois sur le bras.

— Il faut qu'on achète un cadeau pour Moe. Il est temps de s'en occuper, la fête va bientôt commencer. Tu as une idée de ce dont un nonagénaire peut avoir envie ? A cet âge-là, on a déjà tout, non ?

— Une superbe femme de vingt-huit ans avec des jambes sans fin et des fesses qui laissent les hommes sans voix. Malheureusement pour lui, il ne t'aura pas, s'esclaffa McBride en lui lançant une œillade provocante. Alors, il devra se contenter d'une bouteille de bon whisky. Je me suis laissé dire qu'il adore ça et que c'est ce que tout le monde lui offre quand on veut lui faire plaisir… parce que c'est ce qu'il réclame !

— A ce régime, je suis étonnée qu'il ait réussi à arriver jusqu'à quatre-vingt-dix ans.

Elle chassa un moustique de son bras.

— Je dois avoir l'air de tout ce qu'on veut, dit-elle. Je me sens comme un matou qui serait resté enfermé dans une cave pendant quinze jours.

Il la regarda en souriant. Un sourire qui en disait long sur ce qu'il avait en tête…

— Non, non, McBride. Concentre-toi sur tes bips. Si on fait encore l'amour, je serai incapable de me rendre à cette fête. Plus la force.

Le ton n'était ni convaincu ni convaincant. Elle allait se laisser attendrir quand le portable de McBride sonna.

— Prends ta douche, dit-il. C'est le gendarme à qui j'ai parlé hier. Ils ont peut-être chopé notre mystérieux chauffeur de car.

Bien sûr ! Aussi certain que Moe vivrait encore quatre-vingt-dix ans…

L'eau coulait tiède sur ses bras, son dos, son corps. La sensation était délicieuse. Le shampoing qu'elle avait acheté en route ainsi que le gel de douche sentaient bon la camomille. Quel luxe après ce qu'elle venait de vivre ! Pourquoi n'avait-elle pas invité McBride à la rejoindre sous la douche ? Son plaisir en aurait été décuplé.

Ça suffit, se dit-elle en se passant un lait sur le corps. Elle ne devait pas flancher. C'était fini — ou presque — entre eux, et il y avait vraiment plus urgent à faire. Attraper le fou qui leur en voulait.

Ce malade avait très probablement abandonné sa poubelle

ambulante pour emprunter le bus scolaire transformé en camping-car par quelqu'un. Mais pourquoi ce choix ?

Et si c'était un symbole ? se demanda-t-elle brusquement.

En se séchant les cheveux, elle repensa à ce pick-up tout rouillé retrouvé dans le fossé près du motel. Elle l'avait déjà vu, elle en aurait mis sa main au feu. Et si ce n'était pas celui-là, c'en était un qui lui ressemblait comme un frère. Mais quand l'avait-elle vu ? Et où ? Dans le ranch de Ryder ?

Peut-être. Mais Ryder n'était pas dans le car qui avait été accidenté et, à sa connaissance, il n'avait aucun lien avec un des passagers à bord.

Mais, dans le fond, que savait-elle des passagers avec lesquels elle avait voyagé ? Que savait-elle de Ryder ?

Quelque chose ne collait pas, se dit-elle après quelques instants de réflexion.

Elle revoyait ce véhicule délabré en train de rouler. Elle l'entendait presque pétarader. Il y avait autre chose aussi, quelque chose que Joan avait mentionné dans un de ses messages…

— Tu es prête ?

A la question de McBride, ce qu'elle avait dans la tête s'envola, emportant le message de Joan.

McBride avait pris sa douche en cinq minutes. Comme d'habitude. Il était donc prêt avant elle.

Plus tôt dans l'après-midi, en même temps que le shampoing, elle avait trouvé à acheter un pantalon grège et un joli petit haut, encolure en V et dos très dénudé. Elle aurait aimé mettre ses sandales rouges à talons aiguilles hyper sexy mais, comme elle allait devoir marcher, elle avait chaussé des boots de couleur claire.

— Ça y est ? lui dit-il. Alors, on y va.

Un Larry très en forme vint à leur rencontre en voiture.

Le soleil avait déjà disparu derrière la crête des arbres. McBride ne quittait pas des yeux son écran de téléphone. Alessandra faisait des efforts pour tenter de compenser sa mémoire défaillante. Elle aurait aimé relire ses derniers e-mails mais, entre la route mal entretenue et la conduite de Larry, c'était impossible.

— J'ai dit à Ruthie qu'on la prendrait au passage au motel, dit ce dernier.

Il fit un clin d'œil à Alessandra qui était assise à côté de lui.

— Elle s'est entichée de toi depuis que tu lui as dit comment soigner la teigne de son matou.

— Ce n'était pas…

La voiture tomba dans un nid-de-poule.

— … grand-chose, répliqua Alessandra qui avait failli se mordre la langue. Heu… vous pensez vraiment qu'il y a de la place pour une autre personne, Larry ?

— Oui, mais faudra t'asseoir sur les genoux de McBride. Il sera pas mécontent, je pense.

McBride la regarda en riant.

— Maintenant, reprit Larry, faut que vous me disiez tout. Je sais les grandes lignes : qu'Alessandra a eu un accident de car, il y a sept ans, et que maintenant il y a quelqu'un qui veut vous tuer. Mais pourquoi ?

— Vous en savez autant que nous, Larry, dit Alessandra, recroquevillée sur elle-même pour amortir les chocs causés par les nids-de-poule.

Le téléphone de McBride sonna. Passant un bras derrière elle, il lut l'e-mail qui venait d'arriver.

— Intéressant, dit-il.

Larry lui jetant un regard interrogateur, Alessandra lui répondit par un haussement d'épaules.

— On n'en saura pas plus, McBride n'est pas un bavard. En comparaison, Garbo était un moulin à paroles !

— Je t'ai entendue, ma chérie, dit McBride en riant.

— Ça veut dire que l'information qu'il a reçue a un certain intérêt, mais qu'il n'y a pas de quoi sauter au plafond.

Elle se pencha vers l'écran.

— Vous connaissez un certain Methuselah ?

Larry éclata d'un gros rire.

— Il y a des gens ici qui appellent Moe comme ça.

— Mon Methuselah à moi a quatre-vingt-quatre ans et il travaille toujours comme archiviste à la police de Chicago, dit McBride.

Il lut son message jusqu'au bout.

— Je lui avais demandé de se renseigner sur le chauffeur du car, le soir de l'accident.

— Ah ? Et il a trouvé quelque chose ? s'enquit Alessandra.

— Rien qu'on ne sache déjà. La seule chose vraiment nouvelle, c'est que le chauffeur qui aurait dû conduire n'était pas indisponible comme il l'a prétendu. On a appris plus tard, mais la société de transports a étouffé l'affaire, que le chauffeur dont vous avez hérité avait eu une aventure avec la femme de son supérieur à l'occasion d'un pique-nique organisé par sa société. Ce chauffeur avait jusqu'alors une ligne en or mais, quand son histoire s'est sue, on la lui a supprimée et il a été affecté à un trajet nettement moins excitant.

Alessandra se mordilla la lèvre inférieure.

— Très intéressant, mais je ne vois pas en quoi…

Une idée germa soudain dans son esprit.

— Quelqu'un qui était au courant de leur aventure a dû cafter au supérieur de ce chauffeur coureur de jupons.

Quelqu'un qui était peut-être celui censé faire le voyage à sa place.

— Tu sais que tu aurais fait un bon policier, Alessandra.

McBride repassa son mobile en mode transmetteur.

— Le chauffeur que vous auriez dû avoir était meilleur, et de loin, que celui que vous avez eu. Il faisait plus corps avec son véhicule, il était plus concerné par la sécurité, moins enclin à se laisser distraire, et donc plus en mesure de détecter, le cas échéant, une défaillance mécanique.

— En d'autres mots, si nous avions eu le chauffeur normal, l'accident ne serait peut-être pas arrivé, il n'y aurait pas eu de morts, et le cinglé qui nous poursuit ne nous poursuivrait peut-être pas.

— Ça se tient.

— Cela pourrait-il faire du chauffeur qui n'a pas conduit un autre meurtrier potentiel ?

L'équation se compliquait. Alessandra commençait à y perdre son latin.

— Methuselah n'a pas pu établir de lien entre les divers protagonistes, chauffeurs ou passagers, mais cela ne veut pas dire pour autant qu'il n'en existe pas.

Alessandra soupira. Le sang commençait à cogner dans ses tempes. La migraine n'était pas loin.

— J'ai les idées encore plus embrouillées. Attention, Larry ! cria-t-elle comme le fils de Ruthie déboulait d'un buisson.

Le vieil homme qui avait tourné la tête pour suivre leur conversation donna un violent coup de volant à droite, ce qui les fit déraper vers le fossé.

— Bon Dieu, Norman, qu'est-ce que tu fabriques ? hurla-t-il. C'est pas malin de traverser sans regarder.

Norman, quarante-cinq cinquante ans, visage émacié

et œil de cocker triste, s'agrippa au pick-up. Il cherchait à parler mais aucun son ne sortait.

— Il est en hyperventilation, dit Alessandra en poussant les jambes de McBride. Laisse-moi passer.

— C'est maman, réussit-il à dire. Elle est tombée… à la réception.

Il se tapa la tête dans la main.

— Du sang. Y a plein de sang.

— Ruthie est blessée ? reprit Larry en sautant du pick-up.

Norman agitait la tête comme ces minichiens décoratifs que l'on pose sur la plage arrière des voitures.

— J'ai ciré le plancher. Elle avait mis ses beaux souliers pour aller à la fête.

— Conduis-moi à elle, lui dit Alessandra.

Lui laissant à peine le temps de descendre, le fils de Ruthie l'empoigna pour lui faire traverser la route. Larry et McBride les suivaient.

Un sentier tortueux menait à l'arrière du motel. Norman la précéda dans un vieil escalier et traversa un bureau avant d'arriver à la réception. Il était si effondré, si angoissé qu'Alessandra dut desserrer ses doigts un à un pour lui faire lâcher son poignet.

Elle s'agenouilla près de Ruthie. Son visage était gris. Elle tâta son pouls, souleva ses paupières, puis se pencha pour écouter le cœur.

— Elle est morte ? interrogea Norman, paniqué.

— Non, sa respiration est correcte, son pouls stable. Mais comme elle n'est ni un chien ni un cheval, je préférerais qu'un médecin pour hommes l'examine. D'autant plus qu'elle a eu un choc à la tête et qu'elle a perdu pas mal de sang.

Larry agita son portable.

— Le Dr Dyer est à la pêche, j'appelle son remplaçant. On a de la chance, il vient justement à l'anniversaire de Moe.

McBride fit le tour de la pièce des yeux.

— Tu penses pouvoir arrêter l'hémorragie ?

— Ça s'arrêtera de saigner tout seul.

Elle continua d'examiner Ruthie à la recherche d'éventuelles autres blessures, puis regarda Norman.

— C'est moins grave que ça en a l'air. Mais j'ai besoin de quelques renseignements.

Agitant toujours la tête de haut en bas, Norman répondit aux questions qu'Alessandra lui posait.

Ruthie avait donc soixante-seize ans, prenait un médicament pour sa tension artérielle, fumait un demi-paquet de cigarettes par jour. Norman n'imaginait pas qu'elle puisse avoir un jour une crise cardiaque. En revanche, il se voyait assez bien en avoir une, lui. Aussi, quand Alessandra en eut terminé avec sa mère, il n'hésita pas.

— Tu pourrais m'examiner, moi aussi ?

A entendre Norman, le remplaçant du Dr Dyer avait les mains froides et la douceur d'un adjudant de carrière.

Larry approcha et poussa gentiment Norman.

— Le médecin sera là d'ici vingt minutes. Quelque chose à faire pour elle en attendant ?

— Y a-t-il un lit ou quelque chose où on puisse l'allonger ? s'enquit Alessandra.

— Il y a un canapé dans le bureau, dit le fils de Ruthie. On peut la porter.

Une fois Ruthie plus confortablement installée, McBride s'approcha d'Alessandra.

— Tu n'as pas besoin de moi ?

— Non, mais pourquoi ce ton ? Tu penses qu'elle n'est

pas tombée ? Le plancher glisse, et elle avait des talons de près de huit centimètres.

— Je ne sais pas. C'est beaucoup ?

— Ça dépend de qui les porte. Pour Ruthie, c'est haut.

Elle reprit le pouls de la vieille dame.

— Pitié, ne me dis pas que tu penses qu'elle a été agressée.

— Il y a du sang sur le comptoir de la réception et une marque dans le plancher juste en dessous. Pour moi, elle est tombée toute seule. Tu te sens mieux ?

— Si on veut.

A l'arrivée du médecin, le jour était tombé. Moe le suivait, Curly sur ses talons. Peu de temps après, un défilé de pick-up et de voitures se fit dans le parking. Leurs occupants sautèrent à terre. On apporta des glacières à l'intérieur du motel et des chaises pliantes. Larry leur expliqua que tous ces gens — ils devaient être une bonne cinquantaine — s'étaient d'abord rendus chez Moe pour son anniversaire mais, que, ayant appris la mésaventure de Ruthie, ils avaient décidé de venir là pour voir comment elle allait. Et, pourquoi pas, faire la fête au motel à la place.

Un des invités avait un boombox qui braillait *Papa Loved Mama* de Garth Brooks, l'un de ses plus grands succès.

Alessandra surprit une femme, cheveux orange et santiags de cow-boy, essayant d'attirer l'attention de McBride alors qu'il se trouvait derrière le comptoir de la réception. En vain. Il avait les yeux fixés sur l'écran de son mobile et ne le quittait pas.

— Dis-moi quelque chose de positif, murmura Alessandra en ôtant sa veste.

Elle avait chaud. Avec tant de personnes dans un si

petit espace sans air conditionné, la température du motel avait dû grimper de plusieurs degrés.

— Plus aucun signal depuis quelques minutes, répondit-il, visiblement préoccupé.

— C'est plutôt rassurant, non ? Et puis, si ce qu'a dit Larry est vrai, tout le monde ici est armé jusqu'aux dents.

— Vu les circonstances, on peut estimer que c'est une bonne chose.

La femme aux cheveux orange fit à McBride un sourire qui ne laissait planer aucun doute sur ce qu'elle avait en tête et leva son verre de whisky à sa santé avant de l'avaler d'un trait.

— Toujours pas de nouveau bip ? demanda Alessandra, agacée par les manœuvres de cette femme.

McBride s'apprêtait à répondre par la négative quand il releva soudain la tête, les yeux brillants d'excitation.

— Ça y est, le tueur arrive, ma chérie. Il est peut-être même déjà là.

« Déjà là » ? Alessandra se força à ne pas réagir.

— Ça veut dire que le traceur qu'il suit est toujours dans le pick-up de Moe ?

— Oui. Je l'ai garé derrière la baraque d'un vieux fermier. Si je pars maintenant, je pourrai peut-être intercepter ce fou avant qu'il n'arrive en ville.

Elle lui empoigna le bras.

— Pas question que tu y ailles seul !

Puis elle ajouta, furieuse :

— Tu n'as jamais eu l'intention d'aller à l'anniversaire de Moe, hein ? Ton idée, c'était de me laisser avec la centaine d'invités armés, parce que tu t'es dit que si Tuman t'échappait, il n'échapperait pas à tous ces gens.

— La sécurité par le nombre, Alessandra.

— Pour moi, mais pas pour toi. Si moi je suis entourée, toi tu seras seul avec deux malheureuses armes.

Amusé par sa colère, il chercha son regard et le soutint.

— On dirait que mon idée ne te plaît pas.

Elle hésita. Le gifler ou lui rire à la figure ? Son plan était surréaliste !

— Tu es libre de faire ce que tu veux, McBride. Comme toujours, reprit-elle, agacée. Mais ne compte pas sur moi pour faire la fête avec ces gens. Je refuse de faire courir des risques à des innocents. J'attendrai dans la caravane de Cheech ou…

Elle ne termina pas sa phrase, car une explosion retentit dehors avec une telle violence que les fenêtres et même les fondations du vieux motel vibrèrent. Déstabilisée, elle tituba et serait tombée si McBride ne l'avait rattrapée.

Les cris qui suivirent l'explosion se turent très vite, laissant la place à un silence pesant dans lequel seuls les *bang bang bang* du boombox se répétaient à l'infini.

Pensant à Ruthie et Norman restés dans le bureau Alessandra regarda McBride et s'élança vers la porte. Mais McBride la retint.

Elle n'entendit pas ce qu'il voulait lui dire. Car une détonation, presque aussi assourdissante que l'explosion, avait éclaté.

Mal assuré sur ses jambes, Larry surgit de la pièce du fond en courant.

— Bon Dieu de bon Dieu, qu'est-ce qui se passe ? cria-t-il. Une bombe ?

— Une fuite de gaz ? avança un invité.

— Non, de la dynamite, répliqua McBride sans fournir d'autre explication.

Il lui mit son arme de secours dans la main.

— Prends ça et sers-t'en si tu vois quelqu'un qui n'est pas habillé pour la fête.

— Où l'a-t-il fait sauter ?

— Dans les bois, on dirait.

Attrapant Larry par la manche, McBride le prit à part.

— Qu'y a-t-il comme bâtiments derrière le motel ?

— La fumerie, de vieilles toilettes, un garage immense plein de vieilleries qui ne servent à rien.

Larry fit un geste de la main englobant Morley et Curly.

— Qu'est-ce qu'on peut faire, nous tous ?

— Ne quittez pas Alessandra d'une semelle. Je ne sais pas qui est ce type mais il veut sa mort.

A son tour, Alessandra retint McBride par la manche.

— Il veut te voir mort, toi aussi, McBride, je te le rappelle.

Un éclat vengeur fit briller ses yeux.

— Il n'y en aura qu'un qui gagnera et, celui-là, ce sera moi, j'en fais le serment.

Son plan avait capoté, mais ils ne pouvaient pas passer leur vie à fuir, et il n'allait évidemment pas remettre Alessandra aux mains du tueur.

Dehors les invités s'égaillaient. Certains couraient derrière le motel, la plupart se dirigeaient vers la ferme voisine. Une odeur âcre d'explosif empoisonnait l'air du soir.

Il fallait qu'il réussisse à se mettre dans la tête du tueur, se dit McBride, ce qui n'était pas facile quand on avait affaire à un psychopathe.

Faire sauter un bâtiment. Concentrer toute son attention sur les dégâts. Se cacher. Planquer à distance pour regarder les gens s'enfuir et, une fois tout le monde parti, revenir sur les lieux.

En mode ombre, comme il l'avait souvent fait dans sa vie, McBride se coula jusqu'à un buisson flanqué de rochers.

Le bruit des invités cessa, peu à peu remplacé par le bourdonnement des insectes et le ramage plaintif des oiseaux. De temps en temps, au loin, un son le surprenait mais il s'attachait à n'écouter que ce qui se passait tout près car l'homme qu'il guettait tentait peut-être de revenir au motel.

Toujours dans l'ombre, il attendit encore un peu puis décida de revenir sur ses pas. Morley faisait le guet à la porte de derrière. Larry devait être devant. Comme il y avait trois accès possibles, il y avait sûrement un troisième garde en faction. Il l'espérait, en tout cas.

A quelques dizaines de mètres du motel, McBride s'arrêta. Il prenait appui sur un genou pour surveiller les lieux quand il vit une petite flamme qu'on lançait contre le mur de derrière.

17

Ensemble, Alessandra et l'ambulancier couchèrent Ruthie sur une civière de fortune et l'installèrent dans un petit fourgon qui l'emmena à l'hôpital. Larry et Norman, un peu plus calmes, revinrent lui tenir compagnie dans le bureau.

Elle ignorait ce que McBride faisait mais se doutait que c'était dangereux et que, s'il n'était pas déjà mort, il aurait au moins reçu une balle avant la fin de la nuit.

Larry donna une tape dans le dos à un homme qu'elle ne connaissait pas et l'envoya garder la porte d'entrée.

— Tout va bien, Alessandra. Pour l'instant, en tout cas.

Inquiète, elle arpentait la pièce, son portable à la main, en ressassant des idées noires. Elle avait beau essayer de penser à autre chose, c'était impossible. De guerre lasse, elle ouvrit ses e-mails et relut tous ceux qu'elle avait reçus de Joan après son départ de Rapid City, vendredi dernier.

— Il y a un truc, dit-elle tout haut. Je sais qu'il y a un truc.

Mais quoi ? Elle ne voyait pas.

Larry brancha la machine à café et parla à Norman d'une panne survenue à un véhicule. Alessandra regarda la pendule accrochée au mur, hésita et décida finalement d'appeler Joan.

Son assistante décrocha tout de suite.

— Alessandra, ah, c'est toi ! J'attendais que tu appelles, j'étais inquiète. Tu as des ennuis, c'est ça ?

— Si tu savais !… On est de retour dans le Dakota du Sud, mais…

— J'en étais sûre. J'aime bien McBride, ne me fais pas dire ce que je n'ai pas dit, mais la fois où j'ai essayé de te téléphoner à mon chalet, quand il a vu mon nom sur son écran, il m'a envoyé un texto : « Messages seulement, conversations trop dangereuses », alors je…

— Joan, la coupa Alessandra. J'ai relu ton dernier mail, celui où tu dis qu'on nous a fait un chèque en bois. Qui te l'a remis ?

— Tu ne trouveras jamais. Eh bien, c'est ce cher M. Smith ! C'est du moins ce qui est écrit sur ce chèque : Amos Smith. Tu te rappelles ? celui qui nous a fait travailler si tard… Et ce n'est pas fini. J'ai apporté de la nourriture pour animaux à la fourrière, hier, après ma journée à la clinique, et devine ce que j'ai vu dans une des cages ? Un superbe berger allemand, avec une flèche blanche sur le dos. Toi et moi savons que ce n'est pas une marque qu'on voit souvent.

Aussitôt Alessandra repensa à cette nuit-là. Il pleuvait des cordes, le vent soufflait en rafales, et il y avait ce véhicule, dehors, sur le parking de la clinique.

— Voilà, c'est là que je l'ai vu, le vieux pick-up rouillé !

Son sang ne fit qu'un tour.

— Et tu as trouvé le chien… à la fourrière ? Comment s'appelait-il déjà ?

— Phoenix. Avoue qu'il faut être drôlement culotté pour venir faire examiner son animal tard le soir, prétendument en urgence, payer avec un chèque en bois, pour abandonner ensuite la pauvre bête et filer Dieu sait où. Il faut être fou, non ? Ce chien est…

Joan continua à évacuer sa colère, mais Alessandra ne l'écoutait plus. Elle réfléchissait à ce qu'elle venait d'entendre et revoyait la scène.

Dehors, la tempête. Un vieux pick-up rouillé qui s'éloignait de la clinique. Comme si un brouillard épais se dissipait, l'image devint très précise. Un pick-up, un chien… et un homme.

Sauf que… c'était les traits de l'homme qu'elle visualisait le moins bien. Elle ne le se représentait que vaguement. Il était grand et mince, se rappela-t-elle. Des joues creuses, hâve. Elle avait remarqué une pomme d'Adam saillante et des mains qu'il agitait beaucoup.

Il avait amené le chien et avait insisté pour qu'elle l'examine en urgence.

La peur qu'elle éprouvait se transforma en panique.

Smith, il avait dit s'appeler Smith. Il était venu à la clinique après l'heure de fermeture. Avait-il prévu de la tuer ce soir-là ?

Elle se retourna, vit Larry et Norman qui bavardaient et se rappela qu'elle était au téléphone. Elle le colla sur son oreille et entendit Joan qui continuait de rouspéter toute seule.

— Il allait au sud, tu parles ! Drôle de loustic ! Tu veux savoir ce que je pense, Alessandra…

— Joan, la coupa Alessandra, ce Smith, a-t-il dit quelque chose qui t'a paru étrange ?

— Heu…, je…

Alessandra n'en entendit pas plus. Une nouvelle explosion avait ébranlé l'air, faisant vibrer le bâtiment. Elle crut que le plancher allait céder sous ses pieds. La déflagration la projeta sur Larry, lequel bouscula Norman qui dégringola à son tour sur le canapé défoncé.

De la poussière et des débris volèrent dans la pièce, les aveuglant complètement.

Assourdie, hébétée, Alessandra se retrouva à quatre pattes. Elle crut entendre Larry geindre. En toussant, elle se leva.

Mille pensées se télescopaient dans sa tête, floues, mais il y en avait une, une seule qui était claire. Smith, alias Tuman, l'avait piégée. Et si c'était le cas, qu'avait-il fait à McBride ?

La porte. Il fallait qu'elle trouve la porte. Qu'elle trouve McBride.

— Alessandra ? Tu n'es pas blessée au moins ? s'inquiéta Larry.

Elle distingua sa main dans les spirales de poussière et la prit.

— Ça va. Et vous ? Et Norm… ?

Etranglée par le bras qui s'enroulait soudain autour de son cou, Alessandra lâcha la main du vieil homme tandis que le métal froid du canon d'une arme s'enfonçait dans son dos.

— Recule, toi le vieux, aboya une voix tremblante de rage. Et toi aussi, lança-t-il à Norman. Si vous bougez, vous êtes morts.

Affolé, Larry vola au secours d'Alessandra.

— T'as pas le droit…

— Tu vas pas me dire ce que je dois faire, hurla Smith — car c'était bien lui, songea Alessandra, elle reconnaissait sa voix rugueuse à présent. La seule question que t'as à te poser, c'est si tu veux mourir avec elle ou non.

— Non, gémit Alessandra.

Prêt à frapper, Larry serra les poings.

— Ne bougez pas, dit Alessandra à Larry et Norman. S'il vous plaît, ne bougez pas.

Docile, Norman ne bougea pas un muscle, pas un cil. Larry, qui bouillait de rage, desserra lentement sa main.

— Toi et moi, on va partir, reprit Smith. Si tu vois quelqu'un, tu lui dis la même chose qu'à ces deux-là.

Il lui serra le cou à l'étrangler.

— A moins que tu ne veuilles d'autres morts à cause de toi.

D'autres morts ?

Pensant aussitôt à McBride, Alessandra se pétrifia. Mais elle se ressaisit très vite. Elle ne devait pas céder à la panique. McBride allait bien. Smith ne faisait pas allusion à lui. C'était impossible.

— Avance, ordonna-t-il comme elle traînait les pieds. Toi et moi, on a rendez-vous avec… ce qui t'attend.

D'un coup de pied, il ouvrit la porte devant lui et hurla à travers la réception :

— Si quelqu'un bouge, je le flingue. Et si j'entends un bruit que j'aime pas, la petite dame aura un gros trou à la place de la tête. Je sais qu'il y a quelqu'un par là. Sors que je te voie.

Un homme couvert de plâtre émergea de derrière le comptoir, l'air abasourdi.

— Ici avec les autres, tonna Smith.

L'homme hésita une seconde mais obtempéra.

— Maintenant, à nous trois, toi, moi et ton flic de jules, s'écria Smith.

C'était donc que McBride n'était pas mort. Alessandra faillit s'en évanouir de soulagement. :

— Tu l'as tuée, reprit Smith en la secouant pour qu'elle avance. C'est comme si tu lui avais fait exploser la tête avec ce flingue.

Et d'enfoncer son arme plus profondément contre son omoplate.

— T'as assassiné ma femme, Alessandra Norris. Elle est morte et toi t'es en vie et, ça, c'est pas normal. Et quand j'ai cru que t'allais payer le prix et mourir, l'autre est arrivé. Le flic. Pour te sauver.

— Qui… ?

— La ferme !

Il lui administra une gifle qui lui fit voir trente-six chandelles.

— Avance, tu sauras de qui je parle bien assez vite.

Une fois dehors, la maintenant toujours fermement devant lui, Smith s'adossa un instant au tronc d'un arbre. Puis n'entendant rien apparemment qui pût l'inquiéter, il fit le tour du pin et repartit. Un buisson noir et épais se dressait devant eux. Comme un mur. Il la poussa dedans et la força à le franchir.

Le buisson se fit bois puis, de nouveau, broussaille. Ils débouchèrent finalement dans une clairière.

Et là, elle le vit, le car scolaire jaune qu'elle avait aperçu à plusieurs reprises depuis le soir où ils étaient venus à Ben's Creek.

La forçant à accélérer le pas, Smith la fit monter dans le véhicule. Où elle tomba à genoux.

— Inattendu, hein ?

Il claqua la porte derrière lui et la verrouilla. Son arme tremblait dans sa main.

— Maintenant tu te lèves et tu t'assieds là, sur ce siège, sur l'aile. C'est là qu'elle était quand elle est morte, c'est donc à cette place-là que tu vas mourir.

— Mais qui êtes-vous ? réussit-elle à demander.

Mâchoires serrées, il se pencha, si près qu'elle sentit son souffle sur sa bouche.

— Tu vas le savoir. Je m'appelle Penner. Georges Penner. Ma femme allait rendre visite à sa sœur à Chicago, et tu as changé de place avec elle, et elle est morte.

Interloquée, Alessandra ne put réprimer un haut-le-cœur. L'individu sortit alors un énorme couteau de boucher, qu'il glissa sous son sein gauche.

— Tu piges maintenant ? ricana-t-il en la dévorant de ses yeux fous. Tu commences à comprendre ? T'as mis le temps, hein ! Je t'ai envoyé des messages à ta clinique, et d'autres sur la route. Je pensais que tu devinerais, en partie. Maintenant, t'es ici, et on va en finir avec ça. Comme il faut, comme tu mérites. Puisque tu as tué, tu vas être tuée. C'est justice, non ?

Ses yeux brillèrent d'une lueur cruelle, le regard d'un dément.

— TUMAN, dit-il en tournant lentement la lame de son couteau sur la chair d'Alessandra. Tu as cru que c'était mon nom, hein ?

Puis, d'ajouter en se rengorgeant :

— C'est l'acronyme de T'es Une Meurtrière, Alessandra Norris !

Ce n'est pas la puissance de l'explosion qui le mit K-O. Mais un morceau de métal arraché à la clôture qui le heurta violemment à la tête tandis qu'un autre morceau atterrissait à ses pieds. McBride eut un quart de seconde pour penser à Alessandra, puis ce fut le trou noir.

— McBride ?

Une main l'empoignait avec force. Revenant peu à peu à lui, il se toucha la tempe. Bon Dieu, ça faisait mal ! Tout tournait dans sa tête, sauf l'idée fixe qui l'obsédait : Alessandra.

Dans son brouillard, il finit par distinguer le visage de Larry.

— Où est-elle ? demanda-t-il aussitôt.

— Je ne sais pas. Un type l'a emmenée après la deuxième explosion. J'ai essayé de les suivre, mais Norman m'en a empêché, il m'interdisait de bouger car l'autre avait dit qu'il nous tuerait. Quand Norman m'a enfin lâché, ils étaient partis, et Cory, à la réception, était à moitié dans les pommes. Il n'a rien vu lui non plus. On va faire quoi avec tout ça ?

— Pas de panique, rétorqua McBride.

Malgré l'angoisse qui lui tordait les tripes, il s'arrangea pour n'en rien laisser paraître et s'accroupit.

Le ravisseur était à pied, il ne pourrait pas aller loin avec Alessandra.

— Quelqu'un a-t-il entendu une voiture ?

— Non, c'est pas faute d'avoir écouté, pourtant.

Larry releva la tête.

— Il y a des gens qui reviennent…

— Eloigne-les et dis-leur de se tenir tranquilles. Par quelle porte est-il parti ?

— Celle de devant. Il criait de ne pas essayer de l'empêcher de sortir, qu'il nous tuerait et puis… je ne sais plus. Il a disparu.

McBride se leva et, après avoir vacillé pendant deux ou trois secondes, partit en courant vers le motel.

Son arme de secours, qu'il avait prêtée à Alessandra, gisait sur le plancher, dans le bureau. Il la glissa dans la ceinture de son jean et vérifia son Glock.

Ensuite, il traversa la réception en courant pour gagner le parking.

Deux dizaines de voitures au moins attendaient bien tranquillement sous la lune. L'enseigne du motel grésillait. Il entendait les insectes bourdonner et le moteur d'un vieux camion en bas sur la route mais, tout près, c'était le calme.

Pourtant ce Tuman de malheur était toujours là, McBride le sentait. Il sentait aussi la présence d'Alessandra.

Un sentiment désagréable l'envahit, quelque chose qu'il connaissait et qui ressemblait à de la peur. Il tenta de se raisonner. Alessandra allait trouver le moyen de gagner du temps, et le monstre, lui, serait trop heureux de faire durer le plaisir. C'était ce que McBride espérait en tout cas.

L'enseigne clignotante crépitait chaque fois qu'elle s'allumait et s'éteignait. De ce côté-là, personne ne pouvait se cacher, se dit-il. Les broussailles et les buissons jamais entretenus qui bordaient le motel sur un côté et montaient vers le bois constituaient une retraite plus logique. Hélas, il n'avait pas à faire à un individu logique.

Il fallait qu'il se décide, qu'il agisse avant qu'Alessandra ne se fasse tuer par un fou.

La peur au ventre, il réfléchit. Non, il ne la perdrait pas car, oui, il l'aimait. Et il ne la laisserait pas mourir.

Les buissons épais, noirs et touffus, avaient quelque chose de menaçant. L'enseigne qui grésillait était horripilante. Les grenouilles coassaient, et les grillons chantaient. La nature vibrait de ses sons habituels. Tout était normal.

Tout, sauf le miaulement furieux qui monta d'un point obscur, quelque part, au fond du bois.

— Ne lui faites pas mal !

Alessandra ramassa le chat effrayé que Smith venait de balancer en l'air d'un coup de pied.

— Vous lui avez marché sur la queue, c'est pour ça qu'il a miaulé si fort.

Smith respirait très fort.

— Je déteste les bêtes.

Tenant le chat de Ruthie très serré dans ses bras, Alessandra ne quittait pas son bourreau des yeux.

— Vous m'avez amené un chien en consultation à la clinique, vendredi soir. Après l'heure de fermeture.

— Je sais ce que j'ai fait, et tu sais pourquoi je l'ai fait.

Il regarda la griffure que Puddles lui avait faite sur la main.

— Je voulais te tuer ce soir-là, en tout cas c'était ce que j'avais en tête. Ta traînée d'assistante allait s'en aller et toi aussi. Personne dans le coin, c'était parfait. Ce que tu ignorais, c'est que tu allais tomber en panne sèche avant d'arriver chez toi. Les voitures et les pick-up, c'est mon boulot. Je les monte, je les démonte. T'avais pas plus qu'un dé à coudre dans ton réservoir. Assez pour démarrer, mais tu ne serais pas allée bien loin. Tu vois ce que je veux dire ?

— Vous avez trafiqué ma voiture ; vous vous êtes arrangé pour que je travaille tard et vous aviez un plan pour quand je tomberais en panne.

Avait-elle l'air suffisamment calme ou se rendait-il compte qu'elle mourait de peur ?

Elle lâcha doucement le chat et, sans quitter Smith des yeux, dit :

— Je ne comprends pas pourquoi vous avez décidé de me supprimer. Je ne sais pas qui était votre femme et j'ignore ce qui vous fait croire que je l'ai tuée.

Un sourire mauvais découvrit une rangée de dents carnassières.

— Je te l'ai déjà dit. Vous avez échangé vos places. Je l'ai appris après l'accident. J'ai parlé avec des gens qui ne sont pas morts ; j'ai su qui était qui et qui avait fait quoi. Je sais que c'est toi qui lui as demandé de changer avec toi et qu'elle est morte à cause de ça. A cause de toi.

Son visage exprimait — ce qu'elle pouvait en voir compte tenu de la maigre lumière — la rage et le ressentiment.

Il agita son couteau devant elle.

— Vous êtes quatre à être responsables. Toi, parce que tu l'as fait changer de place. Le chauffeur, parce que c'est un dragueur qui ne regardait que sa braguette. McBride, qui t'a sortie du car avant qu'il explose. Et l'autre salaud, un lèche-cul de première avec sa grande gueule et ses bonnes notes pour sa conduite, qu'aurait dû être au volant de ce foutu car et qui, au lieu de ça, est allé moucharder sur son dégueulasse de collègue et qui a eu une promotion pour ça.

— Mais…

D'un coup de son couteau, Penner éventra un siège. Ses yeux brillaient d'excitation.

— Y a pas de mais, miss. Ma femme est morte, et dans une minute ce sera ton tour. Vu ?

Aussitôt, Alessandra revit toute sa vie, en particulier les événements qui avaient émaillé ces derniers jours, et tout ce qui s'était passé dans cet autocar maudit. La femme mal élevée avait tout déclenché avec ses exigences. Les gens avaient bougé. Alessandra avait dû changer de place, elle aussi. La mère et sa fille, à présent assises côte à côte en face d'elle, s'étaient calmées. Tout le monde était content. Jusqu'à ce que…

Jusqu'à ce qu'une blonde de l'Arizona qui voyageait seule ne s'approche d'elle. Pourquoi ? Peut-être parce qu'elle aussi était seule. On avait changé les bagages de place et, alors que certains voyageurs se tenaient encore debout dans l'allée centrale, la blonde lui avait tapé sur l'épaule.

— Excusez-moi. Vous avez mal au cœur en voiture ? lui avait-elle demandé.

Alessandra leva les yeux sur le psychopathe.

— Votre femme était assise au fond du car. Elle est venue me trouver alors que tout le monde était installé. Elle voulait changer de place. Je ne lui ai rien demandé, c'est elle qui a voulu que je change.

— Tu mens, gronda Penner. Tu essaies de sauver ta peau. Tu voulais être avec ce type, à l'arrière, là où elle était assise. Les gens à qui j'ai parlé m'ont dit que vous vous entendiez comme larrons en foire. Qu'il te faisait du gringue et que, toi aussi, tu roucoulais, que vous ne vous priviez pas !

— On parlait, on ne flirtait pas. C'était un gay, Penner. Je ne l'intéressais pas. Réfléchissez.

Tel un serpent, Penner se redressa et avança la tête vers elle. Il s'arrêta à deux centimètres d'elle.

— Je me fous de ce qu'il était. Tu voulais être assise à côté de lui, c'est tout ce que je vois, et mon Amy t'a rendu ce service. Elle a bougé pour toi.

Il ne la croirait jamais. *Quoi que je dise*, pensa-t-elle avec frayeur, *il suivra son fil. Il a une idée fixe, et rien ne l'en détournera. Et il va me tuer pour se venger.*

Pendant un instant elle crut voir, à travers le pare-brise, une ombre passer. Etait-ce McBride ou un animal dans les buissons ?

La gorge serrée, elle pria le ciel de trouver des idées pour continuer de faire parler ce fou furieux. Gagner du temps, gagner du temps, c'était sa seule chance.

— Votre femme, Amy, réussit-elle à articuler. Elle était très jolie.

Ce n'était pas génial mais, dans sa panique, elle n'avait rien trouvé de mieux.

Peut-être pas si nul que ça, se dit-elle en voyant le regard de Penner s'illuminer.

— Elle était belle, murmura-t-il. Délicate. Une rose des sables.

Son regard s'assombrit de nouveau, devint haineux.

— Ce cochon de chauffeur lui a fait du plat. Ah, le salaud !

Il serra les poings et les brandit, si menaçants qu'Alessandra recula de peur de les recevoir dans la figure.

— C'est pour ça que c'est lui que j'ai cherché d'abord, mais ça n'a pas marché. Les flics ont cru que j'entrais chez lui pour le voler. Ce débile de chauffeur l'a cru aussi. Le type arrive avec un couteau et un sac, ça ne peut être qu'un voleur. Pauvre débile ! ricana-t-il.

Alessandra frissonna de peur comme le fou poursuivait, l'écume aux lèvres. Les mots se bousculaient dans sa bouche, il était de plus en plus difficile à suivre.

— Ainsi soit-il. Je suis fichu. J'irai en prison comme voleur. Quand je sortirai, je ferai plus attention. Je pourrai pas tout de suite régler son compte au chauffeur, alors je m'occuperai de la fille dont j'aurais dû m'occuper en premier. Elle et le type qui lui a sauvé la vie qu'elle doit au fait minable d'avoir changé de place.

Alessandra s'arrangea pour ne pas bouger du tout, pour ne rien faire qui puisse perturber la crise de délire dans laquelle il avait glissé.

— Je me suis trouvé un chien, dit-il. Ça, c'était facile. Je me suis assuré que tu resterais tard. J'ai même dit à la ringarde de bavarde que je devais prendre l'autocar de Rapid City jusqu'à Phoenix — Phoenix, c'est le nom que j'avais donné au chien au cas où t'aurais pas remarqué. J'ai attendu sans me faire voir, j'ai vu la ringarde partir. Parfait. Mais il y a une espèce de rancher qu'a déboulé, et il a fallu que j'attende. Et puis voilà ce bon Dieu de McBride qui rapplique avec une prune dans le bras ou je ne sais pas où. J'aurais pu vous avoir tous les deux dans le parking si le rancher n'avait pas garé son pick-up pile poil devant la clinique et qu'il ne soit pas resté causer au téléphone pendant des heures. Il n'arrêtait pas de regarder la porte comme s'il allait entrer te donner un mauvais coup. Sur ces entrefaites, tu ne le croiras pas mais, c'est vrai, un autre rancher est arrivé. Y s'est garé derrière lui, et ils ont commencé à boire et à rigoler et à faire semblant de se tirer dessus avec leur pétard.

— Je ne savais pas tout ça, dit Alessandra d'une voix prudente.

Coulant un regard vers le pare-brise, elle ne vit rien d'autre que l'obscurité. Finalement, ce n'était pas McBride...

Penner se mit à rire.

— *Bang bang, tchac tchac*, sans s'arrêter. Et ils ont fini par partir. Je me suis dit, ça y est, c'est bon. Là-dessus j'avance et là, pas de veine, voilà un autre abruti qui s'amène. Celui-là, je me suis dit tant pis, il est bon. Je l'ai suivi pour arriver vers toi... parce que, à ce moment-là, j'étais énervé et je me moquais pas mal de savoir qui j'allais tuer... même si j'avais qu'un fusil pourri. Si je l'avais laissé me viser le premier, ça ne l'aurait pas gêné de me tuer.

— Eddie, dit Alessandra.

Une grimace hideuse déforma la figure de Penner.

— C'est comme ça qu'il s'appelait ? Je l'ai suivi jusqu'à à ce motel. Je pensais bien qu'il était mort puisque je l'ai vu qui partait en courant, plié en deux et pissant le sang. Bon, que je me suis dit. Voilà pour un. C'est à vous autres maintenant, toi et McBride.

De la pointe de son couteau, il dessina un grand X sur la poitrine d'Alessandra qui se força à ne pas réagir.

— Ben voilà, docteur Norris, on est là, nous deux. Pas de McBride pour le moment, mais il va venir. Quant au propriétaire de ce car, dommage pour lui, mais il a fallu que je le tue ; il m'a surpris en train de bidouiller le moteur, alors qu'est-ce que je pouvais faire d'autre ? C'est la faute à pas de chance. Tu vois ce que je veux dire ? Tu vas mourir comme ma gentille Amy est morte. Dans un car. Comme elle.

Alessandra frémit. L'image de la femme blonde empalée sur un morceau de vitre cassée passa devant ses yeux.

Dehors — cette fois, elle ne rêvait pas — quelque chose avait bougé. Penner dut s'en apercevoir aussi car son visage changea.

— Qu'est-ce que je fiche ? dit-il en l'attrapant par le cou. Je perds mon temps à te causer. Sauf si j'ai de la chance et que je l'ai fait sauter avec ce deuxième bâton de dynamite, McBride va partir à ta recherche. Et il va nous trouver, c'est sûr. Mais quand il nous trouvera, tu auras ce couteau planté dans la poitrine et tu seras morte, comme Amy. Je lui laisserai cinq secondes pour regarder, cinq secondes pour pleurer et, *tchac*, il sera mort lui aussi. Tous les deux morts, la même nuit. Alléluia, justice sera faite.

Alessandra vit son visage passer de la haine au triomphe. Un fracas de verre cassé se fit soudain entendre. Le pare-brise avait volé en éclats. Penner tourna la tête dans cette direction. Alessandra saisit cet instant pour agir. C'était sa seule chance, elle savait qu'il n'y en aurait pas d'autre.

Se jetant sur le poignet de Penner, elle lui donna un coup de coude dans le bras et un coup de pied entre les jambes.

Le psychopathe esquiva le coup de pied, mais lâcha le couteau. Sans perdre une seconde, Alessandra revint à la charge, le frappant à l'estomac cette foi. Plié en deux par la douleur, Penner la libéra enfin.

Elle n'alla pas loin. Elle titubait vers la porte quand il la rattrapa par les cheveux. Lançant une bordée de jurons, il essaya de la jeter à terre et de ramasser son couteau de boucher en même temps.

Elle ne voyait plus que ses jambes. Roulant alors sur le dos, elle lui balança un coup de pied dans le genou.

Puis tout alla très vite. Elle entendit le hurlement de Penner, ses vociférations, et le bruit sourd d'un bond sur le plancher. La poussière et des débris de verre volaient partout.

— Sors, Alessandra, entendit-elle McBride lui crier.

Elle le distingua alors à terre, Penner sous lui.

— File, dépêche-toi, reprit-il.

La rage sans doute alimentée par des bouffées d'adrénaline avait quintuplé la force de Penner. Il réussit à se rétablir et à arracher son Glock à McBride.

Avisant le couteau qui traînait encore par terre, Alessandra s'en empara.

— McBride ! cria-t-elle. Prends !

Il eut juste le temps de s'en saisir avant que Penner ne tire.

— Alessandra, ici !

C'était Larry, survolté, qui l'appelait. Il se trouvait derrière le pare-brise, à l'extérieur du car.

— McBride peut se débrouiller avec lui, insista-t-il. Arrive.

Un deuxième tir retentit. Le vieux Larry sursauta.

— Je ne le laisse pas…, commença-t-elle alors que partait un troisième coup de feu.

Courbée en deux, elle releva prudemment la tête et crut s'évanouir. McBride et Penner avaient disparu du bus !

Un bruit sourd suivi d'un autre bruit sourd, et deux nouveaux coups de feu éclatèrent. Depuis les buissons ? Elle ferma les yeux deux secondes. Par où étaient-ils passés ? Par l'issue de secours ?

Ne sachant comment ouvrir la portière, Alessandra se faufila par la vitre explosée et se laissa glisser sur le capot jusqu'au sol.

Larry l'interpella.

— Ecoute !

Dans les buissons, devant eux, il y avait du mouvement. Alessandra allait s'élancer quand une balle les frôla et les projeta à terre.

— Non, dit Larry en la maintenant au sol. N'y va pas. Laisse faire McBride, il a de l'entraînement et…

Penner surgit alors des buissons, les bousculant violemment au passage. Alessandra se retrouva à plat ventre à côté de Larry, sonnée. Le silence était revenu. Plus de coup de feu, plus de bruits de lutte. Rien que le silence. La nature elle aussi s'était tue.

Elle se releva sur les genoux, cligna plusieurs fois des paupières pour essayer de distinguer quelque chose dans l'obscurité. Rien. Rien sauf les bruits de la nuit qui revivait peu à peu. Et la respiration haletante de Larry à côté d'elle.

— McBride ? appela-t-elle tout bas.

Pas de réponse.

Hésitant à bouger, elle l'appela de nouveau.

— McBride ?

A cet instant, deux mains l'agrippèrent par-derrière et elle hurla.

— C'est moi.

McBride l'aida à se relever.

— Je ne suis pas blessé, dit-il en haletant lui aussi. C'est fini, mon bébé.

Il tendit une main à Larry pour l'aider à se relever, lui aussi.

— Il est mort.

— Mais… comment ? Je n'ai plus entendu de coups de feu.

McBride hocha la tête.

— Il est tombé sur la lame de son couteau.

Horrifiée, Alessandra ferma les yeux et se blottit contre lui. C'était affreux, tout se bousculait dans sa tête, le soulagement, les regrets, la fatigue. Mais aussi le bonheur.

McBride était vivant.

L'homme qui avait cherché à les tuer était mort. L'homme dont la femme s'était empalée sur un morceau de vitre brisée lors de l'accident de l'autocar, sept ans plus tôt, s'était lui aussi empalé sur la lame de son propre couteau, ce couteau dont il comptait faire usage pour tuer ceux qu'il estimait responsables de la mort de son Amy. Son erreur d'appréciation, de pair avec son obsession, l'avait tué. Que pouvait-elle en penser ? Que pouvait-on en penser ?

Des badauds intrigués par les coups de feu commençaient à affluer. Larry les éloigna de la scène.

Resté seul avec elle — mais cela n'allait pas durer —, McBride lui prit le menton pour lui relever la tête. Il voulait voir ses yeux.

— C'est fini pour lui. Nous sommes en vie, et je remercie le ciel qu'il en soit ainsi. Néanmoins, j'ai une question à te poser, mon bébé. Qui était ce type ?

18

— J'ai un cadeau pour toi, Alessandra.

Raven, qui l'avait surprise en venant à l'anniversaire de Moe qu'elle ne connaissait pas, anniversaire qui avait été reporté à ce jour vu les circonstances, l'emmena près du buffet qui avait été dressé dans la grange de Larry.

Près de trois cents personnes se pressaient déjà, et Larry en prévoyait au moins cinquante de plus avant la fin de la soirée.

— Il ne s'est jamais rien passé d'aussi excitant à Ben's Creek depuis que la première ligne de téléphone a été installée et, à ce que mon grand-père m'a dit, ça avait été quelque chose, avait-il confié un peu plus tôt.

Pendant que Raven hésitait entre un sandwich mayo/crabe et un bol de chili con carne, Alessandra ouvrit le paquet qu'elle lui avait mis dans les mains.

— Des gants de boxe ?

Partagée entre surprise et envie de rire, elle regarda Raven.

— Je t'ai dit au téléphone que la lutte ne m'intéresse pas.

— La lutte peut-être, mais tu peux les utiliser pour autre chose. Pour repousser les cinglés qui te reprochent la mort de leur femme, par exemple. J'ai eu droit à tous les détails, ajouta Raven. D'un homme qui n'a que trois doigts, que j'ai croisé en arrivant. Je l'ai laissé essayer de voir de quelle façon le caniche de sa femme et mon Rip pourraient faire des petits ensemble.

— Qu'on les mette dans la même pièce. Ça devrait marcher.

Raven se décida pour un bol de chili.

— Si seulement je savais cuisiner aussi bien. Alors, comment va McBride ? Et pourquoi n'est-il pas là avec toi ?

— Il est avec le shérif. Apparemment, un décès comme celui de Penner donne quatre fois plus de paperasse que d'habitude. Si l'on additionne meurtre, maladie mentale probable, destruction de biens privés et publics et tout ce qui s'ensuit, il y a de quoi faire.

Elle esquissa un sourire.

— D'un autre côté, McBride a l'habitude, ça ne lui fait pas peur, c'est seulement beaucoup de travail.

— Et toi ?

Alessandra haussa les épaules.

— Je vais bien. Je suis heureuse et, malgré un éleveur de taureaux un peu nerveux et son gendre un peu lourd, je me réjouis de retourner à Rapid City.

— Tu es vraiment heureuse ?

— J'y travaille.

— Tu as des projets ?

— Heu… je… je crois que je vais aller me chercher une bière, dit Alessandra pour éluder la question. Tu en veux une aussi ?

— De la bière avec une rasade de whisky. Je suis pas une mauviette, moi.

Raven lui décocha un sourire canaille.

— Tu veux mon opinion ? Tu as l'air très gentille, très polie comme ça mais, dessous, t'es qu'un chat sauvage.

— Je n'ai pas tué Penner, Raven.

— Peut-être mais t'étais bien d'accord qu'il devait mourir.

— Je ne sais pas ce qu'il méritait. Il a ressassé sa haine beaucoup trop longtemps. L'éleveur de taureaux et son gendre ont finalement eu de la chance de rester en vie. Et moi aussi, d'ailleurs.

— Grâce à ton mari.

Alessandra évita la fille aux cheveux orange qui avait fait du gringue à son ex, la veille — la veille seulement ? — et emmena Raven au fond de la grange.

— Je pense que je vais passer la nuit à Ben's Creek, déclara cette dernière. Comment sont les chambres du motel local ? Pas trop ignobles ?

— Elles auraient besoin d'être rafraîchies. Et, comme le motel a été le théâtre des opérations, Ruthie, la propriétaire, va pouvoir tout refaire faire à neuf sans que ça lui coûte un sou. Elle est ravie !

— Tu sais qu'il en pince pour toi, dit Raven. Je veux dire McBride, pas le mort.

Larry approchait, ce qui dispensa Alessandra de répondre.

— Le shérif est là, cria-t-il par-dessus la musique qui hurlait des notes grinçantes. Ça veut dire que McBride est là aussi.

— Ne dis pas ça, dit Raven, elle va se sauver.

Elle montra un tonneau de bière et pointa deux doigts.

— Je ne suis pas venue ici pour jouer les saint Nicolas et entendre une bonne histoire. Tu nous as bien réparés, Rip et moi, quand ce cinglé nous a amochés. Alors, je me dis que tu devrais réfléchir à une clinique à Loden. Pour les gens et les bêtes.

— Heu… ce n'est guère possible, commença Alessandra.

Mais Larry lui coupa la parole et montra Raven du doigt.

— Désolé mais on passe avant. Le Dr Dyer va bientôt prendre sa retraite. Son remplaçant habite loin et ne veut pas prendre sa suite. Le shérif aussi va bientôt s'en aller. Alors, la place est libre, une bonne place, pour McBride, s'il en cherche une.

— Non.

Alessandra sentit deux bras s'abattre sur ses épaules.

— Il cherchait mais il ne cherche plus, parce qu'il l'a trouvée, sa place, déclara McBride. Il a aussi une enquête à mener à Chicago pour trouver d'où vient la fuite qu'il y a eue dans son service. Ensuite, il pourra envisager un changement. En attendant…

— Je pense qu'il est temps qu'on parte, Larry, dit Raven en prenant la bière qu'elle avait commandée.

Elle lui tendit la deuxième.

— Allez, je te parie cinquante tunes que je bats n'importe qui, homme ou femme de moins de quatre-vingts kilos, sur le ring.

— Il faut vraiment aimer les petites villes, murmura Alessandra.

Elle pivota sur ses talons et prit McBride par le cou.

— C'est drôle, non, d'être ensemble ici, toi, moi et tous ces gens dont on ignorait jusqu'à l'existence la semaine dernière encore.

— Et ça te plaît ou pas ?

— Que te répondre ? C'est toi, ta vie, ton monde. Le danger fait partie intégrante de ton existence. Sans lui, sans cette menace qui plane en permanence au-dessus de ta tête comme un vautour, tu t'ennuierais.

— Je préférerais qu'il me tourne autour comme un faucon, mais bon…

— Donc, je répète, sans ce danger constant tu ne serais

pas cet homme dont je suis tombée follement amoureuse il y a sept ans.

Elle passa les doigts sur la blessure qu'elle sentait à travers sa chemise.

— Je reconnais que je ne suis pas comme toi. Jongler en permanence avec la vie et la mort, très peu pour moi. Mais, aujourd'hui, je comprends la différence qui existe entre prendre des risques et être suicidaire.

— Je ne suis pas suicidaire, mon cœur.

Ses yeux brillaient.

— En tout cas, je ne l'ai jamais été pendant ces sept années.

— Penner a beaucoup parlé du hasard et de la chance quand il me retenait dans le car.

— Je n'ai pas envie de parler de ça maintenant.

— Moi non plus. N'empêche, le concept de hasard heureux a bien sa place dans notre histoire. Depuis le début. Songe à la façon dont nous nous sommes connus. Dans l'horreur de l'accident, il y a eu le bonheur de te connaître. Normalement, nous n'aurions jamais dû nous croiser. Or, c'est ce qu'il m'est arrivé de plus heureux dans la vie.

— A moi aussi, mon ange.

— Alors, c'est merveilleux.

Elle lui déposa un baiser sur la joue.

— Je veux adopter un chien.

— Pardon ?

— Un berger allemand avec une flèche blanche sur le dos.

Il la fixa, les yeux écarquillés.

— Tu veux adopter le chien de Penner ?

— Ce n'était pas le chien de Penner, c'était un prétexte. Je le baptiserai Rio parce que, une fois que tu auras trouvé qui est le traître dans ton service, j'aimerais que nous prenions des vacances.

— Nous ? Tu veux dire toi et moi ?

— Joan s'occupera de lui.

— Pendant que nous serons à Rio ? Ensemble ?

Elle tripota la chaîne qu'elle avait autour du cou sur laquelle coulissait son alliance.

— Nous sommes toujours mariés, McBride. Nous verrons où mon alliance et la tienne seront quand nous reviendrons.

— De Rio.

— Ma mère a adoré le Brésil. Toi aussi, je sais, tu me l'avais dit. Et Rio en particulier.

Se déhanchant de manière suggestive, elle ajouta :

— Fais comme tu veux. Moi, je peux toujours y aller seule.

— Sûrement pas, mon amour.

Il la prit par la taille et la serra contre lui.

— Donne-moi une semaine, et on saute dans l'avion.

— C'est super.

Plongeant les mains dans ses cheveux, elle l'embrassa tendrement sur la bouche.

— J'ai presque peur de le dire mais je vais le faire quand même : je t'aime, Gabriel. J'aime même le marshal McBride. Je n'aime pas toujours tes secrets, mais tu fais des progrès. Certains aspects de ton métier me gênent, mais je sais aussi que tu es incapable d'euthanasier un animal. Et ça, c'est un bon point pour toi. Moi non plus je n'aime pas euthanasier une créature vivante, mais il m'arrive d'y être obligée. Crois-moi, ce n'est jamais de gaieté de cœur. Mais tout est relatif, dans le travail comme en amour.

Un large sourire illumina le visage de McBride.

— Tu y as mis les formes, se moqua-t-il. Ou plus exactement, tu as tourné autour du pot mais peu importe, moi aussi je t'aime. Beaucoup. Même si tu as rompu un peu du charme avec ton histoire de chien.

— Tu trouves ?

Les mains toujours dans ses cheveux, elle attira son visage à elle jusqu'à ce qu'il ne soit plus qu'à un centimètre de sa bouche.

— Et si nous oubliions l'aspect travail et tout le reste pour ne plus penser qu'au côté romantique de notre aventure ? Laissons le hasard faire son œuvre et voyons où cela nous mène.

— Peu importe où il nous mène pourvu que nous y allions ensemble, acquiesça McBride.

Il happa alors ses lèvres et les dévora. Elles avaient le goût de l'amour. Comme jamais.

MARIE FERRARELLA

Rencontre sous tension

Traduction française de
FLORENCE BERTRAND

BLACK ROSE

HARLEQUIN

Titre original :
CAVANAUGH COLD CASE

Ce roman a déjà été publié en 2017.

Prologue

Josephine Alberghetti déposa une généreuse portion de lasagnes devant sa fille, puis s'assit en face d'elle en soufflant bruyamment.

— Maman, tu soupires comme ça depuis que je suis arrivée, observa le Dr Kristin Alberghetti. Qu'est-ce qui ne va pas ?

Josephine pinça les lèvres, comme si elle hésitait à dire ce qu'elle avait sur le cœur. L'instant d'après, cette hésitation s'évanouit, ainsi que Kristin l'avait escompté. Sa mère avait toujours eu un penchant pour les scènes dramatiques.

— Quand tu m'as annoncé que tu voulais être médecin, j'étais si fière que je croyais que mon cœur allait exploser, commença Josephine. Je ne savais pas comment on allait pouvoir financer tes études puisque ton père, paix à son âme, nous avait quittées, mais j'étais résolue à t'aider à réaliser ton rêve. J'étais prête à travailler du matin au soir, à m'user les mains pour que ma petite fille ait ce qu'elle voulait.

Kristin connaissait la suite. Elles avaient déjà eu cette conversation.

— Oncle Gasper t'a prêté l'argent, maman, lui rappela-t-elle patiemment. En fait, il te l'a donné.

En dépit des protestations de l'oncle de son père,

Kristin avait obstinément insisté pour le rembourser. Cela n'avait pas été facile, mais elle y était parvenue, en faisant des petits boulots ici et là tout en fréquentant l'école de médecine. À force de détermination, d'énergie et de concentration, elle avait réussi à suivre un programme de cours accélérés et à obtenir son diplôme plus vite que prévu.

Cependant, il ne s'agissait pas des sacrifices de sa mère — qu'elle était la première à reconnaître. Il s'agissait d'autre chose. Et Kristin avait la très nette impression qu'elle savait de quoi il était question.

Sa mère lui ayant reproché de la négliger, Kristin avait jonglé avec son emploi du temps, mis deux ou trois choses en attente et s'était débrouillée pour venir lui rendre visite en milieu de journée.

Sa grand-mère, Sophia, qui avait toujours été présente dans sa vie, était là elle aussi. Les deux femmes échangèrent un regard de connivence. Néanmoins, par respect pour sa mère — qu'elle devinait au comble de la frustration —, Kristin garda le silence.

— Mais que tu aies acquis ces merveilleuses connaissances pour devenir médecin légiste et farfouiller à l'intérieur des cadavres, vraiment ça me dépasse, poursuivit Josephine.

Son expression se fit suppliante.

— Tu ne pourrais pas ouvrir un cabinet normal ? Songe à tout le bien que tu ferais !

— Je fais déjà du bien, maman.

Ce n'était certes pas la première fois qu'elles s'affrontaient sur ce sujet, mais sa mère semblait refuser de se souvenir des raisons qui l'avaient poussée à faire ce choix. Kristin en cita une parmi d'autres :

— Je donne des réponses à des familles qui en ont besoin pour faire leur travail de deuil.

Josephine leva les yeux au ciel.

— Leur travail de deuil, répéta-t-elle comme si Kristin avait proféré une grossièreté.

— Laisse-la tranquille, Josephine, ordonna Sophia à sa fille. Elle aime ce qu'elle fait. C'est sa vie.

— Elle la gaspille, rétorqua Josephine. Comment Kristin est-elle censée rencontrer quelqu'un si elle passe ses journées à la morgue entourée de morts ?

— Ne l'as-tu pas entendue ? s'énerva Sophia.

À près de quatre-vingts ans, Sophia Moretti avait conservé la voix forte et sonore qu'elle avait lors de son arrivée aux États-Unis, un demi-siècle plus tôt.

— Elle donne des réponses aux familles. Peut-être qu'une de ces familles a un fils…

Kristin fixa son aïeule, se sentant brusquement trahie. Jusqu'alors, sa grand-mère avait toujours pris son parti.

— Toi aussi, Nonny, tu vas t'y mettre ?

Sophia se pencha par-dessus la table encombrée de plats et lui tapota la main.

— J'essaie seulement de… Comment est-ce qu'on dit, déjà ? J'essaie d'amadouer ta mère. Que tu te maries ou pas, ça m'est égal, dit-elle à la plus jeune de ses petites-filles. La famille a déjà assez de petits-enfants.

— Facile à dire pour toi, bougonna Josephine sans tenter de dissimuler son amertume.

Sophia fronça les sourcils.

— Nous sommes tous de la même famille. On partage. Tu veux des petits-enfants ? Je vais t'en prêter.

— Écoute Maman, renchérit Kristin. Tout le monde vit à Aurora. Si tu veux voir des bébés, tu peux rendre visite à Theresa, à Lorraine ou à Angela.

Toutes ses cousines étaient mariées et avaient des enfants.

— Je les adore, répondit Josephine, mais ce n'est pas la même chose et tu le sais.

Joséphine lança un regard accusateur à sa mère.

— Tu es censée être de mon côté.

Sophia leva ses mains ridées, marquées par des décennies de dur labeur.

— Je ne prends pas parti. J'écoute, c'est tout.

— Ha !

Avant que Sophia ait pu réagir à cette exclamation, le téléphone de Kristin sonna.

Josephine soupira de nouveau en voyant sa fille plonger la main dans sa poche. À ses yeux, un téléphone n'avait pas sa place dans une poche, et encore moins à table.

D'un geste, Kristin réclama le silence pour écouter l'appel. Son chef, Sean Cavanaugh, directeur du laboratoire d'investigations des scènes de crime, était à l'autre bout du fil.

— Désolé d'empiéter sur votre temps libre, docteur, mais nous avons besoin de vous sur une scène de crime, dit-il de sa voix grave. Nous avons déjà trouvé deux cadavres…

— Déjà ? répéta-t-elle, surprise. Vous vous attendez donc à en trouver d'autres ?

— Malheureusement oui, répondit Cavanaugh d'une voix lasse. Je crois qu'il pourrait y en avoir un certain nombre.

Un frisson parcourut l'échine de Kristin.

— À vous entendre, on dirait que vous êtes tombé sur des catacombes.

— C'est ce que je crains. J'apprécierais que vous veniez le plus vite possible, ajouta-t-il.

— Oui, monsieur. Bien sûr.

Sophia se pencha vers sa fille, parlant à voix basse pour ne pas gêner Kristin.

— Qu'est-ce que ça veut dire, « des catacombes » ?

Josephine soupira et se mit à débarrasser pendant que sa fille terminait sa conversation. Ce repas devait compter parmi les plus rapides de l'histoire.

Avec des gestes rapides, elle fit glisser la part de Kristin sur une assiette en carton qu'elle enveloppa de papier aluminium.

— Ça veut dire que Kristin s'en va, maman.

1

L'inspecteur Malloy Cavanaugh, de l'unité des affaires non résolues, n'était pas au sommet de sa forme.

La route qu'il suivait menaçait de l'hypnotiser. Ses yeux le piquaient — toujours un mauvais signe —, et ses paupières étaient aussi lourdes que du plomb. Grâce aux bons soins d'une jeune femme charmante rencontrée deux jours plus tôt, il n'avait guère dormi ces deux dernières nuits.

Vu son état, il aurait de loin préféré se consacrer à sa pile de paperasses en retard. Au moins, s'il s'était assoupi à son bureau, il n'aurait pas couru le risque de se retrouver dans un fossé.

Aurora, la ville de Californie où il s'était installé plusieurs années plus tôt avec les autres membres de sa famille, était en cours de développement. Un développement qui s'accomplissait avec une certaine lenteur.

D'après ses oncles, il avait fallu trente-cinq ans à cette bourgade rurale, dotée en tout et pour tout de deux rues et de trois feux de circulation, pour devenir la cité prospère et en pleine expansion qu'elle était aujourd'hui.

Il restait donc aux alentours de la ville, notamment au sud, de vastes parcelles de terrain que les promoteurs envahissaient peu à peu. C'était sur l'un d'eux qu'il se rendait, sur une scène de crime qui, semblait-il, offrait la particularité douteuse d'être à la fois le site d'un homicide multiple et celui d'une affaire non résolue.

Selon les premiers enquêteurs, les corps étaient enterrés depuis plusieurs années ; la durée exacte — tout comme le nombre exact de cadavres — demeurait à déterminer.

Sale manière d'entamer la semaine, songea Malloy en étouffant un bâillement.

Il prit une profonde inspiration et s'efforça de se secouer. Il aurait sûrement été plus efficace de boire une gorgée du café noir comme du goudron placé dans le porte-gobelet à côté de lui mais, à moins de s'arrêter sur le bas-côté — ce qui compte tenu de l'étroitesse et de la sinuosité de la route n'était guère envisageable —, il n'allait pas prendre le risque d'essayer de l'attraper.

Une fraction de seconde d'inattention pourrait se révéler fatale et, en dépit de son apparente désinvolture, Malloy n'était pas stupide au point de se croire invulnérable. Mieux valait prévenir que guérir, disait autrefois sa mère avec sagesse.

Tout bien considéré, il choisit d'obéir à ce précepte.

Le café pouvait attendre.

Histoire de ne pas retomber dans sa torpeur, Malloy se mordit fermement la lèvre inférieure.

Où diable était cette fichue jardinerie ? Ne devrait-il pas déjà être arrivé ?

À en croire les informations qu'on lui avait fournies au commissariat, les corps avaient été découverts par des ouvriers qui préparaient le terrain en vue de la construction de nouvelles serres. Comme si deux hectares de spécimens de cactus et de plantes grasses ne suffisaient pas, songea Malloy.

À l'âge de huit ans, en courant dans un champ, il avait trébuché et manqué s'empaler sur les épines acérées d'un cactus saguaro. Depuis cet incident, il avait une aversion prononcée pour tout ce qui ressemblait de près ou de loin à cette famille de végétaux.

À ses yeux, les plantes grasses appartenaient à la même catégorie, même si un spécialiste l'aurait sans doute contredit.

Absorbé dans ses réflexions, il faillit manquer un panneau et s'engagea juste à temps sur une route aussi tortueuse que la première. Il poussa un soupir de soulagement. Apparemment, il était presque arrivé. Une enseigne se dressait devant lui, accrochée à une clôture grillagée qui avait l'air flambant neuve.

Rainbow Gardens.

La jardinerie avait été vendue et rebaptisée environ un mois plus tôt. Le nouveau propriétaire était arrivé avec une foule de projets en tête, dont la première était l'agrandissement des locaux.

Ses travaux allaient devoir attendre.

Malloy s'arrêta juste devant la barrière. Un panneau plus ancien avertissait les visiteurs qu'ils ne seraient reçus que sur rendez-vous et leur conseillait de klaxonner s'ils n'étaient pas attendus.

Malloy but une gorgée de café et s'exécuta.

Un mobil-home se trouvait un peu plus loin, mais personne n'en sortit. Malloy appuya à nouveau sur le klaxon. Enfin, un homme s'approcha de la clôture. Son pantalon en toile grise et sa chemise bleue à manches longues semblaient pour le moins incongrus dans ce cadre rural.

Il actionna la barrière en jetant un regard agacé à Malloy.

— Enfin ! lança-t-il d'un ton exaspéré.

Malloy descendit la côte, entra dans la jardinerie proprement dite et se gara sur le premier emplacement venu. Prenant son temps — il n'avait guère apprécié l'accueil qui lui avait été réservé —, il descendit de voiture et posa précautionneusement les pieds sur le sol craquelé comme s'il en sentait la chaleur à travers la semelle de ses chaussures.

Puis il se tourna vers l'homme qui le jaugeait ostensiblement du regard.

— Je vous demande pardon ?

— J'ai dit : « Enfin », rétorqua celui-ci. Maintenant que vous êtes là, vous allez peut-être pouvoir conclure cette prétendue enquête.

Ce n'était pas une question, c'était un ordre. L'homme désigna d'un geste coléreux les quatre employés debout un peu plus loin.

— Je ne vais pas payer ces gars pour qu'ils se tournent les pouces en reluquant une femme.

D'accord, peut-être Malloy n'avait-il pas dormi assez pour être complètement opérationnel, mais il venait d'avaler un café assez fort pour ressusciter un mort et il ne comprenait pas un mot de ce que lui disait ce type.

— Vous voulez me répéter ça ? Et d'abord comment vous appelez-vous ?

— Roy Harrison, répondit l'homme sur un ton cassant. Je viens d'acquérir cette propriété par le biais de mon avocat.

Il fulminait. C'était tout juste si on ne voyait pas de fumée sortir de ses oreilles. Mais à sa place il n'aurait sûrement pas été ravi non plus, songea Malloy.

— Je suppose qu'il serait déplacé de vous féliciter, commenta-t-il.

— Plutôt, dit l'autre. J'ai payé pour acheter une jardinerie, stock compris, pas pour un fichu cimetière. Vous ne pouvez pas dire à cette pom-pom girl ronchon d'emporter les squelettes et d'aller s'en occuper ailleurs ? J'ai une jardinerie à ouvrir, moi !

— Je regrette, mais il ne se passera rien tant que toutes les pièces ne seront pas emballées et étiquetées, et que nous n'aurons pas déterminé si le crime a eu lieu ici ou non.

Malloy avait veillé à garder une expression neutre, mais il avait pris plaisir à remettre l'homme à sa place. Il n'avait jamais aimé les gens imbus d'eux-mêmes — surtout s'ils voyaient là une raison d'imposer leur loi.

Sa réponse ne parut pas au goût du propriétaire. Il fronça les sourcils de plus belle en désignant Sean Cavanaugh d'un geste coléreux.

— J'ai entendu le vieux là-bas dire que ces os étaient peut-être là depuis vingt ans. Quelle différence ça ferait de les examiner ailleurs qu'ici ?

— Cela fait une grande différence, répliqua Malloy avec un calme trompeur. Et le « vieux » dont vous venez de parler se trouve être le directeur du laboratoire et, accessoirement, mon oncle. Peut-être pourriez-vous avoir la bonté de lui témoigner un minimum de respect ? Qui sait ? ajouta-t-il suavement. Si vous vous conduisez de manière civilisée, il pourrait peut-être trouver un moyen d'aller plus vite en besogne.

Harrison paraissait furieux. Il sortit son portefeuille et en tira un billet.

— Que puis-je faire pour accélérer le mouvement ?

— Ne pas essayer de me soudoyer serait un bon point de départ, répondit Malloy en lui décochant un sourire qui n'avait rien de sincère. Restez dans le coin, Harrison. J'aurai des questions à vous poser.

Avant tout, il voulait s'entretenir avec l'équipe scientifique.

— À propos de cette pom-pom girl…

Un rictus à peine dissimulé incurva les lèvres minces d'Harrison.

— Laissez-moi deviner, c'est aussi une de vos parentes ?

Malloy venait de la repérer. C'était la seule femme présente et, de ce qu'il voyait à cette distance, elle était blonde, mince et superbe.

Tout souvenir de Bunny, la jeune femme dynamique avec laquelle il avait passé le week-end, s'évanouit brusquement.

— J'espère bien que non, marmonna-t-il. Bon, je vous parlerai plus tard.

— Mais à qui puis-je m'adresser pour me débarrasser de cette histoire ? gémit Harrison.

— À personne, lâcha Malloy d'un ton définitif par-dessus son épaule.

Chassant temporairement l'individu de ses pensées, il se dirigea vers le seul endroit où régnait une quelconque activité, toute son attention concentrée sur la ravissante inconnue. En dépit du public appréciateur qui, à quelques mètres d'elle, observait le moindre de ses mouvements, elle semblait absorbée par les ossements que deux de ses collègues sortaient un à un du sol pour les disposer sur un long rouleau de toile.

Le propriétaire avait eu raison sur un point, nota Malloy en parcourant les environs des yeux. Ses employés étaient réduits à l'inaction, leurs machines immobilisées, sans doute sur l'ordre de son oncle.

Cependant, les hommes en question ne semblaient guère contrariés de cette oisiveté forcée. Au contraire.

Malloy s'approcha et se plaça entre la jeune femme et le soleil qui, jusqu'alors, illuminait la collection d'ossements qu'elle rassemblait.

— Salut, je suis Malloy.

Si l'apparition d'un homme séduisant, sûr de lui, au sourire sexy, la troubla momentanément, Kristin Alberghetti n'en laissa rien paraître.

Son regard se planta dans celui du nouveau venu, et elle attendit en silence qu'il explique pourquoi il bloquait la lumière.

Le nom qu'il avait donné éveilla toutefois un écho dans son esprit. Et puis elle le reconnut.

Malloy Cavanaugh. Un des Cavanaugh.

Sa réputation l'avait précédé.

— Naturellement, dit-elle en reportant son attention sur sa tâche.

— Et vous êtes ?

— Occupée, rétorqua-t-elle sans lever les yeux. Et vous bloquez la lumière.

— C'est drôle, j'aurais pensé que vous dégagiez suffisamment de lumière à vous seule pour voir tout ce que vous vouliez voir.

La blonde releva la tête, son expression indiquant clairement que la remarque de Malloy — et son charme — la laissait de marbre.

— Non, désolée, dit-elle, glaciale. Cela vous ennuierait-il de vous écarter ? J'ai l'impression que le propriétaire des lieux a envie que je termine tout ça au plus vite. Si vous changez de place, je pourrai essayer de le satisfaire.

Malloy fit un pas de côté et marmonna d'un ton moqueur :

— Désolé. Si vous voulez bien excuser mes mauvaises manières…

— J'imagine que vous dites ça souvent, commenta-t-elle, comme si cette observation s'adressait à elle-même plutôt qu'à lui.

Du caractère, songea Malloy. En temps ordinaire, il aurait sûrement battu en retraite. Il n'était pas du genre à perdre trop de temps à percer les défenses d'une femme. D'abord, la vie était trop courte pour ça. Ensuite, il était payé pour être enquêteur, pas séducteur. Enfin, les femmes prêtes à tomber dans ses bras ne manquaient pas.

Mais d'un autre côté il était assez tenté par la perspective d'un défi. Surtout s'il était aussi séduisant.

Qui était-elle au juste ? Quel poste occupait-elle dans l'unité et comment pourrait-il l'inciter à baisser sa garde ?

— Vous êtes nouvelle, dit-il, espérant ainsi engager la conversation.

Kristin le toisa une seconde avant de retourner à sa tâche.

— En fait, non.

— Je ne vous ai jamais vue. Et je remarque toujours les jolies femmes.

— Eh bien, il faut croire que vous en avez manqué une, rétorqua-t-elle, séparant avec précaution deux os qui semblaient avoir été collés ensemble par le sable et le passage du temps.

Loin d'agacer Malloy, l'indifférence de la jeune femme ne fit que l'attirer davantage. Il s'accroupit à côté d'elle.

— Prenons un nouveau départ, voulez-vous ?

Le regard qu'elle lui décocha aurait pu transformer en pierre un homme moins solide que lui.

— Plus tard, peut-être. Je travaille.

L'impatience se lut sur ses traits.

— Et vous êtes encore devant la lumière.

— Bon.

Désireux de ne pas la contrarier, Malloy se leva, veillant à laisser les rayons du soleil baigner les ossements disposés à côté d'elle.

Cette conquête s'annonçait difficile.

Mais il avait hâte de tenter sa chance.

2

La jeune femme s'était agenouillée à nouveau devant l'ossuaire, et Malloy comprit qu'il allait devoir remettre ses projets à plus tard.

Il avait un crime à élucider et, à en juger par les apparences, plusieurs cadavres à identifier.

En grandissant, il avait toujours adoré les énigmes et les puzzles, surtout ceux qu'on trouvait dans les boîtes sur lesquelles figuraient des chiffres impressionnants, comme « 1 000 pièces » par exemple.

Au fil du temps, le nombre de pièces avait augmenté. Même alors, la ténacité de Malloy avait toujours fini par triompher. En revanche, il avait appris quelques années plus tôt que les choses ne se passaient pas forcément de la même manière dans la vie. Ou, plutôt, qu'elles ne se passaient presque jamais de la même manière.

Chacun des ossements posés sur la toile appartenait à un être humain. Tout ce qu'il avait à faire, c'était découvrir qui était cette personne, de façon à ce qu'elle puisse être enterrée décemment.

Tout ce qu'il avait à faire.

Les mots résonnèrent à ses oreilles, ironiques. Plus facile à dire qu'à faire. D'autant que le nombre d'ossements semblait s'accroître à une rapidité inquiétante.

Il avait l'impression d'assister malgré lui au déraillement d'un train. La scène était atroce, et pourtant il ne pouvait détacher son regard. Non parce qu'il avait envie de la voir, mais parce que c'était à lui qu'il incombait d'identifier les victimes.

Au lieu de retourner voir le propriétaire, ainsi qu'il en avait d'abord eu l'intention, Malloy s'approcha de nouveau du médecin légiste.

— Est-il possible que ces employés si fascinés par votre travail aient dérangé un vieux cimetière indien avec leurs bulldozers ?

Elle leva les yeux.

— Dans ce cas, il aurait fallu que ce soit un cimetière très spécial. Si spécial que je doute qu'il ait existé.

— Redites-moi ça. En anglais, cette fois.

— Les corps que nous avons déterrés jusqu'ici appartiennent tous à des femmes. Et, bien que certaines tribus aient été essentiellement matriarcales, je n'ai jamais entendu dire que l'une d'entre elles ait séparé ses morts.

Elle haussa les épaules.

— D'ailleurs, ces squelettes ne sont pas si anciens.

Malloy parcourut du regard les divers groupements d'ossements secs, parfois même fendus.

— Sans blague.

— Je n'ai pas pour habitude de plaisanter quand je travaille, lança-t-elle en reprenant sa tâche. Et j'aimerais bien en avoir terminé ici avant la fin de l'année.

Malloy secoua la tête.

— C'était cruel, doc.

La familiarité qui perçait dans sa voix agaça Kristin.

— C'était la vérité, inspecteur Cavanaugh.

Contrairement à ce qu'elle avait espéré, il ne battit pas en retraite.

— Appelez-moi Malloy. Toutes les jolies femmes m'appellent par mon prénom.

Décontenancée, Kristin lui tourna le dos et se remit à étiqueter les ossements.

— Vous êtes sûre qu'ils n'ont pas mis au jour une espèce de cimetière ? insista-t-il.

Kristin releva la tête et plongea son regard dans le sien sans prendre la peine de dissimuler son dédain.

— Vous avez du mal à comprendre le mot « non », inspecteur ? On ne vous l'a peut-être pas dit assez souvent, c'est ça ?

Il ne répondit pas.

C'était inutile.

Le sourire qui s'était dessiné sur ses lèvres suffisait.

Kristin ravala les paroles mordantes qui lui venaient à l'esprit. Le moment était mal choisi pour se laisser entraîner dans un affrontement verbal qui ne mènerait à rien. D'autant que la découverte de cet ossuaire représentait peut-être un tournant dans sa carrière. Elle n'avait pas le temps de se laisser distraire par un policier trop séduisant et beau parleur, qui s'imaginait manifestement qu'il n'avait qu'à poser ses grands yeux verts sur une femme pour qu'elle se pâme devant lui.

Elle avait passé l'âge de se pâmer devant quiconque.

Depuis longtemps.

Par conséquent, plutôt que de dire à cet homme ce qu'elle pensait de lui, Kristin se domina et posa ce qui lui paraissait être une question tout à fait légitime.

— Vous n'avez pas de travail à faire, inspecteur ? Ou l'unité a-t-elle assez d'argent pour payer ses détectives à jouer les statues ?

— Il y a un problème ?

Sean Cavanaugh venait de les rejoindre. Kristin était

sa dernière recrue et, à son avis, la meilleure. C'est lui qui lui avait fait passer son entretien et qui l'avait engagée après le départ de Jacobs, le précédent médecin légiste.

— J'interrogeais seulement le médecin à propos de l'ossuaire qu'on est en train de déterrer sous nos yeux, répondit Malloy avec un grand sourire. Elle me faisait part de son point de vue.

Sean les regarda tour à tour. Il connaissait la réputation de Malloy. Il avait élevé plusieurs fils qui lui ressemblaient et était bien placé pour savoir qu'il leur fallait du temps pour trouver leur voie. Malloy était un bon policier et il deviendrait un type bien. Il fallait seulement être patient avec lui.

Sean sourit à la jeune femme.

— Je suis sûr que le Dr Alberghetti nous informera de ses conclusions dès qu'elle y sera parvenue.

Il venait de terminer sa phrase quand un cocorico strident transperça l'air.

Sean jeta un coup d'œil irrité par-dessus son épaule.

— Ce fichu coq ne peut pas se taire et dormir ? C'est la troisième fois qu'il chante depuis qu'on est là. Il n'est pas censé avoir une horloge interne ?

— Je ne sais pas, mais c'est dommage qu'il ne puisse pas parler, commenta Malloy en balayant le paysage du regard. Peut-être qu'il pourrait nous expliquer ce qui s'est passé ici.

— Sûrement pas, répliqua Kristin sans se donner la peine de relever la tête. Les coqs vivent une dizaine d'années. Quinze au plus. Ces cadavres remontent à bien plus longtemps.

— Vous savez combien de temps vivent les coqs ? s'étonna Malloy, stupéfait.

Il croisa le regard de son oncle.

— Waouh, elle sait toutes sortes de choses, non ?

Sean lui rendit son sourire.

— Elle lit beaucoup quand elle a du temps libre. Cela dit, elle ne va guère en avoir dans les jours qui viennent, j'en ai peur.

— Elle a aussi une très bonne ouïe, intervint Kristin sans pour autant interrompre sa tâche.

— Excusez-moi, Kristin, dit Sean, acceptant volontiers le blâme. C'était impoli.

Cette fois, Kristin s'interrompit pour s'adresser à celui qu'elle considérait comme son mentor, en dépit du fait qu'il n'était pas diplômé en médecine.

— Vous ne pourriez jamais être impoli, monsieur. En ce qui le concerne, en revanche, ajouta-t-elle en lançant un coup d'œil rapide vers Malloy, c'est une tout autre question.

— Aïe, lâcha Malloy, feignant une grimace. Le moment est venu de m'éclipser…

— Je vous en prie, marmonna Kristin assez fort pour être entendue.

Roy Harrison choisit cet instant pour s'approcher du trio, le front creusé par un pli d'irritation.

— Hé, quand est-ce qu'elle va avoir terminé ? grogna-t-il en désignant Kristin.

Elle s'apprêtait à le remettre à sa place quand Malloy la prit de vitesse.

— Quand elle aura fini, répliqua-t-il d'un ton rogue.

Kristin le regarda, surprise qu'il ait volé à son secours.

— Elle va continuer à creuser jusqu'à ce qu'elle ressorte tous les os enterrés entre ici et l'autre côté de la terre ou quoi ?

— Non, seulement ceux qui sont dans le périmètre de votre propriété, répondit Sean doucement.

Son expression démentait le timbre agréable de sa voix, mais apparemment le sarcasme échappa au propriétaire de la jardinerie.

— Mon bulldozer peut le faire plus vite.

Nul besoin d'être un génie pour comprendre que l'unique désir de cet homme était de voir son équipe reprendre le travail au plus tôt. L'interruption de ses activités lui coûtait cher, et seul l'argent comptait à ses yeux.

— Votre bulldozer peut aussi écraser une bonne partie de ces ossements, objecta Malloy.

— Ils ne sont pas précisément beaux à voir, ironisa son interlocuteur.

— Monsieur Harrison, moins vous perdrez de temps à nous retarder, plus vite nous avancerons. Maintenant, si vous avez envie de bavarder, c'est parfait. J'ai une série de questions que j'aimerais vous poser.

Harrison fronça à nouveau les sourcils.

— Je n'ai tué personne, protesta-t-il, prenant manifestement les devants.

Malloy lui décocha un sourire dénué de chaleur.

— Voilà qui est bon à savoir, monsieur Harrison, mais ce n'était pas ce que je voulais vous demander.

— Oh ! s'écria celui-ci, décontenancé. Eh bien, qu'est-ce que vous vouliez savoir ?

Désireux de laisser Kristin en paix — et peut-être aussi de s'attirer ses bonnes grâces —, Malloy entraîna l'homme vers le mobil-home.

— Comment êtes-vous devenu propriétaire de cet endroit ?

Harrison le regarda comme s'il avait affaire à un simple d'esprit.

— Comme tout le monde. Je l'ai acheté.

— À qui ? demanda Malloy.

L'expression de son interlocuteur se fit plus condescendante encore.

— À celui qui le vendait.

Malloy respira un bon coup, s'efforçant de garder son sang-froid. Ce n'était pas la première fois qu'il avait affaire à un imbécile.

— Il me faut un nom, monsieur Harrison. Qui vous a vendu cette propriété ?

L'homme s'immobilisa.

— C'est mon avocat qui s'est chargé de tout. Il a traité avec un employé de longue date. Ce type agissait pour le compte du propriétaire.

Harrison mettait indubitablement la patience de Malloy à rude épreuve.

— J'ai quand même besoin d'un nom, monsieur Harrison.

— Je ne le connais pas, rétorqua celui-ci, exaspéré. Puisque je vous dis que mon avocat s'est occupé de tout. Il gère toutes mes transactions.

— Dans ce cas, j'ai besoin de savoir comment cet avocat s'appelle, répondit calmement Malloy. Et il me faut également ses coordonnées.

Une partie de lui aurait éprouvé une certaine satisfaction à découvrir que Harrison était l'auteur de ces meurtres. Il se promit intérieurement de se renseigner sur le passé de dernier.

— J'ai sa carte dans ce qui me sert de bureau là-bas, grogna l'homme en désignant le mobil-home d'un geste agacé.

— Je vous suis, murmura Malloy.

— Dès demain matin, je vais virer ce tas de ferraille, s'exclama Harrison, et le remplacer par un camping-car digne de ce nom en attendant de faire construire une maison.

Il lança un regard pénétrant à Malloy.

— À moins que ce ne soit illégal, ça aussi ?

Malloy compta intérieurement jusqu'à dix avant de répondre.

— Je ne crois pas, monsieur Harrison. Il y a seulement quelques procédures à observer.

— Je me fous des procédures ! Je perds de l'argent ici.

— Et vous m'en voyez désolé, déclara Malloy sur un ton presque chantant qui contredisait son expression contrite. Vous pourriez envoyer une lettre au siège de la police en expliquant le dérangement que cette enquête vous a causé — sans parler du coût financier. Peut-être qu'on vous dédommagera.

Harrison s'immobilisa de nouveau, et une expression de stupeur s'afficha sur son visage maussade.

— Ils feraient ça ?

Malloy manœuvra avec habileté.

— Ce n'est pas moi qui m'occupe de ce genre de chose, mais rien n'est impossible, dit-il innocemment.

Du coin de l'œil, il saisit l'expression amusée de Sean. Ce dernier s'était rapproché et l'avait entendu. Il fallut un effort à Malloy pour garder un visage impassible alors qu'il entrait dans le mobil-home à la suite de Harrison.

Une odeur de renfermé régnait à l'intérieur, provenant peut-être des tas de journaux empilés là. Harrison farfouilla sur son bureau en jurant.

— Là ! s'écria-t-il enfin, en plaçant d'un geste sec une carte de visite dans la main de Malloy.

Ce dernier la glissa dans son portefeuille.

— Vous souvenez-vous de la date à laquelle vous avez acheté cette propriété ?

Harrison le regarda d'un air soupçonneux.

— Il y a presque cinq semaines. Pourquoi ?

— C'était justement ma question suivante, répondit Malloy sur un ton faussement amical. Pourquoi ?

La perplexité se peignit sur les traits de l'homme.

— Vous voulez dire, pourquoi est-ce que je l'ai achetée ?

— Oui. Avez-vous été poussé par la passion des plantes exotiques ? Ou cherchiez-vous une affaire en faillite ? Ou… ?

Il laissa sa question en suspens. Il ne pouvait négliger la possibilité que Harrison ait été impliqué dans les meurtres. Peut-être savait-il que les corps étaient enterrés ici et avait-il voulu éviter qu'ils ne soient découverts. Dans sa hâte, il avait pu oublier qu'ils se trouvaient de son côté de la propriété et non du côté déjà construit.

Malloy attendit, l'observant avec attention.

Il haussa les épaules.

— J'ai toujours voulu diriger ma propre entreprise et je pensais qu'une jardinerie ne serait pas trop stressante.

Il ponctua sa phrase d'un rire narquois.

— Vous parlez d'une erreur !

— Pas forcément, monsieur Harrison. L'affaire sera résolue d'une manière ou d'une autre, assura Malloy. Si je comprends bien, vous ne connaissiez pas le précédent propriétaire avant la vente ?

— Je ne l'ai vu ni avant ni après. Je ne sais que ce que mon avocat m'a rapporté. La jardinerie appartenait à un collectionneur de cactus. Il est mort voilà une quinzaine d'années. Sa sœur en a hérité, et c'est devenu une affaire très prospère. Quand elle est tombée malade, elle a confié la gestion de la société à l'un de ses employés et, en fin de compte, elle lui a demandé de la vendre. C'est tout.

Malloy jeta un coup d'œil par la fenêtre. De là où il se

trouvait, il voyait son oncle, les deux autres membres de l'équipe de l'identité judiciaire et le médecin aux jambes interminables s'affairer sur le site sous les yeux toujours aussi intéressés des ouvriers.

Harrison allait devoir prendre son mal en patience.

3

L'unité des affaires non résolues de la police d'Aurora n'était ni un service majeur ni un choix populaire. Enquêter sur des faits qui remontaient parfois à des dizaines d'années ne plaisait pas à tout le monde. Et cela exigeait une bonne dose de patience.

Quand Malloy avait été promu au rang d'inspecteur, il avait jeté son dévolu sur cette unité par défi. Il savait que son nom l'obligeait à travailler plus dur que d'autres. Les Cavanaugh étaient observés de près, et on attendait beaucoup d'eux. Ç'avait été sa manière à lui de prouver ses compétences.

Cela étant, il y avait des limites au plaisir qu'un défi pouvait procurer, et enquêter sur une vieille affaire qui semblait receler autant de cadavres que de joueurs dans une équipe de base-ball allait un peu loin. Bref, il ne se sentait pas vraiment de taille à entreprendre la tâche seul.

Par conséquent, lorsqu'il regagna le poste et constata que son équipier n'était pas à son bureau, il se sentit un brin anxieux.

Frank Weatherbee était censé reprendre le travail ce jour-là, après une semaine de congé. Malloy chercha en vain des signes de sa présence : un sachet de chips au barbecue, par exemple. Tout était à sa place, ce qui n'était pas bon signe. Quand Weatherbee était là, *rien* n'était à sa place.

— Quelqu'un a vu Weatherbee ? demanda-t-il à la cantonade.

Wade Cooper, qui occupait la place voisine de la sienne, secoua négativement la tête.

— Pas depuis qu'il est parti en vacances, le veinard.

— Oui, eh bien, il aurait dû rentrer ce matin, grommela Malloy, irrité.

— Il a peut-être décidé de prendre une journée de plus, suggéra Cooper, avec un vague haussement d'épaules.

— Sûrement pas. Il sait qu'on manque déjà de personnel… et il se doute que je le tuerai s'il fait ça.

Cooper haussa les épaules de nouveau.

— Hé, c'était une simple supposition. Pourquoi ne poses-tu pas la question à Julie ? ajouta-t-il en désignant le petit coin réservé à la secrétaire administrative, tout près du bureau du capitaine. Il lui a peut-être téléphoné pour dire qu'il était coincé dans les embouteillages.

Malloy espéra qu'il ne s'agissait que de cela, en effet, mais cet espoir s'écroula dès les premières paroles de Julie.

— Il a fait *quoi* ? répéta-t-il, interloqué.

La femme lui répéta patiemment ce que Weatherbee avait expliqué au téléphone.

— Il s'est cassé la jambe et il ne peut pas venir travailler.

— Il n'a jamais entendu parler de béquilles ? J'ai besoin de lui.

La secrétaire lui lança un regard compatissant.

— Il dit qu'il est trop mal en point.

Malloy s'en voulut momentanément de son irritation.

— Il a eu un accident de voiture ?

— Non, de vélo. D'après ce qu'il m'a raconté, sa femme et lui se sont rentrés dedans pendant qu'ils traversaient la forêt de Los Angeles. La mère de Weatherbee s'occupe d'eux.

— De vélo ? se récria Malloy, incrédule. Qu'est-ce qu'il fabriquait sur un vélo ? Ce type a à peu près autant de coordination qu'une pieuvre égarée en plein désert !

Il poussa un soupir. L'incident aurait été drôle s'il n'était pas aussi mal tombé.

— Quelle espèce de…

— Ne t'énerve pas, coupa Julie en levant la main pour l'interrompre. C'est moi qui ai pris l'appel, ce n'est pas moi qui lui ai loué les vélos !

Malloy acquiesça, contrit. Elle n'était pas responsable de sa frustration, pas plus que de la stupidité de Weatherbee.

— Pardon, tu as raison.

Fronçant les sourcils, il se retourna et parcourut la salle du regard. Les membres de l'unité, peu nombreux, étaient tous accaparés par d'autres affaires.

— Hé, Julie, ça te dirait de quitter ton bureau pour venir enquêter sur le terrain avec moi ? dit-il, ne plaisantant qu'à demi.

Son humour se dissipa à la vue de la mine peu enthousiaste de sa collègue.

— Je sais, je sais, soupira-t-il. Où avais-je la tête ?

Julie répondit sans même lui accorder un regard.

— Tu songeais sans doute à la jolie fille avec qui tu as passé le week-end.

Pris par surprise, Malloy la dévisagea.

— Comment sais-tu ça ? s'enquit-il, à la fois perplexe et amusé.

— Parce que tu as toujours une jolie fille avec qui passer le week-end, Malloy, déclara Julie d'une voix où perçait une note d'affection. Si tu étais mon fils, il y a belle lurette que je t'aurais expédié dans un monastère.

— Je ne te crois pas, rétorqua-t-il en riant. Car si tu faisais cela tu ne pourrais plus voir mon charmant visage.

Julie secoua la tête.

— Tu flirtes vraiment avec toutes les femmes que tu croises, hein ?

— Seulement si elles respirent…

Il lui lança un clin d'œil.

— Et si elles sont adorables, comme toi.

— Hors de ma vue, Cavanaugh !

Malloy s'éloigna, pensant qu'il ne s'était pas trompé ce matin-là lorsqu'il avait pressenti que cette journée serait pénible.

Enfin, se dit-il, la situation ne pouvait sûrement pas empirer.

Elle n'empira pas, mais elle ne s'améliora pas non plus. L'homme qu'il alla voir ensuite, l'avocat de Roy Harrison, n'était pas à son bureau.

— Quand sera-t-il de retour ? demanda Malloy à la jeune standardiste à l'air endormi qui était assise à la réception.

— Lundi, répondit-elle d'un ton mécanique. Dans deux semaines.

— Deux semaines ? Où est-il donc ?

— En vacances.

Bon sang de bonsoir, songea Malloy, *le monde entier est-il subitement parti en vacances ?* Était-il le seul à qui on n'avait pas passé le mot ?

— Pourriez-vous me donner le numéro de son hôtel ou de l'endroit où il séjourne ? J'ai des questions à lui poser au sujet d'un de ses clients.

La jeune fille n'esquissa pas un geste.

— Je suis navrée, cela ne va pas être possible, dit-elle

comme si elle récitait un rôle. M. James est injoignable par téléphone. Il a dit qu'il avait besoin de décompresser.

Peut-être Malloy était-il soupçonneux de nature, mais ce prétexte lui parut un peu trop pratique. S'abstenant de commentaire, il tendit sa carte de visite à la réceptionniste.

— S'il appelle, donnez-lui mon numéro. Dites-lui de me contacter à n'importe quelle heure du jour ou de la nuit. C'est à propos de Roy Harrison. J'ai besoin d'éclaircir quelques points. Expliquez-lui que c'est une histoire de cadavres.

Il avait lâché cette dernière phrase dans l'espoir de capter l'attention de son interlocutrice, et sa tactique fut payante. La fille ouvrit des yeux ronds.

— Vraiment ? hoqueta-t-elle, le souffle coupé.

— Vraiment, affirma-t-il, avec juste ce qu'il fallait de détachement.

— Des cadavres ? Au pluriel ? Combien ?

Ses yeux étaient rivés sur lui.

— Beaucoup. Demandez-lui bien de m'appeler dès qu'il vous contactera.

La main de la réceptionniste se referma sur sa carte. Elle baissa la voix et prit un ton de conspiratrice.

— À la seconde même. Absolument.

Malloy repartit donc les mains vides. N'ayant pas d'élément tangible à sa disposition, il décida d'aller rendre visite au médecin légiste avant de regagner son unité. Avec un peu de chance, la charmante Dr Alberghetti serait de retour dans son bureau et elle aurait commencé à analyser la collection d'ossements.

Une fois au poste, il emprunta l'ascenseur pour descendre au sous-sol et suivit les panneaux indiquant la morgue.

La porte était close. Un instant, il envisagea de revenir

plus tard. Il ne voulait déranger personne en pleine concentration.

Mais, après tout, peut-être la porte était-elle toujours close et le médecin légiste occupé à reconstituer un puzzle grandeur nature. Dans ce cas, il pourrait lui être utile.

L'anatomie n'était pas son truc, mais les puzzles, si. Il toqua, tourna la poignée et entra.

Absorbée par sa tâche, Kristin n'avait pas entendu la porte s'ouvrir. De fait, ce fut seulement quand Malloy, arrivé à un mètre d'elle, s'éclaircit la gorge pour attirer son attention, qu'elle se rendit compte de sa présence. De surprise, elle faillit renverser la moitié du squelette qu'elle avait mis près d'une heure à assembler.

Étouffant un cri, elle fit volte-face et foudroya le visiteur du regard.

Elle aurait dû s'en douter.

— Que faites-vous ici ? demanda-t-elle d'un ton exaspéré.

Elle n'aimait pas perdre son sang-froid, encore moins devant un public — et surtout si le public était constitué en tout et pour tout d'un homme qu'elle trouvait incroyablement agaçant, et ce pour un nombre incalculable de raisons.

— Je suis accro, dit-il simplement.

Il regarda les ossements qu'elle avait rassemblés, sérieusement impressionné ; pas de doute, cette femme était douée pour les puzzles.

— Pas moi, rétorqua-elle, glaciale. Je pensais avoir été claire ce matin.

Lorsqu'il leva les yeux vers elle, Kristin comprit son erreur. Manifestement, il n'était pas venu rechercher sa compagnie, mais son expertise.

Ses paroles le confirmèrent.

— Je faisais allusion à cette affaire.

Au comble de l'embarras — et furieuse contre elle-même —, Kristin se sentit rougir jusqu'aux oreilles.

À tout autre moment, Malloy aurait sûrement saisi cette occasion de la taquiner un peu. Cependant, il était privé de son équipier, il avait une enquête à mener, et, pour l'instant, pas le moindre indice, pas l'ombre d'une piste. Rien qu'une foule de questions sans réponses. Pour oser une plaisanterie de mauvais goût, il n'avait pour ainsi dire rien à se mettre sous la dent, hormis des os…

— Eh bien, commença-t-il, comme s'ils avaient une conversation amicale, qu'avez-vous découvert ?

Au lieu de lui répondre, Kristin le dévisagea, soupçonneuse. L'attitude du détective n'avait rien d'arrogant, il posait une question. S'agissait-il d'une tactique ou voyait-elle le véritable Malloy Cavanaugh, bien différent du personnage plaisantin et sûr de lui qu'il campait en public ?

Elle n'aurait su le dire.

Dans le doute, elle opta pour l'offensive.

— Vous voulez que je vous donne des réponses ?

— S'il vous plaît ?

Malloy lut le scepticisme sur ses traits. Peut-être avait-il besoin de jouer sur sa compassion, à supposer qu'elle en ait. Rien n'était encore sûr à ce sujet.

— Mon équipier est absent et le seul témoin dont je dispose est en vacances je ne sais où, injoignable par téléphone ou par Internet. Il me faut quelques pistes, ajouta-t-il avec franchise. Avez-vous le nombre total de cadavres enterrés ?

— Aux dernières nouvelles, l'équipe de l'identité

judiciaire a exhumé dix crânes. Mais elle n'a pas fini de creuser.

Harrison devait être fou de joie, songea Malloy.

— Dix, répéta-t-il, assimilant l'information. Ce qui signifie qu'avec un peu de chance il y a dix avis de recherche correspondant à chacun de ces crânes.

Kristin inclina la tête, comme si elle acquiesçait. Mais sans conviction.

— À supposer que ces disparitions aient été signalées.

Malloy eut un rire ironique.

— Vous êtes optimiste, vous, hein ?

— Donnez-moi une raison de l'être.

Il l'aurait fait avec plaisir, mais rien ne lui vint à l'esprit.

— Que pouvez-vous me dire d'autre ? À propos de l'affaire, précisa-t-il aussitôt, au cas où elle se serait méprise.

— Neuf des cadavres sont des femmes.

— Et le dixième est un homme ?

Kristin ravala une réponse mordante.

— Je comprends pourquoi vous êtes un détective si apprécié.

Il ignora le sarcasme pour se concentrer sur ce qui lui paraissait être une anomalie.

— Vous ne trouvez pas ça bizarre ?

— Que vous soyez si apprécié ? En fait, si. Très étrange.

Cette femme avait de la repartie, et il fut tenté de lui imposer le silence de la manière la plus efficace qu'il connaissait. Plus tard, se promit-il. Plus tard. Ce serait sa récompense pour un travail bien fait.

— Je parlais de la présence d'un homme dans le groupe.

Kristin haussa les épaules. Il avait raison, même si elle n'était pas question qu'elle l'admette.

— Peut-être que le mâle était un travesti qui a réussi à tromper le tueur. Oh ! Il y a autre chose.

— Oui ?

— Les corps n'ont pas été mis en pièces.

Du moins, pas celui qu'elle avait eu le temps de reconstituer. Elle avait examiné les différentes sections avec soin.

— Vous voulez dire que les victimes n'ont pas été tuées dans un accès de rage ?

Kristin laissa s'écouler une fraction de seconde avant de lui livrer la suite.

— Elles ont été démembrées… pendant qu'elles étaient encore vivantes.

— Dans ce cas, elles ont été assassinées violemment, dit-il, rectifiant son hypothèse.

Il la regarda avec impatience.

— Non ?

Leurs yeux se rencontrèrent, et l'espace d'un instant Kristin perdit le fil de ses pensées.

Elle se secoua intérieurement.

— Je vous présente les faits tels que je les découvre. C'est à vous de les interpréter.

Sur quoi, elle rabattit sa visière et reprit sa tâche.

Encore sous le choc, Malloy l'observa un instant.

Cette fichue affaire n'allait pas être facile — et pour toute une série de raisons.

4

Kristin sentait les yeux du détective sur elle. D'ordinaire, elle pouvait faire abstraction de ce qui l'entourait et se concentrer dans n'importe quelles conditions, pénibles ou non. Cependant, elle avait la nette impression que cet homme ne la regardait pas travailler, mais qu'il l'observait, elle, ce qui était tout à fait différent.

Et qui ne lui plaisait guère.

— Pourquoi êtes-vous encore là ? demanda-t-elle sans lever la tête.

— Je me suis dit que j'allais enrichir mon savoir, répondit Malloy d'une voix tranquille, détendue. Vous savez, on peut déduire beaucoup de choses sur quelqu'un en le regardant travailler.

À l'évidence, ce type avait un stock de phrases toutes faites en réserve, songea Kristin, agacée. Puisque l'ignorer n'avait aucun effet, elle décida de le mettre sur la sellette.

— Oh ? Et qu'avez-vous appris jusqu'ici ?

— Que vous êtes précise et méticuleuse… et que vous n'aimez pas être observée.

— Détrompez-vous, ça ne me dérange pas. Ce qui m'ennuie, c'est la personne qui observe, surtout quand cette personne devrait avoir mieux à faire.

Elle ponctua ses paroles d'un regard éloquent, auquel Malloy répondit par un sourire conciliant.

— Je vous rends nerveuse, docteur Kris ?

— Vous m'agacez, inspecteur Cavanaugh. Maintenant, si vous voulez que je vous apporte quelques éléments de réponse, vous allez devoir me laisser faire mon travail. Seule.

Au lieu de s'en aller, Malloy jeta un coup d'œil sur les tables voisines. Il y en avait six au total, acquises lors d'une série de meurtres quelques années plus tôt. Toutes étaient recouvertes d'ossements, qui appartenaient ou non au crâne déposé près d'eux.

Il parcourut la scène du regard tandis qu'une idée lui venait à l'esprit.

— Pensez-vous que ces morts puissent avoir un lien avec un trafic de femmes ou quelque chose de ce genre ?

Kristin leva les yeux.

— Pardon ?

— Vous savez, un réseau de prostitution international, poursuivit-il. Un trafic de jeunes femmes venues d'autres pays dans le but de faire d'elles des esclaves sexuelles.

— Ce serait plus lucratif si elles étaient en vie, ironisa-t-elle. La plupart des hommes ne trouvent pas les cadavres très excitants.

— Très juste, admit Malloy. Mais peut-être que quelque chose a mal tourné et que celui qui était responsable du groupe a décidé qu'il n'avait pas d'autre choix que d'éliminer toutes ces femmes.

Dans des circonstances normales, cette théorie aurait été plausible. Mais pas dans ce cas.

— Il y a juste un détail qui ne colle pas, déclara-t-elle sèchement.

— Je suis tout ouïe, répliqua Malloy.

Non, c'était faux. Il était bien plus que ça, songea Kristin à regret. Malloy Cavanaugh était tout en muscles et en charme, avec son sourire sexy et ses yeux verts rieurs qui la troublaient dès qu'ils se posaient sur elle.

Cette observation venait de nulle part, et Kristin s'efforça d'y répondre mais sans grand succès.

Toute cette affaire l'épuisait.

— Ces femmes n'ont pas été amenées de l'étranger.

Les faits, Kris, se dit-elle. Les faits scientifiques. C'était la seule manière de se débarrasser de lui…

— Comment le savez-vous ? demanda-t-il en contournant la table.

Kristin prit une inspiration. Cavanaugh se tenait bien trop près d'elle, mais lui ordonner de reculer risquait de lui mettre des idées en tête. Elle opta pour le silence. Plus tôt il partirait, mieux cela vaudrait.

— À cause de leurs dents, expliqua-t-elle. Certaines victimes ont reçu des soins dentaires récemment, et de bonne qualité. Les autres ont des dents saines. Ce n'est pas le cas en général lorsqu'on a affaire à des victimes qui ont connu la pauvreté ou la malnutrition.

Malloy ne manquait pas d'imagination, pourtant il avait du mal à penser que ces ossements avaient autrefois été des femmes vivantes, en bonne santé.

— Par conséquent, vous pensez qu'elles sont originaires de ce pays ?

— Cela paraît vraisemblable.

— Pouvez-vous me dire à quand remontent les meurtres à peu près ?

Elle aurait vraiment préféré qu'il s'éloigne un peu. Mais, puisqu'il n'en faisait rien, elle recula discrètement de quelques pas.

— Eh bien, ils n'ont pas tous eu lieu en même temps. À première vue, je dirais entre vingt et vingt-cinq ans.

— Il ne s'agit donc pas d'une fosse commune.

Sa formulation fit réfléchir Kristin.

— Non. À chaque nouveau meurtre, puisque personne n'avait découvert ses agissements, l'assassin est revenu là où il avait enterré sa précédente victime.

La conclusion du médecin légiste intéressa Malloy.

— Pourquoi êtes-vous si sûre qu'il n'y a qu'un tueur ?

— Je n'en suis pas sûre, admit-elle. Mais à en juger par les apparences, la manière dont il a démembré les victimes, ça semble bien être le cas.

Kristin interrompit sa tâche et leva les yeux vers lui.

— Avez-vous fini de me cuisiner, inspecteur ?

— Je n'ai même pas commencé, répondit-il franchement, en lui décochant un sourire plein de promesses.

Kristin dut se faire violence pour ignorer l'effet qu'il produisait sur elle. Comment diable pouvait-elle se débarrasser de cet homme ?

— Ce n'était pas vraiment une question, reprit-elle. Permettez-moi d'être plus claire. Vous avez fini de me cuisiner.

— Qu'y a-t-il, doc ? demanda tranquillement Malloy. Vous n'avez jamais entendu parler du concept de travail d'équipe ?

Les yeux de Kristin devinrent deux points bleus perçants.

— Si, inspecteur. Et avez-vous entendu parler du concept de partage des tâches ?

Il inclina la tête, l'air de réfléchir.

— C'est une proposition ?

— Une observation, corrigea-t-elle d'un ton sec. Apparemment trop subtile pour vous.

Le sourire de Malloy s'accentua.

— Je ne suis pas du genre subtil.

— Non, j'avais remarqué. Écoutez, j'aime avoir le sentiment que je mérite mon salaire, alors, à moins que vous n'ayez une autre question à me poser ou une information à partager, j'apprécierais que vous partiez.

Au grand dam de Kristin, Malloy resta exactement là où il était, comme si elle lui avait donné le choix.

— L'idée du partage me plaît, commença-t-il.

Kristin se réprimanda intérieurement. Quelle idée elle avait eue !

— Partez, s'il vous plaît.

Cette fois, elle fit en sorte de parler sur un ton qui ne laissait aucune marge d'interprétation.

Malloy inclina la tête, comme s'il avait enfin saisi.

— À la prochaine, lança-t-il en se dirigeant vers la porte.

— J'espère bien que non, marmonna-t-elle, juste assez fort pour être entendue.

Malloy ouvrit la porte et se trouva nez à nez avec les deux agents de l'identité judiciaire qui avaient exhumé les cadavres. Ryan O'Shea et Jake Reynolds poussaient une civière sur laquelle se trouvait un sac mortuaire.

— Où voulez-vous qu'on mette ça, doc ?

Kristin n'avait nul besoin de leur demander ce qu'ils apportaient. Une froide certitude s'était logée au creux de son estomac.

— Encore ? gémit-elle, oubliant momentanément l'exaspérant détective qui avait envahi son territoire et y était toujours.

O'Shea acquiesça.

— C'est un puits sans fond, on dirait.

— Combien y en a-t-il d'autres ? questionna-t-elle d'un ton las.

— Nous avons trouvé deux nouveaux crânes, répondit Reynolds en alignant la civière à côté d'une table.

Kristin ferma les yeux un instant, comme pour se

ressaisir avant de parler. Puis elle les rouvrit et regarda le sac mortuaire.

— C'est tout ?

— Non, avoua O'Shea, l'air de s'excuser. Il y a aussi une poignée d'ossements qui pourraient ou non aller avec les crânes.

— Autrement dit, comme le reste, dit Krsitin d'un ton las.

— Exactement, acquiesça O'Shea, avant d'ajouter d'une voix optimiste : la bonne nouvelle, c'est que je pense qu'il n'y en a plus.

— Et la mauvaise, c'est qu'il y en a douze, observa Malloy.

Tous les trois se tournèrent vers lui.

— Douze personnes sans nom, et aucun indice qui nous permette de comprendre pourquoi elles ont eu la malchance de faire partie de cet ossuaire.

Il parcourut la salle du regard.

— Et douze familles qui attendent en vain des nouvelles d'un des leurs.

Kristin le dévisagea avec étonnement. Malloy Cavanaugh avait-il dit cela pour l'impressionner ou avait-il un côté sensible sous ses allures de macho ?

Sûrement pas, songea-t-elle aussitôt. Un homme aussi séduisant et aussi sûr de lui n'avait pas besoin d'être sensible. D'après ce qu'elle avait entendu dire, il s'en sortait plutôt bien avec les attributs dont la nature l'avait doté.

— Avez-vous fini de creuser ? s'enquit Malloy.

— Oui, du moins pour ce qui est du périmètre qu'on a fouillé.

— Il est tout de même possible qu'il y ait d'autres cadavres sur la propriété. C'est moins probable, mais pas exclu.

— Nous en avons conscience, inspecteur, répliqua Reynolds avec une pointe d'irritation. Nous ne sommes pas des novices.

— C'est bon à savoir. Quel est votre plan ?

— Demain matin, nous allons passer la propriété au crible avec un radar qui capte les rayons X sous la surface du sol. Par conséquent, s'il y a d'autres cadavres, nous saurons où creuser.

Malloy les regarda, stupéfait.

— Quand l'unité a-t-elle acheté cette machine ?

— Il a fallu jongler un peu, intervint Sean Cavanaugh, qui venait d'entrer dans la morgue, mais j'ai réussi à trouver les fonds nécessaires il y a quelques mois.

Il salua Kristin d'un signe de tête.

— J'ai pensé que ce serait un outil utile. Quand les agents auront terminé, ajouta-t-il, nous saurons s'il y a d'autres cadavres à reconstituer.

Il regarda les tables.

— Vous avez avancé on dirait, commenta-t-il, admiratif.

Elle eut un sourire gêné.

— Ce n'est pas exactement comme les puzzles que j'affectionnais quand j'étais enfant, mais ça avance.

Sean était manifestement satisfait.

— Si quelqu'un peut le faire, c'est vous, déclara-t-il.

Il jeta un coup d'œil à sa montre.

— Bon, il faut que je retourne au labo. Appelez-moi si vous avez besoin de quoi que ce soit.

Sean parti, Kristin se retourna vers Malloy, qui contrairement à son oncle, était toujours là.

— Vous ne deviez pas vous en aller ?

— Vous aimiez aussi les puzzles quand vous étiez petite ? lança-t-il.

Aussi.

Le mot était une mise en garde. Elle le regarda avec méfiance, en se demandant où il voulait en venir. Allait-il se servir de cette information à son avantage ?

Au lieu de répondre à la question — une question dont il connaissait évidemment la réponse —, elle opta pour une attitude défensive.

— Et alors ?

— Alors, nous avons un point commun.

Il s'approcha un peu, sans toutefois envahir son espace personnel, pour inspecter les ossements étalés devant elle.

— Vous voulez un coup de main ?

Kristin le toisa, abasourdie. Parlait-il sérieusement ?

— Vous plaisantez.

Il planta ses yeux dans les siens.

— Pas en ce moment.

Plutôt que de lui dire sans détour ce qu'elle pensait de sa suggestion, elle lui fit remarquer l'évidence.

— Vous n'êtes pas diplômé en médecine.

Il haussa les épaules.

— J'ai d'excellentes connaissances de base en anatomie, et d'après ce que j'ai lu il n'est pas nécessaire d'être diplômé en médecine pour faire ce travail.

Elle ferma les yeux.

— Vous me donnez mal à la tête, Cavanaugh, et j'ai besoin de silence pour me concentrer.

— Ah bon ? Et qu'est-ce que j'entends là ? fit-il innocemment, en indiquant un haut-parleur d'où émanait en sourdine un air de country. C'est du silence ?

Elle poussa un soupir, à bout de patience.

— J'aime écouter ce genre de musique, d'accord ?

Elle me rappelle mon père et… mais pourquoi suis-je en train de vous expliquer ça ? marmonna-t-elle.

— Parce que c'est comme ça que les gens font connaissance, non ?

Kristin sentait la situation lui échapper. De plus, séduisant ou pas, ce policier imbu de sa personne lui faisait perdre son temps.

— Nous ne sommes pas censés *faire connaissance*, Cavanaugh. Nous sommes censés collaborer… pour l'instant en tout cas, ajouta-t-elle en appuyant sur ces derniers mots.

— Les amis collaborent mieux que des inconnus, affirma Malloy, manifestement décidé à avoir le dernier mot.

C'en était trop. Kristin le foudroya du regard, ravalant tour à tour plusieurs réponses tout aussi cinglantes les unes que les autres.

Reste professionnelle, Kris. Reste professionnelle.

— J'ai assez d'amis, merci, dit-elle, les dents serrées.

— Pas moi, rétorqua Malloy. On ne se lasse jamais des bonnes choses, n'est-ce pas ?

— En général, non, répliqua-t-elle sur un ton glacial. Mais vous n'en faites pas partie.

Malloy se contenta de lui décocher un grand sourire, les yeux pétillants d'humour.

— Je sens que je suis sur le point de vous persuader, hein ?

— Au contraire, vous me fatiguez.

Le sourire de Malloy s'accentua.

— Ça revient au même, assura-t-il.

Puis, avant qu'elle ait eu le temps de lui jeter un objet à la tête, il se dirigea vers la porte.

— Je reviendrai, promit-il.

Derrière lui, Kristin émit un son guttural, quelque chose qui ressemblait à un cri étouffé de frustration.

Pas de doute, songea Malloy avec satisfaction en refermant la porte, il faisait des progrès.

5

Kristin avait perdu la notion du temps.

Elle était totalement absorbée dans la tâche minutieuse qui consistait à déterminer la place de chaque ossement, à s'assurer que chaque squelette était complet.

En réalité, elle tentait de vérifier si les ossements déterrés correspondaient bel et bien à douze cadavres — car, si on en avait retrouvé davantage, cela aurait signifié que d'autres corps avaient été enfouis dans la propriété, indépendamment du fait qu'on n'avait exhumé que douze crânes.

Douze victimes, probablement toutes assassinées. La pensée qu'il puisse y en avoir d'autres glaçait Kristin jusqu'à la moelle.

Ses assistants, qui travaillaient à mi-temps, étaient rentrés chez eux, la laissant seule.

Sean Cavanaugh vint la voir avant de partir.

— Vous êtes encore là ? dit-il en passant la tête par l'entrebâillement de la porte. Vous auriez dû rentrer chez vous il y a trois heures.

— Je m'en vais dans deux minutes, affirma-t-elle en échangeant un os du tibia contre un autre, d'une longueur plus appropriée.

— Ces ossements n'iront nulle part, Kristin, lui fit remarquer Sean calmement. Ils seront toujours là demain matin. Et reconstituer les squelettes un jour plus tôt ne changera rien au sort qu'ont subi ces malheureux. Rentrez chez vous, ajouta-t-il plus sévèrement.

— J'y vais. Dans cinq minutes, je suis partie. Promis !

Sean secoua la tête. Il avait prononcé ces mots trop souvent lui-même. Il comprenait à présent la frustration de sa femme quand il les employait.

— Eh bien, j'ai une épouse à la maison qui n'aime pas que je sois en retard pour le dîner à moins d'avoir une vague de crimes comme excuse.

Il marqua une pause.

— Il est important d'avoir une vie en dehors du travail, Kristin.

Elle leva les yeux et rencontra son regard.

— Je sais, monsieur.

— Je l'espère, dit-il gravement. Bonsoir, Kristin.

— Bonsoir, monsieur. À demain, lança-t-elle en s'emparant d'un instrument qui ressemblait à une pince à épiler géante.

— J'espère ne pas vous voir porter les mêmes vêtements.

Elle leva de nouveau la tête et lui sourit.

— J'ai une tenue de rechange dans mon casier.

Sean soupira, capitulant momentanément.

— Je m'en doutais, marmonna-t-il.

Il savait qu'il était inutile d'insister. Kristin écoutait poliment, puis elle agissait exactement comme elle l'avait décidé. Un peu comme ses propres filles, songea-t-il. Toutes aussi têtues les unes que les autres.

Kristin avait été sincère lorsqu'elle avait promis de partir très vite. Cependant, un ossement en appelait un autre, et ainsi de suite.

Les minutes continuèrent à s'égrener.

Soudain, elle entendit la porte de la morgue s'ouvrir de

nouveau. Sean Cavanaugh était revenu s'assurer qu'elle tenait parole, pensa-t-elle, chagrinée.

— Je finis ce dernier tibia et j'y vais, déclara-t-elle sans se retourner. Mais c'est vrai qu'une fois qu'on a commencé on a du mal à s'arrêter.

— C'est ce qui arrive le plus souvent avec les puzzles, en effet.

Kristin écarquilla les yeux. Ce n'était pas la voix de son chef.

Elle fit volte-face, sa surprise se muant aussitôt en agacement.

— Je croyais que vous étiez parti, grommela-t-elle à Malloy qui s'avançait dans la pièce.

— Apparemment, la personne à qui vous vous adressiez à l'instant pensait la même chose à votre sujet, observa-t-il.

— Peu importe ce que vous pensez. Que faites-vous ici ? Vous vous êtes égaré ?

Ignorant le sarcasme, Malloy répondit comme si la question était légitime.

— Ça ne m'est pas arrivé depuis que mon père a dû passer au crible toute une forêt pour me retrouver quand j'étais petit, dit-il tranquillement. Mais lorsque vous avez parlé de votre goût pour les puzzles je me suis douté que vous risquiez de vous laisser absorber par tout ceci… au point d'en oublier de dîner.

— Et alors ? rétorqua Kristin sèchement.

Elle n'aimait pas qu'on lise en elle ou qu'on évalue son comportement aussi aisément, encore moins quand la personne en question était un séducteur qui s'imaginait qu'il lui suffirait de lever le petit doigt pour attirer n'importe quelle femme dans son lit. Elle avait entendu les anecdotes qui circulaient au sujet de Malloy Cavanaugh, et elle était prédisposée à le détester.

— Eh bien, commença-t-il en souriant, j'essaie de vous expliquer que c'est la raison pour laquelle je suis revenu avec votre dîner.

Elle fronça les sourcils.

— Pardon ?

— Le voici.

Il brandit un sac venant de la sandwicherie du quartier et le déposa sur le seul coin libre de la table.

— Je ne savais pas si vous préfériez quelque chose de froid ou de chaud, alors j'ai pris un risque et je l'ai fait chauffer. Si vous le préférez froid, il va falloir attendre un peu. Mais n'oubliez pas de le manger.

Kristin se hérissa. Allait-il cesser de lui faire la leçon ? Ou de se comporter comme sa mère ?

— Je ne vous ai rien demandé, déclara-t-elle, refusant toute responsabilité dans cet acte de prétendue gentillesse.

— Je sais.

La simplicité de la réponse la prit au dépourvu. Elle eut soudain l'impression de s'être comportée en mégère.

— Merci, marmonna-t-elle à regret. Qu'est-ce que je vous dois ?

Elle se dirigea vers le petit bureau adossé au mur pour prendre son sac à main.

Malloy haussa les épaules.

— Donnez-moi une piste quand vous en aurez une.

Il savait parfaitement ce qu'elle voulait dire, songea Kristin avec irritation.

— Je voulais parler du sandwich.

Le sourire de Malloy se glissa sous la carapace dont elle s'entourait pour se protéger des individus tels que lui.

— Moi aussi.

Elle plongea la main dans le sac et sortit son portefeuille.

— J'aime bien régler mes comptes. Dites-moi combien

je vous dois. J'insiste, ajouta-t-elle, sur un ton qui indiquait qu'elle était lasse de son petit jeu.

— Bon. Vous aimez les gros ?

Elle le dévisagea.

— Comment ?

— C'est un gros sandwich, fit-il, impassible. Avec deux cookies aux pépites de chocolat.

— Comment le saviez-vous ?

Comme il se contentait d'arquer un sourcil, elle précisa :

— Que les cookies aux pépites de chocolat étaient mes préférés.

— Un coup de chance, admit-il. Mais bon, qui n'aime pas les cookies aux pépites de chocolat ?

— Ma mère, répondit-elle avant d'avoir pu s'en empêcher. Elle préfère les gâteaux plus compliqués.

Pourquoi s'épanchait-elle ainsi alors qu'elle n'avait qu'une envie : prendre ses distances avec cet homme ? On aurait dit que sa présence lui troublait le cerveau.

— Ça a l'air d'être une femme intéressante, commenta-t-il. J'aimerais bien la rencontrer.

Oui, et je parie que la réciproque serait vraie, songea Kristin. Connaissant sa mère, une seule rencontre suffirait pour qu'elle lance des invitations de mariage.

— Pourquoi avez-vous fait cela, en réalité ? demanda Kristin en ouvrant le sachet.

Le sandwich était énorme, fourré de charcuterie et de deux sortes de fromage. L'odeur appétissante lui donna l'eau à la bouche.

Elle se força à être aimable.

— Je veux dire, je n'ai pas été particulièrement agréable avec vous.

Malloy balaya sa remarque d'un haussement d'épaules.

— Je me suis dit que vous aviez sûrement faim.

— Et ?

— Et j'ai mis de la drogue dans le sandwich.

Il jeta un coup d'œil à sa montre.

— Dans très exactement trente minutes, vous serez sans connaissance dans ma tanière et je ferai de vous ce qui me plaît. À moins que ce ne soit l'inverse, tout dépend de vous, ajouta-t-il avec un sourire désarmant.

Kristin regarda le sandwich.

— Je suppose que je l'ai cherché, admit-elle presque à regret.

Malloy lui offrit un sourire faussement innocent.

— Il ne m'appartient pas de juger. À propos, n'oubliez pas de rentrer chez vous, lança-t-il en se tournant vers la porte.

— Cavanaugh !

Il pivota.

— Qui est le vrai vous ? Le frimeur ou le type sympa ?

— Les deux, répliqua-t-il avec le même sourire.

Après quoi il s'en alla.

En rentrant chez lui, Malloy dévora un sandwich identique à celui qu'il avait acheté à Kristin, et le termina juste au moment où il se garait.

Une fois à l'intérieur de la maison, il se déshabilla en marchant, retira ses chaussures et se laissa tomber à plat ventre sur le lit.

Moins d'une minute plus tard, il dormait à poings fermés.

Il resta dans la même position jusqu'à ce qu'une douleur prononcée à la nuque s'immisce dans ses rêves et le réveille, le lendemain matin à 6 h 20 pécises. Il avait passé toute la nuit sur le ventre, ce qui n'était jamais une bonne idée, songea-t-il. Avec une grimace, il gagna la salle de bains, acheva de se dévêtir et prit une douche.

Neuf minutes plus tard, il était dans la cuisine et contemplait son réfrigérateur quasi vide. Il engloutit les restes d'une pizza vieille de quatre jours, en se disant qu'il allait devoir aller faire des courses bientôt.

Lorsqu'il referma sa porte d'entrée, il n'y pensait déjà plus.

Arrivé de bonne heure au bureau, il alluma son ordinateur et entreprit de consulter les fichiers de personnes portées disparues entre trente et vingt ans plus tôt.

Le nombre de dossiers le stupéfia. À en juger par la base de données, on aurait dit qu'à un moment ou à un autre près de la moitié de la population avait été portée disparue. En se basant sur les informations que lui avait fournies le si peu loquace médecin légiste, il choisit d'abord de concentrer ses recherches sur les femmes, mais même alors les chiffres étaient impressionnants.

Il se redressa et secoua la tête. À une époque où les moyens de communication abondaient, il ne pouvait s'empêcher de se demander comment quiconque pouvait se volatiliser ainsi.

À moins d'avoir été assassiné, évidemment.

Il lui fallut deux bonnes heures pour établir une liste des femmes disparues dans la région qui auraient eu entre dix-huit et trente ans, ce qui d'après Kristin était l'âge approximatif des victimes.

Là encore, le nombre le stupéfia. Non seulement parce qu'il allait devoir examiner les dossiers un à un, mais parce qu'il n'en revenait pas que la plupart de ces femmes n'aient jamais été retrouvées, vivantes ou mortes.

Comment leur famille pouvait-elle vivre dans une telle incertitude, jour après jour ?

Il songea à sa propre famille. Chacun aurait remué ciel et terre pour rechercher un parent, avec ou sans les ressources d'un service de police.

Malloy se secoua intérieurement. Il devait chasser ce genre de pensées de son esprit s'il voulait avancer dans sa tâche.

Il se demanda si Kristin avait fait des progrès. Si sa reconstitution des squelettes lui avait permis de déceler un indice susceptible de mener à une identification.

Cette idée le hantait.

En temps ordinaire, sa mission consistait à découvrir comment — et pourquoi — une certaine personne avait été tuée. Il n'avait encore jamais eu de cadavre non identifié, sans parler de toute une série.

Malloy tendit à plusieurs reprises la main vers le téléphone posé sur son bureau, brûlant d'appeler Kristin pour savoir si elle avait trouvé quelque chose. Mais en fin de compte il n'en fit rien.

La patience n'était pas sa plus grande qualité, mais il décida que la jeune légiste avait besoin qu'il la laisse respirer un peu. Peut-être travaillait-elle plus efficacement quand elle était seule, comme elle l'avait affirmé.

Il espérait seulement que, lorsqu'elle mettrait le doigt sur un indice — et elle semblait bien trop déterminée pour ne pas y parvenir —, elle lui téléphonerait, ne serait-ce que parce qu'elle tenait à payer ses dettes et qu'après tout elle lui devait un sandwich.

Malheureusement, l'appareil resta muet.

Cependant, alors qu'il se levait pour aller chercher un troisième café infect, un air de pop music s'éleva dans l'air. Son portable vibrait dans sa poche.

— Cavanaugh, annonça-t-il en balayant l'écran.

— Je parle bien à l'individu exaspérant qui s'occupe des affaires non résolues ? lança une voix mélodieuse.

Malloy sourit.

— Ah ! Doc, vous avez gardé ma carte.

— J'ai oublié de la mettre à la poubelle, rectifia-t-elle.

— Et vous avez décidé de m'appeler ? Est-ce parce que vous aimez le son de ma voix ou parce que vous avez quelque chose à me dire ? demanda-t-il avec espoir.

— Oh ! J'ai beaucoup de choses à vous dire. Mais si vous faites allusion aux ossements dont je suis actuellement entourée, oui, c'est à leur sujet que je vous appelle.

— J'arrive.

— Je peux vous dire ce que je sais par téléphone, dit précipitamment Kristin.

Manifestement, elle voulait lui épargner un déplacement et éviter de se retrouver face à face avec lui. Quoi qu'elle en dise, sa présence avait un effet sur elle, et, par conséquent, sur sa journée.

— Oui, mais je ne peux pas vous voir par téléphone, lui fit-il remarquer.

— Vous n'avez pas besoin de me voir pour m'entendre, argua-t-elle, presque sur la défensive.

— Ce n'est peut-être pas nécessaire pour vous, mais pour moi, si. J'ai une mémoire visuelle, expliqua-t-il. J'ai besoin de voir les choses afin de pouvoir m'en souvenir.

— Vous ne parlez pas sérieusement, s'exclama Kristin.

— Bien sûr que si, répondit-il. Écoutez, je serai là avant que vous commenciez à regretter de m'avoir téléphoné.

— À moins que vous ne puissiez remonter le temps, inspecteur, il est déjà trop tard pour ça.

Malloy aurait juré, en coupant la communication, qu'il avait entendu un sourire dans la voix de Kristin.

Ce fut assez pour qu'il imagine ce sourire. Et qu'il dévale quatre à quatre l'escalier qui descendait à la morgue.

6

— Vous avez couru tout le long du chemin ou quoi ? demanda Kristin, stupéfaite.

Malloy n'allait pas lui révéler les raisons de sa promptitude.

— Un magicien ne dévoile jamais ses secrets.

— Un magicien ? Vous avez démissionné ?

Il se mit à rire.

— Ah ! Vous avez un sens de l'humour, après tout, commenta-t-il avec approbation. Mais même si j'étais tenté je ne le pourrais pas.

Elle parut perplexe.

— Démissionner, clarifia-t-il. Toute ma famille me traquerait. Que vous le croyiez ou non, la police est une affaire familiale chez nous, une tradition transmise depuis trois générations.

— Votre travail doit vous plaire, observa-t-elle.

Tradition ou pas, il ne lui semblait pas être le genre d'homme à exercer un métier qui ne lui convenait pas seulement pour faire plaisir à sa famille.

— Qu'est-ce qui vous fait dire ça ? s'enquit-il, curieux.

Elle reposa l'appareil photo dont elle s'était servie pour photographier les squelettes.

— Sinon, vous n'auriez pas dit « même si j'étais

tenté », expliqua-t-elle, désireuse de ne pas flatter l'ego de Malloy. Ça veut dire que vous ne l'êtes pas.

— Bien vu, répondit-il avec un sourire. Et vous ?

Pressée de se remettre au travail, elle abaissa sa visière.

— Quoi, moi ?

— Pourquoi faites-vous des autopsies… ou je ne sais pas comment on appelle ce genre de choses ? interrogea-t-il en désignant les tables pleines d'ossements autour d'eux. Pourquoi avoir fait ce choix plutôt que de travailler dans un hôpital ou dans un bureau ?

Elle n'avait jamais parlé à sa mère du petit garçon qui était mort pendant qu'elle était de garde, un soir, ni du désespoir qu'elle avait ressenti lorsqu'elle avait compris que ses efforts n'avaient pas suffi à le sauver.

— Parce que les morts ne parlent pas, fit-elle.

Et puis sa voix devint plus sèche.

— Pardon, mais vous pouvez me dire à quel moment cette conversation s'est transformée en séance de thérapie ?

Malloy feignit la stupeur.

— Excusez-moi, je croyais qu'on était en train d'échanger.

— D'échanger des informations, oui. Des informations professionnelles, précisa-t-elle, se rendant compte que sa formulation était toujours ambiguë. À moins que vous ne soyez pas intéressé par l'identification d'un des corps ?

— Vous avez réussi à en identifier un ? s'écria-t-il, visiblement excité.

Elle ne put s'empêcher de penser qu'on aurait dit un enfant le jour de Noël. Kristin commençait à soupçonner que Malloy Cavanaugh était bien plus complexe que l'image qu'il aimait projeter de lui-même — et que la réputation qui le précédait.

— Non, répondit-elle avec franchise, mais j'ai trouvé quelque chose qui va vous permettre de le faire.

Malloy avait redouté qu'il ne faille attendre des semaines pour entrevoir une piste. La perspective d'un progrès rapide l'emplit d'espoir.

— Je vous écoute.

— Une des femmes a une prothèse de la hanche.

Il tressaillit.

— Ces trucs-là sont numérotés, non ?

Elle acquiesça.

— L'articulation porte un numéro de série. Si nous pouvons le retrouver, nous aurons le nom d'une des victimes…

— Attendez, coupa-t-il, songeur. Vous avez dit une prothèse de hanche.

— Je me rends bien compte que vous préféreriez sans doute avoir affaire à des implants mammaires, ironisa-t-elle, mais…

— Ce n'est pas ça, dit-il, s'abstenant pour une fois de toute plaisanterie. Mais je croyais que les victimes avaient entre dix-huit et trente ans.

— En effet. Où est le problème ?

— Eh bien, n'est-ce pas un peu jeune pour avoir une prothèse ?

— Non. Il y a beaucoup de raisons pour lesquelles une jeune femme pourrait avoir une hanche artificielle. Un accident de voiture, par exemple, ou une mauvaise chute. Elle pourrait aussi avoir souffert d'arthrose juvénile, ou avoir été une sportive de haut niveau, une danseuse… voulez-vous que je continue ?

— Non, vous m'avez convaincu. Avez-vous noté le numéro de cette prothèse ?

— Non, je me suis dit que j'allais vous le transmettre par télépathie, rétorqua-t-elle, sarcastique, avant de tendre la main vers une feuille de papier posée sur la table voisine. Le voici.

Malloy y jeta un coup d'œil rapide.

— Dommage. La fusion de nos esprits était une idée séduisante.

Comme elle ne réagissait pas, il jugea préférable de s'expliquer.

— C'est une référence à…

— *Star Trek*, interrompit-elle. Je sais.

Stupéfait, Malloy la considéra avec un respect nouveau.

— Vous êtes une fan de *Star Trek* ? demanda-t-il en riant, visiblement tout excité par cette nouvelle information. D'abord les puzzles, et maintenant *Star Trek*. C'est comme si on avait été séparés à la naissance.

Occupée à photographier le corps qu'elle commençait à reconstituer, Kristin secoua la tête, faisant de son mieux pour maintenir une distance émotionnelle entre eux — ce qui devenait de plus en plus délicat.

— Il y a une foule de gens qui aiment les puzzles et qui regardent *Star Trek*, inspecteur. Ne vous emballez pas.

— Je vous ai apporté un sandwich, hier soir. Appelez-moi Malloy.

En dépit de ses vaillants efforts pour l'ignorer, Kristin ne put s'empêcher d'être troublée par son sourire espiègle, presque enfantin.

— Et croyez-moi, poursuivit-il avec un clin d'œil, quand je m'emballerai, vous vous en apercevrez.

Kristin se mit en garde intérieurement. Ce sourire allait la conduire à sa perte si elle ne faisait pas attention. Il était impératif qu'elle ramène la conversation aux faits et qu'elle maîtrise ces pensées dérangeantes.

— Ces numéros sont catalogués dans une base de

données, avec le nom du patient et celui du praticien, déclara-t-elle d'un ton sec.

Elle avait hâte qu'il s'en aille. La morgue semblait bizarrement être devenue plus exiguë.

— Vous avez peut-être trouvé la première vraie piste dans cette enquête, doc, lança Malloy avec enthousiasme.

— Tant mieux.

Sur quoi, elle baissa la tête, s'efforçant de se concentrer sur le squelette devant elle.

C'est pourquoi elle était tout sauf préparée à ce qui suivit. Et, quand elle comprit ce qui se passait, il était trop tard.

Malloy l'avait prise par les épaules et lui plantait un baiser innocent sur la joue. L'instant d'après, il l'avait lâchée et traversait la pièce.

— Je vous tiens au courant, promit-il avant de sortir.

Kristin fixa la porte entrouverte, abasourdie. Une partie d'elle-même espérait qu'il allait tenir parole — et l'autre qu'il n'en ferait rien.

— Je ne suis vraiment pas doué pour ces trucs-là, admit Malloy avec une candeur qui ne lui ressemblait guère.

Debout dans la salle d'informatique, il plaidait sa cause auprès de sa sœur cadette, l'inspecteur Valri Cavanaugh. En temps normal, elle travaillait dans une autre division, mais le service informatique faisait appel à elle en cas de besoin. Et ses frères et sœurs, conscients de son expertise, n'hésitaient pas à lui soumettre leurs requêtes.

— Je me débrouille avec les opérations de base, mais dans ce cas précis je ne sais vraiment pas par où commencer. Tu peux m'aider, Val ? Je ne suis vraiment pas une tête en informatique, ajouta-t-il avec une expression contrite.

L'implication étant, bien entendu, qu'elle en était une.

Mais Valri connaissait suffisamment son frère pour ne pas se laisser amadouer par ses belles paroles.

— Non, tu réserves tes talents aux femmes. Et je ne fais pas partie de tes conquêtes, lui fit-elle remarquer. Je suis ta sœur, ce qui me rend imperméable à ton charme.

— Val, je ne sais pas d'où tu tires ces idées, répondit-il, feignant d'être offensé. J'ai besoin d'un coup de main de ma petite sœur, c'est tout.

Valri se mit à rire et détourna un instant les yeux de son écran pour le regarder.

— Tu te laisses aller, Malloy. Il faut que tu révises ton numéro.

— Je réviserai tout ce que tu veux si tu m'aides.

Son visage s'éclaira.

— J'ai apporté quelque chose à grignoter, reprit-il avant qu'elle ait eu le temps de répondre.

Il agita le sachet qu'il tenait à la main.

— Tu entends ? Ils t'appellent.

— Les beignets ne parlent pas, Malloy.

Malloy ouvrit le sachet et scruta l'intérieur, comme s'il voulait vérifier par lui-même qu'elle disait vrai.

— Je dirais que ces miettes portent ton nom.

— Et moi, je dirais que tu exagères. Tu sais, entre Kelly, Moira et toi, sans parler de Duncan, c'est un miracle quand il me reste le temps de travailler pour mon service.

Il se pencha et prit un air de conspirateur.

— Ne regarde pas maintenant, sœurette, mais Kelly, Moira, Ducan et moi faisons partie du service. Par conséquent, strictement parlant, tu n'as pas de raison de te plaindre.

Elle leva les yeux vers lui.

— Tu veux que je te trouve ces informations, oui ou non ?

— Bon, d'accord, tu as raison, dit-il avec conviction, faisant marche arrière rapidement.

— Voilà qui est mieux.

Elle regarda le numéro, songeuse.

— Donne-moi une minute. C'était pour une prothèse de la hanche, c'est ça ?

— C'est ça.

Sur quoi, Malloy se détourna et se mit à fixer le mur opposé.

La jeune femme rousse assise à côté de Valri le vit et lui sourit. Cependant, pour une fois, l'attention de Malloy était ailleurs.

— Qu'est-ce que tu fabriques ? s'enquit sa sœur, s'adressant à son dos.

— Je te laisse travailler. Le médecin légiste affirme que « marmite surveillée ne bout jamais ».

— Et depuis quand me compares-tu à une marmite ?

Malloy entendit ses doigts qui pianotaient sur le clavier et sourit.

— Je ne fais rien de tel. J'essaie seulement de faire de mon mieux pour ne pas te déranger.

— Eh bien, arrête, ordonna-t-elle sèchement. Tu m'inquiètes. Le Malloy que je connais n'a pas pour habitude d'être aussi attentionné.

— Bien sûr que si. Tu dois me confondre avec un de tes autres frères. Tu sais, ceux qui te jouaient constamment des tours.

— Ça y est, lança-t-elle, tandis que l'imprimante placée à côté de son ordinateur commençait à bourdonner.

— Tu te souviens du frère avec qui tu m'as confondu ? demanda innocemment Malloy en se retournant.

Valri lui tendit une feuille.

— Non, je parlais des informations que tu voulais. Et

je ne t'ai confondu avec personne, Malloy. Tu as toujours été un cas à part.

— Je vais prendre ça comme un compliment, marmonna-t-il en acceptant le papier.

— Sans commentaire, répliqua Valri, impassible.

Malloy jeta un coup d'œil sur la page. Au moins, il avait un nom et des détails, ce qui mènerait peut-être à de nouvelles identifications.

— Tu es la meilleure, Val, et si ton fiancé ne te traite pas comme la princesse que tu es, dis-lui que c'est à moi qu'il devra rendre des comptes. S'il te cause le moindre froncement de sourcils, je le réduirai en bouillie.

Ce n'était un secret pour personne qu'elle nageait dans le bonheur.

— Alex me rend très heureuse, et tu le sais.

— C'est juste au cas où, répondit-il, feignant d'avoir l'air grave. Tu sais où t'adresser.

— Hmm.

Elle était déjà retournée à la tâche dont Malloy l'avait détournée.

— Et merci ! ajouta-t-il en brandissant la feuille.

— Tu vas partir, oui ? J'ai du travail.

— Comme je disais, tu es la meilleure ! réaffirma Malloy avant de franchir le seuil.

— Contente que tu t'en sois enfin rendu compte, déclara Valri. Le moins que l'on puisse dire, c'est que tu as mis le temps.

Il ne perdit pas une seconde pour retourner voir Kristin et l'informer du nom de la victime.

— Votre téléphone ne marche pas ? demanda-t-elle quand il fit irruption dans la pièce.

Elle se réprimanda intérieurement de ne pas être plus

irritée. Ou, plutôt, de ne pas être irritée du tout. Voilà qui était alarmant.

— Si, répondit-il en s'approchant. Vous m'avez appelé ce matin, vous vous rappelez ?

Elle étrécit les yeux.

— C'était une question rhétorique, inspecteur.

— Malloy, rectifia-t-il. Nous nous sommes mis d'accord pour que vous m'appeliez Malloy, souvenez-vous ?

Kristin se fit violence pour rester calme.

— Strictement parlant, vous étiez d'accord. Je n'ai rien promis.

Il lui décocha ce sourire qui avait dû mener plus d'une femme à sa perte et qui commençait à faire effet sur elle aussi.

— Je me suis dit que vous étiez timide, doc. Et que c'était le genre d'information que vous voudriez apprendre de vive voix. Nous avons un nom, expliqua-t-il en lui tendant le papier que Valri lui avait remis. Un nom qui correspond à la prothèse que vous avez découverte.

À sa grande surprise, elle ne fit pas mine de le prendre tout de suite.

— La première victime à passer du stade de l'anonymat à celui de vraie personne.

Une pointe de tristesse s'entendait dans sa voix, qui prit Malloy par surprise. Ainsi, elle était moins détachée qu'elle s'efforçait de le paraître.

— Tout cela devient plus réel brusquement, n'est-ce pas ?

— Vous me surprenez, inspecteur… Malloy, rectifia Kristin.

— Comment ça ?

— Vous êtes intuitif et sensible.

Elle se morigéna aussitôt de s'être emballée ainsi et opta pour un peu de rétropédalage.

— Deux excellentes qualités pour un scout.

Malloy lâcha un rire et haussa les épaules.

— Je ne saurais pas le dire.

— Vous n'avez pas été accepté ?

Il avait dû être du genre remuant quand il était petit. Tom Sawyer puissance dix. Pas étonnant qu'on n'ait pas voulu de lui.

— Je n'ai jamais essayé d'en faire partie, répondit-il simplement. Eh bien, vous voulez connaître son nom ?

Il avait raison. Connaître le nom de la victime la rendait plus réelle. Quand elle aurait un nom, elle serait la fille de quelqu'un, ou son épouse, sa sœur, sa maîtresse, sa mère, une femme dont la vie avait été brutalement interrompue par un monstre qui s'arrogeait le pouvoir de vie et de mort sur ses victimes.

Elle hocha la tête.

Il baissa les yeux sur la feuille.

— Elle s'appelait Abby Sullivan, et vous aviez raison. Elle a été opérée de la hanche à l'âge de dix-sept ans. Sa dernière adresse connue était à San Francisco.

— San Francisco, répéta Kristin, songeuse. C'est assez loin d'ici.

— Peut-être vivait-elle là-bas à l'époque et a-t-elle déménagé une fois remise sur pied.

Il se reprit aussitôt.

— Excusez-moi pour cette mauvaise blague.

Kristin lui lança un regard perçant.

— Le calembour est sûrement la moindre des choses que vous avez à vous faire pardonner.

Il porta une main à son cœur.

— Vous me blessez, docteur.

Elle le gratifia d'un bref sourire.

— Je fais de mon mieux. Que va-t-il se passer maintenant ?

— Maintenant, soupira-t-il, je vais essayer de retrouver la famille d'Abby et leur expliquer pourquoi elle n'est pas rentrée à la maison depuis vingt ans.

— Quand vous aurez leur adresse…

Malloy se dirigeait déjà vers la porte. Il se retourna.

— Oui ?

— Dites-le-moi. Je veux vous accompagner.

7

Malloy la considéra, perplexe. Il était trop jeune pour souffrir de troubles de l'audition. Pourtant, elle ne pouvait pas avoir dit ce qu'il croyait avoir entendu.

— Excusez-moi. Je ne crois pas avoir bien compris. Vous n'avez pas dit…

— Si. Je veux vous accompagner quand vous irez informer la famille d'Abby Sullivan que son corps a été retrouvé.

Cela n'avait aucun sens pour Malloy. Pourquoi tenait-elle tant à être présente ? Lui n'avait aucune envie d'y aller, mais cela faisait partie de son travail. Pour ses collègues comme pour lui, il n'y avait pas de pire tâche à accomplir.

— Vous n'avez pas assez de boulot comme ça ? demanda-t-il au bout d'un instant.

Kristin soupira, parcourant du regard les tables recouvertes d'ossements.

— Oh ! Si, j'en ai plus qu'assez.

Malloy attendait encore qu'elle s'explique.

— Dans ce cas, pourquoi… ?

Il la vit redresser le menton, comme si elle se préparait à un affrontement. Pourtant, il ne voulait pas lui chercher querelle, seulement comprendre ses raisons.

— Parce que pour informer une famille de la mort d'un être aimé il faut être capable de compassion, répondit-elle.

— Et ce n'est pas mon cas ? répliqua Malloy, soudain grave. Pardonnez-moi, doc, mais vous ne savez rien de moi.

— C'est vrai, reconnut Kristin, prête à battre en retraite. Peut-être me suis-je mal exprimée. Une nouvelle comme celle-ci doit être annoncée par quelqu'un qui a de l'empathie. Autrement dit, quelqu'un qui est passé par là, qui a peut-être reçu les pires nouvelles qui soient.

Elle marqua une pause.

— Il n'y a pas de recette miracle, ajouta-t-elle. Mais il y a tant de manières de s'y prendre mal… Et, si c'est le cas, cela peut marquer quelqu'un, sinon à vie, pendant très longtemps.

Malloy la regarda avec attention, comprenant ce qu'elle taisait.

— Ce n'est pas seulement une théorie que vous exposez, n'est-ce pas ?

— Dois-je vous fournir une explication détaillée pour tout ce que je dis ?

— Pas nécessairement détaillée. Mais quelques mots seraient les bienvenus.

Malloy ne pensait pas que sa requête soit déraisonnable.

— Aidez-moi, doc. Je ne suis pas un méchant. Je suis de votre côté, mais je ne peux pas vous emmener voir ces gens sans raison valable. J'ai des comptes à rendre à mes supérieurs.

Elle le toisa d'un air sceptique.

— Je doute que vous rendiez des comptes à qui que ce soit si vous n'en avez pas envie.

Il garda le silence et continua à l'observer, attendant davantage.

— Vous voulez une raison ? soupira Kristin. Très bien, je vais vous en donner une : la personne qui est venue nous informer, ma mère et moi, que mon père ne rentrerait jamais à la maison parce qu'il était mort dans un incendie, a été si désinvolte, si brutale, que ma mère a mis plus d'un an à émerger de la dépression où elle avait sombré.

Elle marqua une pause.

— Il y a eu des moments où j'ai cru qu'elle ne s'en sortirait jamais, et que j'avais perdu non pas un parent, mais deux, ce jour-là.

Kristin dut se faire violence pour ne pas céder à l'émotion en évoquant ces jours sombres. Seule la certitude que sa mère avait besoin de son soutien l'avait empêchée de se replier sur son propre chagrin. Certes, son oncle, ses tantes et bien sûr sa grand-mère, qui était plus forte qu'eux tous réunis, les avaient entourées, mais Kristin avait eu le sentiment à l'époque qu'un lien spécial l'unissait à sa mère et que c'était à elle de la ramener parmi les vivants.

— Un incendie, répéta Malloy. Votre père était…

— … pompier, acheva-t-elle. C'est arrivé durant un été où l'État tout entier semblait être ravagé par le feu. Son unité avait été appelée dans la forêt de Los Angeles, pour éteindre un feu allumé par un pyromane. Trois de ses amis se sont retrouvés encerclés par les flammes, et mon père a tenté de leur venir en aide, expliqua-t-elle avec une pointe de fierté. Il est mort en essayant de les sauver.

Elle se tut et prit une profonde inspiration. Malloy ne la pressa pas. Il savait combien ce récit devait être éprouvant pour elle.

— L'homme qui est venu nous l'annoncer a dit : « Alan est mort » à l'instant où ma mère a ouvert la porte. Pas de préambule, pas d'introduction pour amortir le choc, non, il a lancé ça comme ça. « Il est mort. » Et puis il est parti.

Les yeux de Kristin rencontrèrent les siens, farouches.

— Je ne veux pas que d'autres passent par où ma mère est passée.

— Et vous ? demanda Malloy. Quel âge aviez-vous ?

Kristin se rendit brusquement compte qu'elle s'était bien plus confiée qu'elle n'en avait l'intention au départ.

— Je crois en avoir dit assez pour que vous m'autorisiez à venir, marmonna-t-elle.

Malloy acquiesça.

— Je vous tiendrai au courant.

Kristin n'avait d'autre choix que de lui faire confiance. Elle devait supposer qu'il était un homme de parole.

— Je vous remercie.

Elle avait parlé avec une certaine raideur, mais Malloy ne lui en voulut pas. Elle essayait manifestement de reprendre ses distances après ce qu'elle venait de lui révéler. Il sentait que cela n'avait pas été facile pour elle. Pour sa part, il était plutôt ouvert, mais ce n'était pas le cas de tout le monde. Certains membres de la famille Cavanaugh étaient pratiquement prêts à se faire couper en morceaux plutôt que de confier un secret.

Kristin était en retard — et elle détestait cela.

Après avoir pratiquement mis son âme à nu devant ce policier indiscret, pour ne pas dire inquisiteur, elle avait ressenti le besoin de rendre visite à sa mère en sortant du bureau. Cette dernière l'avait bombardée de questions pour s'assurer que tout allait bien. Cela fait, elle s'était jetée dans la cuisine et, en fin de compte, Kristin était restée dîner et coucher chez elle. D'où son retard.

Une grande tasse de café à la main, elle manœuvra tant bien que mal pour ouvrir la porte de la morgue et s'engouffra à l'intérieur.

— Au moins, vous ne dormez pas ici.

Kristin étouffa un cri et se tourna vers l'endroit d'où venait la voix. Quand son regard croisa celui de son visiteur, elle vit qu'il lançait des étincelles.

Ça commençait à devenir une habitude. Une habitude qu'elle n'appréciait pas le moins du monde. Elle détestait être prise au dépourvu, surtout par lui.

— Vous essayez de me donner une crise cardiaque ?

— Non, je tente plutôt de satisfaire votre requête, répondit-il lentement.

Sa voix était presque caressante, son regard semblait lui murmurer des choses qui auraient dû être censurées. À moins qu'elle ne se laisse emporter par son imagination ? Si Malloy la troublait, c'était son problème à elle, pas le sien.

— Je n'ai pas de requête, affirma-t-elle avec froideur. Et vous avez failli me faire renverser mon café.

— J'aurais été prêt à vous le rembourser. Je suis prêt à beaucoup de choses, ajouta-t-il, une lueur taquine dans les yeux.

— Je n'en vois aucune qui soit susceptible de m'intéresser, rétorqua-t-elle. Bon, vous avez une raison d'être ici ? Ou vous avez décidé de devenir mon poisson pilote personnel ?

Il but tranquillement une gorgée du café qu'il avait apporté.

— Vous avez dit que vous vouliez venir avec moi.

— Non, je…

Elle s'interrompit, comprenant brusquement à quoi il faisait allusion.

— Vous avez retrouvé la famille d'Abby.

C'était rapide, songea-t-elle malgré elle. Peut-être cet inspecteur était-il plutôt efficace, après tout.

— Ce qu'il en reste, oui, précisa-t-il en la suivant

jusqu'à son bureau. J'allais partir tout de suite pour informer son père et lui poser quelques questions, mais je vous avais donné ma parole que je vous tiendrais au courant. Donc, voilà, c'est fait.

Elle ne voulait pas se contenter d'être tenue au courant. Elle voulait l'accompagner et elle doutait fort qu'il l'ait oublié. Quoi qu'il en soit, elle ne voyait pas d'inconvénient à le lui rappeler.

— Nous avions décidé que je venais avec vous.

— Vous n'avez pas changé d'avis ? demanda-t-il, incertain. Après une bonne nuit de sommeil, vous n'êtes pas parvenue à la conclusion que c'était une chose à éviter ?

— On ne peut pas passer son temps à fuir, sinon on ne vit pas, déclara-t-elle avec fermeté.

— Vous avez lu ça dans une pochette-surprise, ou sur une carte de vœux… ?

Essayait-il de la pousser à se mettre en colère pour qu'elle renonce à son projet ? Ou mijotait-il autre chose ? Elle ne parvenait pas à comprendre cet homme.

— On a du mal à vous trouver sympathique, soupira-t-elle.

Loin de le contrarier, sa remarque parut l'amuser.

— Bien sûr que non, repartit-il, sûr de lui. Donnez-vous une petite chance, doc. Vous verrez que vous me trouverez attachant.

— Comme une sangsue ? Merci, ce n'est pas une expérience qui me tente. C'est loin ? lança-t-elle à brûle-pourpoint, changeant de sujet puisque Malloy se montrait avare de détails.

Pour autant qu'elle le sache, les parents de la victime vivaient dans un autre État.

— Pas en kilomètres. Émotionnellement, par contre, c'est une autre histoire.

Il avait fait des recherches sur la famille d'Abby Sullivan. Ce qu'il avait découvert n'était pas gai, loin de là. Une sorte d'instinct protecteur s'éveilla en Malloy. Il ne jugeait pas souhaitable pour Kristin de s'exposer à l'épreuve qui l'attendait.

— Sérieusement, vous êtes sûre de vouloir venir ?

— Je dois le faire, répondit-elle, éludant sa question.

Malloy s'en aperçut, mais décida de ne pas insister.

— Bien. Allons-y, dans ce cas. Plus tôt nous y serons, plus vite vous serez revenue à vos ossements.

— Vous serez content de savoir que le total se monte à douze corps. O'Shea et Reynolds ont passé la zone au RPS — le radar à pénétration de sol — sans rien trouver.

— Je sais ce qu'est un RPS, doc, lui fit-il remarquer. Vous n'avez pas besoin de me faire un dessin.

— C'est drôle, j'avais l'impression que si, répliqua-t-elle alors qu'ils montaient dans l'ascenseur.

Malloy se contenta de lâcher un petit rire.

Le père d'Abby Sullivan vivait toujours dans le quartier où celle-ci avait passé son enfance et son adolescence. Son épouse était morte dix ans auparavant, emportée par le chagrin après que sa fille avait disparu sans laisser de trace.

C'était le fait de ne pas savoir qui l'avait tuée, avait affirmé le père d'Abby. Seul désormais, il était resté là, craignant que, si sa fille revenait un jour, elle ne sache pas où retrouver ce qu'il restait de sa famille.

Quand Henry Sullivan vint leur ouvrir, il regarda les deux personnes qui se tenaient sur le seul, les fixant comme s'il cherchait à les reconnaître.

— Oui ? dit-il, en remontant les lunettes qui glissaient sur l'arête de son nez.

— Professeur Sullivan ? s'enquit Malloy.

— Oui ?

Malloy sortit sa plaque.

— Je suis l'inspecteur Cavanaugh, et voici le Dr Alberghetti.

L'espace d'un instant, le vieil homme parut perplexe, puis la compréhension se lut sur son visage las, strié de rides.

— C'est au sujet d'Abby, n'est-ce pas ? demanda-t-il d'un ton angoissé. Vous êtes venus pour Abby.

— Oui, monsieur, acquiesça Malloy d'une voix très calme, que Kristin ne lui connaissait pas. Pouvons-nous entrer ?

M. Sullivan vacilla, puis se redressa et s'effaça pour les laisser passer.

— Oui, bien sûr. Entrez. J'ai raison, n'est-ce pas ? questionna-t-il nerveusement, en les regardant par-dessus son épaule alors qu'il les guidait vers le salon.

Une semi-pénombre régnait dans la pièce, mais on ne pouvait pas ne pas remarquer la multitude de photos encadrées d'une jeune fille souriante, aux longs cheveux blonds. Sur la dernière, elle avait dix-neuf ou vingt ans et se tenait debout devant un bâtiment qui se trouvait manifestement sur un campus universitaire.

— C'est au sujet d'Abby, n'est-ce pas ? répéta le vieil homme d'une voix rauque.

— Nous sommes vraiment désolés, monsieur, chuchota Kristin en s'avançant pour prendre sa main dans les siennes.

Ses yeux s'emplirent de larmes, et ceux de Kristin aussi.

— Elle est donc morte, murmura-t-il, comme pour lui-même.

Il releva la tête, s'adressant à Malloy.

— Comment est-ce arrivé ? Comment ma petite fille est-elle morte ?

— Nous ne le savons pas encore, monsieur Sullivan, reconnut Malloy. Son corps a été découvert enterré sur le site d'une jardinerie spécialisée dans les cactus et les plantes grasses à Aurora. Voyez-vous une raison pour laquelle elle aurait pu s'y rendre ? Était-elle employée là-bas ou connaissait-elle quelqu'un qui y travaillait ?

— Une jardinerie de cactus ? répéta Sullivan, visiblement dérouté, avant de secouer la tête. Elle détestait ces plantes-là. Que pouvait-elle bien faire là-bas ?

— C'est ce que nous essayons de découvrir, répondit Malloy avec douceur.

Il marqua une pause et opta pour une question plus facile.

— Quand avez-vous vu votre fille pour la dernière fois, monsieur ?

Ce dernier ne répondit pas. À l'évidence, il était encore sous le choc.

Kristin reprit sa main et la serra entre les siennes.

— Monsieur Sullivan, cela pourrait être très important pour nous aider à découvrir ce qui est arrivé à votre fille. Je vous en prie, réfléchissez. Quand l'avez-vous vue pour la dernière fois ?

Cette fois, la réponse fut immédiate. La date devait être gravée dans sa mémoire.

— Le 18 août 1995. Elle rentrait à l'université dans sa vieille Corolla noire.

Il pressa un instant ses lèvres pour les empêcher de trembler.

— Elle était obstinée, et nous avions eu une querelle avant son départ.

Il lâcha un soupir tremblant.

— Margaret pensait qu'elle s'était enfuie parce que je l'avais grondée.

— Margaret ? répéta Kristin doucement.

— Ma femme, expliqua-t-il. Elle m'a blâmé quand nous n'avons plus eu de nouvelles d'Abby. Quand elle n'est plus revenue à la maison…

Son visage était hanté, comme s'il revivait son pire cauchemar. Puis la confusion se lut sur ses traits.

— Vous dites qu'on l'a enterrée ? Quand ?

— Nous ignorons la date exacte pour l'instant, mais a priori, d'après ce que nous savons et ce que vous venez de nous dire, il semblerait que ce soit arrivé peu après son départ.

Sullivan passa une main lasse sur son front.

— Mon Dieu ! Dire que j'ai espéré pendant tout ce temps… que j'ai prié pour qu'elle soit saine et sauve et qu'elle revienne un jour… et qu'elle était enterrée. Que nous l'avions perdue.

— Vous sentez-vous capable de répondre à d'autres questions, monsieur ? s'enquit Malloy gentiment.

— Demandez-moi tout ce que vous voulez, dit Henry Sullivan. Tout. Ma seule raison de vivre désormais est de voir la justice rendue pour ma petite fille.

Il saisit Malloy par la manche.

— Vous allez arrêter ce salaud, hein ?

— Oui, promit Malloy. Nous l'arrêterons.

8

— Pourquoi avez-vous dit à cet homme que vous alliez arrêter l'assassin de sa fille ? l'interrogea Kristin tout bas alors qu'ils sortaient de la maison, près d'une heure plus tard. Vous ne pouvez pas faire ce genre de promesse de bonne foi.

— Je vais tout faire pour essayer d'arrêter ce type, rétorqua Malloy. Et pourquoi chuchotez-vous ? Sullivan ne peut pas vous entendre d'ici.

Gênée, Kristin haussa les épaules et monta dans la voiture.

— Le pauvre homme a déjà tant souffert… il est évident qu'il se considère en partie responsable de la mort de sa fille.

— Il y a des tas de filles qui se disputent avec leur père et qui ne disparaissent pas pour autant — ou qui ne sont pas assassinées, répondit Malloy en s'installant au volant. D'ailleurs, elle rentrait à l'université à la fin des grandes vacances. Il est très possible qu'elle ait été attaquée sur le chemin du retour.

— Son père a dit qu'il ne lui avait jamais parlé après ce jour-là.

Malloy inséra sa clé de contact et démarra.

— C'est typique d'une ado. Elle était en colère, elle ne voulait pas lui parler avant de s'être calmée, ou avant qu'il se soit excusé. Mais rien ne suggère qu'elle ait fait une fugue.

— Depuis quand êtes-vous expert en adolescentes ? demanda Kristin.

— J'ai trois sœurs… et toutes les cicatrices qui le prouvent, ajouta-t-il avec un sourire.

Kristin évita délibérément son regard, feignant de contempler le paysage qui défilait derrière la vitre. Cet homme avait un côté troublant, et elle ne voulait pas se laisser troubler.

— Peut-être devriez-vous vous intéresser aux professeurs qu'elle avait à l'époque ? L'un d'eux pourrait avoir des informations utiles à nous communiquer.

Il lui décocha un coup d'œil amusé.

— Vous savez, si vous en aviez envie, vous pourriez être une bonne détective, doc.

— Qu'est-ce qui vous fait penser que je ne le suis pas déjà ? riposta-t-elle, agacée. Vous rassemblez des indices sur les scènes de crime. Et moi, j'en rassemble à partir des cadavres.

À sa grande surprise, Malloy ne tenta pas de la contredire.

— Vous avez raison.

Kristin fronça les sourcils. Elle ne s'était pas attendue à cette réponse-là.

— Cessez d'être si conciliant. Ça vous rend presque sympathique.

— Parfait, parce que c'est un de mes objectifs, commenta-t-il d'un ton amical.

Elle n'allait sûrement pas l'interroger sur ses autres objectifs, et elle n'allait pas non plus se laisser affecter par lui. Pas question d'ajouter son nom à celui d'une longue liste de femmes qui l'avaient précédée.

— N'allez pas vous mettre des idées dans la tête, inspecteur.

— Je m'appelle Malloy, rappelez-vous ? Et il est trop tard pour ça. Les idées y sont déjà. Au fait, ajouta-t-il, changeant de sujet avant qu'elle ait eu le temps de s'énerver, vous aviez raison.

— À quel propos ?

Il s'engagea dans une rue secondaire.

— Je pense que votre présence a aidé le professeur Sullivan à assimiler la nouvelle de la mort de sa fille.

Il profita d'un arrêt au feu rouge pour jeter un coup d'œil dans sa direction.

— J'avoue que je suis surpris. Je n'aurais pas pensé que c'était votre genre. D'autant moins que vous êtes médecin légiste.

— J'ai assisté à bon nombre d'identifications, murmura-t-elle. Il est important d'avoir de l'empathie pour les proches.

Après l'avoir vue avec Sullivan, Malloy ne doutait pas qu'elle ait partagé une partie de sa douleur. Pourtant, il y avait quelque chose qui lui échappait.

— Si vous avez toute cette compassion en vous, comment se fait-il que vous ayez choisi de découper des cadavres plutôt que de soigner des vivants ?

Kristin pensait avoir déjà répondu à cette question. Apparemment, Malloy n'était pas satisfait par son explication.

— On croirait entendre ma mère, ironisa-t-elle.

— Dans ce cas, vous avez de la chance. Nous sommes arrivés.

Il se gara sur le parking du quartier général de la police. Kristin descendit aussitôt, puis se rendit compte que le moteur continuait à tourner. Surprise, elle pivota et vit que Malloy n'avait pas bougé.

— Vous ne venez pas ?

— Je me suis dit que j'allais suivre vos conseils et faire un saut à l'université. Peut-être que je vais trouver une piste qui nous mènera à l'assassin d'Abby — et, si on a beaucoup de chance, de toutes ces autres jeunes femmes. Je passerai à la morgue plus tard pour savoir si vous avez réussi à identifier d'autres victimes.

— J'ai hâte de vous revoir, rétorqua-t-elle, sarcastique.

Malloy interrompit sa marche arrière et abaissa sa vitre.

— Tant mieux, dit-il en ponctuant sa phrase du sourire qui commençait sérieusement à s'immiscer dans les pensées de Kristin.

Pressée de s'éloigner, elle le salua d'un simple geste et se détourna.

Elle aurait juré l'entendre rire, mais peut-être était-ce le bruit du vent. Du moins, elle l'espérait.

Grâce à son charme, Malloy n'avait jamais eu de mal à obtenir des informations. Ce qui aurait pu nécessiter plusieurs heures, sinon plusieurs jours, à un policier moins avenant, ne lui prit que quelques instants.

Après un bref échange avec Elizabeth Reid, l'austère assistante administrative qui travaillait au service des inscriptions depuis une bonne trentaine d'années, il obtint de celle-ci qu'elle lui révèle quels cours Abby Sullivan avait suivis et le nom de ses professeurs. Le fait que les dossiers remontent à vingt ans n'eut pas l'air de la troubler.

— Malheureusement, la plupart de ces enseignants ont pris leur retraite ou changé d'emploi, annonça-t-elle en revenant des archives au bout d'une demi-heure.

Elle portait dans ses bras le fruit de son labeur, deux

feuilles photocopiées correspondant aux deux semestres qu'Abby avait passés à l'université.

— Je me suis permis de cocher les noms de ceux qui sont toujours là.

Malloy la gratifia d'un sourire reconnaissant.

— Vous m'avez sauvé la vie, mademoiselle Reid.

— Oh ! Appelez-moi Elisabeth, je vous en prie, s'exclama l'intéressée d'un ton primesautier. Si seulement cela peut vous aider à arrêter l'assassin de cette malheureuse jeune fille… Je sais que des crimes sont commis tous les jours, mais on espère toujours qu'on ne sera jamais touché, n'est-ce pas ?

— Malheureusement, je ne peux pas me permettre de penser ainsi, répondit Malloy en prenant les papiers.

— Non, bien sûr que non. Ce doit être très difficile pour vous d'être confronté à ce genre d'affaire régulièrement. Comment faites-vous pour tenir le coup ?

Malloy ne s'était jamais appesanti sur la question. Peut-être se projetait-il dans l'avenir plutôt que s'attarder sur le passé.

— Ça fait partie du métier.

Il jeta un coup d'œil aux feuilles photocopiées.

— Puis-je vous poser une dernière question ? Et ensuite, je ne vous dérangerai plus.

Elisabeth étouffa un gloussement.

— Vous ne me dérangez pas du tout, inspecteur.

— Où puis-je trouver les enseignants que vous avez cochés ?

— Ah ! Je vais vous noter ça, bien sûr.

Elle se hâta de griffonner l'information à côté de chacun des noms et lui rendit les feuilles en souriant.

— S'il y a autre chose, n'hésitez pas.

— C'est promis, dit-il en lui serrant la main. Et merci.

— De rien, inspecteur Cavanaugh, soupira la femme. Tout le plaisir était pour moi.

Le nom d'Abby Sullivan n'éveilla aucun écho parmi les professeurs qu'il interrogea. Tous furent stupéfaits d'apprendre la raison pour laquelle il les questionnait au sujet d'une étudiante ordinaire qui n'avait laissé aucune trace marquante de son passage.

Dans l'espoir de stimuler leur mémoire, Malloy leur montra une photographie que lui avait remise le père de la victime.

Seul un des enseignants, Roman Ward, professeur de littérature, parut se remémorer les traits d'Abby.

— Oui, je me souviens d'elle, dit-il après avoir étudié le cliché sur le téléphone de Malloy. Elle avait un joli sourire. Un peu timide, mais frappant, à sa manière.

Il lui rendit l'appareil.

— Vous dites qu'elle a été assassinée ? répéta-t-il, d'un ton à la fois attristé et incrédule.

— Oui. À la fin de l'été 1995, précisa Malloy, observant avec attention son interlocuteur.

En vain. L'expression de l'homme ne trahit rien. Malloy nota son nom néanmoins. Pour l'instant, le professeur de littérature était le seul à avoir reconnu Abby Sullivan.

— Peut-être que ça ne veut rien dire, admit Malloy. D'un autre côté, il a pu prétendre qu'il se souvenait d'elle pour justifier sa réaction quand je lui ai montré la photo.

Il était 17 heures passées, et la morgue semblait curieusement plus lugubre à l'approche du soir.

— Autrement dit, vous n'avez rien de nouveau à m'apprendre, conclut Kristin en posant le petit enregistreur numérique dans lequel elle parlait avant l'arrivée de Malloy.

Elle commençait à s'habituer à le voir débarquer sans crier gare, et cela la tracassait.

— C'est plus ou moins ça.

Il était sur le point d'ajouter qu'il n'avait pas pu s'empêcher de revenir la voir, mais jugea bon de s'abstenir. Avec une femme comme Kristin, sauf erreur de sa part, la réserve était conseillée.

— Eh bien, heureusement pour vous, lança-t-elle avec une pointe de fierté (une rareté chez elle), j'ai eu un après-midi plus fructueux que le vôtre.

— Dites-moi tout ! s'exclama-t-il, ravi que l'un d'eux au moins ait fait des progrès.

— N'y comptez pas, rétorqua-t-elle. Mais j'ai vérifié mon hypothèse.

Il fouilla en vain dans ses souvenirs.

— Vous pouvez me rafraîchir la mémoire ?

Pour une fois, Kristin obtempéra sans faire précéder sa réponse d'une remarque sibylline.

— Je vous avais dit que je pensais que toutes les victimes avaient entre dix-huit et trente ans.

— Et maintenant vous en êtes sûre ?

— Autant que je peux l'être.

— Et vous avez obtenu la confirmation de votre hypothèse grâce à… ?

— Leurs dents, expliqua-t-elle avec satisfaction.

Malloy ne voyait pas très bien.

— N'avez-vous pas besoin du dossier dentaire d'un individu pour l'identifier ?

— Si je voulais l'identifier, oui. En revanche, s'il s'agit seulement de déterminer l'âge de la victime au moment de la mort, non. Il suffit d'effectuer une analyse de la couche d'émail présente sur les dents. Techniquement, ça s'appelle une analyse C-14, et quand elle est menée sur des gens qui sont nés au cours des cinquante dernières années…

Malloy leva les mains en l'air en signe de capitulation.

— Inutile d'entrer dans les détails, doc. Je vous crois.

Il contempla les tables recouvertes de squelettes.

— Il semble donc, reprit-il, que nous ayons affaire à un tueur en série qui avait un penchant pour les femmes entre dix-huit et trente ans, et qui a sévi jusqu'à quand ? Voilà vingt ans ?

Kristin hocha la tête. Néanmoins, un point taraudait toujours Malloy.

— Cela n'explique pas la présence du squelette mâle.

— Comme je l'ai suggéré l'autre jour, il pourrait s'agir d'un travesti que le tueur aurait tué de rage quand il s'est aperçu qu'il avait été trompé. Ses membres n'étaient pas découpés, par conséquent, ce meurtre n'a peut-être pas été prémédité comme les autres. Ç'a été un geste impulsif, ajouta-t-elle, réfléchissant à voix haute. À moins que la victime se soit trouvée au mauvais endroit au mauvais moment.

Malloy acquiesça.

— Vous voulez dire qu'il aurait pu être assassiné parce qu'il avait été témoin d'un meurtre ?

— Oui, c'est exactement ce que je veux dire.

Il réfléchit.

— Ça pourrait expliquer qu'il ait été enterré à côté des autres.

— Pas à côté, rectifia Kristin. Sur les autres.

— Pardon ?

— Toutes les autres victimes étaient enterrées séparément, mais le squelette mâle était sur un des squelettes féminins.

— Voilà qui mérite réflexion, commenta Malloy, intrigué par cette information nouvelle. Il y a autre chose que je devrais savoir ?

— C'est tout pour l'instant.

Il crut déceler une note de lassitude dans la voix du médecin légiste. Ce n'était guère étonnant. La journée avait été longue.

— Il est tard, observa-t-il. Si vous arrêtiez pour aujourd'hui ? Je vous offre un verre pour fêter ça.

— Fêter quoi ? demanda Kristin, aussitôt sur ses gardes.

Malloy haussa les épaules.

— Les progrès de l'enquête. La fin de la journée. Ce que vous voulez.

— Ce que je voudrais, répliqua-t-elle sur un ton égal, c'est que vous arrêtiez de flirter avec moi.

Si elle était irritée, sa voix ne le trahissait pas. Il eut soudain l'impression qu'elle disait cela par habitude, pour la forme.

— Ce n'est pas ce que vous croyez, dit-il. Je vous offre un verre entre collègues.

— Eh bien, « collègue », j'ai encore quelques tâches à terminer avant de rentrer. Mais merci quand même. Un autre jour, peut-être.

Malloy décida de ne pas insister. Pour l'instant.

— Peut-être.

Avancer à tout petits pas, se dit-il. Certaines choses ne s'obtenaient qu'à force de patience. Au moins, elle ne lui avait pas dit d'aller se faire cuire un œuf. Elle n'avait pas dit grand-chose, et cela en soi était déjà un progrès.

— À demain, doc ! lança-t-il en sortant.

— Même heure, même endroit, crut-il l'entendre marmonner.

Malloy se dirigea vers l'ascenseur, le sourire aux lèvres.

9

Avant de partir, Malloy fit un crochet par son bureau pour y récupérer les copies des annonces de personnes disparues qu'il avait imprimées plus tôt. S'il n'allait pas boire un verre avec la ravissante légiste, se dit-il, autant se trouver une occupation utile pour la soirée. Il devait admettre que cette enquête l'intriguait plus que la plupart de celles dont il avait été chargé au cours de l'année écoulée.

Il rassembla ses papiers, les plia en deux et les glissa dans la poche de sa veste.

Au moment où il refermait le tiroir de son bureau, il entendit le grondement du tonnerre. L'orage semblait tout proche. Ce n'était pas la saison des pluies, du moins pas dans cette région de la Californie. Il ne pleuvait jamais en avril ni en mai à Aurora.

Enfin, presque jamais, corrigea-t-il en arrivant aux portes vitrées du rez-de-chaussée.

Car apparemment la pluie était bel et bien là.

Malloy possédait un parapluie, mais, quant à savoir où il se trouvait, c'était une autre histoire. Il se couvrit donc la tête tant bien que mal avec sa veste et fonça vers le parking.

La plupart des voitures étaient parties, de sorte qu'il

n'eut aucun mal à localiser la sienne. Elle était là, bien visible.

Il pressa la touche de la télécommande, entendit le couinement familier qui annonçait le déverrouillage des portières et s'assit au volant en se félicitant que l'équipe de l'identité judiciaire ait été rapide et efficace. Le périmètre de la jardinerie avait été intégralement balayé au radar, et tous les indices avaient été collectés, étiquetés et expédiés au labo. Même s'il tombait des trombes d'eau, la scène de crime n'avait plus rien à leur apprendre. Bref, c'était un gros soulagement.

Il boucla sa ceinture et démarra. Le moment était venu de rentrer chez lui pour voir s'il pouvait dénicher quelque chose à grignoter dans le réfrigérateur. Certes, il savait qu'un repas l'attendait chez Andrew s'il le désirait. Son grand-oncle avait toujours quelque chose à mettre sur la table, quelle que soit l'heure à laquelle un visiteur débarquait chez lui.

Mais, si tentante que soit cette perspective, Malloy ne voulait pas être considéré comme un pique-assiette. Il appréciait les réunions de famille — impromptues ou organisées à l'avance — qui se déroulaient chez son grand-oncle et pour rien au monde il ne voulait abuser de sa générosité.

La pluie cinglait son pare-brise, comme si elle essayait de rattraper le temps perdu durant l'année écoulée.

Malloy plissa soudain les yeux et ralentit à la vue d'une masse sombre dans le parking. En s'approchant, il discerna les contours d'une voiture, puis une silhouette qui, tenant d'une main un parapluie malmené par le vent, bataillait pour sortir quelque chose du coffre. Un cric.

Pas de chance d'avoir une crevaison par ce temps, songea-t-il.

Mais, alors que cette pensée — accompagnée d'une bouffée de compassion — lui traversait l'esprit, Malloy se rendit compte que l'automobiliste était une femme.

Une fraction de seconde plus tard, il reconnut la voiture de Kristin. Il avait déjà décidé de s'arrêter et de proposer son aide à l'infortunée conductrice, mais cette découverte ne fit que le conforter dans sa décision. Il s'arrêta net à hauteur du véhicule immobilisé, abaissa sa vitre et se pencha au-dehors.

— Vous avez besoin d'un coup de main ?

Kristin aurait adoré répondre par la négative et lui faire signe de s'en aller. Mais, si pénible que cela soit de l'admettre, elle avait besoin d'aide. Elle n'avait jamais changé un pneu.

De plus, elle était debout sous la pluie, et trempée jusqu'aux os — malgré ce fichu parapluie.

Elle détestait ne pas avoir le contrôle de la situation et elle détestait encore plus en donner l'impression.

Cela dit, elle n'avait d'autre choix que d'accepter l'offre de Malloy.

— Oui, admit-elle, avant d'ajouter : s'il vous plaît.

Malloy sourit en entendant l'inclusion de la formule de politesse, presque réticente. Il remonta sa vitre et coupa le moteur, laissant sa voiture là où elle était. Kristin s'approcha aussitôt de lui, tenant son parapluie assez haut pour les abriter tous les deux.

— Vous avez de la chance, je cherchais justement une demoiselle en détresse à secourir, dit-il.

Il indiqua d'un geste son propre véhicule.

— Si vous alliez vous asseoir dans ma voiture pendant que je m'occupe de ça ?

Kristin secoua la tête.

— Vous ne pouvez pas tenir le parapluie et changer le pneu en même temps.

Malloy sourit.

— Très juste, acquiesça-t-il. Je n'ai qu'une paire de mains.

Puis il redevint sérieux.

— Je suis déjà mouillé. Un peu plus de pluie ne changera pas grand-chose. Montez dans ma voiture.

— Mais je ne veux pas que vous soyez complètement trempé à cause de moi.

Malloy lui ouvrit la portière.

— Personne ne vous en tiendra rigueur.

Les yeux de Kristin rencontrèrent les siens. À cet instant, il comprit qu'il aurait beau essayer de la persuader, elle n'allait pas céder.

— Moi, si.

Il secoua la tête et capitula.

— Vous êtes de loin la femme la plus têtue à qui j'ai jamais eu affaire... et je viens d'une famille de femmes qui sont têtues comme des mules, croyez-moi. Félicitations, vous les surpassez toutes.

Cela étant dit, il s'empara du cric et de la clé dynamométrique.

— Mes sœurs viendront vous rendre hommage plus tard.

Il s'avança vers le pneu à plat, protégé par le parapluie que Kristin s'appliquait à tenir de son mieux au-dessus de lui, malgré le vent qui refusait toujours de coopérer.

— D'après ce que j'ai entendu dire des femmes Cavanaugh, je suis en très bonne compagnie.

Malloy fixa le cric, puis commença à soulever la voiture lentement.

— Qu'avez-vous entendu dire des hommes Cavanaugh ? s'enquit-il, curieux.

— Qu'il fallait se méfier d'eux.

— Eh bien, c'est vrai, affirma-t-il en retirant le dernier écrou.

Il posa les quatre écrous sur le cric, puis retourna chercher la roue de secours dans le coffre.

— À propos des autres Cavanaugh, pas de moi, assura-t-il en mettant le pneu en place.

— Oh ? Vous êtes différent ? demanda Kristin en réprimant son envie de rire.

— Absolument.

Il remit les écrous, veillant à ce que chacun soit bien serré avant de passer au suivant.

— Je suis aussi innocent qu'un chaton, déclara-t-il en lui faisant un clin d'œil.

Kristin se concentra sur l'eau qui entrait dans ses chaussures pour chasser le léger frisson qu'elle avait senti naître dans son ventre.

— Ce n'est sûrement pas comme ça que je vous décrirais.

Malloy testa chaque écrou une dernière fois.

— Ah non ? Et comment me décririez-vous ?

Elle marqua une brève pause, le temps de bien choisir ses mots.

— Persistant, persuasif… et dangereux, conclut-elle alors qu'elle sentait son pouls s'accélérer.

Bon sang, pourquoi ne pouvait-elle pas contrôler davantage ses émotions ?

— Dangereux ? répéta-t-il, incrédule. Moi ?

Il se mit à rire.

— Seulement pour les méchants. Les purs et les innocents n'ont rien à craindre de moi.

Son sourire pénétra Kristin jusqu'à la moelle.

— Oh ! Je crois au contraire que « les purs et les

innocents » ont beaucoup à craindre de vous, Cavanaugh, rétorqua-t-elle. Ils risquent surtout de ne pas le rester.

— Vous avez une imagination débordante, doc.

Enfin, les genoux maculés de boue, Malloy se releva et alla ranger les outils dans le coffre.

— Vous pouvez y aller. Cela dit, si j'étais vous, je n'irais pas trop loin. Ce pneu est plutôt usé. Il devrait faire cent kilomètres, mais je vous suggère de le changer au plus vite ou, encore mieux, de remplacer les deux pneus avant. À propos, ce conseil était gratuit, ajouta-t-il sur un ton désinvolte.

Kristin se raidit aussitôt.

— Et pour le reste ?

Qu'allait-il lui demander en contrepartie de ce dépannage ?

— Ça va vous coûter cher.

Puis, voyant sa mine méfiante, il cessa de la taquiner.

— Ce verre que je vous ai proposé de prendre tout à l'heure…

— Vous voulez m'inviter à boire un verre ? lâcha-t-elle, dubitative.

— À moins que ce ne soit gratuit. Ou que quelqu'un offre une tournée générale. Oui, j'aimerais vous offrir un verre.

— Mais je suis toute mouillée, protesta-t-elle.

Il jeta un coup d'œil dans sa direction et s'efforça de ne pas laisser son regard s'attarder sur le chemisier qui collait à sa peau. Son imagination était sur le point de s'emballer, si bien qu'il dut faire un effort pour se reprendre.

— Ne vous en faites pas. Tout le monde sera mouillé. Personne ne fera attention à vous.

C'était un mensonge éhonté. Il aurait fallu être aveugle pour ne pas remarquer une femme aussi séduisante, mais l'admettre ne l'aiderait pas à obtenir ce qu'il convoitait — autrement dit prendre un verre ensemble pour commencer à briser la glace.

Kristin mordilla sa lèvre inférieure, pesant le pour et le contre. Rien n'avait obligé Malloy à l'aider. S'il était parti, elle n'aurait même pas su qu'il l'avait vue en difficulté. Il serait rentré tranquillement chez lui sans se mouiller.

Elle avait une dette envers lui.

Et elle payait toujours ses dettes.

— Je suppose que je ne peux pas refuser.

— Vous pouvez toujours dire non, objecta-t-il, la prenant par surprise.

Bien malgré elle, Kristin commençait à le trouver attachant.

— Mais je préférerais que vous acceptiez.

— D'accord, acquiesça-t-elle, en soupçonnant qu'elle allait regretter sa décision. Mais on y va chacun dans sa voiture.

— Naturellement. Connaissez-vous Malone's ?

Malone's était un bar fréquenté par la majorité des policiers d'Aurora. Ils y allaient pour décompresser, pour échanger des anecdotes et des théories sur les affaires en cours, ou simplement pour passer un moment avec des gens qui comprenaient ce qu'ils éprouvaient sans qu'ils aient besoin de dire un mot.

— Oui, je sais où c'est, bien sûr.

À la manière dont elle répondit, Malloy eut l'impression qu'elle était passée devant l'endroit sans jamais vraiment le remarquer.

— Suivez-moi. Ce n'est pas loin.

Puis, pour l'encourager à venir, il ajouta :

— La bière est bonne, la conversation aussi, et si vous avez faim Sal fait des cheeseburgers excellents.

À ces mots, il sentit justement son estomac protester, comme pour se plaindre d'avoir été négligé.

— Sal ? C'est l'abréviation de Sally ?

Était-ce une de ses petites amies ?

Malloy se mit à rire.

— Non, c'est l'abréviation de Salvatore. Salvatore Vincenzo. Un flic génial. Il a été blessé par balle, il a pris sa retraite et, au bout de quatre mois, il mourait d'ennui. En fin de compte, il a acheté le bar.

Kristin essaya de suivre.

— Mais vous avez dit que le bar s'appelait Malone's.

Ah ! Au moins, elle écoutait.

— L'ancien propriétaire s'appelait Tim Malone. Sa veuve a vendu l'affaire à Sal. Elle lui a dit qu'elle voulait que l'établissement soit « en de bonnes mains », c'est pourquoi elle l'a vendu à un autre flic.

Il y avait quelque chose d'intime à bavarder là sous la pluie dans le noir, cependant Malloy ne pouvait s'empêcher de penser que contracter une pneumonie n'était peut-être pas une bonne idée.

— Si nous allions poursuivre cette conversation là-bas ? Au sec, ajouta-t-il. Vous pourrez me poser toutes les questions que vous voulez.

Kristin se rendit compte avec stupeur qu'elle était toujours debout sous son parapluie tout sauf efficace, suspendue aux lèvres de Malloy.

Qu'avait-elle donc ? Qu'était-il advenu de son bon sens ? Que faisait-elle là, sous la pluie, à papoter avec un homme qu'elle s'était jusqu'alors appliquée à éviter ?

Aucune réponse ne lui vint à l'esprit, ce qui était encore plus inquiétant.

— Oui. Bien sûr. Passez devant, bredouilla-t-elle.

Elle se faufila au volant de sa voiture tout en essayant

de fermer son parapluie et, évidemment, n'aboutit qu'à se mouiller davantage. Exaspérée, elle jeta le parapluie sur le plancher tandis que Malloy, feignant de ne rien remarquer, s'engouffrait dans son propre véhicule.

Une minute plus tard, il la précédait dans l'artère principale.

En dépit du mauvais temps, les parkings situés devant et à l'arrière de Malone's étaient aux trois quarts pleins. Il n'y avait pas de places côte à côte ni même dans la même rangée.

Malloy repéra un trou près du bâtiment, et, d'un appel de phares, fit signe à Kristin de s'y garer, puis s'éloigna pour trouver un espace pour sa voiture.

À sa grande surprise, Kristin l'attendit à la porte, sous l'avant-toit.

— Pourquoi n'êtes-vous pas entrée ?

— J'ai pensé que, si vous ne me voyiez pas, vous partiriez, et je ne voulais pas m'asseoir et attendre en me demandant combien de temps j'allais devoir patienter avant de rentrer chez moi.

— Je ne vous aurais pas fait attendre, assura-t-il.

Avec un sourire, il poussa la porte et la guida à l'intérieur.

— Il faut moins de deux minutes pour venir du parking.

Il se montrait charmant. À cet instant, il était difficile de trouver quelque chose à lui reprocher — ce qui était dangereux. Elle ferait mieux de s'éloigner de lui le plus vite possible.

— Rien qu'un verre, avertit-elle.

— Et un burger.

Il n'y avait pas de mal à manger un burger, se dit-elle.
— Va pour un burger.
Et puis la chaleur de Malone's l'enveloppa, l'accueillant comme si elle était une vieille amie.

10

Sans être tapageuse, l'atmosphère chez Malone's était conviviale. Kristin, qui marchait juste devant son guide, vit plusieurs personnes sourire à ce dernier ou le saluer d'un signe de tête amical. En tout cas, ces marques de sympathie ne pouvaient s'adresser à elle, puisqu'elle n'était jamais venue ici et que, dans l'ensemble, elle ne fréquentait guère ses collègues. Seuls quelques visages lui semblaient vaguement familiers.

— Une bière, ça vous va ? glissa Malloy à son oreille.

Kristin refoula un frisson venu de nulle part.

— Oui, très bien, répondit-elle, stoïque.

Elle se tourna à demi pour vérifier qu'il avait entendu. Il regardait le barman, deux doigts levés.

— Tout de suite.

Quelques secondes, plus tard, il déposait deux chopes pleines de liquide ambré devant eux.

— Toujours d'accord pour un cheeseburger ? demanda Malloy à Kristin en mettant une poignée de billets sur le comptoir.

Cela signifiait qu'il allait falloir attendre que le burger soit cuit, sans parler du temps qu'il faudrait pour le manger quand il serait servi. Rien de tout cela ne suggérait une rapide évasion. D'un autre côté, il fallait bien qu'elle mange quelque chose, se dit-elle.

Après une bonne minute de tergiversations intérieures, elle hocha la tête.

— Oui.

Malloy lui tendit une des chopes.

— Et deux de tes cheeseburgers de renommée internationale, Sal.

— C'est comme si c'était fait, inspecteur.

Le patron s'adressa à Kristin.

— C'est la première fois que je vous vois ici, non ?

— Il y a une bonne raison à ça, Sal. C'est sa première fois, intervint Malloy. Ici, compléta-t-il après avoir lancé un regard éloquent à Kristin.

— Laisse-la répondre, Cavanaugh, rétorqua Sal. Vous pouvez vous exprimer seule, n'est-ce pas ?

Kristin lança un regard réprobateur à Malloy.

— Oui, je peux. Très bien, même.

— Tu vois ? lâcha Salvatore à son compagnon. À propos, puisque vous n'êtes jamais venue avant, le premier verre est offert.

Il repoussa un billet vers Malloy.

— Garde-le pour la prochaine fois.

Kristin réprima l'envie de dire qu'il n'y aurait pas de prochaine fois. Mais cela aurait semblé impoli, aussi garda-t-elle le silence.

— Et ces cheeseburgers, Sal ? demanda Malloy patiemment.

Le sourire de Sal s'adressa à Kristin.

— Ils arrivent. Oh ! Je dois vous prévenir de quelque chose avant.

Il se pencha par-dessus le bar.

— Faites attention avec celui-là, mon chou.

Kristin se hâta de clarifier la situation. Dans un bar,

il fallait peu de chose pour qu'une rumeur se répande comme une traînée de poudre.

— On travaille ensemble, c'est tout, et c'est temporaire, ajouta-t-elle fermement.

Salvatore se contenta de continuer à sourire comme si elle n'avait rien dit.

— Oui. C'est ce qu'elles prétendent toutes.

— Allons trouver une table avant qu'elles soient toutes occupées, conseilla Malloy en se détournant.

— Salvatore n'a pas une très haute opinion de vous, n'est-ce pas ? fit Kristin alors qu'ils s'asseyaient.

Malloy haussa les épaules.

— Il m'a sûrement confondu avec un de mes cousins.

Kristin posa sa chope sur la table et regarda autour d'elle. Plusieurs des clients étaient manifestement apparentés à l'homme qui l'avait amenée ici.

Elle le dévisagea un instant puis n'y tint plus.

— Je me demande bien comment c'est possible…

— Qu'on nous confonde ? Eh bien, nous avons presque tous la même couleur de cheveux et, si on regarde un peu vite, on a plus ou moins la même carrure et…

— Non, coupa-t-elle. Ce n'est pas de ça que je parle. Comment se fait-il que pratiquement tous les membres de votre famille soient dans la police ?

— Un coup de chance, je suppose.

Il avait répondu tranquillement, sans hésiter, comme s'il croyait vraiment à ce qu'il disait. Cela étant, Kristin avait l'impression qu'il aurait pu vendre des manteaux de fourrure en pleine période de canicule. Il y avait quelque chose chez lui qui vous incitait à bien l'aimer — d'où sa réputation.

— La ville a de la chance d'avoir autant de policiers dévoués à leur profession, ajouta-t-il. Je ne parle pas de moi, mais Andrew, Brian et Sean, par exemple, sont l'incarnation même du dévouement. La seule raison pour laquelle Andrew a pris sa retraite, c'était parce que sa femme avait disparu et qu'il avait cinq enfants à élever — qui sont tous policiers à Aurora désormais.

— Andrew, répéta-t-elle, incertaine.

Le nom lui était familier, mais elle ne se souvenait plus très bien pourquoi.

— C'était… ?

— L'ancien chef de la police, acheva Malloy, venant à son secours. Un type remarquable à des tas d'égards. Tout le monde était convaincu que sa femme était morte, mais lui a refusé d'y croire. Il s'est avéré qu'elle avait été victime d'un accident de voiture et qu'elle avait survécu, mais que le traumatisme l'avait rendue amnésique. Mon oncle Andrew a mené l'enquête pas à pas, en glanant des indices là où il le pouvait. Et il a fini par la retrouver, onze ans plus tard.

Malloy la regarda.

— Voilà ce que j'appelle du dévouement, dit-il.

— Est-ce que Malloy vous casse les oreilles à vous raconter ses exploits ?

Kristin se tourna légèrement pour voir qui avait parlé. Au même moment, le propriétaire de la voix, un tantinet ironique, vint se placer en face d'elle, un sourire amical sur les lèvres.

Sa bière à la main, il s'accroupit devant la table, toute son attention concentrée sur elle.

— Vous a-t-il parlé de la fois où il s'est jeté dans l'eau tout habillé pour sauver un petit garçon qui était emporté par le courant ?

Kristin le fixa un instant, sidérée. Au premier abord, elle aurait juré que cet homme était le jumeau de Malloy

— mais ce n'était pas possible, si ? Il n'avait pas mentionné de jumeau, et elle était assez certaine qu'il l'aurait fait si tel avait été le cas.

— Je n'ai bu qu'une gorgée de bière, marmonna-t-elle. Il n'est pas possible que je voie double.

— Oh ! Mais si, assura l'inconnu avec un sourire espiègle. C'est parce que nous sommes deux. C'est moi le plus séduisant, évidemment. Pas vrai ?

Cette fois, la question s'adressait à Malloy.

— Non, répondit celui-ci tranquillement, parce que ce n'est pas vrai. Tu as de la chance que papa ne t'ait pas noyé à la naissance. D'après la légende, c'est ce qu'on faisait avec les enfants laids.

— Vous voyez, commenta son frère en se retournant vers Kristin, il a une histoire pour toutes les occasions. Et s'il n'en a pas il en invente une. Il faut qu'il gagne, c'est plus fort que lui, ajouta-t-il en secouant la tête, comme s'il avait pitié de Malloy.

— Vous êtes donc son frère…

L'intéressé leva sa chope, faisant mine de porter un toast.

— Tu as trouvé une fille intelligente, cette fois, je vois. Beau travail, frérot.

Kristin regrettait de ne pas avoir obéi à son instinct. Peut-être que venir ici n'avait pas été une bonne idée, après tout.

— Il ne m'a pas « trouvée », rectifia-t-elle. On travaille ensemble, c'est tout.

Le nouveau venu regarda autour de lui d'un air faussement étonné. Malone's n'était pas un bureau, et les heures de travail étaient terminées.

— Pas mal comme boulot, commenta-t-il avec le même sourire espiègle.

Comme son frère ne faisait pas mine de s'en aller, Malloy se résigna à faire les présentations.

— Doc, ce personnage pénible est Bryce, mon frère. Dis au revoir à la dame, Bryce.

Bryce se releva.

— Tu veux la garder pour toi, c'est ça, petit frère ? demanda-t-il en jaugeant Kristin du regard. Je te comprends, mais bonne chance avec les vauriens qui rôdent ici.

Comme il se retournait, le barman apporta les burgers commandés par Malloy.

— Hé, s'exclama Bryce, si tu ne peux pas faire mieux que ça, elle va te planter là, et ce sera tout ce que tu mérites !

Il se pencha vers Kristin.

— Laissez donc tomber ce minable, doc.

Sur quoi, il s'éloigna.

— Désolé, s'excusa Malloy au moment où Sal déposait les assiettes devant eux.

— Hé, il n'y a pas de quoi s'excuser pour mes burgers, rétorqua Sal, faussement indigné.

— Je m'excusais pour mon frère, expliqua Malloy.

Sal hocha la tête.

— On ne peut pas choisir sa famille. Mais, si je pouvais, je choisirais la tienne plutôt que pas mal d'autres. Au moins, elle est unie.

Se tournant vers Kristin, il ajouta :

— C'est un truc qu'on n'apprécie pas à sa juste valeur tant qu'on n'en a pas fait l'expérience soi-même.

Il se redressa.

— Sur ce, je vous laisse manger tranquilles. Bon appétit !

L'instant d'après, il se hâtait vers le comptoir.

Malloy reporta son attention sur Kristin. Jusqu'alors,

elle avait plutôt bien réagi, mais il ne voulait pas abuser de sa patience.

— Écoutez, nous pouvons aller ailleurs si vous n'êtes pas à l'aise ici.

Elle ne s'était pas attendue à cette proposition et se demanda s'il était sincère ou s'il posait la question pour la forme. Si sa première hypothèse était la bonne — et elle devait s'avouer qu'elle penchait en faveur de celle-ci —, il faudrait qu'elle révise son opinion sur Malloy. Il était loin d'être aussi égocentrique qu'elle l'avait cru tout d'abord.

— Je ne suis pas mal à l'aise, rectifia-t-elle. Un peu sous le choc, peut-être, mais pas mal à l'aise.

— Sous le choc ?

Kristin acquiesça.

— Je ne crois pas avoir jamais vu autant de Cavanaugh réunis au même endroit. Il faut s'y habituer.

Pour commencer, nombre d'entre eux avaient des airs de famille. Il faudrait les fréquenter régulièrement pour pouvoir les distinguer les uns des autres — et elle n'avait nullement l'intention de le faire.

Malloy promena son regard autour de lui, comme s'il voyait ses parents pour la première fois. Un petit rire lui échappa.

— Ce n'est rien à côté des réunions familiales organisées par Andrew. Là, il n'y a que des Cavanaugh — enfin, et quelques civils.

— Civils ? Vous voulez dire des gens qui n'appartiennent pas à la police ?

— Non. Des gens qui ne font pas officiellement partie de la famille… Pas encore, ajouta-t-il avec un sourire, en songeant aux deux hommes qui sortaient avec ses sœurs.

Tôt ou tard, ils en feraient partie, eux aussi. Ce n'était qu'une question de temps.

— Est-ce votre manière de dire que les membres de votre famille sont irrésistibles ? demanda Kristin.

— Non, je ne fais que rapporter des faits.

Malloy jugea plus sûr de changer de sujet.

— Comment trouvez-vous votre burger ?

Elle ne s'était pas rendu compte qu'elle avait commencé. Quand elle était nerveuse, elle grignotait sans s'en apercevoir. Sans même apprécier le goût de son plat, parfois.

Kristin leva les yeux vers lui, consternée par cette soudaine prise de conscience. Malloy la rendait nerveuse au point qu'elle mangeait.

C'était un vrai problème.

Il ne cessait de l'observer. Elle se souvint brusquement qu'il lui avait posé une question. Sans doute attendait-il une réponse. Mais en présence de Malloy son cerveau semblait fonctionner au ralenti.

Elle avait terminé ses études secondaires avec un an d'avance, obtenu son diplôme de médecin en suivant des cours accélérés, et elle n'avait aucun doute concernant ses compétences professionnelles. Seulement, pour une raison ou pour une autre, Malloy Cavanaugh lui brouillait les neurones et lui donnait l'impression d'avoir le QI d'une plante en pot.

Reprends-toi, Kris. D'accord, il est séduisant, sexy, et alors ? C'est une histoire de gènes, rien d'autre. Ce n'est pas comme s'il avait mérité son physique.

— Il est bon, s'entendit-elle répondre. En fait, il est excellent.

Malloy sourit, satisfait.

— Je vous l'avais dit.

Elle ne pouvait le nier. Il avait recommandé la cuisine du chef.

— C'est vrai.

Il ne chercha pas à dissimuler son plaisir.

— Puisque vous êtes si accommodante, peut-être que, la prochaine fois qu'Andrew organisera un repas, vous aimeriez venir voir comment ça se passe.

Elle avait entendu des anecdotes bon enfant, plaisantes, au sujet des fêtes données par l'aîné des Cavanaugh.

— Malloy, dit-elle fermement, je ne suis pas une espèce de loup solitaire qu'il faut socialiser. J'ai une grande famille qui n'a de cesse de vouloir me faire rencontrer quelqu'un. Je les aime énormément, mais comment dire ? Il y a des moments où même la morgue est peu trop animée pour moi. Vous comprenez ?

Non que cela ait la moindre importance, songea-t-elle, car, qu'il comprenne ou non, elle n'avait pas la moindre intention de devenir un projet à cultiver pour lui ou un autre des Cavanaugh. Si elle se refusait à l'être pour sa mère, elle n'allait certainement pas le devenir pour la famille de Malloy.

— Complètement, répondit-il. Je sais exactement de quoi vous parlez. Dans ma famille, c'est comme si chaque nouveau mariage leur donnait envie d'en organiser un de plus. Je suis surpris qu'oncle Andrew n'ait pas cherché quelqu'un pour mon père.

Il lâcha un petit rire indulgent, conscient du fait que le motif des siens était toujours l'amour. Toute sa famille se mêlait de tout, et seulement par amour. Ce qui rendait toute résistance d'autant plus difficile. Même si en aucun cas il n'envisageait de céder.

— C'est comme s'il y avait une loi non écrite stipulant qu'aucun Cavanaugh ne peut rester célibataire indéfiniment.

Kristin éclata de rire.

— Qu'y a-t-il ?

— Peut-être que votre oncle Andrew se considère comme un Noé des Temps modernes, résolu à former des couples.

Elle songea à ce que Malloy avait raconté à propos de sa famille.

— Votre père est content de vivre seul ?

Malloy appartenait à une famille soudée, mais son père n'était pas du genre à s'épancher.

— Il ne dit rien, mais j'ai l'impression qu'il déteste ça.

Kristin acquiesça.

— Exactement comme ma mère. Je sais que mon père lui manque terriblement, même si elle est entourée de toute la famille. Ma grand-mère vit avec elle et il y a toujours quelqu'un à la maison, ses sœurs, ses cousines, plus un tas de petits-neveux et de petites-nièces pour l'occuper. Mais tout ce qui la préoccupe, c'est de savoir quand je vais me marier et faire d'elle une grand-mère. Je ne crois pas qu'elle se rende compte que son insistance risque de m'éloigner d'elle.

— Vous pourriez l'amener à un des repas d'Andrew pour lui changer les idées, suggéra-t-il en terminant sa bière.

Kristin tourna cette idée dans sa tête. Ce serait un juste retour des choses, après tout. Cela pourrait dissuader sa mère de la harceler pour qu'elle trouve son « âme sœur ».

— Peut-être, dit-elle sans s'engager.

Malloy vit là une raison d'espérer. Il avait fait des progrès avec la reine des glaces. Un « peut-être » était infiniment préférable à un « non » définitif.

Il savourait déjà les possibilités qui se profilaient derrière ce mot.

11

Kristin replia sa serviette et la posa à côté de son assiette vide, puis elle leva les yeux vers Malloy.

— Je ferais mieux de rentrer.

Une bière était sa limite. Si elle en buvait une seconde, elle se sentirait obligée de prendre un taxi pour rentrer. Sur la route, mieux valait opter pour la prudence.

— D'accord, acquiesça-t-il.

Il avait déjà réglé l'addition et laissa un pourboire sur la table.

— Vous n'êtes pas obligé de partir aussi, lui fit remarquer Kristin.

— Si, affirma-t-il, comme si la question ne se posait même pas.

— Pourquoi ?

Ils avaient parlé de venir ici, mais ni l'un ni l'autre n'avait soulevé la question de ce qui se passerait après qu'ils auraient bu un verre ensemble. Voilà qui apprendrait à Kristin à baisser sa garde.

— Parce que je vais vous suivre, répondit-il simplement.

— Écoutez, ce n'est pas parce que vous m'avez acheté un cheeseburger, que… j'ai proposé deux fois de payer, ajouta-t-elle, que vous…

— Je vais vous suivre pour m'assurer que votre roue de secours tient le coup, précisa-t-il.

— Que… ? balbutia Kristin, prise au dépourvu. Attendez…

— Cette roue que j'ai changée, lui rappela-t-il. Vous vous souvenez ?

S'il commençait à la prendre de haut, il allait vraiment le regretter, songea-t-elle, exaspérée.

— Vous avez dit qu'elle pouvait faire cent kilomètres, objecta-t-elle à demi convaincue qu'il faisait semblant d'être un bon Samaritain pour s'insinuer chez elle. Je n'habite pas à cent kilomètres d'ici.

— J'ai dit qu'elle *devrait* faire cent kilomètres, corrigea-t-il. Mais s'il y a une chose que notre profession nous a enseignée, c'est que le monde n'est pas un lieu où tout se passe forcément comme prévu.

Elle n'était pas une enfant naïve ! À qui s'imaginait-il faire la leçon ?

— Quoi qu'il en soit, je suis tout à fait capable de me débrouiller seule, déclara-t-elle d'un ton sec.

Il jeta un coup d'œil à la fenêtre.

— Il pleut toujours.

Et alors ? Où voulait-il en venir ?

— Je ne vais pas fondre.

— Il est plus facile de déraper sur une route mouillée quand on a des pneus usés. Je me sentirai plus tranquille si je sais que vous êtes rentrée chez vous sans encombre. Écoutez, si ça vous inquiète que ce soit moi qui vous suive, je peux demander à Bryce de le faire, ou à Kelly, si vous préférez.

Elle marqua une pause.

— Vous voulez dire votre frère ?

— Ou ma sœur. Choisissez.

— Je ne connais ni l'un ni l'autre ! protesta-t-elle.

L'idée de demander à un inconnu de la suivre lui semblait complètement ridicule.

Malloy soupira. Nul ne pouvait accuser cette femme de lui faciliter la tâche.

— Vous n'avez pas besoin de les connaître, vous n'avez qu'à rentrer chez vous. En toute sécurité, souligna-t-il. L'un ou l'autre se contentera de rester derrière vous pour s'assurer que tout va bien.

Elle le dévisagea, cherchant un signe révélateur de ses véritables intentions. Elle n'en trouva aucun.

— Vous êtes sérieux ? lança-t-elle, incertaine.

— Comme une autopsie.

Kristin fronça les sourcils.

— Vous auriez pu choisir une meilleure analogie.

Un sourire se dessina lentement sur les lèvres de Malloy. Elle songea qu'elle devrait détourner les yeux, mais n'y parvint pas vraiment.

— Je ne crois pas, dit-il, les yeux pétillants d'humour.

Kristin soupira et capitula. Pour rien au monde elle ne voulait causer une scène dans le bar, et elle avait l'impression que si elle continuait à s'obstiner c'était précisément ce qui risquait d'arriver. Malloy n'allait peut-être pas perdre son sang-froid, mais elle si.

— Vous êtes ma punition, c'est ça ? accusa-t-elle.

— Pour quoi ? rétorqua-t-il, curieux.

— Je ne sais pas. J'ai dû faire quelque chose de tellement affreux que je l'ai enfoui dans mon subconscient. Bon, d'accord, vous pouvez me suivre jusque chez moi.

Elle plissa les yeux.

— Mais je ne vous invite pas à entrer.

— Je ne vous l'ai pas demandé.

Sur quoi, ils sortirent de l'établissement, observés avec attention par plusieurs paires d'yeux.

Une fois dehors, Kristin ouvrit son parapluie.

— Quand nous serons arrivés à ma voiture, vous pourrez prendre mon parapluie pour aller jusqu'à la vôtre.

Malloy ne répondit pas. Une main sur le coude de Kristin, il la guida vers la première rangée de voitures.

— Gardez-le, dit-il. Et attendez que je vous rejoigne avant de partir.

— Prenez-le, insista-t-elle.

Mais Malloy était déjà parti en courant.

— Ce type est vraiment énervant, marmonna Kristin en s'asseyant au volant.

Le temps qu'elle ait bouclé sa ceinture, inséré la clé de contact et démarré, les phares de Malloy trouaient déjà la nuit.

— Eh bien, il ne perd pas de temps, murmura-t-elle avant de lâcher un petit rire. Mais bon, ça, je le savais déjà.

Elle se promit de ne pas regarder s'il la suivait et pourtant se surprit à le faire à plusieurs reprises sur le trajet du retour.

Quant à savoir pourquoi, elle n'aurait su le dire. Il était évident qu'il n'allait pas la perdre de vue. Il avait probablement eu pas mal d'entraînement en la matière.

L'orage imprévu compliquait la circulation. Kristin avait remarqué que, lorsqu'il pleuvait, les automobilistes californiens avaient le choix entre deux attitudes : soit ils avançaient à une allure d'escargot, redoutant sans doute que dépasser cinquante kilomètres à l'heure ne les mène à une mort prématurée, soit ils enfreignaient allègrement la limite autorisée, peut-être dans l'espoir de prendre de vitesse les gouttes de pluie.

Dans un cas comme dans l'autre, rouler devenait une entreprise plus ardue qu'à l'accoutumée.

Enfin arrivée à destination, elle s'engagea dans l'allée de

sa petite maison et appuya à regret sur la télécommande du garage : elle aurait préféré attendre que la voiture de Malloy se soit éloignée pour l'ouvrir.

Elle se gara à l'intérieur et descendit de son véhicule juste à temps pour voir Malloy s'arrêter derrière elle.

Bon sang.

Elle retint son souffle. Qu'allait-il se passer à présent ?

L'espace d'une seconde, elle envisagea de fermer le garage et de se réfugier à l'intérieur de la maison. Sauf qu'il était garé pile sous la trajectoire du volet roulant, et que le mécanisme de celui-ci était muni d'un détecteur d'obstacles qui bloquerait sa progression.

D'ailleurs, refermer abruptement le garage aurait l'air d'une échappatoire, et elle n'était pas du genre à prendre la fuite. Elle était du genre à chasser les autres, et si l'inspecteur Malloy Cavanaugh faisait un geste de trop il allait en faire l'expérience.

Elle ne le quitta pas des yeux tandis qu'il s'approchait.

— Oui ? lança-t-elle sur un ton de défi. Vous avez oublié de me dire quelque chose ?

Malloy se demanda si elle savait combien elle était séduisante à cet instant, les yeux étincelants de colère. Jamais elle ne saurait à quel point il se faisait violence pour résister.

— À vrai dire, oui.

Le regard de Kristin devint soupçonneux.

— Quoi ?

Malloy jugea bon de ne pas s'approcher davantage, bien qu'il soit de plus en plus trempé.

— N'oubliez pas d'appeler demain matin pour avertir mon oncle que vous serez en retard.

Toutes sortes de signaux d'alarme résonnaient dans la tête de Kristin.

— Pourquoi ? Parce qu'on aura pris trop de bon temps au lit ? ironisa-t-elle.

— Plutôt parce que vous allez devoir vous arrêter pour acheter un pneu en route, mais je dois dire que votre suggestion ne manque pas d'intérêt.

Il l'enveloppa d'un regard si sexy que Kristin sentit sa température grimper en flèche.

— Oh ! balbutia-t-elle, cramoisie. Je pensais que vous… que je… excusez-moi.

— N'y pensez plus, dit-il. À la réflexion, à en juger par la couleur de vos joues, peut-être devriez-vous y penser, au contraire.

Il recula vers sa voiture.

— Eh bien, à demain.

Comme par magie, Kristin se ressaisit au moment où il démarrait.

— Vous me rendez dingue ! cria-t-elle.

En dépit du vent et de la pluie, il l'entendit.

— C'est réciproque, soupira-t-il, s'adressant au reflet qu'il voyait dans son rétroviseur.

Il arriva de bonne heure, bien décidé à éplucher la liste des avis de disparitions, et à faire le point sur les informations réunies jusqu'alors.

Quand le téléphone sonna, il lui fallut plusieurs secondes pour réagir. Il décrocha avec impatience. Il piétinait, et cette absence de progrès le frustrait.

— Cavanaugh, lança-t-il d'un ton sec.

Pas de réponse. Un instant, il crut que son interlocuteur avait raccroché. Puis une voix incertaine s'éleva.

— Êtes-vous l'inspecteur qui est venu sur le campus l'autre jour pour se renseigner au sujet d'Abby Sullivan ?

Malloy se redressa, soudain attentif.

— Oui, c'est bien moi. Et vous êtes ?

— Rachel McNeil. J'ai suivi des cours avec Abby.

— Vous étiez amies ?

— Pas vraiment, mais je la connaissais. Et Zoe aussi.

— Qui ?

— Zoe Roberts, précisa la femme.

Le nom éveilla un écho dans l'esprit de Malloy, mais il s'enfuit avant qu'il ait pu le saisir.

— Zoe et Abby se sont rencontrées à l'université, reprit Rachel. Elles étaient très proches. Elles révisaient ensemble, ce genre de chose. Enfin, je ne sais pas si ça a de l'importance.

— Poursuivez, l'encouragea-t-il. Parfois un détail apparemment insignifiant peut être la clé d'une affaire.

— Eh bien, quand Abby a cessé d'assister aux cours, Zoe s'est beaucoup inquiétée. Elle était certaine qu'Abby n'avait pas fait une fugue. Elle disait à qui voulait l'entendre qu'il avait dû lui arriver quelque chose et qu'elle allait découvrir quoi.

— Et l'a-t-elle fait ? demanda-t-il calmement.

— Je crois que Zoe a disparu, elle aussi. Enfin, je ne les ai jamais revues ni l'une ni l'autre.

Malloy avait griffonné des notes tout en l'écoutant.

— Comment avez-vous appris que j'enquêtais sur la disparition d'Abby ?

— J'enseigne à l'université à présent. Mes collègues en ont parlé, ajouta-t-elle sur un ton d'excuse.

Il nota son numéro de téléphone et la remercia.

— Je vous rappellerai, assura-t-il.

— S'il vous plaît, dites-le-moi, si vous découvrez quoi que ce soit, pria-t-elle. Je me suis toujours demandé ce qui leur était arrivé.

— Entendu, promit-il, avant de mettre fin à la communication.

Son cerveau fonctionnait déjà à toute allure.

— Avez-vous fait changer votre pneu ? s'enquit Malloy en entrant dans la morgue quelques instants plus tard.

Kristin était arrivée plus d'une heure auparavant, ayant soudoyé l'employé du garage pour qu'il fasse passer sa voiture en priorité. Un bon pourboire et sa qualité de médecin légiste avaient suffi à le persuader.

— Vous voulez dire que vous n'avez pas encore inspecté ma voiture sur le parking ?

Comme il ne répondait pas, Kristin soupira.

— Vous vous rendez compte que vous me traitez comme si j'étais une enfant de deux ans ?

— Les enfants de deux ans ne conduisent pas, observa-t-il, attendant de toute évidence une réponse.

— Oui, grommela-t-elle. J'ai fait changer mon pneu. Il n'était pas nécessaire de venir vérifier.

— Je ne suis pas venu pour ça. Je suis venu vous dire que j'ai peut-être identifié une autre victime.

— Quand ? Comment ? s'écria-t-elle, oubliant aussitôt ses griefs.

— Je suis allé à l'université où étudiait Abby Sullivan, vous vous en souvenez ? J'ai parlé à certains de ses profs.

Rien de neuf là-dedans, songea Kristin, déçue.

— Je sais, vous me l'avez dit. Personne ne se souvenait d'elle.

— Eh bien, il semble que le bruit ait circulé comme quoi une enquête était en cours et qu'Abby avait peut-être été victime d'un tueur en série.

— Je vois. Quel rapport avec l'identification d'une autre victime ?

— Apparemment, une des enseignantes actuelles était étudiante en même temps qu'Abby et a suivi certains cours avec elle. Sans être proches, elles avaient des rapports amicaux.

Kristin s'interrompit pour de bon.

— Comment le savez-vous ? Vous a-t-elle appelé ?

Malloy acquiesça.

— Ce matin. D'après elle, Abby était très amie avec une certaine Zoe Roberts, et cette Zoe a tenté de découvrir ce qui lui était arrivé.

Une bouffée de nausée envahit Kristin.

— Laissez-moi deviner : Zoe a disparu, elle aussi.

— J'ai l'avis de disparition, annonça-t-il en lui tendant une feuille. Maintenant, il vous suffit de vérifier si son dossier dentaire correspond à l'un de vos crânes.

Il remarqua l'expression stupéfaite de Kristin face à la photo qui figurait sur l'avis.

— Qu'y a-t-il ?

Elle leva les yeux vers lui.

— Vous n'avez pas remarqué ?

— Quoi ? Qu'Abby et elle se ressemblaient ? Si.

Et ce n'était sans doute pas une coïncidence. Cela signifiait que l'assassin visait un certain type de victimes.

— Il n'est pas rare que les tueurs en série se focalisent sur certaines caractéristiques de leurs victimes.

— Et nous les avons découvertes, commenta Kristin, tout excitée, en le regardant de nouveau. C'est un progrès de taille, non ?

— Si, je suppose.

Un instant, il s'autorisa à savourer l'excitation sincère qui éclairait le visage de Kristin. Ses traits semblaient plus doux, plus attirants encore.

Il se secoua intérieurement. Il avait un tueur en série à trouver et d'autres jeunes femmes à identifier.

— Je ferais mieux de retourner à mon bureau et d'imprimer tous les avis de disparition de blondes aux yeux bleus âgées d'une vingtaine d'années à l'époque, murmura-t-il. Et vu que nous sommes en Californie j'ai l'impression qu'il va y en avoir une bonne pile.

— Mais moins grosse qu'avant.

Amusé, Malloy la regarda.

— Vous êtes en train de devenir optimiste ?

— Non, c'est juste mathématique, dit-elle, légèrement sur la défensive. Apportez-moi la moitié de la pile.

Il avait capté son attention. Avaient-ils atteint un tournant dans leur association ?

— Vous me proposez de m'aider ? demanda Malloy.

Peut-être était-elle allée trop loin. Kristin choisit de battre en retraite.

— J'avais cru comprendre que vous étiez seul sur cette enquête parce que votre équipier était en congé maladie. J'ai pensé que vous aviez besoin d'un coup de main. Si ce n'est pas le cas…

— Je n'ai jamais dit ça, coupa-t-il.

En réalité, il lui était sincèrement reconnaissant de son offre, et d'autant plus qu'il aurait désormais des raisons supplémentaires de passer plus de temps avec elle.

— J'ai besoin de toute l'aide qu'on peut m'offrir.

Elle lâcha un petit rire.

— C'est vous qui l'avez dit, pas moi.

— Vous avez un joli rire, doc.

Il inclina la tête sur le côté, comme pour mieux en capter le son.

— Partez, ordonna-t-elle en le chassant d'un geste. J'ai du travail.

Kristin se retourna, souriant à elle-même.

Sans raison particulière.

— Ces deux-là vont ensemble ! lança-t-elle avec enthousiasme au squelette étendu sur la table.

Elle venait de comparer les radios dentaires de Zoe Roberts aux moulages qu'elle avait effectués sur chacun des crânes restants. Sa sixième tentative avait été la bonne.

Malloy avait justement choisi ce moment pour entrer dans la morgue, une pile d'avis entre les mains.

— De qui parlez-vous ? demanda-t-il, intrigué par cette exclamation de triomphe.

Surprise, elle pivota vers lui. Elle était si excitée qu'elle lui pardonna de l'avoir effrayée.

— Je viens de trouver Zoe Roberts, ou ce qu'il reste d'elle, grâce au dossier dentaire que son dentiste m'a fait parvenir. Ou plutôt son successeur, mais ça n'a pas d'importance. Ce qui compte, c'est que nous avons le nom d'une deuxième victime.

Elle se tut.

— Le nom de la deuxième victime, répéta-t-elle, d'une voix émue.

— Vous êtes partagée, devina Malloy.

— C'est le moins qu'on puisse dire.

Elle leva soudain les yeux.

— Vous m'emmènerez, n'est-ce pas ? Quand vous irez informer la famille ?

Pourquoi pensait-elle qu'il allait se raviser à présent ?

— Pourquoi ne le ferais-je pas ? Je vous ai donné ma parole.

— Oui.

Toujours sous le coup de l'émotion, Kristin s'autorisa

un nouveau moment de triomphe. Elle avait presque le vertige.

— Nous avons identifié une autre victime !

Au sentiment de joie et de victoire qui la submergeait se mêlait une tristesse sincère à la pensée qu'une autre famille allait être plongée dans le chagrin. Instinctivement et à sa grande surprise, elle se tourna vers Malloy et le serra dans ses bras, à moitié pour fêter ce succès et à moitié parce qu'elle était soudain envahie par un besoin intense de contact humain, de réconfort.

Et ce qui arriva ensuite la stupéfia encore davantage.

12

Ce fut comme si le monde entier s'était évanoui, en ne laissant derrière lui qu'une petite sphère intense qui ne contenait qu'eux d'eux.

Kristin avait une conscience aiguë de toutes les parties du corps de l'homme qu'elle avait si spontanément enlacé. Elle avait conscience de son torse puissant, de ses bras musclés, de son haleine chaude, de la manière dont il la regardait.

Comme si elle était la seule femme sur terre et qu'il s'en félicitait.

Elle avait conscience d'autre chose aussi : à cet instant, elle ne désirait rien de plus au monde que de l'embrasser et d'être embrassée par lui.

Son cœur cognait violemment dans sa poitrine.

Le désir transperçait Malloy, s'immisçant dans chaque parcelle de son être. Avec la pensée que ce n'était ni le lieu ni le moment d'y céder.

C'était une première pour lui.

En temps normal, n'importe quel lieu et n'importe quel moment lui convenaient pour embrasser une femme consentante, pour la serrer dans ses bras et la faire sienne.

D'aussi loin qu'il s'en souvienne, Malloy avait volé des baisers, des étreintes et des cœurs.

Mais pas cette fois.

Pas avec cette femme-là.

Tandis que ces réflexions l'assaillaient, il se demanda s'il n'était pas en train de perdre l'esprit.

Cela ne lui ressemblait pas.

Mais Kristin ne ressemblait à aucune des femmes qu'il avait rencontrées avant elle.

Elle était à part, différente, même s'il était incapable de définir en quoi.

Par conséquent, au lieu de saisir l'opportunité qui s'offrait à lui, Malloy se força à la lâcher. Puis il laissa retomber ses mains le long de son corps et recula, s'éloignant du piège le plus tendre qu'on lui avait jamais tendu.

— Eh bien, je suppose qu'on fait une bonne équipe, déclara-t-il sur un ton qu'il espérait désinvolte.

Oh ! Mon Dieu, songea Kristin, que lui arrivait-il donc ?

Dans un moment de folie absolue, elle s'était pratiquement jetée à sa tête, et c'est lui qui l'avait sauvée !

Son univers était sens dessus dessous, sa boussole interne déréglée, et il y avait de grandes chances pour qu'elle ne se remette jamais en marche.

Kristin se raidit et regarda Malloy dans les yeux, attendant qu'il la taquine au sujet de ce qui avait failli se passer.

Elle retint son souffle.

D'accord, un baiser n'était pas grand-chose, au fond, mais c'était elle qui avait été prête à l'embrasser — et cela, alors qu'elle avait dit à Malloy ses quatre vérités à propos de ce qu'elle pensait de lui et de son attitude de don Juan.

Secouée, elle n'eut d'autre choix que de se cramponner à la bouée que Malloy lui avait lancée.

— On dirait, oui, dit-elle avec raideur.

Elle s'éclaircit la voix — si seulement elle avait pu dissiper aussi vite le brouillard qui lui obscurcissait l'esprit ! — et s'obligea à se concentrer sur l'affaire. Peut-être cela détournerait-il l'attention de Malloy.

Une question la taraudait néanmoins, qui venait tout compliquer : pourquoi ne l'avait-il pas embrassée ? Ne la trouvait-il pas attirante ? Cet homme avait la réputation de flirter avec toutes les femmes qui croisaient son chemin, et pourtant, quand l'occasion de l'embrasser s'était présentée, il n'en avait rien fait.

Pourquoi ?

Allons, Kris. Retourne à l'enquête. Ne te laisse pas troubler par ce type. C'est sans doute exactement ce qu'il vise.

— Je suppose que cela confirme nos soupçons, reprit-elle, faisant de son mieux pour chasser tout autre pensée. Notre assassin avait un type : les blondes aux yeux bleus.

— Maintenant, il ne nous reste plus qu'à déterminer pourquoi.

— Que voulez-vous dire ?

— Eh bien, lui rappelaient-elles une petite amie qui l'aurait plaqué, ou sa propre mère, ou une tante qui l'aurait maltraité enfant ? Plus nous en saurons, mieux nous pourrons comprendre pourquoi il visait ces femmes, et avec un peu de chance cela nous mènera jusqu'à lui.

Kristin lâcha un soupir.

— Personne n'a dit que la tâche serait facile, lui fit-il remarquer avec un petit rire.

Il la contempla un long moment, regrettant temporairement son attitude chevaleresque.

— À aucun point de vue.

Une nouvelle vague de chaleur traversa Kristin.

L'affaire. Pense à l'affaire.

— La femme qui vous a parlé de Zoe vous a-t-elle dit autre chose ? Ou donné un autre nom ?

— Non, mais j'ai promis de la rappeler s'il se révélait que Zoe était bel et bien une des victimes. Peut-être un détail lui sera-t-il revenu en mémoire.

— Ne devez-vous pas informer la famille d'abord ?

— Je n'ai pas encore retrouvé ses parents, mais je n'ai fait qu'une recherche rapide. Je comptais effectuer des recherches plus poussées à mon retour des obsèques.

— Des obsèques ? répéta Kristin sur un ton interrogateur.

Il n'était pas dans ses habitudes de poser des questions indiscrètes à ses collègues. Mais avec Malloy tout avait été différent depuis le début.

— De qui ? s'entendit-elle demander.

— Celles d'Abby Sullivan.

Henry Sullivan lui avait téléphoné pour l'informer de la date et du lieu.

— Étant donné que c'est nous qui lui avons appris la nouvelle, il me semble approprié d'y assister.

Jamais elle n'aurait imaginé qu'il soit capable d'une telle délicatesse. Elle le regarda comme si c'était la première fois qu'elle le voyait.

— Vous êtes vraiment concerné, n'est-ce pas ? murmura-t-elle, s'attendant à demi à une remarque prouvant le contraire.

— Seulement en partie, avoua-t-il. J'y vais aussi au cas où l'assassin viendrait à la cérémonie. Les tueurs en série ont tous leurs manies, leurs particularités. Qui sait ? Celui-ci a peut-être besoin de voir des visages endeuillés et de savoir que c'est lui qui leur a causé ce chagrin.

— Les cadavres sont enterrés depuis au moins vingt ans. Ne pensez-vous pas qu'il a cessé de tuer ?

— Il peut y avoir beaucoup de raisons pour lesquelles il a cessé de tuer pendant un certain temps — un séjour en hôpital psychiatrique, par exemple, ou une incarcération. Il a aussi pu déménager et tuer ailleurs.

— Par conséquent, vous croyez qu'il est encore en vie ?

— Disons que je n'exclus pas cette possibilité. Et s'il est là quelque part je veux l'arrêter.

— Vous pensez vraiment qu'il oserait venir ?

Cette éventualité emplissait Kristin d'horreur, et pourtant Malloy avait raison. S'il y avait la moindre chance pour que cet homme soit vivant et assez arrogant pour assister aux obsèques, ils devaient intervenir.

— C'est peu probable, mais c'est possible. Et, même s'il ne le fait pas, peut-être y aura-t-il là quelqu'un qui pourra me donner des informations susceptibles de mener à une autre identification.

Il jeta un coup d'œil à sa montre. Il avait encore une ou deux choses à faire avant de partir.

— Il faut que j'y aille.

— À quelle heure est l'enterrement ?

— À 13 heures.

Kristin hocha la tête. Une fusillade avait eu lieu le matin même, et elle avait promis à Sean Cavanaugh d'effectuer l'autopsie dès que possible. Elle allait devoir se mettre au travail pour avoir terminé en temps voulu.

— Passez me prendre à midi et quart. Nous irons ensemble.

— Vous n'êtes pas obligée de m'accompagner.

— Cavanaugh, c'est moi qui décide de ce que je dois faire ou ne pas faire, marmonna Kristin. Bon, allez-vous passer me prendre ou faut-il que j'y aille par mes propres moyens ?

Pour être têtue, elle était têtue, songea-t-il.

— Je ne vous ai pas dit où c'était, lui fit-il remarquer.

Kristin haussa les épaules.

— Je peux me renseigner.

Il s'adossa à la table d'examen et la dévisagea.

— OK. J'ai une autre question pour vous. Pourquoi tenez-vous tant à y aller ?

— Par respect pour le deuil et la peine de M. Sullivan. Ce pauvre homme a attendu plus de vingt ans pour découvrir ce qui était arrivé à sa fille. De mon point de vue, il a besoin de tout le soutien qu'on peut lui apporter. Je ne sais pas s'il a une grande famille, mais quand nous sommes allés chez lui j'ai eu l'impression qu'il était plutôt seul.

Malloy acquiesça.

— Très bien. Je passerai vous prendre. À condition que vous demandiez l'autorisation à mon oncle Sean. Je ne voudrais pas qu'il pense que vous faites l'école buissonnière avec moi, ajouta-t-il sur un ton taquin.

— L'école buissonnière ? répéta-t-elle avec un rire. On n'est plus à l'école.

Elle redevint sérieuse.

— Croyez-vous qu'il puisse refuser ? demanda-t-elle, incrédule. Le chef Cavanaugh est un homme adorable. Il comprendra tout de suite mes raisons. Il sera peut-être étonné que j'y assiste avec *vous*, mais il saura pourquoi j'y vais.

— Entendu, alors. Rendez-vous à midi et quart.

Il jeta un coup d'œil au cadavre étendu sur la table voisine.

— Je vous laisse travailler.

Fidèle à sa parole, il arriva à l'heure prévue. Pour une fois, il toqua à la porte avant d'entrer, bien qu'elle soit entrebâillée.

— Vous êtes toujours sûre d'avoir envie de faire ça ? demanda-t-il.

— D'aller à un enterrement ? précisa Kristin. Non. De réconforter ce pauvre homme ? Oui. Cela va être une épreuve pour lui, vous savez. S'il n'a personne pour le soutenir, il aura besoin de nous.

Elle se rendit compte qu'il souriait.

— Vous vous moquez de moi ?

— Médecin-légiste la journée, ange de compassion le soir. Ça sonne bien. Et je ne me moque pas de vous, doc.

— Ah bon ? ironisa-t-elle en retirant sa blouse.

— Non. Vous verrez. Vous finirez par comprendre.

— Si vous le dites.

Elle attrapa son sac et referma le tiroir du bureau.

— Je suis prête.

Les yeux de Malloy rencontrèrent les siens.

— Moi aussi.

Curieusement, Kristin eut l'impression qu'ils ne parlaient plus de l'enterrement.

Peu de gens assistèrent à la cérémonie. Malloy resta délibérément en retrait, faisant de son mieux pour ne pas attirer sur sa présence à l'église, puis au cimetière. Outre Kristin et lui, seule une petite dizaine de personnes étaient là. À en juger par la manière dont elles entouraient

Henry Sullivan, il s'agissait de parents ou d'amis. Mais personne ne semblait assez jeune pour avoir fait partie des amies de la défunte.

Apparemment, la femme qui avait parlé de Zoe Roberts à Malloy n'avait pas été informée des obsèques ou avait choisi de ne pas y assister.

Henry Sullivan demeura debout à côté de la tombe de sa fille après le départ des autres. Au bout d'un moment, il remarqua Malloy et Kristin, et parut surpris de les voir.

— M'apportez-vous des nouvelles, inspecteur ? Avez-vous découvert qui a tué ma petite fille ?

— Pas encore, monsieur. Nous sommes venus par respect pour la mémoire d'Abby.

Le vieil homme esquissa un sourire las.

— Je vous remercie. Je sais que vous êtes très occupé.

Il hésita un instant, puis agrippa Malloy par le bras.

— J'ai besoin de savoir qui a fait ça, ajouta-t-il avec émotion. Et, si je ne peux pas le tuer de mes propres mains, j'ai besoin de savoir qu'il va payer.

— Comme je vous l'ai dit, je ne lâcherai pas l'affaire avant de l'avoir trouvé, professeur, répondit Malloy d'une voix ferme.

Les larmes aux yeux, Henry Sullivan lui serra la main.

— Merci.

Son regard s'arrêta sur Kristin.

— Merci à vous deux, déclara-t-il d'une voix étranglée, en lui prenant la main à son tour.

Kristin avait du mal à refouler les larmes. La cérémonie lui avait rappelé de manière frappante les obsèques de son propre père. L'église était pleine, ce jour-là, mais un chagrin similaire pesait sur l'assemblée.

— Vous n'avez pas à nous remercier, professeur Sullivan.

— Vous m'avez ramené ma petite fille. Pas comme

je l'aurais voulu, murmura-t-il avec tristesse, mais au moins… je sais où elle est, à présent.

Il hocha la tête et s'éloigna à pas lents.

Malloy promena un dernier regard sur le cimetière désert.

— Je ferais mieux de vous ramener à la morgue avant qu'on ne s'aperçoive que vous avez perdu votre étiquette, plaisanta-t-il en se tournant vers Kristin.

La frivolité de sa remarque choqua cette dernière.

— Juste au moment où je commençais à me dire que votre cas n'était pas désespéré, vous vous conduisez comme un idiot et je me demande pourquoi je vous ai accordé le moindre point.

— Parce que vous me notez ? lança Malloy avec un sourire amusé. Combien de points dois-je obtenir pour gagner ?

— Bien trop pour que vous ayez la moindre chance, rétorqua-t-elle, s'efforçant de rétablir une distance entre eux.

Ce n'était pas chose facile. Il avait une façon de la regarder qui, en dépit des efforts de Kristin, ouvrait constamment des brèches dans sa défense.

Et voilà que ça recommençait. Il la regardait comme s'il lisait dans ses pensées. Elle attendit sa réaction, craignant le pire.

Il se pencha vers elle et, bien qu'ils soient seuls dans le cimetière, lui murmura à l'oreille :

— J'adore les défis, Kristin.

Kristin. Il l'avait appelée Kristin. Pas « doc », comme il le faisait habituellement. Kristin ne put s'empêcher de penser que cela ressemblait à une mise en garde.

Une mise en garde contre quoi ? Il avait eu une occasion en or de profiter de sa vulnérabilité un peu plus tôt, à la morgue. Elle avait pensé qu'il allait l'embrasser — et il n'en avait rien fait. Contre toute attente, il s'était comporté en parfait gentleman.

La question était de savoir s'il s'était conduit ainsi pour une raison honorable, ou s'il posait des jalons dans le but de la désarmer ensuite et faire ce qu'elle le soupçonnait de désirer depuis le début.

Deux semaines plus tôt, elle n'aurait pas eu le moindre doute à ce sujet, mais à présent elle était tiraillée entre les deux hypothèses, penchant tantôt pour l'une et tantôt pour l'autre. Et, sans vouloir se l'avouer, elle se sentait de plus en plus attirée par cet homme qui avait la réputation d'être un briseur de cœurs.

Prenant son courage à deux mains, elle le toisa.

— Quel effet cela vous ferait-il de perdre ?

— Je ne sais pas, répondit-il après un instant de réflexion. Ça ne m'est jamais arrivé.

Elle redressa les épaules, s'efforçant de paraître plus grande et plus impressionnante qu'elle ne l'était en réalité.

— Eh bien, inspecteur Cavanaugh, préparez-vous à connaître une toute nouvelle expérience.

Au grand dam de Kristin, Malloy laissa son regard s'attarder sur elle, comme s'il la déshabillait des yeux.

— J'y compte bien, répliqua-t-il d'une voix sourde.

Kristin jugea plus sage de ne rien répondre. En tout cas pas avant qu'elle ait rechargé ses armes pour se défendre contre les belles paroles de ce Satan en complet veston.

13

De retour derrière son bureau, Malloy se mit à rechercher la famille de Zoe Roberts. C'était une tâche fastidieuse, mais, grâce à quelques tuyaux que lui avait enseignés Valri, il parvint enfin à découvrir que la jeune femme avait été confiée très tôt aux services sociaux.

Apparemment, son père ne l'avait pas reconnue, et sa mère était morte des suites d'une maladie alors que Zoe n'avait que onze ans. N'ayant pas de famille, la fillette avait été placée dans une famille d'accueil, puis dans une autre.

Lorsqu'elle avait atteint sa majorité, elle avait connu huit foyers au total. Bien que ballottée ici et là, elle avait réussi à bien travailler à l'école et, au prix d'une détermination absolue, avait décroché une bourse pour entrer à l'université de Californie.

Malloy referma le dossier et se balança un instant sur sa chaise. Il fixa l'écran noir, songeur.

Cela lui paraissait si injuste.

— Tout ce potentiel pour finir dans une tombe anonyme, marmonna-t-il. Qui diable t'a fait ça, Zoe ?

— Vous parlez tout seul, inspecteur ?

Malloy n'avait nul besoin de se retourner pour savoir à qui appartenait cette voix harmonieuse. Il le fit cependant.

— Que faites-vous dans ce secteur, doc ?

À dire vrai, c'était un mélange de fébrilité et de curiosité qui avait amené Kristin ici, à l'unité des affaires non résolues. Elle n'était pas du genre à rester à se tourner les pouces, surtout quand il y avait du pain sur la planche.

— Eh bien, j'ai envoyé mon rapport d'autopsie à la transcription, et en attendant que vous me donniez un autre nom à associer à un de mes neuf crânes restants, ou qu'on m'envoie un nouveau cadavre, je n'ai rien à faire. À propos…

Elle déposa la pile d'avis de disparitions qu'il lui avait remis sur son bureau.

— J'ai séparé les blondes des autres.

L'attention de Malloy était ailleurs, sur quelque chose qu'elle avait dit.

— Neuf crânes ?

— Oui.

— On a commencé avec douze et on en a identifié deux. Il n'en reste pas dix ?

— Si. Mais vous essayez d'identifier des femmes, et, si vous vous souvenez, un de ces crânes appartient à un homme.

— C'est vrai. Ça m'était sorti de l'esprit.

Il se balança de nouveau sur sa chaise et la dévisagea. Il avait l'impression qu'elle avait autre chose à dire, mais il hésitait à lui poser la question directement.

— Vous n'étiez pas obligée de faire tout ce chemin pour m'apporter les avis. Je serais venu les chercher. Vous n'aviez qu'à téléphoner.

— Je ne suis pas venue pour ça, clarifia-t-elle. Je me demandais si vous aviez réussi à retrouver la famille de Zoe.

— Elle n'en avait pas.

Le seul fait de prononcer ces mots lui serrait le cœur.

Pour lui qui avait grandi entouré d'une foule de gens, il était difficile d'imaginer la solitude qui avait dû être celle de Zoe Roberts.

— Elle était orpheline bien avant d'entrer à l'université. Puisqu'elle n'avait pas de parents, il n'y avait qu'une seule personne à informer de son décès.

— Avez-vous appelé son amie ? demanda Kristin. Celle qui vous a donné son nom ?

— Oh ! Vous voulez dire l'enseignante ? Elles n'étaient pas vraiment amies. D'après Rachel McNeil, elles suivaient les mêmes cours, mais ne se fréquentaient pas. Non, je ne l'ai pas encore fait. Pourquoi ?

Kristin hésita, réticente à admettre qu'elle commençait à être obsédée par l'énigme que présentait cette enquête.

— Eh bien, j'imagine qu'elle a eu le temps de réfléchir depuis qu'elle vous a téléphoné. Peut-être a-t-elle songé à un détail qui pourrait nous aider à élucider l'affaire.

Malloy s'était fait la même réflexion, mais il était curieux de savoir ce que Kristin avait en tête.

— Par exemple ?

Kristin haussa les épaules.

— Elle pourrait peut-être nous donner le nom d'un petit ami, si l'une ou l'autre en avait un, ou celui des autres étudiants qu'elles fréquentaient. Ou mentionner un incident quelconque qui coïnciderait avec le moment de leur disparition. Il doit bien y avoir quelque chose !

Malloy lut entre les lignes.

— Vous vous sentez un peu claustrophobe à la morgue ?

Kristin se dressa aussitôt sur ses ergots.

— Je ne suis pas claustr…

Elle se tut et soupira.

— Du moins, je ne l'étais pas avant cette affaire, avoua-t-elle. J'aimerais vous aider à résoudre cette enquête et je n'ai plus rien à apprendre des squelettes. Je les ai assemblés de mon mieux, j'ai une taille et un poids approximatif pour chacune des douze victimes et… j'ai envie d'aller plus loin.

Elle vit Malloy ouvrir la bouche et le prit de vitesse.

— Avant que vous disiez quoi que ce soit, oui, j'ai demandé l'autorisation au chef. Il encourage toujours son équipe à faire preuve d'indépendance et, si ça peut aider à faire avancer l'enquête, il ne voit pas d'inconvénient à ce que je vous accompagne.

— Et ça ne vous ennuie pas d'être mon sous-fifre ?

— Je ne suis pas votre sous-fifre, protesta-t-elle avec une pointe d'indignation. Vous représentez les affaires non résolues, et moi l'identité judiciaire et la morgue.

— Facile pour les présentations, commenta Malloy. Soyons clairs : cela ne me gêne pas que vous m'accompagniez, en tant que sous-fifre ou autre. Mais c'est mon enquête, et mon domaine, alors vous suivez mes instructions.

— Faut-il aussi que je marche deux pas derrière vous ?

— Seulement si nous escaladons une montagne, répliqua-t-il du tac au tac.

Il se leva.

— Prête pour l'aventure ?

— Absolument.

Il sourit.

— Je vous rappellerai que vous avez dit ça.

Elle se demanda ce qu'il voulait dire par là, puis décida qu'elle préférait sans doute ne pas le savoir.

Malloy téléphona à Rachel McNeil en cours de route, expliquant qu'il avait des informations à lui donner et qu'il désirait la voir au plus vite.

— J'ai terminé mes cours et je m'apprêtais à rentrer chez moi, répondit-elle. Est-ce au sujet de Zoe ?

— Oui.

Il ne désirait pas en dire plus long avant d'être face à face avec elle. Son frère Duncan lui avait appris que l'attitude d'une personne lorsqu'elle vous parlait était parfois plus révélatrice que ce qu'il ou elle disait.

— Très bien, je vous attends.

Malloy jeta un coup d'œil à sa montre.

— Je serai là dans un quart d'heure. Où puis-je vous retrouver ?

— Je vous attendrai devant la bibliothèque Paul Klapper, déclara-t-elle, supposant apparemment qu'il connaissait le campus aussi bien qu'elle. Il y a des bancs. Nous pourrons parler.

— Elle compte vous retrouver dans un lieu public, observa Kristin quand il eut coupé la communication. Lui avez-vous fait peur ?

Il tourna à gauche au bout de la rue.

— J'en doute. Je suis totalement inoffensif.

Kris réprima son envie de rire et ne fit pas de commentaire.

— Cavanaugh, vous n'étiez même pas inoffensif le jour de votre naissance.

Malloy s'arrêta à un feu rouge et la regarda.

— Pourquoi dites-vous ça, doc ? Vous avez peur de moi ?

— C'était juste une remarque en l'air, dit-elle, éludant la question.

Très bien. Il se promit de revenir à la charge plus tard. Ils allaient entrer sur le campus.

— Dans l'immédiat, pourriez-vous consulter le GPS et localiser la bibliothèque Paul Klapper ?

Elle le dévisagea, surprise.

— Vous ne savez pas où c'est ?

— Non. Je sais où est l'administration. Je n'ai pas mémorisé tous les bâtiments du campus.

— Vous n'avez pas fait vos études ici ?

— Non, je ne suis pas de la région.

— Je croyais que tous les Cavanaugh étaient nés ici.

— La plupart, oui. Mais certains d'entre nous viennent de Shady Canyon.

À l'évidence, Kristin avait d'autres questions en réserve, mais il y coupa court.

— C'est une longue histoire. Je vous la raconterai peut-être un jour, une fois cette enquête résolue.

— Vous dites ça comme si c'était une certitude.

— Quoi ? Résoudre l'affaire ou vous raconter l'histoire ?

Cette fois, elle ne put s'empêcher de rire.

— Les deux.

— C'est parce que je n'ai qu'une manière d'appréhender les choses, déclara-t-il. Du côté positif. Nous arrivons. Où dois-je tourner ?

Tout à la conversation, Kristin avait tout juste eu le temps de taper l'adresse et d'agrandir la carte qui était apparue sur l'écran.

— À gauche, se hâta-t-elle de dire. Là, tout de suite.

Malloy donna un brusque coup de volant pour ne pas manquer la route.

— Rappelez-moi de ne pas vous confier le copilotage la prochaine fois, lança-t-il en s'engouffrant dans un emplacement libre.

— Qu'est-ce qui vous fait penser qu'il y aura une prochaine fois ? répliqua-t-elle en retirant sa ceinture.

Il lui décocha un regard en biais.

— C'est juste une intuition.

Sa réponse agaça Kristin, mais elle se contenta de le suivre sans rien dire dans la courte volée de marches qui menait à la bibliothèque.

Une femme mince, vêtue dans un style très classique, était assise sur le banc le plus proche. Elle se leva aussitôt.

— Inspecteur Cavanaugh ?

Malloy s'acquitta rapidement des présentations.

— Professeur Rachel McNeil, le Dr Alberghetti, médecin légiste.

— J'avais raison ? s'enquit l'enseignante. Zoe fait-elle partie des victimes ?

Malloy acquiesça.

— Le Dr Alberghetti a confirmé que l'un des crânes retrouvés correspondait au dossier dentaire de Zoe Roberts.

Rachel porta une main à sa bouche, étouffant un sanglot.

— Je le savais. Je le sentais. Je n'ai jamais vraiment cru à cette histoire de fugue. Surtout de la part de Zoe, ajouta-t-elle en regardant Malloy. Elle était résolue à réussir.

Il la dévisagea un instant.

— Je croyais que vous ne les connaissiez pas très bien, l'une et l'autre ? demanda-t-il tandis qu'ils s'asseyaient tous les trois sur le banc.

— C'est vrai, mais il nous arrivait de travailler ensemble à la bibliothèque. Celle-ci, expliqua-t-elle en désignant le bâtiment derrière eux. Elle était beaucoup plus petite à l'époque. On se retrouvait avant les examens pour se tester mutuellement. Zoe était toujours la plus concentrée, même si on avait l'impression qu'elle avait une encyclopédie dans la tête.

Malloy tira un calepin et un stylo de sa poche.

— Vous souvenez-vous d'autres membres de ce groupe ?

Elle secoua la tête.

— Non, je suis désolée. C'était il y a plus de vingt ans. Je me souviens seulement d'Abby parce qu'un policier était venu nous interroger sur le campus. Et de Zoe parce qu'elle était convaincue qu'il était arrivé malheur à Abby. Elle disait qu'elle allait la chercher…

— A-t-elle mentionné où ? intervint Kristin.

Rachel secoua la tête de nouveau.

— Je venais de tomber amoureuse à l'époque et je suppose que je n'ai pas fait très attention. Pas avant que Zoe disparaisse à son tour.

Elle soupira. À l'évidence, elle se sentait coupable.

— C'est quelque chose qu'on n'oublie pas, murmura-t-elle.

— Vous avez parlé d'un policier. Vous rappelez-vous son nom ?

Elle réfléchit un instant.

— Monahan ou Mulroney, quelque chose comme ça.

Malloy nota l'information. Il serait facile de vérifier.

— Savez-vous si Abby ou Zoe avait un petit ami ?

— Zoe ne s'intéressait qu'à ses études, et à Abby. Je crois qu'elle n'avait pas beaucoup d'amis. D'après ce que j'ai entendu dire, elle a fait la connaissance d'Abby dès leur arrivée à l'université et elle s'est cramponnée à elle.

— Et Abby ? Avait-elle un petit ami ? insista Malloy.

Rachel fronça les sourcils, cherchant à s'en souvenir.

— Je l'ai vue parler à un type, deux ou trois fois, mais je ne dirais pas que c'était son petit ami.

— Vous rappelez-vous son nom ? demanda néanmoins Malloy, sans grand espoir.

Une évidente frustration se lut sur les traits de Rachel.

— Non, désolée. En revanche, je sais qu'il suivait des cours de botanique avec elle. Ça m'avait frappée parce que la plupart des garçons de cet âge-là ne s'intéressaient guère aux plantes, sauf à celles qu'ils pouvaient fumer. Abby m'avait dit qu'il voulait faire plaisir à son père, qui était un passionné de plantes.

Malloy hocha la tête.

— Autre chose ?

— Désolée. C'est tout ce dont je me souviens.

Elle hésita.

— Elles n'ont pas souffert, n'est-ce pas ? s'enquit-elle timidement. Abby et Zoe ? Quand elles sont mortes ?

— La mort a été instantanée, se hâta de dire Kristin.

Rachel poussa un soupir tremblant.

— Tant mieux. Enfin, je veux dire, je suis heureuse qu'elles n'aient pas été torturées.

Elle pinça les lèvres.

— Vous comprenez ce que je veux dire ?

— Oui, assura Kristin.

Malloy tendit une carte à Rachel.

— Voici mes coordonnées. Vous avez mon portable en plus de la ligne fixe. Si quoi que ce soit vous revient en mémoire, je répète, quoi que ce soit, appelez-moi.

Elle acquiesça.

— Je le ferai.

Ils la laissèrent sur le banc, songeuse, les yeux rivés sur la carte de visite.

Une fois au volant, Malloy se tourna vers Kristin.

— Vous ne m'avez pas dit que la mort a été instantanée.

— C'est parce que je n'en sais rien, admit-elle en bouclant sa ceinture.

Il mit le contact, intrigué.

— Mais vous venez de dire le contraire à Rachel. Avez-vous menti ?

Il ne l'en aurait pas crue capable, même pour une bonne raison. À l'évidence, le Dr Alberghetti avait une personnalité plus complexe qu'il ne l'avait pensé tout d'abord.

Kristin regardait droit devant elle.

— Je lui ai dit ce qu'elle avait besoin d'entendre. Pourquoi faudrait-il qu'elle soit hantée par la vision de ces deux jeunes femmes torturées à mort ? Il vaut mieux qu'elle croie qu'elles sont mortes rapidement, et sans souffrir.

Malloy sortit du parking.

— Vous êtes une sacrée cachottière, docteur Alberghetti. Vous vous en rendez compte, n'est-ce pas ?

— De quoi parlez-vous ? se récria-t-elle, offensée.

Il esquissa un sourire.

— Vous faites semblant d'être une dure à cuire, mais en réalité vous avez un cœur d'artichaut.

Se moquait-il d'elle ?

— Je n'en mettrais pas ma tête à couper.

— Pas besoin d'aller jusque-là. Je viens d'en avoir la preuve, sous mes yeux. Ne soyez pas gênée, doc. Vous avez bien agi. Ça me plaît.

S'imaginait-il que seule son approbation comptait pour elle ?

— Peu m'importe que ça vous plaise ou non.

Elle l'entendit rire sous cape.

— Si vous le dites.

Jamais elle n'avait connu personne qui puisse la mettre en colère aussi vite que cet homme-là.

— Je le dis, oui.

— Hmm.

Il garda les yeux rivés sur la route, comme elle, mais un sourire perçait dans sa voix.

Par deux fois, elle ouvrit la bouche pour rétorquer et, par deux fois, elle la referma. À quoi bon gaspiller sa salive ?

Malloy Cavanaugh avait le don de déformer tout ce qu'on lui disait.

Le trajet de retour se fit dans un silence de mort.

14

— Je peux venir ?

Malloy interrogea sa passagère du regard. Ils n'avaient pas échangé un traître mot depuis qu'ils avaient quitté le campus universitaire. Et voilà qu'au moment où il se garait sur une des nombreuses places disponibles sur le parking du commissariat Kristin daignait enfin lui poser une question.

Une question assez obscure, d'ailleurs.

— Vous allez devoir être plus précise, doc, dit-il en tirant sur le frein à main. Venir où ?

Kristin prit une brève inspiration et commença par le début.

— Quand vous irez interroger le policier qui a enquêté sur la disparition d'Abby Sullivan.

Elle avait parfaitement conscience de sa position de faiblesse. Cavanaugh avait tout à fait le droit de refuser. Après tout, elle était médecin légiste, pas détective. Mais à ce stade de l'enquête elle se sentait vraiment impliquée, et la perspective d'attendre que Cavanaugh la contacte pour lui communiquer une à une les informations qu'il découvrait lui paraissait aussi frustrante qu'inenvisageable. Elle n'avait aucun travail en cours à la morgue. Cela lui laissait tout le loisir de partir sur le terrain si l'occasion se présentait — et c'était manifestement le cas.

— Il est tard. Je ne vais pas y aller aujourd'hui, répondit-il, éludant sa question.

Kristin n'allait pas se laisser éconduire aussi facilement.

— C'est ce que je pensais, mais quand vous irez j'aimerais vous accompagner.

— Et moi, j'aimerais être le chef de la police, rétorqua-t-il tranquillement, mais on n'a pas toujours ce qu'on veut dans la vie.

Il descendit et la regarda par-dessus le toit du véhicule.

— Vous parlez sérieusement, j'imagine ? demanda-t-il.

— Je ne vous aurais pas posé la question sinon.

Ne s'en rendait-il pas compte ?

— Cela vous a peut-être échappé, mais j'ai du mal à demander un service, ajouta-t-elle.

Il lâcha un petit rire.

— J'ai remarqué.

Il marqua une pause, prolongeant le suspense encore un peu.

— Très bien, quand je saurai qui était l'enquêteur, je vous le dirai.

Naturellement, tout cela s'était passé bien avant qu'il entre dans la police. Vingt ans plus tôt, il allait au collège et avait des vues sur Jenny Gallo, en classe de cinquième.

— Il a forcément pris sa retraite à l'heure qu'il est. Pour autant que nous le sachions, il est peut-être mort ou installé aux Caraïbes, mais s'il est en vie et joignable je vous le dirai.

Puis il sourit.

— Maintenant, c'est à vous de faire quelque chose pour moi, doc.

— Quoi ? soupira-t-elle d'un ton las.

— Allez-vous cesser de me regarder comme si vous

vous attendiez à ce que je vous traîne dans un coin sombre pour abuser de vous ?

— Je sais que vous ne le feriez pas.

— Merci.

— Vous ne pourriez pas le faire parce que je pratique les arts martiaux, acheva-t-elle.

Il arqua un sourcil.

— Et c'est la seule raison ?

— Non, répondit-elle sur un ton sec. Vous ne traînez pas vos victimes, vous les séduisez.

Elle prit une inspiration.

— Mais je pratique les arts martiaux quand même.

Il se mit à rire.

— Je prends note.

— C'était quoi ? lança-t-elle soudain.

— Quoi ?

Malloy avait perdu le fil de la conversation. Kristin pressa les lèvres, certaine qu'il tardait à répondre pour faire durer le plaisir.

— Le « quelque chose » que vous vouliez que je fasse.

Là encore, il marqua une pause.

— J'allais vous demander si ça vous dirait de venir grignoter un truc avec moi après le service. J'apprécierais un peu de compagnie.

— C'est tout ? insista-t-elle, sceptique.

— Oui.

Une lueur amusée pétilla dans le regard de Malloy.

— À moins que vous ne vouliez terminer la soirée par une partie de jambes en l'air.

— Non, dit-elle si vite qu'il aurait pu sentir le souffle d'air que le mot avait créé.

— Eh bien, d'accord, on va juste manger un bout.

Cavanaugh prenait des libertés, une fois de plus.

— Quand ai-je dit oui ?

— Eh bien, je ne vous ai pas entendue dire non.

Kristin fronça les sourcils. Il la tenait.

— Je suppose que vous avez raison.

Le sourire taquin revint sur les lèvres de Malloy.

— C'est souvent le cas.

Il jeta un coup d'œil sur sa montre.

— Je finis dans une demi-heure. Et vous ?

— J'aurais déjà pu rentrer chez moi si je l'avais voulu.

Malloy acquiesça.

— Bien. Retrouvons-nous ici dans ce cas. Il y a un endroit particulier où vous voudriez aller ?

Kristin n'avait aucune suggestion à faire. Il était rare qu'elle se rende au restaurant. Soit elle se préparait un repas tout simple à la maison, soit elle était invitée chez sa mère ou faisait réchauffer des plats que celle-ci avait confectionnés et lui avait fait apporter.

Elle haussa les épaules.

— Non. Comme vous voudrez.

— Ça marche, lança-t-il alors qu'ils entraient dans le bâtiment.

Malgré elle, Kristin se retrouva assise dans sa voiture une demi-heure plus tard, guettant Malloy.

Quand elle le vit descendre les marches qui menaient au parking, son instinct de survie lui ordonna une dernière fois de prendre ses jambes à son cou.

Elle ne le fit pas.

Au contraire, elle descendit de voiture et attendit qu'il la rejoigne.

— Une partie de moi n'était pas sûre que vous seriez là, dit-il honnêtement lorsqu'il fut à quelques pas d'elle.

— Une partie de moi ne voulait pas l'être, avoua-t-elle en retour. Mais je m'y étais engagée, alors me voilà.

Malloy savait déjà que la parole donnée comptait beaucoup à ses yeux. C'était une des choses qui lui plaisaient chez elle.

— Si vous voulez, je peux conduire jusqu'au restaurant et vous ramener ici ensuite.

— Je peux tout aussi facilement vous suivre, et quand nous aurons fini, chacun pourra repartir de son côté… chez soi, souligna-t-elle délibérément.

Malloy feignit d'être blessé.

— Quand allez-vous me faire confiance, doc ?

— Quand je me sentirai en sécurité avec vous, répondit Kristin sans hésiter. À cet instant précis, vous me donnez l'impression que je marche sur une corde raide au-dessus des chutes du Niagara par grand vent.

Le regard de Malloy se souda au sien, impénétrable.

— Dans ce cas, observa-t-il, il serait judicieux de ne pas marcher sur cette corde.

— Exactement, marmonna-t-elle, se refusant à détourner les yeux.

Là encore, un sourire se dessina sur les lèvres de Malloy. Jamais aucune femme lui avait résisté, encore moins à ce point.

— Vous n'avez pas à vous inquiéter, Kristin, murmura-t-il d'une voix sensuelle. Je ne ferais rien qui soit contre votre volonté.

Il paraissait sincère, mais elle n'allait pas s'autoriser à le croire.

— Dixit l'homme au regard hypnotique, ironisa-t-elle.

— Vraiment ? taquina-t-il. Vous trouvez que j'ai un regard hypnotique ?

Elle soupira et secoua la tête.

— Partons avant que ce soit l'heure du petit déjeuner, voulez-vous ?

— Oui, le petit déjeuner sera pour une autre fois.

Elle ouvrit la bouche pour rétorquer : « même pas en rêve ! » puis se rendit compte que ce faisant elle serait coupable d'extrapolation. Après tout, il n'avait jamais dit que le petit déjeuner en question surviendrait après une nuit passée à faire l'amour. C'était son imagination qui l'avait poussée à interpréter sa remarque ainsi.

Par conséquent, elle remonta dans sa voiture, les lèvres pincées. Et puis elle le suivit au restaurant qu'il avait choisi.

À quelques kilomètres de là, Malloy s'engagea sur le parking d'un restaurant à l'aspect pour le moins décrépit. Une enseigne fanée indiquait le nom de l'endroit : Jerry's.

— Vous êtes sûr que c'est ouvert ? demanda-t-elle en descendant.

Malloy désigna d'un geste les voitures garées autour des leurs.

— Les autres pensent que oui. Et les lumières sont allumées, par conséquent, je dirais que c'est probable.

Méfiante, Kristin regarda l'établissement de nouveau avant de verrouiller sa portière à regret.

— Quel genre de cuisine sert-on ici ?

— De la bonne cuisine, affirma-t-il en grimpant les marches du perron.

Elle le suivit, mais s'arrêta devant la porte, plaçant la main sur la poignée pour empêcher Malloy de l'ouvrir.

— Quel genre de cuisine sert-on ici ? répéta-t-elle. C'est une question légitime, non ?

Pensait-elle qu'il l'avait amenée dans un endroit louche ?

— De la cuisine américaine traditionnelle. Vous

pouvez vérifier sur votre téléphone. Jerry a très bonne réputation. D'autres questions ?

— Non. Vous voyez, ce n'était pas si difficile, si ? Pourquoi voulez-vous constamment jouer à de petits jeux ?

Il lui lança un coup d'œil sexy.

— Les jeux peuvent être distrayants.

Kristin aurait dû être irritée, indignée — ou les deux. Sans doute aurait-elle dû s'en aller pendant qu'elle le pouvait encore. Cavanaugh, elle le savait, était bien trop attirant pour son bien.

Cependant, ils étaient dans un lieu public, et elle ne risquait rien à dîner avec cet homme. Elle ne voulait pas qu'il pense qu'elle était lâche. D'ailleurs, peut-être cette conversation lui apprendrait-elle certaines choses.

De toute façon, si la situation devenait délicate, elle n'avait qu'à courir à sa voiture. Mais à vrai dire elle doutait qu'ils en arrivent là.

Bon sang, songea-t-elle. Voilà qu'elle commençait à lui faire confiance.

— Parfois ils le sont, répondit-elle. Je ne crois pas que ce soit le cas à présent.

À sa grande surprise, il sourit.

— C'est à voir.

Sur quoi, il lui tint la porte et s'effaça pour la laisser entrer.

À l'intérieur, la lumière tamisée créait une atmosphère à la fois chaleureuse et intime.

— Cette table vous convient ? s'enquit la serveuse en les conduisant à une banquette.

Au lieu de répondre, Malloy interrogea Kristin du regard.

— Très bien, fit-elle, surprise qu'il n'ait pas pris la décision.

La jeune fille s'éloigna. Kristin s'assit, et Malloy l'imita.

— Quelque chose vous tente ?

Prise au dépourvu, Kristin le fixa. Avait-elle bien entendu la question ?

— Comment ?

Le sourire de Malloy s'accentua.

— Quelque chose vous tente ?

La lueur qui brillait dans son regard confirma les craintes de Kristin.

— Comment osez-vous me demander ça ? s'indigna-t-elle. Ici ?

— Sur le menu, dit-il tranquillement. À quoi pensiez-vous ?

Elle se sentit idiote. Que lui arrivait-il ? Elle n'avait pas pour habitude de perdre son sang-froid ainsi. Elle ne cessait d'anticiper les manœuvres de Malloy à son égard, alors qu'il se montrait la politesse même en retour. Était-ce le vrai Malloy ou cela faisait-il partie de son jeu pour l'inciter à baisser sa garde ?

— Le steak, répondit-elle, les dents serrées. J'aime le steak.

— Vous devez avoir du mal à le manger quand vous avez la mâchoire aussi crispée, observa-t-il.

Refermant son menu, il se pencha par-dessus la table.

— Détendez-vous, doc, dit-il à voix basse pour que personne ne les entende. Nous sommes ici pour dîner, et peut-être parler un peu de l'enquête, si vous voulez. Rien de plus.

Ces derniers mots ressemblaient à une promesse.

Malgré tout, Kristin posa sur lui un regard sceptique.

— Rien de plus ?

— Rien de plus, répéta-t-il tranquillement avant de

se redresser. Deux collègues qui mangent un morceau ensemble en discutant d'une affaire non résolue.

La serveuse revint prendre leur commande.

— Un steak pour moi, s'il vous plaît, déclara Kristin.

— La cuisson, madame ?

— Saignant.

Du coin de l'œil, elle discerna un sourire sur les lèvres de Malloy. Elle devait cesser, songea-t-elle. Cesser d'essayer de deviner à quoi il pensait. Quelle importance cela pouvait-il bien avoir ?

Ensuite, la serveuse demanda à Kristin quel accompagnement elle avait choisi. Le sourire de Malloy s'accentua.

Et elle comprit pourquoi.

— Et vous, monsieur ?

— La même chose, dit-il en lui rendant le menu, avant de s'adresser à Kristin. Je suppose que nous avons plus de points communs que nous ne le pensions.

Comme la jeune femme s'éloignait, il reprit :

— Est-ce vraiment la première fois que vous venez ici ?

— Oui. Pourquoi ?

— Parce que vous aimez le steak et que les steaks de Jerry sont réputés pour être les meilleurs de la ville. Ce restaurant existe depuis plus de quarante ans, ajouta-t-il.

— Quand on ne cherche pas, on ne trouve pas, commenta Kristin. Si j'ai envie d'un steak, je l'achète et je le fais cuire moi-même.

Malloy sourit.

— J'adore les femmes qui ont de l'initiative.

— Cavanaugh ! lança-t-elle sur un ton d'avertissement.

— Pardon. C'est seulement un dîner entre amis, dit-il, comme s'il s'exhortait à ne pas l'oublier. Un dîner entre amis.

— Des amis qui pourraient ne pas le rester longtemps.

Malloy plongea son regard dans le sien.

— Vous ne pensez pas ce que vous dites.

Elle réprima l'envie de lui dire que si, et que, d'ailleurs, il n'avait aucune idée de ce qu'elle pensait. Qu'il ne la connaissait pas du tout. Bizarrement, les mots refusèrent de sortir.

— Changeons de sujet, voulez-vous ?

Les yeux de Malloy lui souriaient, comme s'il savait que c'étaient des menaces en l'air.

Kristin mourait d'envie de lui prouver le contraire. Mais il se comportait en parfait gentleman, et elle ne pouvait tout de même pas être odieuse en retour.

Elle prit une profonde inspiration et s'efforça de se détendre, oubliant qu'il lui avait donné précisément le même conseil quelques minutes plus tôt. Elle était si nerveuse qu'elle avait l'impression qu'elle risquait de se casser en mille morceaux d'une minute à l'autre.

Elle n'aurait su dire précisément pourquoi cette sensation l'habitait — ou peut-être que si, mais elle préférait ne pas y penser.

Le problème, c'était qu'elle ne voulait pas vivre sa vie sans jamais prendre de risque.

La lenteur et la prudence permettaient peut-être de gagner la course en fin de compte, mais elle ne voulait pas gagner ainsi. Car alors, où étaient la passion, le sentiment de triomphe et de satisfaction qui accompagnaient la victoire ?

Une victoire n'était une victoire que si on la sentait dans chacune des fibres de son être.

Aucun doute, se dit-elle en plongeant son regard dans les yeux verts de Malloy. Cet homme la rendait dingue.

15

Le temps fila à toute allure, et ils finirent par bavarder bien plus longuement que Kristin ne l'avait escompté.

À sa grande stupéfaction, elle avait passé une excellente soirée. Elle avait pris plaisir non seulement à écouter Malloy — elle était assez douée pour écouter, ou du moins en donner l'impression —, mais aussi à lui parler.

Et c'était chose rare chez elle, car elle était plutôt réticente à aborder des sujets personnels. Elle préférait se cantonner à des conversations professionnelles.

Avant que Kristin s'en rende compte, deux heures s'étaient écoulées, ils avaient terminé le dessert et repris un café. Un coup d'œil gêné à sa montre lui apprit qu'il était encore plus tard qu'elle ne le soupçonnait. Comment avait-elle pu être aussi bavarde ?

— Je ne m'étais pas rendu compte de l'heure, murmura-t-elle.

Malloy haussa les épaules.

— Pour certains, la soirée n'a pas encore commencé.

— Ces gens-là n'ont sûrement pas besoin de se lever tôt pour aller travailler.

Elle ouvrit son sac.

— Combien dois-je pour ma part ?

— Rien.

Kristin eut un haut-le-corps. Elle n'allait certainement

pas prendre l'habitude de le laisser régler l'addition pour elle.

— Nous avons mangé exactement la même chose, lui fit-elle remarquer. Il est normal que je paie la moitié. Combien dois-je ?

Elle tendit la main vers l'addition, mais il la prit de vitesse.

— Désolé, nous autres Cavanaugh n'avons pas été élevés comme ça. Chez nous, c'est l'homme qui paie. Même s'il sort avec sa sœur, ajouta-t-il en la voyant qui s'apprêtait à protester. C'est comme ça. Acceptez-le.

Pas question !

— Je n'aime pas avoir des dettes. Envers personne.

Il aurait dû se douter qu'elle lui donnerait du fil à retordre pour ce geste qui, à ses yeux, était tout ce qu'il y avait de plus normal.

— Eh bien, disons que je paie pour le plaisir d'avoir dîné en votre compagnie. Comme ça, vous ne me devez rien.

C'était du baratin, et elle le savait, même s'il parlait avec tant de sincérité et de conviction qu'elle aurait pu y croire.

Là était son talent, songea-t-elle.

Malgré sa frustration, elle se refusait à faire une scène en public.

— Très bien, mais la prochaine fois c'est moi qui vous invite.

Les yeux de Malloy brillèrent.

— La prochaine fois ? Voilà qui me donne des raisons d'espérer.

Trop tard, elle comprit qu'elle était tombée dans un piège. Elle venait de s'engager à passer une autre soirée en sa compagnie. Un autre repas, plusieurs heures de conversation, et pas au sujet du travail.

Elle devait être davantage sur ses gardes.

Kristin secoua la tête.

— Vous êtes vraiment retors.

Le sourire de Malloy s'accentua.

— Je vais prendre ça comme un compliment.

— Je ne suis pas sûre que telle était mon intention, rétorqua-t-elle alors qu'ils sortaient.

Ils s'arrêtèrent en arrivant à leurs véhicules respectifs.

— Que pensez-vous du restaurant ?

Kristin regarda par-dessus son épaule le bâtiment qu'ils venaient de quitter.

— Simple. Charmant. Chaleureux.

Elle avait marqué une pause après chaque mot, se donnant le temps de penser au suivant. Elle aurait préféré trouver quelque chose à critiquer, mais ce n'était pas le cas et elle ne pouvait pas mentir, pas même à lui.

— Il me plaît, conclut-elle.

Malloy parut sincèrement content, et elle ne put s'empêcher de se demander quelle différence cela pouvait bien lui faire qu'elle aime cet endroit ou pas.

— Je pensais qu'il vous plairait.

Elle s'attardait, comprit-elle soudain. Elle s'attardait, et peut-être attendait-elle quelque chose qu'elle n'aurait pas dû attendre. Elle prit une inspiration et se morigéna intérieurement. Mieux valait partir au plus vite, avant d'être tentée davantage.

— Eh bien, merci pour le dîner, dit-elle brusquement. À demain.

— À demain, répéta-t-il.

Malloy lui tint sa portière pendant qu'elle se glissait au volant, puis la referma.

Kristin boucla sa ceinture, fit marche arrière et sortit

du parking, ne s'autorisant qu'un seul regard dans le rétroviseur. Malloy montait dans sa voiture.

Concentre-toi sur la route, Kris. Tu n'as pas besoin de le regarder.

Au bout de trois pâtés de maisons, elle jeta un nouveau coup d'œil. La voiture qui la suivait lui parut vaguement familière.

Malloy.

Sans détacher ses yeux de la route, elle farfouilla dans son sac à main à la recherche de son portable et le plaça sur le kit main libre. Lorsqu'elle fut sûre qu'il était bien fixé, elle composa son numéro.

Il répondit aussitôt.

— Cavanaugh, dit-il sur un ton presque rêveur.

Elle avait l'impression que son regard lui transperçait la nuque.

— Je sais, rétorqua-t-elle, exaspérée. Ce que je ne sais pas, c'est pourquoi vous me suivez. Mes pneus sont neufs, alors j'imagine qu'ils ne risquent pas d'éclater.

— C'est vrai. J'avoue que ma raison est beaucoup plus démodée que ça.

Elle regarda dans le rétroviseur, même si, à cette distance, il ne pouvait pas la voir et inversement.

— OK, je mords à l'hameçon. Laquelle ?

— Un gentleman veille toujours à ce qu'une dame rentre chez elle sans encombre.

— Un gentleman ? Il y a quelqu'un d'autre avec vous dans la voiture ?

Malloy ne s'offusqua pas de sa repartie. Sans doute s'y était-il attendu.

— Non, désolé. Il n'y a que moi. Maintenant, arrêtez de parler au téléphone, Kristin, sinon vous risquez d'écoper d'une amende.

— Je ne me sers pas de mes mains.

Une longue pause s'ensuivit avant qu'il réponde.

— Voilà une image qui va me rester en tête.

Outrée, Kristin coupa la communication.

Il la suivit jusque chez elle.

Et, exactement comme la fois précédente, il se gara derrière elle dans l'allée. Mais cette fois elle sortit du garage et le referma à l'aide de la télécommande.

— Mission accomplie, déclara-t-elle lorsqu'il descendit de sa voiture. Je suis arrivée saine et sauve.

— Techniquement, la mission ne s'achève que lorsque je vous ai vue entrer dans la maison et allumer la lumière.

— Cela veut-il dire que vous allez entrer l'arme au poing et inspecter chaque pièce tour à tour ?

Elle avait un côté théâtral, songea Malloy, amusé.

— Ça ne m'était pas venu à l'esprit, mais maintenant que vous le dites je pense que c'est une excellente idée.

— Permettez-moi de vous rassurer, répliqua-t-elle avec une pointe de sarcasme. J'ai des voisins très curieux. S'ils avaient vu quelqu'un entrer chez moi, ils auraient averti la police en moins de temps qu'il n'en faut pour le dire, et à l'heure qu'il est la maison serait encerclée. Il n'y a personne ici.

Soupçonnait-elle à quel point elle l'attirait ? Et à quel point il se faisait violence pour résister à l'envie de la prendre dans ses bras ?

— On n'est jamais trop prudent, observa-t-il, sans faire mine de bouger.

Il n'allait pas lui imposer sa présence. Il ne croyait pas à ce genre d'approche. Soit les choses arrivaient d'elles-mêmes, soit non.

— Vous n'allez pas entrer, constata-t-elle, comme si c'était une évidence.

Elle avait des frissons tout le long du dos depuis l'instant où elle l'avait vu dans son rétroviseur. Et maintenant elle avait des picotements dans les doigts, et les paumes moites.

Le regard de Malloy plongea dans le sien.

— Vous voulez que j'entre ? demanda-t-il tout bas.

Sa question rappela à Kristin quelque chose qu'il lui avait dit. Qu'il ne ferait jamais rien qui soit contre sa volonté. Il attendait une invitation, comprit-elle. Elle n'avait qu'à dire non et elle serait hors de danger. Il s'en irait.

Un tout petit « non » suffirait.

Elle prit une inspiration.

Et puis elle s'entendit dire :

— Finissons-en.

Malloy arqua un sourcil, l'air perplexe.

— Finissons-en avec… ?

Elle continua à le fixer, avec une sorte de défi dans les yeux.

— Embrassez-moi, ordonna-t-elle. Embrassez-moi, ce sera fait, on sera débarrassés et on pourra passer à autre chose.

Malloy réprima un rire.

— Il ne me semble pas qu'on m'ait jamais fait une proposition aussi romantique.

— Je n'essaie pas d'être romantique, répondit-elle, furieuse. J'essaie d'être efficace.

C'était une première pour Malloy.

— Oh ! Efficace ? C'est la première fois que j'entends décrire un baiser comme ça.

Elle avait redressé le menton.

— Ce… ce truc est un obstacle entre nous pour différentes raisons, argua-t-elle, affolée par le chaos qui régnait dans son esprit et dans son corps.

Elle savait qu'il voulait l'embrasser pour lui prouver

qu'il pouvait bouleverser son univers. De son côté, elle se demandait de plus en plus fréquemment ce qu'elle éprouverait s'il l'embrassait. À vrai dire, elle était arrivée au point où elle se posait la question constamment. Il fallait que cela cesse.

— Et je ne crois pas qu'on puisse continuer à travailler de manière productive ensemble avant d'avoir résolu définitivement ce… ce problème, marmonna-t-elle, faute d'un terme plus approprié.

— Très bien, dit-il, docilement. Si c'est ce que vous voulez.

Il l'enlaça.

— Souvenez-vous seulement que l'idée venait de vous.

Ça y était. Il lui décochait ce maudit sourire. Ce sourire qui promettait à la fois péché et salut, qui réduisait toutes ses défenses à néant. Elle avait beau s'efforcer de lutter, la bataille était perdue d'avance.

— Ce que je veux, c'est ne plus y penser sans arrêt.

— Que je comprenne bien, dit-il, en faisant de son mieux pour garder son sérieux. Si je vous embrasse, tout ça sera terminé ? Vous n'aurez plus de doutes, plus de questions ?

Il avait l'air d'en douter.

— Je l'espère bien ! soupira-t-elle.

Malloy se pencha vers elle comme pour l'embrasser, puis se redressa au dernier moment. Elle écarquilla les yeux, surprise et déroutée.

— Peut-être devrions-nous entrer, suggéra-t-il. Si vos voisins sont curieux…

Entrer.

Il voulait entrer.

Elle n'avait pas envisagé cette éventualité. Une éventualité qui allait sans nul doute rendre la situation deux fois plus intime.

Mais elle ne pouvait plus faire marche arrière à présent, pas alors que c'était elle qui avait eu l'idée de l'embrasser. Il comptait là-dessus, bien sûr. Il semblait si sûr de lui ! Elle résolut avec vigueur d'être totalement imperméable à son baiser, si torride soit-il.

Par conséquent, elle marmonna son accord et introduisit la clé dans la serrure. Le déclic résonna dans sa tête.

Malloy passa une main derrière elle et tourna la poignée. Comme dans un rêve, Kristin franchit le seuil et entra dans la maison.

Il la suivit, et l'instant d'après elle entendit la porte se refermer. Elle s'attendait à ce qu'il prenne l'initiative, mais il n'en fit rien. Quoi qu'il advienne, ce qui allait se passer maintenant ne dépendait que d'elle.

Son cœur cognait follement dans sa poitrine.

— Oh ! d'accord ! s'écria-t-elle, en proie à un mélange de terreur et de frustration.

Sur quoi elle noua ses bras autour du cou de Malloy et pressa ses lèvres contre les siennes.

Elle avait eu pour seule intention d'en finir. Après tout, l'attente était censée être bien plus excitante — mentalement, au moins — que l'acte proprement dit.

Enfin, ça, c'était en théorie.

La vie avait le don de déjouer les attentes, bonnes ou mauvaises. Et dans ce cas précis ses présomptions n'étaient rien en regard de la réalité. Parce qu'il ne s'agissait pas seulement de sentir les lèvres de Malloy et sa peau contre la sienne.

Ce fut comme un éclair dans le ciel, un coup de tonnerre, une tempête, un ouragan, un tremblement de terre.

Kristin aurait juré que la terre avait tremblé — oui,

tremblé — sous ses pieds. Au point qu'elle était surprise d'être encore debout.

Si les bras de Malloy ne s'étaient pas resserrés autour d'elle, elle serait tombée, elle en était certaine. Ses genoux s'étaient dérobés, ses jambes n'étaient plus que coton.

Elle s'accrocha à lui, sa bouche collée à la sienne, tandis qu'une sensation voisine de l'extase déferlait dans son corps, ne laissant aucune partie d'elle intacte.

16

Bon. C'était fait.

Elle l'avait embrassé, et oui, l'expérience avait été nettement plus renversante que prévu. Même si, tout au fond d'elle-même, elle avait un peu compté là-dessus.

Après tout, c'était Malloy Cavanaugh, et des légions de femmes ne pouvaient pas avoir tort.

Bref, elle avait satisfait sa curiosité. Le moment était donc venu de le repousser, de dire : « Très bien, merci. C'est terminé. Je passe à la suite. » Et de le faire.

Encore une seconde.

Encore une.

Juste une dernière.

Puisque ce moment n'allait jamais se reproduire, autant le faire durer encore un peu, histoire de le graver fermement dans sa mémoire.

Pour que le souvenir ne s'estompe pas dès le lever du soleil.

Oh ! À qui essayait-elle de raconter des histoires ? En une fraction de seconde, elle avait connu une expérience inouïe et, même si elle vivait jusqu'à l'âge de deux cents ans, elle s'en souviendrait encore.

Elle ne voulait pas que cet instant prenne fin.

C'était insensé, mais un tourbillon l'avait emportée. Son cœur battait si fort qu'elle craignait de devenir sourde.

Peu importait.
Elle s'en moquait.

Malloy avait désiré ce baiser depuis la seconde où il l'avait vue, sérieuse et concentrée, penchée sur les ossements disparates qui venaient d'être exhumés. Mais plus il avait attendu, plus il avait eu envie d'attendre, parce que, quelque part dans sa tête, une petite voix lui soufflait que, s'il se conduisait comme il le faisait toujours, il obtiendrait ce qu'il avait toujours obtenu : autrement dit, en fin de compte, quelques souvenirs agréables et une place libre à côté de lui et en lui.

Kristin était différente des autres.

Il l'avait senti, il le savait. Et la conquérir signifierait une bague au doigt. La bague qui s'accompagnait de vraies responsabilités, d'un vrai engagement, le genre d'engagement qu'il n'avait jamais sérieusement envisagé.

En toute honnêteté, il n'était même pas sûr d'en être capable.

Et Kristin n'était pas le genre de femme avec qui on avait une aventure sans lendemain. C'était une femme qui comptait, une femme qu'on gardait toute sa vie.

Et peut-être, peut-être, une femme qui était trop bien pour lui.

Mais tout cela appartenait au royaume cérébral.

Physiquement, émotionnellement, c'était une tout autre histoire.

Chaque fibre de son corps la désirait, voulait l'embrasser et lui faire l'amour jusqu'à ce qu'il soit trop épuisé, trop exténué pour respirer.

Le reste, il y penserait plus tard. Il n'avait ni la volonté ni la force de se refuser ce qu'il voulait tant.

Leur étreinte avait commencé dans l'allée, à la seconde

où leurs yeux s'étaient rencontrés. Une fois à l'intérieur, ils n'avaient pu se détacher l'un de l'autre.

À chaque nouvelle caresse, à chaque vêtement qui tombait, Kristin respirait un peu plus fort.

Sa propre respiration s'était accélérée. Il sentait son cœur battre de plus en plus fort alors qu'il approchait du but.

Jamais aucune femme ne l'avait excité autant. Dès le début, il avait soupçonné qu'une âme passionnée se dissimulait sous cette façade de réserve et de froideur.

Il ne s'était pas trompé.

Le mot « Stop » vint à l'esprit de Kristin, mais ne fit que le traverser. Pour rien au monde elle ne voulait mettre fin à cet instant.

À mesure que Malloy avançait, elle reculait, non pour créer une distance entre eux, mais parce qu'elle voulait le faire entrer plus loin dans sa maison, dans son salon.

Dans sa vie.

Désorientée, elle sentit son mollet heurter le canapé placé contre le mur du fond. Elle bascula, et Malloy avec elle, son corps plaqué au sien.

Kristin avait l'impression d'être en feu. Les quelques vêtements qui les séparaient encore furent rapidement écartés. Et pendant ce temps il continua à la couvrir de baisers ardents, passionnés, qui l'enivraient.

Prisonnière consentante, elle s'arquait vers lui, s'offrant silencieusement à ses lèvres et à ses mains. Elle avait le vertige, son cœur battait à tout rompre, elle haletait, à bout de souffle, une seule pensée en tête : s'accrocher à lui, rester sur ce manège étourdissant qui l'emportait.

Elle se cramponna davantage à Malloy.

Kristin le rendait fou, et il n'allait pas tenir beaucoup plus longtemps.

Il avait déjà dépassé toutes ses limites. Incapable de résister davantage, Malloy aligna son corps avec celui de Kristin et, après une seconde de pause pour souder son regard au sien, la pénétra.

Il s'enfonça en elle lentement, comme si cet acte était une accalmie dans la tempête. Il voulait qu'elle se souvienne de cet instant comme d'une union passionnée entre deux égaux, et non comme d'une simple partie de jambes en l'air. Il n'avait rien à prouver, il ne s'agissait pas de conquérir qui que ce soit. Il voulait seulement être avec elle et qu'elle veuille être avec lui.

Quand il fut ancré en elle, Malloy se mit à aller et venir en rythme, ses mouvements épousant ceux de Kristin.

Elle ne se contenta pas de le suivre, mais prit l'initiative aussi.

Ils menèrent la danse tour à tour jusqu'au crescendo final, un ultime feu d'artifice de plaisir.

Après, Malloy la serra contre lui comme si c'était une question de vie ou de mort. Et, si la mort était venue à cet instant, il n'aurait eu aucun regret. Il était là où il voulait être.

Avec elle.

L'extase reflua peu à peu, mais il garda les bras autour d'elle. Son cœur cognait toujours, et celui de Kristin aussi, constata-t-il avec une secrète satisfaction. Petit à petit, leur respiration s'apaisa. Pourtant, il se refusait à la lâcher.

Quand il la sentit bouger contre lui, il sut qu'il n'avait plus beaucoup de temps. Il aurait voulu baigner encore un peu dans l'instant, mais il savait que c'était trop demander.

Enfin, il prit une ou deux inspirations, attendant que

le monde redevienne normal — à supposer que ce soit possible.

— Je ne sais pas pour toi, murmura-t-il, mais pour moi ça a été une surprise.

La joue appuyée sur le torse de Malloy, Kristin sentit ses paroles se réverbérer contre sa peau.

Elle leva vers lui des yeux hésitants. Se moquait-il d'elle ?

— Comment ça, une surprise ?

Il effleura ses cheveux d'un baiser.

— Une surprise, c'est tout.

Elle ne comprenait pas ce qu'il disait. C'était trop vague.

— Tu me croyais incapable de passion ? devina-t-elle, tandis que des larmes inexplicables lui montaient aux yeux.

— Oh ! Si, je pensais bien que tu l'étais.

L'haleine de Kristin caressait son abdomen. Il dut se concentrer pour répondre.

— Mais pas à ce point. D'ailleurs, je ne me pensais pas capable d'atteindre ce point-là non plus.

Désireux de calmer son pouls, de s'éclaircir les idées, il inspira à fond.

— Eh bien, cela a-t-il tout réglé pour toi ? demanda-t-il, faisant allusion à la conversation qu'ils avaient eue sur le pas de la porte. Tu peux passer à autre chose maintenant ?

C'était le moment où elle aurait dû répondre par l'affirmative. Par quelques paroles sophistiquées qui feraient comprendre à Malloy que ce qu'ils venaient de vivre ne signifiait rien de plus pour elle que pour lui. Elle n'avait qu'à prononcer ces mots et elle serait libre.

Ce qui jaillit de ses lèvres fut une tout autre question. Une question, qui, si elle avait eu le moindre soupçon d'instinct de survie, n'aurait jamais vu le jour.

— Tu veux que je passe à autre chose ?

En temps ordinaire, il aurait répondu que c'était à elle d'en décider, qu'elle pouvait faire ce que bon lui semblait. Qu'il accepterait sa décision, quelle qu'elle soit.

— Sûrement pas !

Il changea de position et se pencha vers elle, déjà envahi par une nouvelle vague de désir. Comme s'il ne l'avait jamais possédée — ou, au contraire, comme s'il l'avait toujours possédée et qu'il voulait continuer.

— Je veux faire l'amour avec toi encore et encore, jusqu'à ce qu'on soit tous les deux à bout de forces. Et puis, je veux te faire l'amour encore une fois.

— Es-tu toujours aussi insatiable ?

Une joie pétillait en elle, pareille aux bulles d'une bouteille de champagne.

— Il n'y a pas de « toujours », dit-il tout bas, gravement. C'est différent avec toi. Je ne peux pas l'expliquer. Ni à toi ni à moi-même.

Il lui encadra le visage de ses mains, sincère.

— Je peux seulement te dire ce que je ressens à cet instant.

Kristin luttait désespérément pour garder ses idées claires. Pour ne pas s'autoriser à croire que, de toutes les femmes qu'il avait connues, de toutes celles qu'il avait possédées, elle était *différente* à ses yeux.

Elle était trop avisée pour ça.

Pourtant, quand elle plongea son regard dans le sien, elle ne sut qu'une chose : elle brûlait de faire de nouveau l'amour avec lui, elle voulait qu'il l'emmène au sommet de l'univers, au sommet de la montagne et que, main dans la main, ils sautent, pour qu'elle éprouve cette sensation vertigineuse, bouleversante.

— J'avais entendu dire que tu étais doué, lâcha-t-elle, dans l'espoir de maintenir une distance émotionnelle entre eux, d'empêcher Malloy de faire une brèche dans sa dernière carapace.

— « Doué » n'a rien à voir avec ça.

Il pressa ses lèvres sur l'épaule de Kristin, puis au creux de son cou, déclenchant un raz-de-marée au plus profond d'elle.

Son corps palpitait de désir pour lui.

Si elle avait eu une once de bon sens, elle aurait prononcé quelques phrases ironiques et elle l'aurait repoussé. Elle savait, *savait*, que cet épisode n'était qu'une passade pour Malloy.

Malheureusement, elle voulait aussi profiter du moment présent, le stocker dans sa mémoire. Ainsi, dans des mois, elle pourrait se réconforter avec la pensée qu'elle avait connu au moins une soirée parfaite dans sa vie — même si elle n'allait jamais l'admettre devant lui. Car jusqu'alors elle ne s'était pas rendu compte qu'elle était capable d'éprouver de telles sensations. Malloy l'avait amenée sur le seuil d'un monde dont elle n'avait pas soupçonné l'existence. Il lui avait fait comprendre que le paradis existait.

À condition qu'on trouve l'homme approprié.

Ou pas, selon l'opinion qu'on avait de Malloy Cavanaugh, songea-t-elle, souriant malgré elle.

Il releva la tête.

— Il y a quelque chose que tu voudrais me confier, Kristin ?

Elle le regarda sans comprendre.

— Comment ?

— Tu souriais. Et je me demandais pourquoi.

— Je ne vais pas te faire des compliments, Malloy.

— Je ne te demande pas de me faire des compliments. Je voulais seulement savoir ce que j'avais fait pour que tu souries.

Le soupçon s'immisça en Kristin. Elle le désirait, mais quant à savoir si elle avait confiance en lui c'était une autre question.

— Pourquoi ?

— Pour que je puisse recommencer.

Il effleura son visage du bout des doigts.

— Pour que tu souries de nouveau.

— Tais-toi et embrasse-moi, ordonna-t-elle.

Ce fut au tour de Malloy de sourire.

— C'est tout ?

Elle ne sut pas ce qui la poussa à dire la suite, mais cela revenait pratiquement à lui donner carte blanche.

— Suis ton inspiration.

— Comme tu voudras, murmura-t-il en l'embrassant sur la tempe. Tes désirs sont des ordres.

Son baiser, si léger soit-il, vibra dans tout le corps de Kristin. Cet homme avait un don, c'était indéniable.

— Pour le moment, souffla-t-elle.

Malloy l'attira à lui. Sur le point de l'embrasser, il marqua une pause et ses yeux rencontrèrent les siens.

— C'est tout ce que nous avons, Kristin. Nous n'avons que le présent.

Il avait raison. Il était impossible de savoir ce que demain leur réservait. Ces jeunes femmes dont les cadavres avaient été exhumés à la jardinerie n'avaient jamais imaginé que leur vie serait si brève, qu'elle s'achèverait de manière si abrupte.

Chaque seconde de vie était précieuse. Il ne fallait pas la gaspiller.

Cette pensée résonnant dans son esprit, Kristin scella passionnément ses lèvres à celles de Malloy et s'abandonna à leur étreinte.

17

Malloy passa la nuit avec Kristin.

Une partie d'elle-même se disait qu'elle aurait dû le renvoyer chez lui à un moment donné, mais cette partie d'elle bataillait avec l'autre, celle qui voulait s'accrocher au moment, à l'interlude qui lui avait été offert et qui, probablement, n'allait pas durer beaucoup plus longtemps qu'une bulle de savon.

Si bien que Malloy resta.

Chez elle.

Dans son lit.

Jusqu'à ce que l'aube se faufile dans la pièce obscure.

Kristin s'éveilla la première.

Malloy semblait dormir si profondément qu'au lieu d'en profiter pour s'esquiver elle s'autorisa à le contempler.

Les yeux clos, les cheveux ébouriffés, il semblait presque innocent. Elle n'allait pas s'y tromper, évidemment. Mais si elle n'avait pas su qui il était, si sa réputation ne l'avait pas précédé, elle aurait dit qu'il avait l'air d'un homme charmant, adorable, plutôt que d'un séducteur doublé d'un beau parleur.

Et, s'il avait été cet homme-là, elle aurait pu…

Arrête, Kris, se dit-elle. Pas question de céder à la tentation, aux émotions qu'elle éprouvait — qu'elle n'aurait pas dû éprouver. Pas même un instant. Cet homme était

Malloy Cavanaugh, le play-boy par excellence. *La suite à tes risques et périls. Prépare-toi à avoir le cœur en lambeaux si tu continues,* s'avertit-elle intérieurement.

Elle prit une brève inspiration et se leva tout doucement, sans quitter Malloy des yeux, redoutant de le réveiller.

Elle aurait pu s'épargner cette peine.

Elle avait tout juste posé le pied par terre qu'elle l'entendit lui demander — d'une voix qui n'avait rien d'ensommeillé :

— Alors, tu me trouves plus beau dans le noir ou aux premières lueurs du jour ?

Stupéfaite, Kristin se figea.

— Tu es réveillé ?

Question idiote, évidemment. Mais il l'avait prise par surprise.

Il souriait, plus sexy que jamais.

— Non, je parle dans mon sommeil.

Kristin réprima l'envie de le frapper. Heureusement, elle n'avait pas pensé à voix haute. Il l'aurait taquinée jusqu'à la fin de ses jours.

— Depuis combien de temps es-tu réveillé ?

— Peu importe.

Il ouvrit les yeux, et elle eut la sensation troublante d'être la seule personne au monde. Le regard de Malloy la maintenait captive.

— J'ai réussi l'inspection ? plaisanta-t-il.

Elle ne sut que répondre. Elle se sentait gênée et cherchait désespérément à se ressaisir. La nuit passée avait balayé toutes les règles auxquelles elle avait tenté de se conformer, et elle était revenue à la case départ.

Elle avait baissé sa garde et lui avait permis d'entrer dans son univers. Toute une nuit durant. Impossible d'effacer cela.

— Ça ne change rien, déclara-t-elle, s'efforçant de prendre une voix indifférente.

— Si tu le dis.

Son visage était sérieux, à l'exception d'une légère courbe au coin de ses lèvres.

— Bien sûr, ajouta-t-il, tu serais un peu plus convaincante si tu n'étais pas debout toute nue devant moi en le disant.

— Je ne suis pas toute nue. J'ai un plaid autour de moi.

Un plaid qu'elle serrait de toutes ses forces, au point que ses doigts en étaient douloureux.

Malloy tira d'un air espiègle sur un coin du plaid.

— Nous avons un peu de temps devant nous. Si tu laissais tomber ce truc, on pourrait le mettre à profit…

Elle en mourait d'envie. Mais alors il devinerait qu'une seule nuit avait suffi pour qu'il prenne une place de taille dans sa vie. Elle ne pouvait se le permettre. Elle devait garder quelques vestiges de dignité, si insignifiants soient-ils. Sinon, il penserait qu'elle s'accrochait, et cela n'avait jamais été son genre.

D'ailleurs, les hommes fuyaient les femmes qui s'accrochaient. Sauf s'ils manquaient de confiance en eux et qu'ils étaient violents. Et Malloy, en dépit de ses défauts, n'était ni l'un ni l'autre.

Il était hors d'atteinte, et elle l'avait su dès le début.

Elle redressa le menton.

— J'ai l'intention d'en profiter au maximum… en prenant une douche et en me préparant à aller travailler. Tu peux faire pareil, dit-elle sur un ton aussi dégagé que possible. Il y a une douche dans la chambre d'amis à côté.

Sur quoi elle s'engouffra dans la salle de bains attenante, ferma la porte, mit le verrou. Et laissa tomber le plaid…

Elle se glissa sous la douche, le cœur battant à tout

rompre. Elle avait dû faire appel à toute sa volonté pour s'éloigner de Malloy. La tentation de le rejoindre et de faire l'amour de nouveau avait été presque irrésistible.

À peine avait-elle eu le temps de se féliciter pour ses efforts surhumains qu'elle sentit une légère brise dans son dos. Avant qu'elle ait eu le temps de se retourner, Malloy entrait dans la douche à son tour.

Elle le fixa, sidérée.

— J'avais mis le verrou, s'écria-t-elle faiblement.

— Et je l'ai enlevé.

— Tu as crocheté la serrure ! accusa-t-elle, incrédule.

— Peut-être.

Il haussa négligemment les épaules.

— J'apprends des trucs ici et là. Passe-moi le savon, veux-tu ?

— Je t'avais dit d'utiliser l'autre salle de bains, protesta Kristin, luttant contre le douloureux désir qui se répandait en elle.

— Je me suis dit que c'était plus écolo, répondit-il sans s'émouvoir. Je sais qu'il a plu récemment, mais on est quand même en période de sécheresse, et chacun doit faire un effort pour économiser l'eau.

Il tendit la main derrière elle pour atteindre le porte-savon. Son geste l'obligea à s'avancer. Son corps frôlait celui de Kristin.

— Il y a certains avantages à la proximité, murmura-t-il, ses yeux dans les siens.

L'instant d'après, elle avait oublié le savon, la douche et tout le reste. Malloy l'embrassait, et tout son être vibrait de plaisir.

Juste avant de la prendre dans ses bras, il referma le robinet.

— L'écologie, susurra-t-il dans un souffle avant de capturer ses lèvres de nouveau.

Kristin ne songea plus à arriver à l'heure au bureau.

La dernière fois que Kristin s'était sentie si épuisée, c'était parce qu'elle avait fait deux nuits de garde successives à l'hôpital. Elle ne comprenait pas qu'on puisse être à la fois exténué et débordant d'énergie. Malloy la mettait sens dessus dessous.

Et le problème, c'était que cela lui plaisait. Elle aimait être avec lui, elle aimait les sensations qu'il faisait naître en elle.

Elle se préparait à tomber de haut. De très haut.

Tu es une grande fille, Kris. Tu t'en remettras.

S'obligeant à se concentrer sur son travail, elle vérifia qu'aucun cadavre n'avait été apporté à la morgue durant la nuit pour être autopsié ce matin. Cela la laissait libre d'accompagner Malloy lorsqu'il irait interroger le policier qui avait enquêté sur la disparition d'Abby Sullivan.

À sa grande surprise, Malloy n'avait pas oublié sa requête.

— J'ai un nom, annonça-t-il cinq minutes plus tard, lorsqu'il l'appela au téléphone. Nous avons de la chance. Le type a pris sa retraite, mais il habite toujours en Californie. Il va falloir faire un peu de route, c'est tout. Je pars dans vingt minutes.

Elle jeta un coup d'œil à sa montre.

— Je serai sur le parking. Il faut seulement que j'avertisse la réception que je m'absente au cas où on aurait besoin de me contacter.

Malloy se réjouissait à la perspective d'accomplir un long trajet avec elle en voiture. Loin de vouloir mettre un peu de distance entre eux après avoir passé la soirée et la nuit avec elle, il se surprenait à brûler de la revoir. Il la désirait encore plus qu'avant. C'était une nouveauté pour lui.

Malgré tout, il ne voulait pas qu'elle soit surchargée de travail à son retour.

— Si tu es trop occupée, tu n'es pas obligée de m'accompagner. Je te dirai ce que j'ai appris à mon retour.

Essayait-il déjà de s'extraire de sa vie ?

— Désolée, Malloy. Tu ne vas pas t'en sortir comme ça, rétorqua-t-elle sur un ton sec.

— Pourquoi le ferais-je ? Je voulais seulement te rendre la vie plus facile.

— La facilité ne m'intéresse pas.

— Je commence à m'en rendre compte, lâcha-t-il avec un rire qui réchauffa le cœur de Kristin. Bon, à tout de suite.

— Compte sur moi.

— C'est ce que je fais.

Kristin raccrocha, souriant malgré elle.

Dix minutes plus tard, ils se retrouvaient sur le parking.

— Nous allons dans la région des vignobles, expliqua Malloy alors qu'ils montaient dans sa voiture. Mahoney s'est installé à Sonoma voilà six ans, quand il a pris sa retraite. Sa femme a fait un héritage, et ils ont acheté un petit vignoble. Qu'as-tu l'intention de faire quand tu prendras ta retraite, Kristin ?

— Mourir.

— Pardon ?

— Je compte travailler jusqu'à la fin de mes jours, dit-elle simplement. J'aime mon travail, c'est comme rassembler les pièces d'un puzzle pour éclaircir un mystère, ou, du moins, répondre à des questions. Si je ne peux plus faire ça, à quoi bon continuer ? Et toi ? Quels sont tes projets ?

— Je n'en ai pas. La vie se déroule devant moi et ne cesse de me surprendre.

Elle le crut sans peine.

Dan Mahoney avait exercé dans diverses unités de la police avant de prendre sa retraite. C'était seulement alors, aimait-il à dire, qu'il avait vraiment trouvé son élément.

Après des années consacrées à mener des enquêtes qui pour la moitié d'entre elles demeuraient non résolues, cet homme bien bâti, au visage rond, semblait en paix avec la vie qu'il avait choisie.

— Ma femme et moi avons mis jusqu'à notre dernier sou dans l'achat de ce petit joyau, indiqua-t-il avec fierté, tandis qu'ils faisaient le tour du vignoble. Nous ne produisons pas un vin de renommée internationale, mais un petit chardonnay tout à fait respectable qui nous permet de gagner notre vie correctement. À notre âge, nos besoins sont modestes.

Il ponctua ses paroles d'un grand sourire qui accentua les rides autour de sa bouche et sur ses joues.

— Et le mieux, c'est que les bouteilles ne vous tirent pas dessus !

Il regarda tour à tour Malloy et Kristin.

— Eh bien, je suis curieux de savoir pourquoi vous avez fait tout ce chemin pour venir me parler.

Malloy alla droit au but. Il avait l'impression que Mahoney, s'il l'encourageait un tant soit peu, pourrait passer des heures à discourir sur son vignoble.

— Vous avez enquêté sur une disparition, il y a vingt ans. Une étudiante qui s'appelait Abby Sullivan. J'ai apporté l'avis de disparition, ajouta-t-il, plongeant la main dans sa poche au cas où son interlocuteur aurait besoin qu'on lui rafraîchisse la mémoire.

Mahoney balaya son offre d'un geste.

— Inutile de me le montrer. Je m'en souviens. Je me souviens surtout des parents, précisa-t-il en secouant la tête. Du chagrin dans leurs yeux quand ils parlaient de leur fille. C'était à vous fendre le cœur. J'ai toujours fait de mon mieux, dans chaque enquête que j'ai menée, mais jamais je n'ai travaillé autant que pour trouver une piste qui me mènerait à cette fille. Malheureusement, ça n'a pas suffi, conclut-il, songeur.

Il semblait s'adresser à lui-même plus qu'à eux, comme si le passé était revenu le hanter.

— En fin de compte, on a supposé qu'elle avait fait une fugue.

— Pourquoi aurait-elle fugué ? demanda Kristin, qui n'avait encore rien dit. Qu'est-ce qui vous a incité à penser qu'elle était partie ?

L'homme haussa les épaules d'un air impuissant.

— Je n'ai rien trouvé de suspect nulle part. Ni dans sa résidence, ni dans les lieux fréquentés habituellement par les étudiants.

Il cessa de marcher et s'assit sur un banc à l'ombre.

— Les autres étudiants disaient qu'elle était sympathique, amicale. Fille unique. C'était la première fois qu'elle quittait la maison familiale. Elle s'ouvrait à la vie, elle avait soif d'aventure. Vous voyez ?

— Vous souvenez-vous si elle avait de petits amis ? Si des garçons lui tournaient autour ?

Mahoney secoua la tête.

— Pas que je me souvienne. Oh ! Attendez, se reprit-il soudain. J'ai interrogé un jeune pendant l'enquête. Il semblait très inquiet à son sujet. Oui, c'est ça. Il n'était pas son petit ami, mais d'après lui Abby lui avait confié qu'elle voulait s'éloigner de ses parents parce qu'ils étaient trop stricts avec elle.

— Vous souvenez-vous de son nom ?

— Non, admit Mahoney, mais je sais que je l'ai noté.

Son visage s'anima.

— Je notais tout à l'époque, expliqua-t-il. Ma mémoire était une vraie passoire. Il y avait trop de choses dedans.

Il se releva et leur fit signe de le suivre.

— Venez avec moi, dit-il en se dirigeant vers la maison.

Une fois là, Mahoney les guida vers une pièce située à l'arrière. La porte était fermée à clé, et il fouilla dans ses poches pour trouver celle qu'il cherchait.

Il les précéda à l'intérieur. À l'évidence, le ménage n'avait pas été fait depuis des années. Il y avait une épaisse couche de poussière partout, et le bureau était encombré d'une multitude d'objets.

Mahoney ouvrit le tiroir inférieur d'un classeur métallique en piteux état, farfouilla longuement dedans, puis en sortit un dossier. Ne disposant pas d'un espace où le poser, il étala les feuilles sur les piles qui occupaient son bureau et les examina en marmonnant.

— Parker, déclara-t-il enfin. Le jeune s'appelait Anson Parker.

Il regarda Malloy, l'air content de lui.

— Maintenant que j'y repense, il avait l'air de prendre l'affaire très à cœur. Il m'a appelé deux ou trois fois pour me demander comment l'enquête avançait. J'ai eu l'impression qu'il était attaché à Abby Sullivan.

— Il était étudiant aussi, c'est bien ça ?

— Oui. En agriculture ou en botanique, quelque chose comme ça.

Mahoney s'interrompit et plissa les yeux.

— Pourquoi vous intéressez-vous à cette histoire après tout ce temps ? Avez-vous découvert quelque chose ? demanda-t-il, visiblement intrigué.

— Oui, répondit Malloy. Nous avons découvert son corps.

— Elle a donc bel et bien été assassinée, s'exclama Mahoney.

La note de triomphe dans sa voix s'effaça aussitôt.

— Pauvre petite. Avez-vous des soupçons sur quelqu'un ?

— Pas encore.

— Puis-je vous demander où vous l'avez trouvée ?

— Elle était enterrée en bordure d'une jardinerie spécialisée dans les cactus.

Malloy choisit ses mots avec soin. Étant à la retraite, Mahoney devait être considéré comme un civil, et, par conséquent, ne devait pas avoir accès à plus d'information que le citoyen lambda.

— Les ossements ont été déterrés accidentellement au cours de travaux de construction, précisa-t-il, en l'observant attentivement. Ceux d'Abby Sullivan et de onze autres personnes.

La stupeur se lut sur les traits de l'ex-enquêteur. Malloy songea qu'il pouvait probablement l'éliminer en tant que suspect.

— Vous plaisantez ? Douze corps ! Avez-vous d'autres noms ?

— Nous n'en avons identifié que deux jusqu'ici. Abby Sullivan et son amie, Zoe Roberts.

— Vous pensez qu'elles ont pu être victimes d'un tueur en série ?

L'homme avait beau avoir quitté la police, il semblait toujours se passionner pour son ancien travail.

— Nous gardons l'esprit ouvert pour le moment.

Malloy sortit sa carte de visite et la lui remit.

— Si quelque chose d'autre vous revient en mémoire, appelez-moi. N'importe quand.

Mahoney baissa les yeux sur la carte, puis regarda Malloy de nouveau.

— J'ai connu un Andrew Cavanaugh, dans le temps. C'est un de vos parents ?

— Mon oncle.

L'ex-policier hocha la tête en souriant.

— Le monde est petit. Bien sûr, je vous appellerai si je me souviens d'autre chose. Mais tenez-moi au courant aussi, d'accord ?

— Entendu.

18

— Que vas-tu faire maintenant ? lança Kristin lorsqu'ils eurent repris la route.

Elle le regardait et le vit sourire.

— Eh bien, répondit-il, je songeais à une sortie au cinéma suivie d'un dîner au restaurant.

Il fallut deux secondes à Kristin pour comprendre qu'il parlait de leur relation encore balbutiante et non de l'enquête.

— À propos de l'affaire, dit-elle d'un ton égal.

— Ah ! Ça. Je n'ai pas encore d'idée pour l'instant.

La frustration perçait dans sa voix.

— Et ce jeune dont Mahoney a parlé ? L'étudiant en botanique. Anson…

— Parker, acheva Malloy en changeant de voie.

— Oui. La prof aussi l'a mentionné, tu te souviens ? Peut-être qu'il y a une raison pour laquelle ils ne l'ont pas oublié ?

— Ça vaut la peine d'essayer, reconnut-il. Nous n'avons pas grand-chose d'autre pour l'instant. Le conseiller juridique du propriétaire de la jardinerie est toujours en croisière et injoignable…

— Où est-il parti en croisière ? Dans le triangle des Bermudes ?

— Aucune idée. Tout ce que je sais, c'est que je ne

peux le joindre ni par téléphone ni par pigeon voyageur, et que, par conséquent, je ne peux pas l'interroger sur la vente ni lui demander qui était le précédent propriétaire.

— Le nouveau propriétaire ne peut pas te renseigner ? s'enquit Kristin, surprise. J'admets qu'il ne m'a pas paru particulièrement sympathique ni coopératif, mais je n'ai pas eu non plus l'impression d'avoir affaire à un idiot.

— Ce n'est pas un idiot, assura Malloy en accélérant. Seulement le genre de type qui ne peut pas prendre la peine de s'intéresser aux détails. À l'entendre, il paie d'autres gens pour s'en occuper.

Kristin garda le silence un instant.

— Et le cadastre ? lâcha-t-elle au bout de quelques minutes.

— Quoi, le cadastre ?

— La directrice du bureau du cadastre du comté s'appelle Barbara Allen, précisa Kristin. Son nom figure sur les avis de taxes foncières, ajouta-t-elle en voyant le regard interrogateur de Malloy. Ce que je voulais dire, c'est que le cadastre doit détenir des archives.

— Oui, continue…

— Et ces archives nous permettraient peut-être de savoir qui était l'ancien propriétaire. Chaque fois qu'une propriété change de mains, la transaction est consignée quelque part.

Bizarrement, Malloy n'avait pas songé à cela, mais c'était une évidence.

— Bien sûr, marmonna-t-il. Et, si nous pouvons déterminer qui était le propriétaire il y a environ vingt ans, peut-être allons-nous enfin y voir un peu plus clair sur ce qui s'est passé dans cette jardinerie.

— Eh bien, que vas-tu faire ? demanda Kristin, désireuse de l'aider si possible.

Cette enquête était la sienne aussi, à présent. Jamais elle n'avait été aussi impliquée.

— Pour commencer, je te ramène à la morgue.

Elle soupira. Elle n'était pas d'humeur à être taquinée.

— Cela va sans dire. Et ensuite ?

Kristin se tourna vers Malloy, mais le sourire qui se dessinait sur ses lèvres indiquait que ses pensées n'étaient pas vraiment focalisées sur l'enquête. À vrai dire, celles de Kristin non plus. Et ce qui était normalement sa priorité, à savoir son travail, semblait passer à l'arrière-plan au vu des récents événements intervenus dans sa vie.

— À propos de l'affaire, ajouta-t-elle.

Malloy redevint sérieux.

— Je vais vérifier si Anson Parker a un permis de conduire à jour dans l'État. Si nous pouvons le retrouver, peut-être pourra-t-il nous dire qui Abby fréquentait à l'époque, et si elle parlait sérieusement d'abandonner ses études et de partir.

— D'après M. Sullivan, elle n'avait jamais fait allusion à quoi que ce soit de ce genre, lui rappela-t-elle.

— Les parents sont souvent les derniers informés, commenta-t-il.

— Tu parles en général ? Ou est-ce ton expérience personnelle ?

— Pourquoi ? Tu n'es pas d'accord ? s'enquit-il, curieux.

— Pas vraiment. En ce qui me concerne, à l'exception d'une seule pomme de discorde, ma mère et moi avons toujours été plus ou moins sur la même longueur d'onde.

— Une pomme de discorde, répéta Malloy, intrigué. Laisse-moi deviner. Ta mère détestait les garçons avec qui tu sortais.

En général, c'était le motif classique du conflit mère-fille. Il en avait eu l'exemple avec ses trois sœurs.

Il se trompait complètement, songea Kristin. En réalité, c'était exactement le contraire qui s'était produit, et qui l'avait incitée à garder pour elle ses maigres expériences sentimentales.

— Si tu veux le savoir, ma mère était prête à adorer n'importe quel garçon que j'aurais ramené à la maison, tant que ce n'était pas Jack l'Éventreur.

— Dans ce cas, quelle était cette pomme de discorde ?

Kristin lâcha un rire bref.

— Le fait que je ne ramenais personne à la maison.

— Tu voyais tes copains en secret ? devina-t-il, se demandant si Kristin adolescente avait pu être rebelle à ce point.

— Pas exactement, dit-elle.

À l'évidence, il ne la suivait pas, et elle ne pouvait guère lui en vouloir. Elle avait omis de mentionner un élément clé.

— Ma mère voulait être, et veut toujours être, grand-mère.

Malloy n'était guère plus avancé.

— Et ?

Ils avaient fait l'amour. Il l'avait vue toute nue, mais lui dévoiler son âme était autre chose. Kristin hésita. Cependant, il la regardait, et attendait, si bien qu'elle dut passer aux aveux.

— Mais je n'ai jamais voulu courir ce risque avec personne.

— Quel risque ? répéta Malloy, toujours perplexe.

— Le risque qu'un jour il ne rentre pas à la maison.

Il faisait partie d'une famille de policiers. Il devait bien comprendre cela.

— Je ne veux jamais me trouver dans la situation où ma mère s'est trouvée à la mort de mon père.

— Quelle situation ?

— Dans une terrible solitude, expliqua-t-elle sur un ton sombre, luttant contre les souvenirs de cette époque-là. Même entourée de toute la famille, elle était seule.

— Que je comprenne bien, dit-il lentement. Pour éviter la solitude, tu choisis de rester seule, c'est ça ?

Kristin fronça les sourcils, agacée.

— Dit comme ça, on dirait que ça n'a aucun sens.

— Je ne vois aucune manière de présenter les choses pour que ça en ait un, observa Malloy.

Elle se hérissa.

— À ta place, je me tairais. Au cas où tu ne l'aurais pas remarqué, tu es seul aussi.

— J'ai remarqué, répondit-il en lui lançant un regard sombre.

Il était inutile qu'ils se disputent à ce propos. Les choses s'arrangeraient, se promit-il. Il ne fallait que du temps, et de la patience.

— Si on grignotait quelque chose avant de reprendre le travail ? suggéra-t-il pour changer de sujet.

Elle consulta sa montre. C'était l'heure du déjeuner.

— Tout va être bondé, non ?

Il le savait et n'avait nullement envie de poursuivre sa conversation avec elle au milieu d'une foule.

— Je songeais à des plats à emporter.

— Ce serait parfait.

Malloy s'engagea sur la bretelle de sortie.

— Tu deviens un habitué par ici, Malloy, commenta Sean avec un sourire.

Son neveu et lui avaient failli entrer en collision au détour d'un couloir, l'un se hâtant vers la morgue et l'autre en sortant.

— Je suis toujours sur cette affaire d'ossements avec le médecin légiste.

Sean le regarda avec intérêt.

— Vous faites des progrès ?

Malloy s'efforça de prendre un ton positif.

— Je venais justement lui dire qu'une de nos pistes a abouti à une impasse.

Sean hocha la tête.

— Ne te décourage pas. Tu vas bien finir par trouver, dit-il avec une assurance que Malloy était loin de partager. À propos, je saute du coq à l'âne, mais Andrew organise une réunion de famille samedi après-midi.

— Il fête quelque chose en particulier ?

Sean eut un léger rire.

— Andrew a toujours ses raisons, mais il les garde pour lui. Cela dit, je pense qu'il mijote quelque chose, en effet.

— Pourquoi dis-tu ça ?

— Quand il m'a dit de donner le mot à tout le monde, il a insisté pour que tu viennes et que tu amènes Kristin. Et sa mère, ajouta-t-il comme s'il venait de se souvenir de ce détail.

Malloy eut la nette impression que Sean était mieux informé qu'il ne le prétendait.

— Et sa mère ? répéta-t-il sur un ton perplexe.

Il attendait une raison, mais aucune ne lui fut fournie.

— Il est plein de mystères, déclara Sean. Rends-nous service à tous. Demande à Kristin de venir et d'amener sa mère.

Même si Malloy avait été enclin à refuser, ce qui n'était pas le cas, il n'en aurait pas eu le temps : Sean avait déjà disparu.

Kristin leva les yeux à l'instant où Malloy pénétra dans la morgue. C'était presque comme si elle avait senti sa présence avant qu'il ait franchi le seuil.

Se trompait-elle, ou était-il un peu abattu ?

— Du nouveau ?

— Oui, mais pas dans le bon sens, admit-il, confirmant ses soupçons. Le permis de conduire d'Anson Parker a expiré depuis dix-huit ans.

Désarçonnée, Kristin s'efforça de réfléchir.

— Mais… il a pu déménager et obtenir un permis dans un autre État, non ?

La sœur de Malloy était un as en informatique. Elle trouverait ce genre de renseignement sans difficulté.

— Valri a fait des recherches, mais elle n'a abouti à rien. Évidemment, Parker a pu décider de se retirer du monde et d'aller vivre en ermite quelque part.

Il marqua une pause.

— Ou se procurer une nouvelle identité.

— Ou bien, il n'a rien pu faire de tout cela, lança brusquement Kristin.

— Que veux-tu dire ?

Au lieu de lui répondre, elle tourna les talons et se hâta vers un des grands tiroirs encastrés dans le mur du fond. Un des tiroirs où on conservait les cadavres.

— À quoi penses-tu ? insista-t-il en la suivant.

Elle attrapa la poignée et tira, révélant le contenu du compartiment. Un squelette.

— Un des corps que nous avons exhumés était celui d'un homme, lui rappela-t-elle. Et si Anson Parker était mort, tout simplement ? Si c'était lui qui se trouve ici même ? Cela expliquerait que vous n'ayez trouvé aucune trace de lui nulle part.

Malloy regarda les ossements d'un œil nouveau.

— Tu as son dossier dentaire ?

— Il y a encore une minute, je ne pensais pas qu'il soit ici, rétorqua-t-elle. Il va falloir creuser un peu pour retrouver le nom de son dentiste, mais, si c'est bien lui, nous aurons identifié une victime de plus.

— Même en admettant que ce soit le cas, murmura Malloy comme s'il s'adressait à lui-même, nous n'avons toujours pas trouvé de raison qui explique pourquoi tous ces gens sont morts.

Il prit une profonde inspiration, comme pour mettre de l'ordre dans ses réflexions.

— Identifions-le d'abord. Le reste sera pour plus tard. Et pendant que tu essaies de localiser le dentiste je vais tâcher de me renseigner sur l'ancien propriétaire de la jardinerie.

Il avait presque atteint la porte quand il s'arrêta et se retourna.

— Oh ! J'ai failli oublier un truc.

Kristin pianotait déjà sur son clavier. Elle releva la tête en entendant Malloy revenir vers elle.

— Oui ?

Le mieux était d'opter pour une approche directe, songea-t-il.

— Ta mère et toi êtes invitées.

Kristin le fixa.

— Reviens un peu en arrière, veux-tu ? Invitées à quoi et par qui ?

— J'ai croisé mon oncle Sean dans le couloir.

Jusque-là, il ne lui apprenait rien. Le chef de l'Identité judiciaire venait de sortir de la morgue.

— Et ?

À la manière dont elle le regardait, Malloy eut l'intuition qu'elle allait se montrer moins accommodante que les femmes auxquelles il était habitué. Néanmoins, il alla de l'avant.

— Il a dit en passant qu'Andrew n'avait pas organisé de fête depuis quelque temps.

Elle plissa les yeux, aussitôt soupçonneuse.

— C'est-à-dire ?

— Deux semaines, admit-il avec un haussement d'épaules. Mais la question n'est pas là.

Instinctivement, Kristin se raidit, même si elle aurait été bien en mal d'expliquer pourquoi.

— Ah non ? Et où est la question ?

— Eh bien, Andrew organise une fête samedi. Et ta mère et toi êtes invitées.

— Il a dit ça ? demanda-t-elle, désarçonnée. Il nous a invitées, ma mère et moi ?

C'était absurde, songea-t-elle.

— Tu en es sûr ? D'ailleurs, comment est-il au courant de notre existence ?

— Andrew Cavanaugh sait tout, répondit Malloy sur un ton désinvolte. Et ta mère s'amusera, promit-il.

Kristin lui lança un regard exaspéré.

— Je ne pensais pas à elle, mais à moi.

D'ailleurs, il se trompait, se dit Kristin. Sa mère ne prendrait aucun plaisir à passer un après-midi entier avec tous ces inconnus.

— Je m'occuperai de toi, assura-t-il, une lueur amusée dans les yeux.

— Avec ta subtilité habituelle ? Sûrement pas. Ma mère a les idées larges, mais il y a des limites.

Malloy se mit à rire.

— Il arrive que nos parents nous surprennent.

— Pas à ce point-là. Crois-moi.

Elle entendait d'ici sa mère la bombarder de questions.

— Mais vous viendrez.

C'était une affirmation et non une question.

— On verra, dit-elle vaguement.

— Je t'ai peut-être donné l'impression que tu avais le choix, mais ce n'est pas le cas. Pas vraiment. D'ailleurs, personne n'a jamais regretté d'avoir été invité chez Andrew.

— Ma mère sera peut-être mal à l'aise.

— Pas d'après ce que tu m'as dit.

— Bon, d'accord. Moi, je serai peut-être mal à l'aise.

Cette excuse-là n'allait pas marcher. Il lui sourit.

— Tu t'en remettras.

Sur quoi il se hâta de disparaître avant qu'elle puisse discuter davantage.

19

Le moins qu'on puisse dire, c'était que Malloy ne débordait pas d'enthousiasme à la perspective de se rendre au bureau du cadastre, connu pour ses paperasses et ses files d'attente. Cependant, il n'avait pas le choix. Le conseiller juridique de Harrison ne l'avait toujours pas contacté, et il était impératif qu'il découvre l'identité de l'ancien propriétaire de la jardinerie.

Absorbé par ses réflexions, il sortit de l'ascenseur. Mais, alors qu'il se dirigeait vers la sortie du commissariat, il saisit un échange entre la policière assise à l'accueil et un grand type maigre au teint cireux qui avait l'air énervé.

— Je vous ai dit que je voulais parler à l'inspecteur Cavanaugh, dit-il d'une voix irritée.

Le sergent Ellen McNally était placide de nature, une qualité qui lui avait sans doute valu d'occuper le poste où elle se trouvait.

Elle se mit à rire.

— Eh bien, vous êtes au bon endroit, c'est sûr. Nous en avons toute une série, dans divers services. Vous avez un Cavanaugh précis en tête ? demanda-t-elle, visiblement amusée.

— Je ne suis pas venu ici pour jouer aux devinettes, rétorqua le visiteur en s'épongeant le front avec un mouchoir froissé. Je veux voir celui qui a laissé une douzaine de messages sans queue ni tête sur mon téléphone. Écoutez, je rentre d'une croisière de dix jours où tout est allé de travers et je suis malade comme un chien. Dites-moi où est ce type pour que je puisse répondre à ses questions en bon citoyen que je suis. Ensuite je pourrai rentrer chez moi, me coucher et mourir en paix.

— Je suis désolée, monsieur, mais j'ai besoin que vous me donniez un prénom, répondit McNally. Comme je vous le disais, il y a un certain nombre de Cavanaugh qui travaillent dans la police et je ne voudrais pas vous faire perdre votre temps…

— Il est trop tard pour ça ! coupa-t-il sur un ton sec.

Malloy revint sur ses pas et adressa un geste apaisant à la jeune policière.

— Je m'en occupe, sergent.

Celle-ci le remercia d'un sourire soulagé.

— Parce que vous êtes qui, vous ? demanda l'homme qui s'agrippait au bureau, apparemment tout juste capable de se tenir debout.

Malloy lui adressa son sourire le plus aimable.

— Excusez-moi, je n'ai pas pu m'empêcher d'entendre ce que vous disiez. Seriez-vous par hasard le conseiller juridique de Roy Harrison ?

Le type posa sur lui des yeux dénués d'expression.

— En effet. Je suis William James. Et vous êtes ?

— Sans doute l'inspecteur Cavanaugh que vous cherchez. Malloy, précisa-t-il.

Il regarda l'homme avec plus d'attention.

— Pardonnez-moi de vous dire ça, mais vous n'avez pas l'air en grande forme.

L'autre respirait fort, comme s'il était hors d'haleine.

— Ne m'en parlez pas, gémit-il.

— Voulez-vous un verre d'eau ?

James refusa d'un geste.

— Je crois que tout vient de là. L'eau à bord n'était pas potable. Presque tout le monde a été malade. Je croyais avoir échappé à l'épidémie, mais je me suis senti mal en venant ici.

Des gouttes de sueur perlaient sur son front.

— Ce que je veux, c'est éclaircir cette histoire. Harrison était incohérent quand il m'a téléphoné tout à l'heure. Il a dit quelque chose comme quoi il aurait perdu une fortune à cause de cadavres qu'on avait déterrés. Quels cadavres ?

Malloy le prit par le bras et fit mine de le guider vers l'ascenseur.

— Si nous allions parler dans un endroit tranquille ?

— Vous voulez dire dans une salle d'interrogatoire ? protesta James. J'ai une meilleure idée. Pourquoi ne pas rester à l'accueil ? J'aurai moins de chemin à faire pour ressortir.

— Comme vous voudrez.

L'homme se laissa tomber dans le fauteuil le plus proche.

— C'est quoi cette histoire de corps retrouvés sur la propriété de mon client ?

Malloy lui résuma rapidement la situation, lui donnant seulement les informations qu'il jugeait nécessaires.

— Nous essayons d'identifier ces femmes, conclut-il, et nous avons besoin de connaître le nom de l'ancien propriétaire, celui qui a vendu la jardinerie à votre client.

James secoua mollement la tête.

— Ce n'est pas aussi simple qu'on pourrait le penser.

Sans blague, songea Malloy.

— Puis-je vous demander pourquoi ?

— Laissez-moi vous poser une question d'abord.

— Allez-y, acquiesça Malloy en s'efforçant de maîtriser son impatience.

— Pourquoi voulez-vous le savoir ?

James avait beau paraître mal en point, il demeurait un homme de loi typique.

— Ces meurtres ont eu lieu il y a plus de vingt ans, répondit Malloy. Par conséquent, à moins que votre client n'ait utilisé ce terrain comme cimetière et n'ait soudain décidé d'en prendre officiellement possession…

— Bien sûr que non ! s'indigna James, avant d'être secoué par une violente quinte de toux.

— Vous êtes sûr que je ne peux rien vous proposer ? insista Malloy.

Il n'était pas un expert en médecine, mais l'homme semblait à deux doigts de perdre connaissance.

— Non, merci, dit-il avant de sortir son téléphone dont il fit défiler des pages.

— Je n'ai pas traité avec le propriétaire lui-même, mais avec un de ses anciens employés.

Il plissa les yeux pour lire le nom affiché sur son écran.

— Un certain Enrique Montoya. Le propriétaire lui avait donné une procuration pour effectuer la vente. C'est lui qui a signé tous les papiers. Tout est légal, affirma-t-il, comme si Malloy en doutait.

— Cela paraît curieux, commenta ce dernier. Et il est où ce Montoya ?

Malloy attendit la réponse, considérant son interlocuteur avec une certaine inquiétude. Il avait vraiment mauvaise mine.

— Il avait l'intention de s'installer à San Diego chez sa fille dès que la transaction serait terminée.

— Et vous avez son numéro ?

— Bien sûr que oui, rétorqua James, l'air offensé. Qu'est-ce que vous cro…

Il fut interrompu par une nouvelle quinte de toux.

Malloy jeta un coup d'œil au sergent McNally et vit qu'elle composait un numéro. Avec un peu de chance, elle était en train d'appeler une ambulance.

Incapable de parler, James se contenta de désigner l'écran de son téléphone. Malloy mémorisa le nom avant même d'avoir sorti son calepin de sa poche. Sa mémoire était excellente, mais l'expérience lui avait appris que deux précautions valent toujours mieux qu'une.

Comme il griffonnait l'information, il entendit des talons résonner sur le carrelage. L'instant d'après, une voix douce demandait :

— Vous ne vous sentez pas bien ?

Kristin.

Stupéfait, Malloy se tourna vers elle. Une fraction de seconde plus tard, il comprit que la question ne s'adressait pas à lui, mais à son voisin. Celui-ci s'était affaissé sur sa chaise.

— Qui êtes-vous ? répliqua-t-il mollement.

— Je suis le Dr Alberghetti. Quels sont vos symptômes ?

Tout en parlant, elle lui prenait le pouls.

— J'ai mal au cœur, de la fièvre, les oreilles qui sifflent…

Sur le point de poursuivre, il s'interrompit, le souffle court.

— Vous avez besoin de soins que je ne peux pas vous donner ici, conclut Kristin doucement.

Elle se retourna et pria le sergent d'appeler une ambulance.

— C'est ce que j'allais lui demander de faire, intervint Malloy. À propos, comment se fait-il que tu sois là ?

— Le sergent McNally m'a téléphoné. Je suis médecin, souviens-toi.

Quelques minutes après, on faisait monter James dans l'ambulance. Kristin et Malloy suivirent des yeux le véhicule qui s'éloignait.

— Tu as appris quelque chose d'utile ? lança-t-elle en se tournant vers lui.

— Oui. L'employé qui a effectué la transaction pour le compte du propriétaire a déménagé à San Diego.

— As-tu son adresse ? Ou son numéro de téléphone ?

Malloy sourit.

— J'ai les deux.

— Et quand comptes-tu y aller ?

Il la regarda, l'air de réfléchir à sa question.

— Tu as l'intention de venir à la fête d'Andrew et d'amener ta mère ? s'enquit-il innocemment.

Kristin ouvrit des yeux horrifiés.

— Tu plaisantes ? Tu me fais du chantage à présent ?

— Chantage est un vilain mot, observa-t-il. Si on parlait plutôt d'échange ? Souviens-toi que je ne m'attends pas à trouver des cadavres à San Diego, par conséquent il n'y a aucune raison légale pour que tu m'accompagnes.

Kristin plissa les yeux.

— Tu es mauvais joueur.

— Peut-être, admit-il de bonne grâce.

Elle hésita. Ils touchaient au but, elle le sentait, et l'idée que Malloy puisse y arriver sans elle lui était insupportable. Elle s'était trop investie pour accepter docilement de se retirer.

D'un autre côté, c'était du chantage pur et simple, et, par principe, elle répugnait à céder. Mais elle voulait vraiment poursuivre l'enquête, et sa relation avec Malloy — si c'était bien le mot juste — s'était compliquée. Elle n'avait pas envie d'y mettre fin tout de suite, et un refus de sa part risquait de précipiter les choses.

Elle mordilla un instant sa lèvre, puis capitula.

— Bon.

— Quoi, bon ? demanda Malloy sur un ton innocent.

— Bon, nous viendrons. Ma mère et moi, précisa-t-elle.

Il plongea son regard dans le sien.

— J'ai ta parole ?

Là, il dépassait la mesure.

— Si tu continues, je t'étrangle.

— Soupe au lait, constata-t-il avec un sourire. J'aime ça chez une femme.

— Je n'étais pas « soupe au lait » avant de te rencontrer.

Il hocha la tête, content de lui. Il la connaissait suffisamment à présent pour savoir qu'elle ne reviendrait pas sur sa promesse.

— Encore mieux.

Il l'entraîna à l'écart.

— Je vais téléphoner à M. Montoya et lui dire que nous voudrions lui parler.

Il sortit son téléphone, puis hésita.

— San Diego est assez loin d'ici. Tu es sûre de vouloir venir ?

— Certaine.

Il désigna l'ascenseur et le reste du bâtiment.

— On n'a pas besoin de toi à la morgue ?

— Pas pour le moment. Mes assistants sont ici aujourd'hui et d'ailleurs, si besoin est, j'ai des congés à prendre. D'une manière ou d'une autre, je viens. Nous allons éclaircir cette affaire, dit-elle avec conviction.

— Je n'en ai jamais douté. OK, j'appelle Montoya.

Le trajet prit plus de quatre heures, mais par chance les routes étaient peu fréquentées. Malloy mit la radio en sourdine, et profita du temps qu'ils avaient pour soumettre diverses hypothèses à Kristin.

— Ce Montoya pourrait être l'assassin, suggéra-t-elle soudain.

À son sourire, elle devina qu'il avait envisagé cette possibilité, et qu'il l'avait rejetée.

— Cette idée m'est venue à l'esprit, affirma-t-il.

Kristin trouva son attitude un brin légère. Après tout, ils étaient à la recherche d'un individu qui avait tué *au moins* douze personnes. Peut-être y avait-il d'autres victimes quelque part.

— Dans ce cas, pourquoi n'as-tu pas amené de renforts ?

Malloy lui lança un coup d'œil.

— J'ai des renforts. Toi.

Elle poussa un soupir agacé.

— Ne dis pas de bêtises.

— Je parle sérieusement. Si cet employé à la retraite m'attaquait, ne viendrais-tu pas à mon secours ?

— Je lui prêterais plutôt main-forte. D'ailleurs, tu n'es pas son genre. Si c'était lui l'assassin, il y aurait plus de chances qu'il m'attaque, moi.

Ses paroles résonnèrent à ses propres oreilles, et elle se tourna vers lui, interloquée.

— Attends, suis-je censée servir d'appât ?

Malloy se mit à rire.

— Tu te rends compte que tu réfléchis trop ? Et pour répondre à ta question, dit-il en redevenant sérieux, je n'utiliserais jamais personne comme appât, toi moins que tout autre. Quant à la question des renforts, j'ai averti les policiers de San Diego que nous venions… je l'ai fait par simple courtoisie, mais je peux compter sur eux en cas de problème.

Il marqua une pause.

— Pour le moment, nous allons à la pêche aux renseignements, c'est tout. J'ai l'intuition que Montoya n'est pas l'homme que nous cherchons.

— Pourquoi ? Parce qu'il s'est installé chez sa fille ?

— En partie, admit Malloy avec un haussement d'épaules. Mais surtout parce que ce type est blanc comme neige. En quarante-cinq ans, il n'a jamais eu maille à partir avec la police, il n'a même jamais écopé d'une contravention. Ses impôts sont à jour, il va à l'église tous les dimanches et, jusqu'au mois dernier, il travaillait comme bénévole dans un refuge pour sans-abri.

Kristin le regarda, incrédule.

— Comment sais-tu tout cela ?

— Je me suis renseigné.

— Quand ? Tu n'as su le nom de cet homme qu'il y a deux heures ! Et nous avons pris la route tout de suite.

— Il y a des moments où il est utile d'avoir des parents dans le service, avoua-t-il. Très utile.

— Mais je ne t'ai pas vu téléphoner…

— On a fait halte dans une station-service tout à l'heure, souviens-toi ?

— Oui.

Il s'était absenté cinq minutes, tout au plus. Cela lui avait-il suffi pour obtenir toutes ces informations ? À l'évidence, elle avait sous-estimé ses capacités.

— J'ai reçu deux textos, expliqua-t-il. Je dois un repas à Valri et un à Brenda.

La seconde était la belle-fille du chef, et la directrice du service informatique.

— Mais ça en valait la peine.

Malloy redevint sérieux et regarda Kristin en s'engageant sur la bretelle de sortie qui menait au centre de San Diego.

— Et, pour que les choses soient bien claires, je ne t'aurais pas emmenée si j'avais pensé que Montoya était un individu dangereux. J'aurais trouvé un moyen de t'obliger à rester au poste. Rien n'est assez important pour que je mette ta vie en danger.

Un délicieux frisson parcourut Kristin. Elle ne sut que répondre, si bien qu'elle garda le silence.

20

Malloy négocia un virage, puis jeta un coup d'œil en direction de Kristin et remarqua un léger tremblement à hauteur de sa hanche.

— Soit tu as froid, ce qui semble improbable vu la température au-dehors, soit quelqu'un essaie de t'appeler.

Au même moment, Kristin avait senti la vibration du téléphone et le portait déjà à son oreille.

— Alberghetti.

Sa curiosité piquée, Malloy prit son mal en patience, attendant qu'elle parle pour essayer de deviner qui l'appelait et pourquoi. Sans doute était-ce au sujet de son travail. Aux dernières nouvelles, ses assistants épluchaient une base de dossiers dentaires.

Kristin demeura silencieuse, écoutant son interlocuteur.

— Vraiment ? dit-elle enfin. Vous en êtes sûr ? Non, bien entendu. Merci de m'avoir avertie. À tout à l'heure.

Elle referma l'appareil et fixa le pare-brise.

— Eh bien ! s'exclama-t-elle.

— Tu pourrais développer ? demanda Malloy qui mourait d'impatience.

Kristin tressaillit, comme si elle venait tout juste de se souvenir qu'il était là. Elle se tourna vers lui.

— Le squelette est bien celui d'Anson Parker. C'est

Richard qui m'appelait pour me dire que les dossiers dentaires correspondent.

— Je croyais que tu ne savais pas qui était le dentiste de Parker ? s'écria Malloy, éberlué.

— Je ne le savais pas, non. J'ai demandé à Rich d'appeler tous les cabinets dentaires dans un rayon de quarante kilomètres et de vérifier s'ils avaient eu un certain Anson Parker pour client voilà vingt ou vingt-cinq ans. Apparemment, il a eu de la chance.

Malloy acquiesça.

— Maintenant, il ne nous reste qu'à déterminer si Parker a été tué parce qu'il était au mauvais endroit au mauvais moment, ou s'il avait un lien avec l'assassin, commenta-t-il en accélérant pour franchir une intersection.

— Exactement. Ça va être un jeu d'enfant, ironisa-t-elle.

Il lâcha un petit rire.

— Tu m'ôtes les mots de la bouche.

L'instant d'après, il ralentit et s'engagea dans un quartier résidentiel. Il s'arrêta devant une jolie maison à deux étages dotée d'une annexe à l'arrière et se gara.

— Nous y sommes.

Kristin regarda les imposants cactus plantés dans le jardin.

— Sans blague. J'ai des démangeaisons rien qu'à voir ces trucs-là.

— Dans ce cas, je suppose qu'un emploi à mi-temps dans une jardinerie est hors de question, plaisanta-t-il.

La porte d'entrée s'ouvrit alors qu'ils descendaient du véhicule. Un homme aux cheveux poivre et sel vint à leur rencontre, un sourire amical sur le visage. Il avait les épaules larges et semblait encore robuste pour son âge.

— Vous êtes l'inspecteur Cavanaugh ?

— C'est exact, répondit Malloy en lui serrant la main. Et voici le Dr Kristin Alberghetti, médecin légiste.

— Vous êtes trop jolie pour faire un travail aussi triste, commenta Montoya avant d'échanger galamment une poignée de main avec Kristin. Je suis Enrique Montoya. Suivez-moi. Ma fille nous a préparé des boissons fraîches.

Il offrit son bras à Kristin et les conduisit dans le jardin situé à l'arrière de la maison. Agrémenté d'un petit kiosque et d'une balançoire d'enfant, il avait été magnifiquement arrangé.

— Ce jardin est superbe, complimenta Kristin.

L'homme sourit.

— J'ai du temps à perdre et je n'aime pas rester sans rien faire.

Il les invita à s'asseoir, leur offrit du thé et une part de tarte encore chaude, puis il se cala sur sa chaise.

— Eh bien, que puis-je pour vous ?

Malloy alla droit au but.

— Vous avez récemment été chargé de négocier la vente d'une jardinerie à Aurora, dit-il en l'observant avec attention.

— Ah ! La jardinerie, répondit Montoya avec chaleur. J'ai beaucoup aimé cet endroit. Mais je ne suis plus tout jeune et c'est un travail très physique, vous savez. Quand j'ai expliqué à Miss Agnes que je voulais prendre ma retraite et qu'elle allait devoir me remplacer, elle m'a prié de lui rendre un dernier service.

Il marqua une pause et sourit.

— J'ai accepté, bien sûr. Je croyais qu'elle allait me demander de recruter mon successeur, mais elle m'a chargé de vendre la jardinerie.

On sentait une pointe de fierté dans son propos.

— Elle a dit que sans moi pour m'en occuper, cela ne l'intéressait plus de la garder.

— Dites-moi, commença Malloy en s'approchant de lui, pourquoi ne s'est-elle pas chargée de la vendre elle-même ?

— Miss Agnes n'est pas en bonne santé. Elle ne travaille plus à la jardinerie depuis plusieurs années et elle pensait que je serais mieux placé pour répondre aux questions d'un éventuel acquéreur.

— Vous étiez employé là depuis longtemps ? intervint Kristin.

Le sourire de Montoya s'élargit.

— Oh ! Depuis des années. C'est M. Bruce qui m'avait engagé.

— M. Bruce ?

Montoya remplit le verre de Kristin en reprenant son récit. À l'évidence, il aimait bavarder et avoir un public.

— M. Bruce a acheté la jardinerie deux ans avant mon arrivée. C'était une toute petite entreprise au début, mais M. Bruce avait des projets. Et j'ai été content de l'aider à les réaliser.

— Il voulait vendre, lui aussi ?

Le visage de Montoya s'assombrit.

— Il est mort voilà plus de dix ans.

— Miss Agnes était sa femme ?

— Non, sa sœur aînée. Elle était aussi son associée. Elle travaillait dans les serres et allait un peu partout chercher de nouveaux spécimens.

Une évidente nostalgie s'entendait dans sa voix.

— Quand M. Bruce a cessé de s'intéresser à la jardinerie, c'est Miss Agnes qui a maintenu l'affaire sur les rails.

— Pourquoi s'en est-il désintéressé ? s'enquit Kristin, se demandant s'ils étaient finalement sur la bonne piste.

— Pour une raison très triste, murmura Montoya.

Il marqua une brève pause, comme pour se ressaisir.

— Un beau jour, le fils de M. Bruce a disparu. Il n'a pas laissé de note, rien. Il n'est pas rentré à la maison, voilà tout. M. Bruce s'est d'abord mis en colère, et puis il a eu peur. Il a engagé des détectives privés pour le retrouver.

Il soupira.

— Ils n'y sont pas arrivés. M. Bruce s'est mis à boire. Miss Agnes a eu beau essayer de raviver sa passion pour les plantes, rien n'y a fait. Il ne songeait qu'à engourdir sa douleur. Miss Agnes a tout tenté pour qu'il arrête de boire, mais en vain. Un jour, il a perdu le contrôle de sa voiture sur une petite route. Il est mort avant même qu'on ait pu le transporter à l'hôpital.

Tout en parlant, il avait coupé de nouvelles parts de tarte.

— Servez-vous, je vous en prie.

Puis, il retourna à son histoire.

— M. Bruce avait légué sa part de la jardinerie à Miss Agnes, si bien qu'elle a continué à la tenir jusqu'à ce qu'elle tombe malade. Elle est dans un fauteuil roulant à présent, la pauvre. Alors, elle m'a chargé de gérer l'affaire, mais au bout d'un moment c'est devenu trop lourd pour moi. J'avais de l'aide, mais quand même…

Il eut un sourire de regret.

— Il faut être jeune pour faire ce métier, et je ne le suis plus. Mais j'ai été surpris quand elle m'a demandé de vendre.

— Pourquoi cela ? répliqua Malloy.

— Je croyais qu'elle garderait la jardinerie au cas où Anson reviendrait. Mais elle a dit que non, qu'il ne reviendrait plus après tout ce temps et qu'elle avait besoin de l'argent pour payer ses soins. Il n'est pas facile d'être vieux et seul, commenta-t-il. Qu'aurais-je pu dire ? Je me suis engagé à rester jusqu'à ce que j'aie trouvé un acquéreur. Par chance, il ne m'a pas fallu très longtemps.

Malloy échangea un regard avec Kristin. À en juger par son expression, elle avait entendu le nom, elle aussi.

— Vous dites que le fils de M. Bruce s'appelait comment ?

— Anson. C'est un prénom inhabituel, je sais.

— Quel était le nom de famille de Miss Agnes ? insista Malloy, soucieux de tout vérifier.

— Parker. Comme son frère. Elle ne s'est jamais mariée.

Il hocha la tête.

— La pauvre avait bon cœur, mais elle n'était pas belle et elle ne s'est jamais intéressée à son apparence, expliqua-t-il avec affection. Je crois que c'est pour ça qu'elle aimait les cactus. Beaucoup de gens disent qu'ils sont laids, mais elle les trouvait beaux.

— Était-elle proche de son neveu ? demanda Kristin.

Elle avait l'impression que toutes les pièces du puzzle étaient étalées devant elle, mais qu'elle n'arrivait toujours pas à les mettre en place.

— La mère d'Anson est morte quand il était tout petit, et Miss Agnes a fait de son mieux pour la remplacer, mais je ne crois pas que ça ait jamais bien marché entre eux deux. Anson était un enfant difficile. D'humeur très changeante.

Montoya fixait le fond de son verre vide.

— Ce n'était pas une famille heureuse. Pourtant, M. Bruce a essayé d'être un bon père. Son fils avait tout ce qu'il voulait. Enfin, les objets ne peuvent pas remplacer l'amour d'une mère, n'est-ce pas ?

Il se secoua.

— Tant de malheur.

— Êtes-vous toujours en contact avec Miss Agnes ? s'enquit Malloy.

À l'évidence, ils allaient devoir rendre visite à cette femme. Peut-être pourrait-elle leur fournir des détails supplémentaires.

— Je ne l'ai pas vue récemment, mais nous nous sommes parlé au téléphone quand j'ai vendu l'affaire. Elle m'a demandé de déposer le chèque sur son compte bancaire.

— À quand remonte cette conversation ?

Malloy avait sorti son calepin et prenait des notes à présent.

— Il y a quatre semaines, répondit Montoya sans hésiter.

Son regard alla soudain de l'un à l'autre.

— Quelque chose ne va pas ? s'exclama-t-il. Anson est-il revenu ?

Malloy fut tenté de lui dire la vérité. Montoya les avait bien reçus et avait répondu volontiers et avec franchise à leurs questions. Malgré tout, l'enquête était toujours ouverte, ce qui signifiait que les détails devaient demeurer confidentiels.

— Pas exactement, mais nous avons besoin de parler à Mlle Parker. Avez-vous son adresse et son numéro de téléphone ?

— Oui, bien sûr.

Montoya mit la main dans sa poche et en tira un téléphone portable.

— Les trois quarts du temps, je ne sais pas où j'ai mis ce machin, alors maintenant ma fille m'oblige à le garder sur moi, dit-il, secouant la tête. On dirait un jouet.

Il fit défiler quelques pages en marmonnant et, après quelques tentatives infructueuses, finit par trouver ce qu'il cherchait.

— Voilà.

Malloy prit l'appareil et nota rapidement les informations dans le sien avant de le lui rendre.

— Je sais que vous ne pouvez rien me dire pour l'instant…

Montoya sourit en voyant leurs regards surpris.

— Je suis les feuilletons à la télé, expliqua-t-il. Je sais comment ça se passe dans les enquêtes. Mais, quand ce sera fini, ce serait gentil de m'appeler pour me dire pourquoi vous vous intéressez tant à la jardinerie. Croyez-moi, durant toutes les années que j'y ai passées, il n'est jamais rien arrivé d'excitant.

Réprimant l'envie d'échanger un coup d'œil avec Kristin, Malloy hocha la tête.

— C'est entendu.

Il était temps de partir. Malloy avait l'impression que l'homme leur avait dit tout ce qu'il savait.

— Eh bien, merci pour votre accueil et pour vos réponses, dit-il en se levant, aussitôt imité par Kristin. Mais nous devons rentrer.

Montoya acquiesça.

— Bien sûr. La route est longue jusqu'à Aurora.

Il les raccompagna dans l'allée qui longeait le côté de la maison.

— Quand vous verrez Miss Agnes, dites-lui bonjour de ma part, s'il vous plaît.

— Quand l'avez-vous vue pour la dernière fois ? demanda Kristin, curieuse.

— Il y a plus d'un an. Je l'ai aidée à déménager ses affaires à la maison de retraite.

Il s'arrêta à côté de leur voiture, l'air songeur.

— Miss Agnes n'avait pas l'air bien.

Kristin eut l'intuition soudaine qu'il ne faisait pas allusion à des douleurs de personne âgée.

— Savez-vous ce qui n'allait pas ?

Il haussa les épaules.

— Si vous voulez parler de sa maladie, j'ai oublié le nom que les médecins lui ont donné. Mais je crois qu'il y avait autre chose.

— Ah bon ?

— Je crois que quelque chose la rongeait de l'intérieur, dit-il en tapotant sa propre poitrine.

Et puis, il haussa les épaules de nouveau.

— Mais peut-être que je me fais des idées.

— Qu'est-ce que ça aurait pu être, d'après vous ? insista Malloy, curieux d'entendre son opinion.

Au stade où ils en étaient, le moindre détail pouvait apporter une pièce supplémentaire au puzzle.

— Quand on vieillit, murmura Montoya, on a des regrets. On pense aux choses qu'on n'a pas faites. À celles qu'on a faites. Comment savoir ?

Son sourire revint.

— J'espère vous avoir été utile.

— Vous nous avez beaucoup aidés, déclara Malloy. Merci encore.

Un instant plus tard, ils s'en allaient. Debout sur le trottoir, Montoya les suivit du regard jusqu'à ce que la voiture ait disparu.

21

— À quoi penses-tu ?

Le son de la voix de Malloy rompit le silence de la chambre obscure.

Kristin reposait contre lui, le cœur battant encore à tout rompre. Elle leva la tête juste assez pour rencontrer son regard.

Le trajet de retour avait été plus long que prévu, en raison d'embouteillages intenses au départ de San Diego et à l'arrivée à Aurora. Par conséquent, ils avaient décidé, bien avant d'arriver en ville, de remettre au lendemain leur visite à Agnes Parker. La soirée était trop avancée pour déranger une personne âgée.

En revanche, ils n'avaient pas discuté de la manière dont la journée allait se terminer. Kristin avait supposé que chacun rentrerait dormir chez soi et qu'ils reprendraient l'enquête — et, avec un peu de chance, la mèneraient à sa conclusion — le lendemain matin.

Cependant, quand Malloy l'avait ramenée au parking du quartier général de la police, il n'avait pas fait mine de repartir. Et, comme la veille, il l'avait suivie jusque chez elle.

Ne voulant rien présumer, elle s'était garée et était descendue de sa voiture, prête à lui poser des questions.

Sauf qu'elle n'avait jamais eu le temps d'en arriver là.

À la seconde où Malloy avait quitté son propre véhicule, il l'avait prise dans ses bras et embrassée.

Embrassée jusqu'à ce qu'elle en ait le vertige.

Dieu seul savait comment, alors qu'elle était dans ses bras, ses lèvres collées aux siennes, Kristin était parvenue à ouvrir sa porte pour qu'ils puissent entrer dans la maison.

Le battant refermé, hors de vue du monde extérieur, ils n'avaient pas perdu une seconde pour se débarrasser de leurs vêtements.

La passion n'avait pas laissé de place aux mots.

Enfin, épuisés, ils s'étaient effondrés dans les bras l'un de l'autre.

À quoi pensait-elle en réalité ? se demanda-t-elle en promenant un doigt joueur sur le contour des lèvres de Malloy.

Elle ne se berçait pas d'illusions. Cet homme était Malloy Cavanaugh. Si ardentes que soient leurs étreintes, elle savait qu'elles prendraient fin. Mais en attendant elle comptait bien savourer son plaisir.

— Eh bien, figure-toi que je me demande si oui ou non tu es le meilleur amant au monde…, dit-elle d'un ton rêveur.

Il l'attira plus près, et Kristin crut entendre un rire vibrer dans sa poitrine.

— Ton avis m'intéresse, j'y reviendrai tout à l'heure, promit-il. Mais de mon côté je songeais à ce que Montoya nous a appris aujourd'hui.

— Tu ne me demandes pas si je pense qu'il a tué ces filles, si ?

Malloy glissa un bras sous sa tête, réfléchissant à leur conversation avec l'ancien employé de la jardinerie.

— Non. Je ne crois pas qu'il ait quoi que ce soit à se

reprocher. En revanche, nous avons trois personnages supplémentaires à prendre en compte dans cette affaire.

Il la serra plus étroitement contre lui.

— Supposons que Bruce Parker ait été le tueur en série et qu'il ait enterré ses victimes sur la propriété. Un jour, son fils découvre son secret et menace de le dénoncer à la police. Affolé, Bruce le tue pour le réduire au silence et joue la comédie du père éploré. Mais le remords ne tarde pas à le submerger, après tout, il a tué son fils unique, de sorte qu'il commence à boire. Et en fin de compte il se donne la mort.

— Cela expliquerait qu'on ait retrouvé le squelette d'Anson avec les autres. Le problème, c'est comment le prouver.

— Hé, je ne peux pas tout faire, protesta Malloy. J'ai déjà échafaudé une théorie.

— C'est vrai, mais rien ne prouve que ce soit la bonne.

Malloy changea brusquement de position et prit appui sur son coude pour regarder Kristin.

— As-tu toujours été aussi dure en affaires ?

Elle noua les bras autour de son cou.

— Toujours, murmura-t-elle, ses yeux lui disant des choses qu'elle s'empêchait de formuler.

— Oh ! Très bien.

Après quoi Malloy accepta l'invitation silencieuse qu'il lisait dans son regard.

La maladie d'Agnes Parker avait fini par triompher de son désir d'indépendance, et cette femme autrefois si résolue et si active avait dû se résigner à accepter l'aide dont elle avait besoin au quotidien.

C'est pourquoi elle avait décidé de s'installer dans une maison de retraite médicalisée à Shady Canyon, une petite ville située à environ quatre-vingts kilomètres d'Aurora et de la jardinerie où elle avait passé le plus clair de sa vie.

L'établissement était une vaste demeure qui avait été aménagée pour accueillir six pensionnaires. Agnes Parker occupait une des plus grandes chambres et disposait de sa propre entrée qui donnait sur une terrasse et un jardin.

Les rideaux étaient tirés, et Kristin se demanda si la femme ne supportait plus la vue de son jardin. Et, si tel était le cas, quel en était la raison ?

— Des visiteurs ? répéta Agnes sèchement, s'adressant au jeune aide-soignant qui les avait précédés à l'intérieur. Je n'ai jamais de visiteurs. Personne ne vient plus me voir maintenant qu'Enrique a déménagé.

Elle avait dit cela sans émotion apparente. De fait, le personnel avait rapporté à Malloy et à Kristin qu'elle avait déclaré à plusieurs reprises que s'épancher était une perte de temps et d'efforts.

Malloy se hâta de faire les présentations.

— Je suis l'inspecteur Cavanaugh, et voici le Dr Alberghetti, expliqua-t-il en s'avançant d'un pas. Nous appartenons à la police d'Aurora…

Il s'interrompit.

La longue main d'Agnes, maigre et veinée de bleu, s'était posée sur son cœur. Un instant, elle parut encore plus pâle qu'elle ne l'était déjà.

— Je le savais ! s'écria-t-elle. Je savais que ce jour viendrait.

Elle parut se ressaisir, et ses yeux bleu vif détaillèrent les visiteurs.

— Vous les avez trouvés, n'est-ce pas ? demanda-t-elle d'une voix résignée.

En temps normal, Malloy l'aurait invitée à préciser sa pensée, mais dans ce cas particulier, il eut le sentiment qu'il valait mieux lui confirmer que ses pires craintes s'étaient réalisées.

— Oui.

Agnes prit une profonde inspiration, puis secoua la tête.

— Enfin. C'est terminé.

Son regard se reporta sur Malloy.

— Tous les cadavres ?

— Nous en avons trouvé douze, intervint Kristin. Y en a-t-il d'autres ?

Agnes poussa un soupir. Un soupir qui semblait venir du tréfonds de son âme.

— Non, c'est tout. Dieu me pardonne, murmura-t-elle. C'est tout.

Elle était assise dans son fauteuil roulant. Malloy prit une chaise placée contre le mur et la poussa vers Kristin. Pour sa part, il était prêt à rester debout, mais le jeune homme revint avec un second siège à son intention.

— Merci.

Il referma la porte derrière l'aide-soignant et se retourna. Kristin avait pris les mains d'Agnes entre les siennes, exactement comme elle l'avait fait avec le professeur Sullivan.

Malloy approcha sa chaise de la vieille femme.

— Pouvez-nous nous raconter ce qui s'est passé ?

— La confession fait du bien à l'âme, n'est-ce pas ? répondit Agnes sur un ton las. Eh bien, l'âme qui aurait pu bénéficier d'une confession n'en a jamais eu l'occasion, et tout cela est ma faute.

— Que s'est-il passé, Agnes ? demanda Kristin gentiment.

Les yeux d'Agnes brillaient de colère et d'exaspération.

— Je l'ai surpris, voilà ce qui s'est passé, dit-elle

sèchement. Je l'ai surpris en train d'enterrer cette pauvre petite.

Ni Kristin ni Malloy ne l'interrompirent.

— D'abord, je ne voulais pas en croire mes yeux. J'avais toujours eu le sentiment que quelque chose n'allait pas chez mon neveu, mais j'avais espéré qu'il changerait, qu'il mûrirait. Je me trompais.

Son ton était devenu amer.

— Son mal n'a fait qu'empirer. Mais je n'avais jamais pensé…

Elle secoua la tête, encore sous le choc après toutes ces années.

— Cela semblait irréel…

— Qu'est-ce qui semblait irréel ? insista Malloy en se penchant vers elle.

— Qu'il ait tué cette fille et qu'il paraisse si calme alors qu'il l'enterrait… qu'il enterrait des morceaux d'elle, reprit-elle avec un frisson. Quand je me suis avancée pour l'interroger, j'ai vu qu'il lui avait coupé les mains. Qu'elles étaient à côté d'elle dans la fosse.

Elle se tut un instant.

— Il a ri, puis il m'a dit de rentrer à la maison, de me mêler de mes affaires.

La colère assombrit ses traits.

— Il avait tué un être humain, plusieurs, et il me disait que ça ne me regardait pas ! ajouta-t-elle, incrédule. C'était un monstre.

Des larmes brillaient dans ses yeux.

— Pourquoi n'avez-vous pas averti la police ?

— Je m'apprêtais à le faire. Je le lui ai dit. Je lui ai dit qu'il était malade et qu'il avait besoin d'aide. Je me souviens de la rage dans son regard.

Un instant, elle parut absente, comme si elle avait été happée par le passé. Puis elle revint au présent.

— C'est là qu'il m'a attaquée. Il tenait une pelle à la main, il la brandissait comme une arme et il a essayé de l'abattre sur ma tête.

Les lèvres d'Agnes tremblaient. Elle ferma les yeux, comme si elle revivait la scène. Quand elle les rouvrit, elle semblait quêter non pas leur pardon, mais leur compréhension.

— C'était un garçon si frêle, comme sa mère. J'étais plus lourde que lui, plus grande. Je lui ai arraché la pelle, et il s'est jeté sur moi. À ce moment, j'ai compris que, frêle ou pas, il allait me tuer.

Elle marqua une pause et reprit son souffle.

— J'ai frappé Anson de toutes mes forces avec la pelle. Je voulais seulement l'assommer, dit-elle d'une voix émue, sincère. Mais il ne s'est pas réveillé, et son pouls ne battait plus. Alors, je me suis affolée et j'ai fini par l'enterrer avec la fille qu'il avait tuée.

Elle regarda tour à tour Kristin et Malloy. L'impuissance se lisait sur ses traits.

— Je ne savais pas quoi faire. Je savais que si mon frère apprenait que son fils était un assassin, il en mourrait. C'est pourquoi je n'ai rien dit.

Elle lâcha un soupir.

— Plus le temps passait, plus j'étais prisonnière de mon silence. Il était plus facile de continuer à me taire.

La tristesse envahit son regard.

— Du moins, je le pensais.

Elle sembla se reprendre, se préparer à accepter son châtiment pour un crime qu'elle n'avait pas voulu commettre.

— Pendant toutes ces années, j'ai attendu qu'on

découvre ces corps. Je crois que je suis soulagée maintenant. J'ai peur, mais je suis soulagée, admit-elle, un mince sourire sur les lèvres.

— Êtes-vous bien sûre que votre neveu ait tué toutes ces femmes ? demanda Malloy en l'observant attentivement.

Agnes acquiesça.

— Oui. Il s'en est vanté. Il a dit…

Sa voix se brisa.

— … que c'était ma faute.

Des larmes brillèrent dans ses yeux.

— Et peut-être avait-il raison.

— Pourquoi a-t-il dit une chose pareille ? insista Kristin avec douceur.

— Parce que c'est moi qui avais engagé cette femme, cette nounou qui s'est occupée de lui quand il était enfant. Il avait huit ou neuf ans à l'époque.

Agnes pressa les lèvres, s'efforçant manifestement de garder le contrôle d'elle-même. De toute évidence, elle n'avait jamais confié ces choses-là à personne, et voilà qu'elles jaillissaient de sa bouche comme si elle ne pouvait plus les retenir.

— La mère d'Anson, Cathy, venait de mourir, et son père et moi étions accaparés par le développement de la jardinerie. J'ai donc engagé cette femme. Elle prenait soin de lui quand nous devions nous absenter pour aller chercher des spécimens.

Elle les regarda tour à tour.

— Je vous jure que j'ignorais qu'elle l'avait maltraité… il ne me l'a avoué que le soir où je l'ai trouvé en train d'enterrer cette fille.

Sa voix se brisa, mais elle continua.

— Dieu me pardonne ! J'aurais dû faire plus attention à la manière dont il se conduisait. Il était si imprévisible !

Mais je pensais que c'était un enfant gâté. De la mauvaise graine. Ça arrive parfois, vous savez. Quelqu'un peut mal tourner même s'il a été bien traité.

— Pouvez-vous décrire cette femme ? intervint Malloy.

Agnes réfléchit.

— Elle était blonde. Elle avait peut-être vingt-deux ans, les yeux bleus. Pourquoi ? Cela a-t-il de l'importance ? demanda-t-elle, perplexe.

— Disons que ça explique bien des choses, répondit Malloy.

Agnes secoua la tête.

— Si j'avais fait plus attention, ces filles seraient encore en vie, sanglota-t-elle. Et Bruce aussi, peut-être. Il n'aurait pas bu au point de se tuer parce qu'il pensait avoir poussé son fils à s'enfuir.

Ses épaules s'étaient tassées, comme si le poids de sa confession était trop lourd à porter.

Enfin, elle releva la tête et regarda Malloy.

— Allez-vous m'arrêter à présent, inspecteur ? Je suis lasse et je veux en finir. Je suis prête à payer pour mon crime.

Le cœur serré, Kristin se tourna vers Malloy. Cette femme vivait un calvaire depuis plus de vingt ans. Était-il vraiment nécessaire de l'envoyer en prison ? À quoi cela servirait-il ? D'un autre côté, il ne pouvait ignorer la loi.

— N'est-ce pas un cas de légitime défense ? s'enquit-elle avec espoir.

Malloy avait tendance à être d'accord avec elle, néanmoins il y avait une procédure à suivre. Après tout, Agnes avait découvert plusieurs crimes et avait choisi de garder le silence.

— Ce n'est pas à moi d'en décider, expliqua-t-il, avant de s'adresser à Agnes. Mais j'ai un procureur adjoint et deux juges dans ma famille. Je suis sûr que l'un d'eux connaît le nom d'un bon avocat qui vous défendra gratuitement.

La vieille femme secoua la tête.

— J'apprécie votre gentillesse, inspecteur, mais je suis en prison depuis le soir où j'ai tué mon neveu. Ce ne sont pas de beaux discours qui vont me délivrer.

Un semblant de sourire se dessina sur ses lèvres.

— Je suis seulement contente que tout soit terminé. Si vous avez besoin de preuves supplémentaires, j'ai tout raconté par écrit et j'ai mis ces papiers dans un coffre à ma banque. J'ai donné tous les détails, au cas où je serais trop lâche pour me confesser avant de mourir.

Elle se tut un instant.

— Le problème avec un secret comme celui-là, c'est qu'il finit par tout occulter. Il n'y a plus que lui qui compte. Il tue le bonheur. La vie n'a plus de sens. Plus de valeur.

Elle les regarda et dut lire la pitié sur leurs visages.

— Ne soyez pas tristes pour moi. Vous m'avez rendu un énorme service. Et c'est vrai ce qu'on dit.

— Quoi ?

— Que la confession fait du bien à l'âme, conclut Agnes en hochant la tête. Merci de m'avoir écoutée… et de ne pas m'avoir jugée, ajouta-t-elle, les yeux pleins de larmes. C'est important pour moi. Très important.

22

Comme elle avait spontanément avoué être responsable de la mort de son neveu et que, de toute évidence, elle ne tenterait pas de se soustraire à la justice, Agnes Parker fut autorisée à rester à son domicile. Malloy l'informa qu'il allait s'entretenir avec le procureur adjoint et qu'on la rappellerait en temps voulu.

— Faites pour le mieux, inspecteur, déclara-t-elle. Je ne bouge pas d'ici.

Sans perdre de temps, Malloy contacta sa cousine et lui fit part du tour surprenant pris par les événements.

— Elle est âgée et malade, Janelle. J'espère qu'on pourra lui témoigner une certaine clémence.

— Je vais voir ce que je peux faire, promit celle-ci. Je te tiens au courant.

— Que faisons-nous maintenant ? demanda Kristin quand il eut mis fin à la communication.

— Eh bien, je remplis une tonne de paperasses… et on attend.

Comme promis, Janelle passa en revue tous les éléments du dossier, y compris la confession écrite qu'Agnes avait déposée dans son coffre. En fin de compte, la vieille dame fut autorisée à rester chez elle en attendant le procès.

Janelle convoqua Malloy et Kristin à son bureau pour leur annoncer la nouvelle.

— Compte tenu de l'âge de Mlle Parker, de son état de santé et de l'absence de témoins contredisant sa version des faits, il est probable qu'elle ne sera pas envoyée en prison. On conclura sans doute à un cas de légitime défense, et elle pourra terminer ses jours à la maison de retraite.

Elle regarda Kristin.

— Les autres victimes doivent toujours être identifiées, par conséquent l'enquête reste ouverte. Mais la confession de Mlle Parker devrait aider les familles à faire leur deuil. Informez-moi dès que les identifications seront complètes, et je m'occuperai du côté légal de l'affaire. Ce ne sera qu'une formalité.

Malloy se leva, imité par Kristin.

— Merci, Janelle. Je sais que tu es très occupée.

— On n'est jamais trop occupé pour rendre service à sa famille, affirma celle-ci en souriant. À propos, on se voit chez Andrew ?

Au lieu de répondre, Malloy jeta un coup d'œil vers Kristin et leva un sourcil interrogateur.

L'invitation, se dit Kristin. Elle avait presque oublié qu'elle avait accepté de s'y rendre.

— Bien sûr, dit-elle machinalement.

Dès qu'ils furent dans le couloir, elle se tourna vers Malloy.

— C'est toujours d'actualité ?

— Quoi ? La fête ? demanda Malloy en appuyant sur la touche d'appel de l'ascenseur. Bien sûr. Andrew n'annule jamais, quoi qu'il arrive.

Elle secoua la tête.

— Non, je voulais dire : suis-je toujours invitée ?

— Pourquoi ne le serais-tu pas ?

Il s'adossa au mur en attendant que la cabine arrive.

— Nous avons conclu un marché, non ?

Certes, songea-t-elle, mais la situation avait changé.

— Je sais, mais c'était avant que l'enquête soit terminée.

Il fronça les sourcils.

— Et alors ?

Kristin hésita. Comment pouvait-elle lui dire avec tact qu'elle savait qu'il n'allait pas tarder à passer à quelqu'un d'autre ?

— Eh bien, nous ne sommes plus obligés de travailler ensemble.

Il se mit à rire.

— Je suis inspecteur, et tu es le médecin légiste du service. Je crois qu'il est plutôt optimiste de ta part de penser que ces douze cadavres sont les derniers auxquels nous aurons eu à faire. D'ailleurs, ajouta-t-il plus gravement, je n'ai pas besoin d'excuse pour te voir. Si ?

Pourquoi l'obligeait-il à mettre les points sur les *i* ?

— Je me disais seulement qu'une aventure de ce genre a peut-être une date limite.

L'ascenseur était arrivé. Ils entrèrent ensemble à l'intérieur.

— Tu avais une « aventure » avec moi, doc ? questionna Malloy, impassible. J'étais juste un passe-temps pour toi ?

Kristin poussa un soupir exaspéré.

— Mais non, espèce d'idiot, je parlais de toi. C'est toi qui as une aventure.

— Avec qui ? lança-t-il innocemment, comme si c'était une nouvelle pour lui.

— Avec moi !

Kristin était au comble de la frustration. Pourquoi lui infligeait-il ce supplice ? Ils savaient l'un et l'autre que leur relation n'avait pas d'avenir. Elle était même surprise qu'il ne l'ait pas déjà plaquée.

— Pourquoi ferais-je ça ? insista-t-il.

Faisait-il exprès de l'agacer pour qu'elle se mette en colère et qu'elle lui donne une raison de rompre ?

— Parce que c'est ce que tu fais toujours.

Le regard de Malloy se souda au sien. Sans doute était-ce un effet de son imagination, mais Kristin eut l'impression que sa voix était tendue quand il demanda :

— Qui dit cela ?

— Tout le monde.

— Eh bien, peut-être que tout le monde se trompe.

— J'aimerais le croire, avoua-t-elle, mais sache que tu n'as pas la réputation d'être un saint.

Cette fois, il sourit, et ses yeux pétillèrent de malice.

— Je vais t'avouer un truc : je n'ai jamais visé la sainteté.

— Eh bien, félicitations dans ce cas, lâcha-t-elle, s'efforçant désespérément d'ériger de nouvelles défenses.

Des défenses qui étaient censées la protéger contre la sensation qu'on lui arrachait le cœur.

— Tu en es loin. Sauf que tu as trouvé le moyen d'éviter la prison à Mlle Parker, et c'est bien, ajouta-t-elle pour ne pas être injuste avec lui.

Les portes de l'ascenseur s'ouvrirent. Plutôt que de s'engager dans le couloir, Malloy arrêta Krtistin en lui saisissant le bras.

— Ne change pas de sujet. Il ne s'agit ni d'Agnes Parker ni de l'enquête. Il s'agit de toi et moi. De décider si on va continuer à se voir.

Elle avait la gorge nouée. Et une conscience aiguë de la chaleur du corps de Malloy tout près du sien.

— Pour collaborer sur d'autres affaires ?

Pourquoi ne cessait-elle de revenir sur ce point ?

— Le cas échant, oui, bien sûr. Mais, comme je te l'ai dit, je n'ai pas besoin d'un cadavre comme excuse. Je veux continuer à te voir, Kristin, dit-il sur un ton grave. Maintenant, si tu es d'un autre avis, dis-le-moi.

— Et si c'est le cas tu l'accepteras ? répliqua-t-elle, incrédule.

Pouvait-il vraiment avoir des sentiments à son égard s'il renonçait à elle aussi facilement ?

— Non, mais au moins je saurai à quoi m'en tenir. Je saurai aussi qu'il faut que j'en fasse davantage pour que tu veuilles me garder dans ta vie.

Elle voulait déjà le garder dans sa vie, mais il était hors de question qu'elle l'admette devant lui. À la seconde où elle l'aurait dit, il prendrait peur et la quitterait.

— Où allons-nous, Malloy ? demanda-t-elle tout bas.

Tout vacillait en elle, et elle n'osait pas le lui montrer.

— Je ne sais pas, répondit-il honnêtement. C'est ce que nous devons découvrir. Je ne veux pas passer ma vie à avoir des regrets.

Il enfouit ses doigts dans les cheveux de Kristin et prit son visage entre ses mains.

— Et toi ?

Ses yeux rencontrèrent ceux de Malloy.

— Je vais venir à la fête de ton oncle.

Il sourit, et son visage s'éclaira.

— Tant mieux.

Il fit mine de l'embrasser, mais elle leva une main devant sa bouche pour l'arrêter.

— Tu veux vraiment que j'amène ma mère ?

— Naturellement. Tu as dit qu'elle avait besoin de compagnie. Elle va s'amuser.

— Je n'en doute pas. Mais il faut que tu saches qu'elle va nous considérer comme un couple.

Kristin connaissait sa mère. Elle n'hésiterait pas à tirer des conclusions hâtives en les voyant ensemble.

Elle s'était attendue à voir un regard traqué, celui d'un homme qui vient de comprendre l'étendue de son erreur. Mais, à sa grande surprise, Malloy ne parut pas s'émouvoir de sa mise en garde.

— Il faut bien que ça commence un jour, déclara-il.

Elle n'était pas sûre d'avoir bien entendu, mais le regard de Malloy confirma son propos.

— Enlève ta main, Kristin, dit-il soudain, on dirait que tu veux jouer à « je te tiens, tu me tiens par la barbichette ». Et je n'ai pas envie de jouer à ça, précisa-t-il avec un sourire en coin.

— À quoi as-tu envie de jouer ? chuchota-t-elle en retour.

— J'y réfléchis. Maintenant baisse tes mains et embrasse-moi.

— Mais comment puis-je mettre les mains autour de ton cou si je les baisse ?

— On va se débrouiller, assura-t-il.

L'instant d'après, il avait capturé ses lèvres.

Épilogue

— Il faut qu'on parle, prévint Malloy en entrant dans la morgue.

Au beau milieu d'une autopsie, Kristin leva les yeux, déconcertée. Elle ne s'attendait pas à le voir avant la fin de la journée. Il avait parlé de l'emmener dîner quelque part. Ils avaient pris l'habitude de dîner chez elle ou, plus rarement, chez lui, aussi Kristin en conclut-elle qu'il mijotait quelque chose.

Allait-il lui annoncer une mauvaise nouvelle ?

Son arrivée inopinée n'augurait rien de bon.

Elle se raidit, redoutant déjà la suite.

Tout allait si bien.

Trop bien.

Était-ce le début de la fin ?

— Tout de suite ? demanda-t-elle, s'efforçant de paraître calme.

— Pourquoi pas ? Nous sommes seuls, lui fit-il remarquer.

— Techniquement, marmonna-t-elle, en jetant un coup d'œil au cadavre sur la table.

Malloy suivit son regard.

— Je ne crois pas qu'il ait des objections.

Elle ne voulait pas s'effondrer au bureau et, s'il disait ce qu'elle craignait qu'il dise, elle ne pourrait pas s'en empêcher.

— Ça ne peut pas attendre ?

Malloy enfonça les mains dans ses poches.

— Pas vraiment.

Le cœur de Kristin cognait dans sa poitrine. Elle prit une profonde inspiration.

— Ça a un rapport avec le fait que tu m'invites à dîner ce soir ?

— Oui, admit-il.

Toutefois, il paraissait sur ses gardes.

— Je le savais !

Elle retira ses gants et éteignit le petit enregistreur dont elle s'était servie.

— Tu le savais ? répéta-t-il, l'air stupéfait. Qui te l'a dit ?

Elle n'allait pas faire de scène, se promit-elle. Après tout, elle s'attendait à ce moment depuis qu'elle avait commencé à se troubler déraisonnablement à chaque fois que Malloy était dans les environs.

— Personne, rétorqua-t-elle. Tu ne me crois pas assez intelligente pour l'avoir deviné toute seule ?

— Eh bien, si tu as deviné, tu es plus fine que moi, je te l'accorde, avoua-t-il. Parce que je ne l'avais pas vraiment compris moi-même avant hier soir.

Hier soir.

Ce que Kristin redoutait était arrivé.

Alors qu'ils passaient toutes leurs soirées ensemble depuis deux mois, que la mère de Kristin le considérait comme un fils et qu'elle même avait été accueillie à bras ouverts dans la famille Cavanaugh, Malloy avait décidé de faire une sortie « entre hommes » avec quelques amis.

Des amis célibataires.

Lorsqu'il était rentré, à une heure avancée de la nuit, il était plus silencieux que d'habitude, et Kristin en avait conclu que leurs jours ensemble étaient comptés. En revoyant ses amis, il avait eu la nostalgie de la vie qu'il menait avant de la connaître, et nul doute qu'il voulait y retourner.

Voilà ce dont il s'agissait. Il allait lui faire un discours du genre : « Ce n'est pas toi, c'est moi », ou quelque chose qui revenait au même. Et ce serait fini.

Une bouffée de nausée envahit Kristin.

— Écoute, dit-elle résolument. Nous ne sommes pas obligés d'avoir cette conversation. J'ai une autopsie à terminer et toi… tu as sûrement des choses à faire.

— Il n'y en a pas pour longtemps, assura-t-il.

— Ça n'a déjà que trop duré ! riposta-t-elle.

Et, s'il restait, elle allait éclater en sanglots et s'effondrer devant lui.

— Va-t'en. Va…

Les mots se figèrent alors qu'elle posait les yeux sur la petite boîte noire au creux de la paume de Malloy.

— Que… qu'est-ce que c'est ? murmura-t-elle, la bouche sèche.

— Quelque chose que j'allais te donner ce soir, mais je n'ai pas eu la patience d'attendre.

Elle continuait à fixer l'écrin en silence, aussi l'ouvrit-il à sa place.

Elle écarquilla les yeux.

— C'est une bague, chuchota-t-elle.

— En général, c'est ce qu'on trouve dans ce genre de boîte, répondit-il, mi-sérieux, mi-amusé.

Kristin leva les yeux vers lui.

— Pour moi ?

— Eh bien, elle n'est sûrement pas destinée au type qui est allongé sur la table. J'allais te la donner ce soir, mais je l'ai montrée à ta mère après être passé la chercher à la bijouterie et j'ai compris qu'elle n'allait pas pouvoir garder le secret. Et, comme je voulais te l'offrir avant qu'elle gâche la surprise, je suis venu tout de suite.

Kristin le fixait toujours.

Pourquoi ne disait-elle rien ?

— Tu me rends nerveux, Kris. Vas-tu me forcer à te supplier ?

— Je croyais que tu allais rompre avec moi, avoua-t-elle enfin d'une voix tremblante.

— Rompre avec… ? Pourquoi voudrais-je faire une chose pareille ?

Elle prit une inspiration. Il méritait une explication.

— Parce que tu as revu tes amis hier soir. J'ai pensé que ton ancienne vie te manquait.

Il se mit à rire.

— Ma vie était vide, Kris. Mes amis sont seuls, et ils cherchent précisément ce que j'ai trouvé avec toi.

Il captura sa main dans la sienne.

— Je t'aime, Kris. Je ne veux pas retourner à mon ancienne vie. Épouse-moi pour que je puisse continuer à être heureux. Épouse-moi, sinon…

Il baissa la voix.

— … je te renvoie chez ta mère.

Elle éclata de rire, submergée de soulagement et de bonheur.

— Voilà un argument convaincant !

Il la prit dans ses bras et l'attira contre lui.

— Alors, c'est oui ?

Elle lui offrit un sourire éclatant.

— Tu as beau être intelligent, tu es un peu lent parfois. Je t'ai dit oui dès la première fois où tu m'as embrassée.

— Dans ce cas, il va falloir que je t'embrasse de nouveau, dit-il en riant.

Et c'est ce qu'il fit.

Retrouvez prochainement,
dans votre collection

BLACK ROSE

Rejoints par le passé, de Lena Diaz - N°752

ENQUÊTES À PRESCOTT MOUNTAIN – 1/2

Attentive, l'inspectrice Willow McCray observe Grayson Prescott. Le visage fermé, le troublant milliardaire lit le dossier sur l'assassinat de sa femme, sept ans plus tôt. Brusquement il tressaille, et Willow sent les battements de son cœur s'accélérer. A-t-il, comme elle, remarqué des similitudes entre son épouse et les victimes du violeur de Gatlinburg ? Se pourrait-il que ce dernier soit en fait un *serial killer* ?

Des pas sur la neige, de Danica Winters

Assurer la sécurité de Lily Clark : c'était la mission d'Ella Spade et de Daisy, sa jeune chienne dressée pour les recherches délicates. *C'était*... Car Lily, adorable fillette de trois ans, a été enlevée, et c'est la peur au ventre qu'Ella suit ses traces dans la forêt enneigée. Un homme l'accompagne : Grant Anders, policier aussi sexy qu'exaspérant qui, au grand dam d'Ella, semble bien décidé à jouer le rôle de chef d'équipe...

Tu n'es plus seule, d'Addison Fox - N°753

Il allait devenir père... À la fois heureux et effrayé, Ethan couve Lizzie du regard. Lizzie. *Sa* Lizzie, qu'il a retrouvée six mois plus tôt, le temps d'une nuit de passion. Et qui aujourd'hui lui annonce qu'elle porte son enfant. Mais pourquoi avoir attendu si longtemps ? Et quelle est cette crainte qui voile son regard ? Comme si une menace pesait sur elle. Comme si elle espérait *in petto* qu'il la protège...

Sauvée des ténèbres, de Bonnie Vanak

« Je n'aime pas les médecins, je ne leur fais pas confiance... » Choquée, Belle affronte du regard l'agent Kyle Anderson qui vient de lui lancer cette pique. Silencieuse, elle attend qu'il lui révèle la raison de sa venue dans le dispensaire où elle consulte et se pétrifie en entendant la suite : une fillette a disparu après sa visite dans son établissement, et le FBI soupçonne Belle d'être impliquée dans un trafic d'enfants...

Retrouvez prochainement, dans votre collection

BLACK ROSE

Une fugitive aux abois, de Juno Rushdan - N°754

Accusée à tort de trahison, Zee est recherchée par le FBI. En Alaska où elle se cache, elle lie connaissance avec John Lowry, son mystérieux voisin. Mais nulle part elle n'est en sécurité, elle le sait. Aussi, lorsque son chalet est attaqué par une équipe de tueurs, elle se lance dans une fuite désespérée. Une cavale dans laquelle, bien qu'elle tente de l'en dissuader, John veut à tout prix l'accompagner…

Des secrets menaçants, de Tyler Anne Snell

Qui menace Willa Tate ? Et quel secret renferme la boite qu'elle a déterrée sur le chantier où elle travaille ? Consciente du danger qui plane sur elle, persuadée que les documents qu'elle a mis à jour concernent un crime ancien et non élucidé, Willa va trouver Kenneth Gray. Sans savoir que le séduisant détective enquête de son côté sur le meurtre de sa femme, des années plus tôt…

Un protecteur dans l'ombre, de Carol Ericson - N°755

LES DISPARUS DE TIMBERLINE – 3/4

Pour quelle raison Jim Kennedy est-il de retour à Timberline ? Scarlett est partagée entre inquiétude et fascination. Inquiétude, car le retour de Jim coïncide avec une série de meurtres sans doute liés à l'enlèvement de trois enfants, vingt-cinq ans plus tôt. Fascination, car celui qui n'a rien perdu de ses allures de *bad boy* semble vouloir la protéger des dangers qu'elle sent planer autour d'elle…

Dans les bras de son ennemi, de Carol Ericson

LES DISPARUS DE TIMBERLINE – 4/4

« Que faites-vous à Timberline, mademoiselle Johnson ? » Désespérée, Caroline évite le regard de Cole Pierson, le séduisant agent de la DEA… Comment lui avouer qu'elle ne sait pas qui elle est ? La croira-t-il si elle lui révèle qu'elle s'est réveillée, quelques jours plus tôt, dans une chambre d'hôtel près du corps sans vie d'un inconnu, avec pour seul indice un mot sur un bout de papier : Timberline…

Retrouvez prochainement,
dans votre collection

BLACK ROSE

Une famille en péril, de Carla Cassidy - N°756

Melissa est sous le choc. Elle vient de croiser James, l'homme avec qui elle a passé une nuit de passion un an plus tôt… Et, si elle sent renaître en elle une folle attirance pour lui, le doute l'envahit. Car c'est un homme d'affaires menacé par de nombreux ennemis et elle se demande si elle peut lui révéler qu'il est le père de ses jumeaux sans les mettre en danger…

Le sceau du passé, de Lisa Childs

En quittant le speed dating auquel elle vient de participer, Claire a du mal à mettre de l'ordre dans ses idées. Car sous le regard du séduisant Ashton Stryker, l'homme qui prétendait n'être qu'un simple employé de bureau, elle a eu l'impression d'être percée à jour. Comme si Stryker connaissait tout de son passé. Comme si ce rendez-vous n'était qu'un piège…